서書
루樓
조曺
당堂

파破효曉

書楼弔堂 破曉
京極夏彦

SHORO TOMURAIDO – HAGYO
by KYOGOKU Natsuhiko
Copyright ⓒ 2013 KYOGOKU Natsuhiko
All rights reserved.
Originally published in Japan by Shueisha Inc., Tokyo.
Korean translation rights arranged with RACCOON AGENCY INC., Japan
through THE SAKAI AGENCY and BC Agency.

Korean translation copyright ⓒ 2015 Book in Hand Publishing.

서루조당 파효

書樓弔堂 破曉

교고쿠 나쓰히코 지음

김소연 옮김

손안의책

서루조당 파효

첫 번째 탐서 · 임종

臨終

書樓弔堂 破曉

임종 臨終

벚나무의 꽃이 지고 새잎이 돋으면 여름이라고 한다.

길 양쪽의 벚나무는 실로 무성하게 우거져 있다.

파릇파릇하니 자랑스러운 듯이 우거져 있어서 이미 새잎이 돋았다고 부를 수 있을 만한 상태는 아니다. 하지만 아직 날씨가 썩 덥지는 않다. 여름이 되려면 아직 좀 남았다. 지내기 좋은 날씨라고 하면 듣기에는 좋지만, 날씨가 순조롭지 못할 뿐이라 기분이 개운해지는 경우는 거의 없다.

느릿느릿 한가로운 걸음으로 넓은 언덕길을 내려가면 장난감가게가 한 채 있다.

몇 번을 지나가도 뜬금없다는 느낌이 든다. 풍경에 녹아들지를 못한다. 그래도 오는 손님은 있는지, 가게 앞에는 늘 부모와 아이 일행이 한둘은 있다.

오늘도 일곱 살이나 여덟 살 정도의 학생모를 쓴 코흘리개 꼬마가 가토 기요마사[1] 가면을 사 달라고 떼를 쓰고 있다. 어머니는 긴타로[2]가 더 낫다고 말하고 있는 모양이다. 장난감을 파는 아저씨는 총인지 사벨[3]인지 고급 완구를 팔려고 이것저것 장사꾼다운 말을 던지고 있지만, 어머니는 전혀 귀를 기울이지 않는 것 같다.

가게 주인은 아이의 안색을 살피며, 사벨을 들려면 기요마사 쪽이 단연 어울리지요, 유감스럽게도 큰 도끼는 없어서요, 하고 묘한 말을 늘어놓고 있다.

맞지 않는 것으로 치자면 양쪽 다 맞지 않는다. 사벨을 든 기요마사 쪽이 훨씬 더 우스운 그림이다. 그런 것으로 호랑이를 퇴치할 수는 없을 것 같다는 생각이 든다. 호랑이를 퇴치하려면 가타카마야리[4]다. 애초에 기요마사든 긴토키든 가면은 가면, 가격은 다르지 않을 텐데 이 어머니는 왜 기요마사를 싫어하는 것일까. 차라리 홋토코[5] 가면이라도 사라고, 지나가면서 말한다.

장난감가게를 지나쳐 조금 더 나아가면 옆길이 나 있다.

---

1) 1562~1611. 일본의 유명한 무장(武將). 도요토미 히데요시와 도쿠가와 이에야스를 도와 일본 전국의 통일에 기여했고 열렬한 불교 신자여서 기독교 박해에도 주도적인 역할을 했다. 히데요시의 친척인 그는 성인이 되면서 군인이 되었고 곧 전투에서 두각을 나타냈는데, 1592년 히데요시가 조선을 침략했을 때 선봉에 서서 잔인하게 싸웠기 때문에 조선인들은 그를 '악귀 기요마사'라고 불렸다. 1598년 히데요시가 죽자 일본으로 돌아온 그는 히데요시의 어린 아들의 섭정이었던 도쿠가와 이에야스가 다이묘들의 연맹에 대항해 지위를 확보하는 데 협조했다. 여러 차례 전투에서 세운 공로로 구마모토 번의 번주가 되었다. 구마모토에서는 자기 영지의 하안(河岸) 개발계획과 자신의 성(城)을 건축하는 데에 힘을 쏟은 것으로 유명하다.
2) 긴타로[金太郎]는 사카타노 긴토키[坂田金時]의 어린 시절의 이름. 일본의 전설적인 영웅으로, 헤이안 중기의 유명한 무장인 미나모토노 요리미쓰의 사천왕 중 하나였으며, 수많은 전설을 남겨 그를 소재로 한 소설, 만화, 애니메이션 등 많은 작품이 만들어졌다.
3) 프랑스어로는 사브르[sabre]라고 하며, 서양검의 일종이다. 외날검으로 검날이 휘어져 있기 때문에 베기에 적합하다.
4) 날 한쪽에만 가지가 진 미늘창.
5) 한쪽 눈이 작고 입이 삐죽 나온 우스꽝스러운 남자의 탈. 또는 그 탈을 쓴 어릿광대.

이사 온 지 석 달, 이 큰길은 자주 지나지만 옆길로 들어간 적은 없어서 이 길에 무엇이 있는지는 모른다.

숨이 차 길 입구에서 걸음을 멈추고 그 길 너머로 얼굴을 돌려보니, 어디에선가 본 듯한 사람이 부지런히 다가오는 모습이 보였다. 한텐[6]을 입고 헌팅캡을 쓰고 지게를 지고 있다.

저 사람이 누구였더라 하고 자세히 보니, 요쓰야의 책방에서 일하는 사환이다. 이름은 아마 다메조인가 그랬던 것 같다. 이쪽을 알아차리지 못하고 지나쳐 가려고 하자, 다메 씨, 다메조, 하고 말을 걸어보았다.

아니나 다를까 그가 돌아본다.

가게의 옥호(屋號)를 넣은 한텐에는 교차하는 도끼의 문양이 들어가 있다. 오노즈카(斧塚) 서점의 상표다.[7]

다메조는 고개만 돌린 자세로, 눈 밑까지 깊이 내려쓰고 있던 헌팅캡을 오른손 검지로 살짝 밀어 올리더니 눈을 휘둥그렇게 뜨며, 아이고, 나리, 하고 말했다.

"이런 곳에서 뭘 하고 계십니까."

"뭘 하고 계시냐니. 나는 요 앞에 사네."

"그랬습니까."

하고 사환이 놀라며 몸을 돌려 이쪽을 향했다.

"그런데 다카토 나리는 기오이초인지 히토쓰기인지, 그쪽에 있는 저택에 사시는 것이 아니었습니까? 이전에 외상 대금을 받으러 찾아뵌 기억이 있는데, 제 기억이 잘못된 것일까요."

---

6) 일본 전통복식의 짧은 겉옷. 옷고름이 없고 깃을 뒤로 접지 않는 활동적인 옷이어서 작업복이나 방한복으로 입는다.
7) '오노'는 '도끼'라는 뜻.

"아니, 석 달 전에 이사 왔네. 뭐, 병 때문에 요양 온 것이지."

아이고, 편찮으셨습니까, 지금은 좀 어떠신지요, 하고 다메조는 호들갑스럽게 말했다.

"대단치는 않네. 미열이 계속되고 기침도 나고. 혹시 노해(勞咳)[8]인가 싶어서, 의사에게 상담하기 전에 조용한 곳을 찾아 옮긴 것일세. 가족에게 옮기면 큰일이다 싶었거든. 그래서 집은 그대로 두었네. 어머니도 누이도, 처자식도 거기에서 살고 있지."

다메조는 이런, 이런, 그거 안 되지요, 하며 손으로 입을 가렸다.

"그렇게 걱정할 것 없네. 옮지는 않으니까. 뭐, 뚜껑을 열어보니 그냥 감기였거든. 감기를 무릅쓰고 이사를 하는 바람에 오히려 더쳐서 말일세. 낫는 데 보름이나 걸렸네만, 지금은 아무 데도 아프지 않다네. 아프지는 않지만 혼자 사는 것도 나쁘지 않더군. 모처럼 집도 빌렸으니 한동안 살아 볼까 싶어서 말일세."

"하아. 하시는 일은."

"반년쯤 휴가를 받았네."

히야, 하고 다메조는 말한다.

"그거 좋은 팔자네요. 역시 부자는 다르군요. 굉장해요, 굉장해. 저도 그렇게 되고 싶은데요."

"그렇게 좋은 팔자도 아닐세."

아마 일터로 돌아갈 수는 없을 것이다. 그만둔다고 하면 시끄러워진다. 그래서 쉬겠다고 말했을 뿐이다. 그쪽에서도 군식구가 없어지면 편해질 테니 말리지는 않을 거라고 생각했는데, 역시 생각했던 대로 붙들지도, 나무라지도 않았다.

---

8) 폐결핵.

경영이 힘든 것이다.

내가 일하는 곳은 쇼군 담배상회라고 한다. 거창한 이름이지만 담배제조판매업자로서는 후발주자인, 작은 가게다.

쉬는 동안 급여는 필요 없다고 말했다. 전 주인의 적자(嫡子)로 특별 취급을 받으며 나름대로 많은 급여를 받고 있던 몸이니 조금은 자금을 융통하는 데 도움이 되지 않을까 하는 생각도 했지만, 그래도 그 정도로는 언 발에 오줌 누기라 반년도 버티지 못할 것 같다는 생각이 든다. 어차피 사족(士族)⁹⁾의 장사는 벼락치기로 하는 것이라, 잘 될 리도 없는 것이다.

"아버님의 연고로 채용되기는 했는데 아무래도 성미에 맞지를 않네. 애초에 덴구의 붉은색과 무라이[村井]의 하얀색 사이에 끼어서, 마치 겐페이[源平] 전쟁¹⁰⁾에 섞여 들어간 어민 같은 꼴이지. 그런 치사스러운 선전은 생각도 나지 않고, 생각이 난들 할 수도 없네. 우리 담배는 전혀 팔리지 않아."

이제부터는 선전이 중요하지 않을까요, 하고 사환은 이해한다는 듯 말한다.

"쇼군인(印) 담배는 맛있는데."

"뭐, 이와야 덴구는 사쓰마¹¹⁾, 산라이스의 무라이는 본거지가 교

---

9) 메이지 유신 이후 옛 무사 계급에 주어졌던 신분. 현재는 폐지되었다.
10) 지쇼[治承]·주에이[寿永]의 난(乱). 헤이안 시대 말기인 1180년부터 6년에 걸쳐 일어났던 대규모 내란. 고시라카와[後白河] 천황의 황자 모치히토왕[以仁王]의 거병을 계기로 각지에서 다이라노 기요모리[平清盛]를 중심으로 한 다이라[平] 씨 정권에 대한 반란이 일어났으며, 최종적으로는 다이라 정권이 붕괴하면서 미나모토노 요리토모[源頼朝]를 중심으로 한 가마쿠라 막부가 수립되기에 이르렀다. 이 전쟁으로 헤이안 시대가 막을 내리고 가마쿠라 시대가 시작되었다고 할 수 있다.
11) 이와야 상회에서 만든 담배 중 '덴구 담배'라는 것이 있었다. 이와야 상회는 현재의 가고시마 현에 해당하는 사쓰마 지방 출신인 이와야 마쓰헤이가 회장으로 있었던 기업으로, 이와야 마쓰헤이는 1880년에 담배판매업을 개업하면서 '덴구야'라는 가게를 열었다.

토¹²⁾일세. 그에 비해 내 고용주는 쓰루가¹³⁾ 출신이지. 쇼군이라는 것은 곤겐[權現]¹⁴⁾을 말하는 것이니까. 어차피 관군에는 당해낼 수 없다네.¹⁵⁾"

에도는 이제 멀어졌으니까요, 하고 다메조는 더욱 이해한다는 듯이 말했지만, 이 사환은 아직 열일고여덟밖에 안 되었으니 메이지 유신 전의 일은 모를 것이다.

"뭐, 이 일을 기회로 앞으로 어떻게 살지 숙고해 볼 생각일세. 다행히 아버님이 물려주신 재산이 있어서 반년 정도는 먹고살 여유가 있거든."

그게 팔자가 좋다는 겁니다, 하고 다메조는 말한다. 정말 그 말이 옳을 거라고는 생각한다.

"저 같은 사람은 먹고살기도 힘들거든요. 양쪽 손톱에 모조리 불을 붙여가며 죽도록 일하고 있지요.¹⁶⁾ 사장님은 무섭고요."

"그보다 자네는 웬일인가. 그 무서운 사장한테 혼나고 도망쳐 온 건가? 아니면 이런 인기척 없는 곳에 단골손님이라도 있나? 너구리나 살 것 같은 곳인데."

그래서 이곳으로 이사를 온 것이다.

황제가 사는 도성 안이기는 하지만 그것도 이름뿐, 잡목림과 황무지밖에 없는 시골이다.

---

12) 메이지 시대에 '담배왕'이라고 불렸던 무라이 기치베에[村井 吉兵衛]는 교토 출신의 실업가로, 1891년에 '산라이스'라는 담배를 발매했다.
13) 현재의 시즈오카 현 중앙부.
14) 도쿠가 이에야스 사후의 존칭.
15) 교토를 중심으로 한 천황의 세력과 도쿄(에도)를 중심으로 한 쇼군의 세력 싸움은 메이지 유신을 거치며 에도 막부가 와해됨으로써 천황 세력의 승리로 끝났다. 여기에서는 쇼군이 관군(천황의 군대)을 이기지 못했음을 빗대어 말한 것.
16) 초가 없어서 손톱에 불을 붙인다는 뜻으로, 몹시 가난한 생활을 가리킴.

인가가 없는 것은 아니지만, 도무지 책을 사들일 만한 사람이 사는 곳이라고는 생각되지 않는다.

다메조는 동글동글한 얼굴을 찡그리며, 세리만[セリマン]입니다, 하고 말했다.

"그게 뭔가?"

"왜 이러십니까, 나리. 책을 찾으러 온 것이지요."

"책은 가게에 있겠지. 뭘 찾는단 말인가?"

나리 같은 분들이 주문하시지 않습니까, 하고 사환은 곤란한 얼굴로 말했다.

"그야 하지."

"우리 가게는 원래 본초(本草)[17] 계열의 책을 발행하는 곳입니다. 에도 시대부터 그랬지요. 지금도 찍어내는 것은 식물이나 농업 관련 책이 아닙니까."

"뭐, 그렇지."

"그런데 나리도 그러시지만, 손님들이 이것저것 다 주문하시지 않습니까. 우리가 내는 책 외에도, 그건 어떻게 됐나, 이걸 주게, 하고 주문을 하시지요. 다른 발행소(發行所)의 책도 사시지 않습니까. 우리 가게는 서양 책은 취급하지도 않는데 서양 책을 주문하시는 분도 있습니다."

그것은 그렇다.

"자네가 말할 때까지 그런 건 생각도 해 보지 않았는데, 그건 확실히 그렇군. 대체 어떻게 하고 있었나?"

---

17) 약용이 되는 식물, 또는 약초를 비롯하여 약으로 이용할 수 있는 동물과 식물, 광물의 산지와 효능을 적은 책.

"발행소에 책을 구하러 갑니다. 뭐, 의학책이라면 난코도[南江堂], 한서(漢書)라면 마쓰야마도[松山堂] 등 각각 특기 분야가 있잖습니까. 그런 곳에 이야기해 보고 재고가 있으면 좀 나눠 달라고 하는 거지요. 여기저기 돌면서 책을 받아와 손님들께 전해 드립니다."

"호오. 책방끼리는 그런 관계가 있는 것이로군. 생각해 보면 당연하네그려. 그러고 보니 조합도 생겼다지."

몇 년 전에 서적판매조합 같은 것이 생겼다는 이야기를, 오노즈카의 주인에게 들은 기억이 있다.

"예에. 사환인 저는 어려운 것은 모르지만, 그런 중개업이 신문 같은 구조가 된다면 편해지기는 하겠지요. 지금은 아직 우리 사환들이 중개하고 있으니까요. 주문을 받으면 짚신이 닳도록 도쿄 전체를 뛰어다니면서 모으고 있습니다. 그게 세리만이지요."

그게 무슨 뜻이냐고 묻자, 그건 모릅니다, 하고 사환은 대답했다.

"어쨌든 큰일이에요. 마차도 인력거도 쓸 수 없으니까요. 마차비는 한 푼도 받을 수 없거든요."

믿을 건 다리밖에 없다며 사환은 발을 구른다.

"또 최근의 책들은 무거우니까요. 가끔 요코하마까지도 갑니다. 요코하마는 걸어서는 갈 수 없지만, 그렇다고 기차 삯을 책값에 얹을 수도 없으니 손해지요."

"얹으면 되지 않나. 수고비 명목으로."

"아니, 아니, 같은 책이 저기에서는 10전, 여기에서는 10전 5푼, 이런 식으로는 아무래도 안 되잖아요. 신문이나 습자 같은 것은 전국 어디에서나 똑같은 값에 팔고 있지 않습니까. 책만 그럴 수 없다고 할 수는 없지요. 손님 입장에서 보자면 수지가 맞지 않는 일이에요."

"그렇긴 하네만. 뭐, 그러니까 조합도 생겼을 테고, 이제부터 바뀌겠지."

여러 가지가 바뀐다.

문명개화인지 뭔지도, 열리는(開) 것인지 둔갑하는(化) 것인지는 모르겠지만 벌써 개화(開化)한 지 이십 년은 훨씬 지났고, 어린 시절에 보곤 했던 풍경은 이미 어디에도 없다. 어느새 이국(異國) 같은 경관밖에 볼 수 없게 되었다.

"높은 분들이 이것저것 생각하고 있으니 자네들이 짚신이 닳도록 뛰어다녀야 하는 일은 조만간 없어지겠지."

그럴까요, 하며 다메조는 벗나무를 올려다보았다.

"하지만 나리, 에조시[繪草紙]¹⁸⁾니 아카혼[赤本]¹⁹⁾이니 합권(合卷)²⁰⁾ 같은, 옛날 책을 갖고 싶어 하는 분도 많이 있으니까요. 그런 경우에는 역시 우리가 뛰어다니게 되지요. 중개하려고 해도 어디에 중개해야 할지는 알 수 없으니까요."

"아, 그런가."

서적은 무나 인삼과 달리 얼마든지 만들 수 있는 것이 아니다. 판이 없어지면 찍을 수 없고, 발행소가 망해도 찍을 수 없다. 수량에 제한도 있을 테고, 그러니 반드시 구할 수 있을 거라는 보장은 없다.

"뭐, 그렇군. 생각해 보면 고서와 신서는 ―― 다른가."

책은 책이라고 생각하고 있었다.

예, 다르지요, 하고 사환은 대답했다.

---

18) 에도 시대, 그림이 있는 목판 인쇄의 소책자.
19) 에도 시대, 빨간 표지의 어린이용 그림 이야기책.
20) 에도 시대 말기에 유행한 그림이 들어 있는 통속적인 장편소설. 종래의 '기보시[黃表紙]'를 여러 권 합쳐 장편화한 것.

"달라져 버린 거라고, 사장님은 그러시더군요. 발행소와 판매하는 곳도 다르다고 하고요."

"그렇군."

두부가게처럼 만들어 팔고, 만들어 팔고 할 수는 없나.

"예에. 찍고 모아들이고, 사들여서 뿌리고, 그리고 팔고, 뭐 그런 분업의 구조가 되겠지요, 조만간."

"그것은 새로 찍는 책이나 그렇겠지. 오래된 책은 그렇게 되지는 않으려나. 과연 그렇군."

길가에서 사환에게 여러 가지를 배우고 있다.

그렇게 생각하니 조금 유쾌했다.

"그래서 뭔가? 자네는 너구리가 쓴 나뭇잎 책이라도 구하러 온 겐가?"

그렇게 말하자 데헤헤, 하고 다메조는 품위 없는 소리를 내며 쓴웃음을 지었다.

"뭐야, 정말 그렇단 말인가?"

"아니, 너구리일지도 모르긴 하지만, 모르십니까, 나리? 요 앞에 있는."

다메조는 길 너머를 가리켰다.

"책방."

"책방이라고? 이런 곳에 서점이 있단 말인가? 뭘 찍는 책방인가?"

"아니, 발행소가 아니라 책방입니다. 책방이라고 해도 뭐, 아주 이상한 책방이라서 여러 가지로 성가신 주문이 들어왔을 때는 신세를 지고 있지요."

"성가시다니?"

다메조는 지게를 내려놓았다.

"뭐, 이런."

사환은 지게에 묶여 있는 보자기를 가리켰다.

"아무 데서도 취급하지 않을 것 같은 책 말입니다."

"보자기에 싸여 있는 걸 무슨 수로 아나."

"예에. 독일의 어쩌고 하는 단체에서 낸 소책자라든가, 에치고[越後][21)의 호사가가 에도 시대에 쓴 비망록의 사본이라든가, 들어본 적도 없는 불경 책이라든가."

"호오 ——."

그런 것이 놓여 있느냐고 물으니 있더군요, 하고 사환은 대답했다.

"흔하게 중개할 수는 없는 책입니다. 최근에는 진본(珍本), 기본(奇本), 희귀본이라고 하는데요, 그런 값나가는 책이 아닌 쓰레기 같은 것도 다 있어요. 그러니까 아까 한 이야기로 말하자면 고서라는 것이 되려나요. 고서점일까요."

"고서점이라."

얼굴을 돌려 보았으나 벚나무밖에 보이지 않았다.

"뭐, 우리 같은 서점 사환에게는 고마운 일이지요. 주문을 받아도 없는 책은 없어요. 하지만 거기에는."

"대개 있단 말인가?"

"있지요. 주인장은 성질이 비뚤어져 보이기는 하지만 화를 내는 것도 아니고요."

"그래? 책방이 있단 말이지."

이 길 너머에.

---

21) 현재의 니가타 현을 가리키는 옛 지명. 신슈라고도 한다.

"실례지만 나리는 책벌레 같은 분이니까 당연히 알고 계실 거라고 생각했는데요."

"내가 어떻게 알겠나. 처음 한 달은 자리에만 누워 있었네. 동네 민가의 아낙한테 부엌일을 부탁하고, 줄곧 누워 지냈지. 자리에서 일어난 후에도 의사한테 다녀야 했고. 뭐, 기우였지만 아무렇지도 않다는 진단을 받을 때까지는 걱정되지 않겠나. 그러니 평범하게 지내기 시작한 것은 바로 얼마 전이고, 산책은 이달 들어서야 하게 되었다네."

의원에 다니기 위해 이 큰길을 몇 번이나 지나갔지만, 그렇다고 해도 간판 하나 없으니 책방이 있는 줄 알 길도 없다.

"아니, 이 오솔길을 따라서 쭉 가면 밭이 있고, 막다른 곳은 절입니다. 절 바깥문 앞에는 꽃집이니 떡집이니 하는 것이 있지만, 도중에는 가게가 별로 없어요. 그러니 볼품은 없어도 참배길인 거겠지요. 이 참배길 도중에, 뜬금없이."

"있나?"

"예. 삼층짜리, 등대 같은 괴상한 건물입니다."

"삼층인가?"

묘한 책방도 다 있다.

"위쪽에 올라간 적은 없어서 어떻게 되어 있는지 모르겠지만요."

"거기는 그, 까다로운 곳인가?"

"글쎄요. 담장이 높다는 기분은 들지만, 그렇다고 잡아먹는 건 아닙니다."

"자네 같은 장사꾼만 오나?"

그렇지는 않을 겁니다, 하고 사환은 말한다.

"긴자 부근의 당물가게[22]보다 훨씬 들어가기는 쉽겠지요. 어려운 책도 있지만 최신 잡지 같은 것도 있고, 일반 손님도 그럭저럭 올 겁니다."

"그래?"

그렇다면 가 보아야 할 것이다.

가실 겁니까, 하고 사환이 물었다. 뭐, 가 보지, 라고 대답하자 어이쿠, 큰일 났네, 라고 한다.

"뭐가 큰일인가?"

"나리가 우리 가게에 오시지 않게 되어 버리지 않겠습니까."

"뭐, 이쪽이 가깝기도 하고."

제가 꾸중을 듣게 됩니다, 하며 다메조는 입을 삐죽거렸다.

"나리는 단골이시니까요."

"아니, 자네가 주인한테 말하지 않으면 모를 게 아닌가. 내 쪽에서 일부러 말할 일도 없고. 뭐, 설령 주인한테 알려진다고 해도 자네한테 들었다고는 말하지 않을 테니 걱정할 것 없네. 게다가 요쓰야에 나갈 때는 꼭 들르도록 할 테니, 주인한테 안부나 전해 주게."

예, 항상 고맙습니다, 하고 다메조는 헌팅캡을 벗으며 머리를 숙이더니, 모자를 다시 쓰고 나서 영차 하며 지게를 졌다.

이제부터 걸어서 요쓰야로 돌아가는 것일까.

그러면 해도 져 버릴 것이다. 짐도 무거울 테고, 왠지 가엾은 기분도 든다. 꽤 고된 직업이기는 하다. 서서 이야기하느라 상당히 시간을 잡아먹었고, 여기에 주인한테 불평이라도 듣는다면 꿈자리가 사나울 것이다.

---

22) 중국 등 외국에서 수입된 물품을 파는 가게.

그렇게 생각되자 다시 불러 세우고는 약간의 삯을 주었다.

다메조는 매우 기뻐하며 몇 번이나 고맙다는 말을 하더니 뛸 듯이 장난감가게 앞을 지나갔다.

모습이 완전히 보이지 않게 될 때까지 그 등을 바라보다가, 다시 한 번 길 너머로 시선을 던져 보았다.

절이고 뭐고 아무것도 보이지 않는다. 옆길은 좁은 데다 구부러져 있다.

가 볼까, 그렇게 생각했다.

어차피 한가하다.

그 점에 관해서는 고등유민(高等遊民)[23]이라고 부르고 싶어질 정도로 우아하다.

하기야 고등하지도 않고 유민도 아니다. 군이 말하자면 인간으로는 하등의 부류이고, 그저 일자리를 얻지 못했을 뿐인 몸에 불과하지만 그런 만큼 시간만은 썩어날 정도로 많다.

길에 발을 들여놓는다.

싸리꽃이 피어 있었다. 꽤 일찍 피었다.

위쪽이나 먼 곳만 보고 있었기 때문에 발치는 보지 못했던 것이다. 예쁘기도 하다.

반 정(町)[24]도 가지 않아 경관은 완전히 시골처럼 변했다. 낡은 사에 노카미[道祖神][25]라도 있으면 그냥 산속 마을의 모습일 것 같다.

오른쪽으로 이어지던 나무들이 끊기고 밭이 펼쳐진다.

---

23) 고등교육을 받고도 일하기를 싫어하여 직업을 갖지 않은 채 빈둥거리며 살아가는 사람을 가리키는 옛말.
24) 1정은 약 109m.
25) 도로와 행인을 지켜준다는 신.

밭 맞은편에는 민가가 있다. 에도의 정서는 조금도 없지만, 문명이니 근대니 하는 것 역시 한 조각도 없다. 무슨 밭인지 모르겠지만 그렇게 토지가 비옥한 것 같지도 않았다.

밭이 다시 나무에 가려져 보이지 않게 된다.

헛간인지 오두막인지가 드문드문 나무 그늘 사이로 보였다 숨었다 한다.

갑자기 붉은 것이 눈에 들어왔기에 한순간 깜짝 놀랐지만, 제대로 보니 협죽도다. 오늘은 꽃을 많이 보는 날이라는 생각과 함께 넋을 놓고 바라보며 걸음을 옮기다가, 어라 싶어 왼쪽을 보니 건물이 있다.

하마터면 지나칠 뻔했다.

걸음을 멈추고 바라보니 분명히 기묘한 건물이다.

망대라고 할까, 뭐라고 할까, 다메조도 말했지만 최근에는 볼 수 없게 된 마을등대와 비슷하다.

다만 등대보다 훨씬 크다.

책방은 이곳이 틀림없을 것이다. 달리 그 비슷한 건물은 눈에 띄지도 않고, 애초에 삼층짜리 건물도 그리 많지 않다.

그러나 도저히 책방으로는 보이지 않는다. 그 이전에 점포라는 생각조차 들지 않는다.

나무문은 굳게 닫혀 있고, 처마에는 발이 내려져 있다.

그 발에는 반지(半紙)$^{26)}$가 한 장 붙어 있다.

가까이 가 보니 한 글자,

弔(弔) ———.

라고 글씨를 쓴 붓의 자국도 선명하게 남아 있었다.

---

26) 붓글씨 연습 등에 쓰는 일본 종이. 세로 약 25cm, 가로 약 33cm.

이래서는 마치 방금 죽은 사람이 있는 집 같다. 하기야 그 경우는 조(弔)가 아니라 기(忌)라고 써야 할 테니, 결국 이곳에서는 불행한 일이 있었던 것은 아닐 것이다. 그렇다면 과연 무슨 생각으로 이런 것을 걸어 놓았는지, 전혀 짐작이 가지 않는다. 어이가 없다기보다 이해가 되지 않는다.

이것도 다메조가 말했던 대로다. 담장이 높은 것은 틀림없다. 너무 높아서 안이 어떻게 되어 있을지 상상도 할 수 없다. 과연 가게 주인이 어떤 인물인지, 그것은 헤아릴 수도 없지만 일견 손님을 거절하고 있는 것만은 확실하다.

그럼 어떻게 할까, 하고 망설인다.

가볍게 구경만 하고 돌아갈 수 있을 듯한 분위기가 아닌 것만은 확실하다. 가게 안에 들어가지 않으면 들여다볼 수도 없고, 가게에 들어간 이상은 들여다보기만 하고 그냥 나올 수도 없을 것이다. 아니, 그냥 나올 수 없는 것은 아니겠지만 아무래도 그러기가 꺼려진다.

거 참 불쾌한 가게도 다 있다.

그럼 이대로 돌아가면 될 것 같지만, 그럴 마음도 들지 않는다. 묘하게 마음을 끄는 분위기다. 조(弔)라는 한 글자가 신경이 쓰여 견딜 수가 없다.

달필일 것이다.

뚫어지게 쳐다보고 있자니 판자문이 열렸다.

문 틈새로 피부가 하얗고 갸름한 얼굴의 어린아이가 고개를 내민다.

"아, 손님이십니까?"

어린아이는 그렇게 말했다.

"아아, 그래, 그렇단다."

"뭔가 찾으시는 책이라도."

"아니, 그런 것은 아니지만, 책을 좋아해서 말이다. 집이 여기서 가깝거든. 이렇게 바로 옆에 책방이 있을 거라고는 생각하지 않았던 지라, 한 번 들여다볼까 싶어서."

어린아이 상대로도 횡설수설이다.

"예에, 찾으시는 책이 정해져 있지 않으시다면 저희 가게는 권해 드리지 않습니다."

"호오. 그건 왜지?"

헤매기만 하실 테니까요, 라고 어린아이는 말했다. 아마 이 가게의 사환일 것이다.

다메조는 그럭저럭 닳아빠졌고 상스러운 데도 있지만, 이 꼬마는 아무래도 분위기가 다르다. 얼굴 생김새가 예쁘장한 탓일지도 모르지만, 사환으로는 보이지 않는다. 까까머리에 앞치마를 하고 있으니 사환이 틀림없기는 할 테지만, 어딘지 모르게 제례에서나 볼 수 있는 신사(神社)의 치고[稚児][27] 같은 태도다.

"헤맨다면 더 좋지 않으냐?"

"그런가요?"

"그래. 무슨 일이나, 목적을 향해 일직선으로 간다는 것은 재미없는 법이다. 저쪽으로 갔다가 이쪽으로 흔들렸다가, 때론 옆길로 빠지기도 하면서 생각지도 못한 곳으로 나가게 되지. 그런 것을 통해서 견식이 넓어지니까. 무언가 발견하는 것도 있을 게다. 뭐, 작금에는 합리니 편리니 하는 말들을 많이 하지만, 나는 별로 마음이 끌리지 않아서 말이다. 세상에 쓸모없는 것은 없거든."

---

27) 사찰이나 신사의 제례, 불사 등의 행렬에 곱게 단장하고 참가하는 어린아이.

"어라."

미동(美童)은 작은 입을 둥글게 벌렸다.

왜 그러느냐고 묻자, 죄송합니다, 라고 한다. 왜 사과하느냐고 물으니,

"아뇨, 저희 가게의 주인도 똑같은 말씀을 하시거든요. 세상에 쓸모없는 것은 없다. 세상을 쓸모없게 만드는 자가 있을 뿐이라고——."

아이는 그렇게 대답했다.

"호오."

입에서 나오는 대로 자기 자랑을 늘어놓았을 뿐이었지만, 그렇게 나쁘지도 않았던 모양이다.

"그런 말씀을 하시더냐."

"예. 주인의 좌우명입니다."

"그렇군, 그래, 그런데 얘야, 이."

조(弔)라는 것은 무엇이냐고 물었다.

"하아, 그건 간판입니다."

"간판이라고?"

"나무판이 아니니 정확하게는 간판은 아니지만, 그, 옥호입니다."

"상호란 말이냐. 조, 라고 적혀 있는 것 같은데."

다르게 읽는 방법은 없을 것이다.

세로로 보아도 가로로 보아도 조(弔)라는 글씨다.

아이는 가느다란 눈썹을 일그러뜨렸다.

"예에, 저희 가게는 —— 서루조당(書樓弔堂)이라고 하거든요."

"조당."

이것 참 별난 이름을 다 붙였다.

상가(商家)는 길흉을 따지는 것이 보통이다. 개화의 시대이든 합리의 무리이든, 그 점만은 달라지지 않을 것이다.

그런데 하필이면 조(弔)라니, 어떻게 된 것일까. 아무리 봐도 길한 이름은 아닐 것이다. 장사를 할 생각이 있는 것 같지 않다.

무서운 이름이구나, 라고 말하자 그런가요, 하며 아이는 고개를 갸웃거렸다.

더욱더 흥미가 생겼다.

이렇게 되었는데 들여다보지 않고 가 버린다면 오랫동안 후회할 것 같은 기분이 든다. 들여다보고 나서 낙담하게 되는 것은 상관없다. 술 안줏거리 정도는 될 거라는 뜻이다.

"어떠냐, 그, 헤맬 정도로 책이 많다는 조당 안으로 들여보내 주지 않겠느냐? 아니면 찾는 책이 없는 손님은 출입할 수 없는 것이 규칙이더냐?"

아이는 다시 한 번 입을 벌리고 아아, 하고 말했다.

"이거 참으로 실례가 많았습니다. 어떤 분이든 들어오지 못하시는 일은 없습니다."

자, 들어오시지요, 하며 아이는 뒤로 몸을 물려 입구를 터 주었다.

안은 어두웠다.

창이 없는 것이다.

일정한 간격으로 촛불이 켜져 있다.

그을음 색깔도 비쳐 보이고, 등불도 또렷하다.

작금에 나돌기 시작한 파라핀초가 아니라 질 좋은 전통초일 것이다.

불빛만이 흐릿하게 보인다.

어딘지 모르게 만등회(萬燈會) 같다. 가게의 깊이를 알 수가 없다.

어딘가 멀리까지 계속 이어져 있을 것 같은 착각이 든다.

그 착오도 얼마 되지 않아 가라앉았다. 폭에 비해 깊이는 상당히 있지만, 물론 무한하지는 않다. 가장 안쪽에는 계산대 같은 것이 분명히 마련되어 있었다.

좌우의 벽면은 모두 선반이고, 제첨(題簽)[28]이 붙어 있는 책이 높게 쌓여 있다. 일본 책만 있는 것도 아니다. 서양 책도 있는 것 같다. 쌓여 있지 않고 선반에 꽂혀 있는 책도 무수히 많다. 양장본이 아니라 서질(書帙)[29]에 넣은 재래식 장정의 책일지도 모른다.

눈이 익숙해지지 않아서 책의 제목까지는 아직 읽을 수 없다. 촛대를 확인하고 아래를 본다.

아무래도 봉당 같다.

나는 비칠비칠 흔들리듯이 나아갔다.

서서히 주위의 윤곽이 명확해지기 시작한다.

눈이 익숙해진 것도 있겠지만, 단지 그것만은 아니다.

촛불 이외의 광원이 있다. 아무래도 한가운데가 천장까지 뚫려 있는 것 같다. 뚫려 있는 천장 바로 아래까지 걸음을 옮기고 올려다보니 아득히 높은 곳에 하얀빛이 보였다. 천창인지 뭔지가 있는 것이다.

이층도, 삼층도 서가(書架)인 것일까.

위에도 책이 있느냐고 물으니, 위에도 책이 있습니다, 라는 아이의 목소리가 등 뒤에서 들렸다.

"위에 있는 책도 볼 수 있느냐?"

"보는 것은 상관없지만 헤매기만 하실 겁니다."

---

28) 책의 표지에 제명(題名)을 써서 붙이는 조붓한 종잇조각이나 헝겊 조각.
29) 책이 상하지 않게 두꺼운 종이에 천을 씌워 만든 책갑.

"아니, 뭐, 그렇긴 하지만 어떤 책들을 갖추어 놓았는지 보고는 싶지 않겠느냐."

어지간한 것은 다 있습니다, 하고 아이는 말했다.

"그렇겠지."

니혼바시의 마루젠 같은 곳은 상당히 크다. 대체 몇 권의 책을 취급하고 있을지, 생각해 본 적도 없다. 그것에 비하면 이 가게의 대지는 훨씬 좁다. 비교가 되지 않을 정도로 작지만, 책의 수는 이쪽이 더 많은 것 같은 기분이 든다.

시선을 천천히 내린다.

계산대 위에 니시키에[錦絵][30] 같은 것이 늘어뜨려져 있다. 그곳만, 어린 시절에 보았던 에조시 가게 같은 분위기다.

"니시키에도 있나."

"배우 그림, 연극 그림, 춘화에 가와라방[瓦版][31], 잡지도 신문도 있습니다."

"신문이라는 건 그 소위 말하는 신문이냐."

"예."

그런 게 상품이 될까. 하루하루, 매일 새롭게 찍으니 신문이 아닌가. 오래된 인쇄물에 가치가 있을 것 같지는 않다.

팔리느냐고 물으니 원하는 분이 계시면 팔립니다, 라고 했다.

"그야 그렇겠지만, 그 원하는 사람이 있느냐는 이야기다. 신문이라는 것은 다 읽고 나서 버리는 것이 아니냐. 지난달이나 작년 사건의 소식을 이제 와서 읽는다 한들, 무슨 소용이 있단 말이냐."

---

30) 풍속화의 다색도(多色度) 판화.
31) 에도 시대에 찰흙에 글자나 그림을 새겨서 기와처럼 구운 인쇄판. 메이지 시대 초기까지 사용했으며, 지금의 신문에 해당한다.

"다 읽지 못하신 분도, 읽고 나서 버리지 못하시는 분도 계시니까요."

"있다고?"

"예. 게다가, 무슨 소용이 있느냐고 말씀하시지만, 그렇게 따지자면 다른 것도 마찬가지입니다. 어떤 책이든, 어떤 인쇄물이든, 다시 읽어 봐야 아무 소용도 없지요."

"하긴 그렇구나."

그럼.

"이 가게는 책방이라기보다 문고(文庫)라고 할까, 경장(經藏)[32]이라고 할까, 그런 것에 가까운 것이냐."

서점 사환이 귀하게 여길 만도 하다.

"막부 시대에도 학문에 공을 들이는 번에는 책을 모아놓은 문고가 있었지. 서양에는 개판(開板)[33]된 판본을 전부 나라에 납본하는 제도가 있다고 하지 않느냐. 일본에도 서적관인가 하는 것이 있을 테고. 그것에 가까운 것이 아니냐."

돌아보니 아이는 또 고개를 갸웃거리며 곤란한 얼굴을 하고 있다.

촛불의 불빛을 받아, 안색이 조금씩 바뀐다.

"그런 곳에서는 팔아 주지는 않지 않습니까."

"뭐, 팔지는 않겠지. 보기만 하는 곳이다. 빌려주기는 할지도 모르지만."

저희는 팝니다, 하고 아이는 말한다.

"책방이니까요."

---

32) 절에서 불경을 넣어두는 집.
33) 목판본에 의한 출판.

서루조당 파효

"뭐——그렇기야 하겠지만."

파는 것과 빌려주는 것은 다르냐고 물으니,

"다르지요."

하고 등 뒤에서 목소리가 들렸다.

당황해서 돌아보니 다리가 보였다.

계산대 옆에 계단이 있고, 그 중간에 누군가 서 있는 것이었다.

"손님이셨습니까. 시호루, 손님이 오셨으면 나를 불렀어야지."

"죄송합니다."

"아니, 주인장, 이건 제가 잘못한 겁니다. 신기해서 이것저것 묻고 있었으니."

다리는 계단을 내려오고, 이윽고 얼굴이 보였다.

어두컴컴해서 잘 보이지 않는다.

얼굴은 확실하지 않지만, 몸에 걸치고 있는 옷은 색깔도 무늬도 없는 하얀 기모노다. 상복이라면 상복이지만, 굳이 말하자면 가사(袈裟)[34]를 벗은 승려 같은 인상이다.

"뭔가 찾으시는 것이라도."

"아니, 그런 것은 아니고. 그냥 저는 책을 좋아합니다."

"호오."

거참, 거참, 하고 붙임성 좋게 말하며 가게 주인은 계산대에 자리를 잡더니, 아이를 향해 자, 의자와 차를 준비하렴, 하고 말했다. 아이는 허둥지둥 구석 쪽에서 둥근 의자 같은 것을 가져와 계산대 앞에 놓더니, 앉으시지요, 하고 말했다.

"이거, 신경 쓰시게 해서 미안합니다."

---

34) 승려가 장삼 위에, 왼쪽 어깨에서 오른쪽 겨드랑이 밑으로 걸쳐 입는 법의.

"시간이 있으시다면 느긋하게 계시다 가시지요."

주인이 권하는 대로 앉자, 그런데 어떤 학문을 하고 계십니까, 하고 물었다.

의외로 젊다.

적어도 노인이라고 부를 만한 나이는 아니다. 나보다 어린 것 같지는 않지만 나보다 나이가 위라고 해도 어느 정도나 위일지, 전혀 짐작할 수가 없다.

"학문하고 있는 것은 아닙니다."

"배우기 위해서 읽는 것이 아니시라고요."

"뭐, 면학하는 자는 아닙니다. 사상도 없고 주의도 없어요. 지극히 비속한 범부입니다. 다만, 그냥 좋아합니다."

"무엇을 —— 말입니까?"

"아니."

책 말입니다, 하고 대답했다.

"읽는 것을 좋아하십니까? 책을 좋아하십니까?"

"그건 —— 글쎄요."

똑같은 것이 아닐까.

"물론 읽는 것은 좋아합니다. 책이니까요. 너무 어려운 것은 난처하지만, 대개는 글씨가 늘어서 있으면 읽습니다. 하기야 서양 글씨는 못 읽지요. 외국 말은 익숙하지가 않아서요. 상투를 틀지 않게 된 지 이십 하고도 일 년이 지났지만, 아직도 머릿속은 개국하지 않았답니다."

가게 주인은 싱글벙글 웃었다.

"하지만 읽기만 하는 거라면 빌려서 읽어도 마찬가지 아닙니까."

"뭐, 그렇지요. 다만 대본소는 최근 다 망해 버렸지 않습니까. 모두 아카혼 파는 곳이 되고 말았고, 이제 그것도 찾아볼 수 없습니다. 게다가 대본소에서 취급하는 책은 굳이 말하자면 속된 이야기가 많았지 않습니까. 속된 이야기가 나쁘다고는 하지 않겠지만 불서(佛書)나 한서(漢書), 그런 것은 취급하지 않아서 젊을 때부터 썩 좋아하지 않았어요. 교쿠테이 바킨[曲亭馬琴]³⁵⁾ 같은 것은 꽤 많이 읽었지만, 작품 수가 많으니까요."

"불서나 한서가 취향이십니까."

주인은 웃는 얼굴을 한 채 고개를 끄덕이며 물었다.

싫어하는 것은 아니지만, 취향이냐고 물으면 당혹스러울 수밖에 없다.

"아니, 아니, 거기에서 고개를 끄덕여 버리면 불가(佛家)의 분들에게 꾸중을 들을 겁니다. 어쨌거나 머릿속이 쇄국이라 서양의 것은 전혀 이해하지 못하지만, 논어 같은 것은 실컷 읽었으니 그나마 그쪽이 친숙하다는 것뿐입니다. 유학의 책은 때론 설교 같아서 당해낼 수가 없지만, 본초나 박물 책은 재미있게 읽습니다."

"그럼 무사이십니까."

"무가 출신이라고 할까, 무사의 아들이기는 하지만 제가 열 살쯤 되었을 때 막부가 와해되었으니 무사라는 자각은 없습니다. 관례를 치를까 말까 한 나이에 상투를 내렸고, 두 자루 칼의 무게도 알기 전에 사민평등(四民平等)이 이루어졌지요. 정신이 들어 보니 무사가 아니게 되고 나서 산 세월이 더 깁니다."

---

35) 1767~1848. 에도 시대 후기의 요미혼[読本] 작가. 본명은 다키자와 오키쿠니[滝沢興邦]이며, 원고료만으로 생계를 영위할 수 있었던 일본 최초의 저술가이기도 하다. 대표작으로 '진세쓰 유미하리즈키[椿説弓張月]', '난소 사토미 팔견전[南総里見八犬伝]' 등이 있다.

내 나이 벌써 서른다섯이다.

"뭐, 아까 말씀드린 대로 무언가를 배우고 있는 것은 아니고, 제 경우는 도락의 연장입니다. 최근에는 시가나 소설도 읽고, 번역된 책도 읽지요. 요전에 쓰보우치 쇼요[坪內逍遙][36]를 처음으로 읽었습니다. 뭐, 불편하고 이상한 느낌이기는 했지만 재미있더군요."

과연, 그렇군요, 하고 주인은 말했다.

"우리 가게는 보시다시피 책방입니다."

"예에."

"책의 내용물을 팔고 있는 것이 아니라 책을 팔고 있습니다."

"그야 뭐, 그렇겠지요."

"식견이 필요한 거라면 빌려서 읽든 책방에 서서 읽든 마찬가지입니다. 일독하여 이해할 수만 있다면 그것으로 되지요. 하지만 책은 인포메이션이 아닙니다."

책은 무덤 같은 것입니다, 하고 주인은 말했다.

"무덤 —— 이라고요?"

"예. 그렇지요. 사람은 죽습니다. 물건은 망가집니다. 시간은 흐르고, 모든 것은 멸하지요. 천지가 모조리 바뀌고, 만물은 대개 영원하지 않은 것이 세상의 이치. 하지만 그것은 현세에서의 일입니다."

주인은 계산대의 촛대를 쳐든다.

주인의 그림자가 등 뒤로 퍼진다.

"이 니시키에는 —— 세이난[西南] 전쟁[37]을 그린 것입니다."

---

36) 1859~1935. 주로 메이지 시대에 활약한 일본의 소설가, 평론가, 번역가, 극작가. 본명은 쓰보우치 유조[坪內雄蔵]로, 대표작으로는 '소설 신수(小說神髓)', '당세서생기질(当世書生気質)' 등이 있다.

37) 1877년에 현재의 구마모토 현, 미야자키 현, 오이타 현, 가고시마 현에서 사이고 다카모리[西郷隆盛]를 맹주로 하여 일어난 사족(士族)에 의한 무력 반란. 메이지 초기의

그런 것 같았다. 본 적이 있다.

"저는 물론 전쟁에 나가지는 않았습니다. 이 그림을 그린 화가도, 판화를 조각한 사람도 찍어낸 사람도──아마 가지 않았을 겁니다. 이건 상상이에요."

"그렇습니까."

"예. 하지만 여기에 그려져 있는 전쟁은 실제로 있었던 것입니다. 이대로인지 아닌지는 알 수 없지만, 이랬다, 고 이 그림은 말하는 것입니다. 이 그림밖에 모르는 저는 사이고 기치노스케[西鄕吉之助][38]는 이런 용모였나, 하고 생각할 수밖에 없지요."

"뭐 그렇겠지만, 과장이나 거짓도 있지 않겠습니까."

"예. 과장과 거짓투성이겠지요. 뭐라고 해도 니시키에니까요. 그런데──이것은 지금 하쿠분칸[博文館][39]에서 준비하고 있는 책의 초고입니다. 제목은 '세이난 전사(戰史)'라고 하고, 12편으로 이루어진

사족 반란 중 최대 규모였으며 일본의 마지막 내전이었다.

38) 사이고 다카모리(1828~1877)의 통칭. 일본의 무사, 군인, 정치가이며, 도쿠가와 막부를 전복시킨 메이지 유신의 지도자로서 '유신 3걸'이라고 불린다. 천황 지지 세력과 뜻을 함께하여 1867년 쇼군을 사퇴시키는 데 성공하였으며, 1868년 1월에는 군대를 이끌고 왕궁을 장악하여 메이지 천황을 옹립하였다(메이지 유신). 같은 해 5월에는 에도 함락 작전을 성공으로 이끌어 천황의 권위를 확립시키는 데 기여했으나, 그 후 새 정부를 수립하는 데에는 참가하지 않았으며, 메이지 유신을 통해 일본의 무사 정신이 사라지게 되었다고 생각하여 본인의 행동을 후회했다고 한다. 그는 고향 가고시마로 돌아가 군사학과 신체 단련을 교육하는 사설 학교를 설립하고 공직에 뜻이 있는 젊은이들을 교육하는 데 힘썼으나, 일본 각지에서 무사들의 반란이 산발적으로 이루어지고 있던 당시의 상황 때문에 정부는 이 학교가 대규모 반란의 중심지가 될 것을 경계하여 탄압을 시작하였으며, 이에 반발한 학생들에 의해 세이난 전쟁이 일어나게 되었다. 어쩔 수 없이 반란의 지도자가 된 사이고 다카모리는 수세에 몰린 끝에 자결했다.

39) 1887년 오하시 사헤이가 도쿄에서 창업한 출판사. 메이지 시대에는 부국강병의 시대 풍조에 편승해 수많은 국가주의적 잡지를 창간하였으며 중개회사, 인쇄소, 광고회사, 종이 회사 등 관련 기업을 속속 창업하며 일본 최대의 출판사로 자리 잡았다. 1948년에 세 개의 회사로 분열되었다가 1949년에 하쿠유샤[博友社]라는 이름으로 다시 통합되었으며 1950년에 하쿠분칸신샤[博文館新社]로 다시 태어났다. 일기장 출판사로서 현재도 존속하고 있으며, 일기는 하쿠분칸 시대부터 이 출판사의 히트 상품이었다.

대작이 될 예정이라고 하는군요. 세이난 전쟁에 대한 것이 상세하게 기록되겠지요. 작자는 가와사키 시잔[川崎紫山][40]이라는 사람입니다. 이 사람은 민권파로 알려진 도쿄 아케보노 신문의 기자인데, 다른 신문에서 주필로 영입하고 싶다는 권유가 있을 정도의 사람이니, 제 대로 취재를 해서 쓰고 계시겠지요. 이쪽은 어떨까요."

"어떠냐니 ── 뭐, 자료로서는 그쪽이 신용할 만한 것이 되지 않을까요."

자료로서는 그렇지요, 하고 주인은 말했다.

"인포메이션으로서는, 분명히 이쪽이 가치가 높을 겁니다. 하지만 손님. 이것을 읽는다고 해도 저는 세이난 전쟁에는 참가할 수 없습니다."

"흐음."

"벌써 십오 년이나 전에 끝나 버린 일이니까요. 이제 와서 사이고에 도 정부에도 가세할 수는 없습니다. 이것을 읽으면서 상상할 수밖에 없지요. 저에게 세이난 전쟁은."

주인은 촛불을 받침대에 놓고 검지로 자신의 관자놀이를 찔렀다.

"이 안에 있을 뿐이에요. 그건 진짜 세이난 전쟁이 아닙니다. 말하자면 세이난 전쟁의 유령 같은 것입니다."

"유령이라고요?"

"예. 유령이라는 것은 신경의 작용으로 죽은 사람이 마치 거기 있는 듯 보이는 것이지 않습니까."

"뭐, 그렇다고들 하지요."

40) 1864~1943. 메이지~쇼와 시대 초기에 걸쳐 활동한 저널리스트. 도쿄의 아케보노 신문사, 오사카의 대동일보사(大東日報社)의 기자를 거쳐 '주오 신문[中央新聞]', '시나노 마이니치 신문[信濃毎日新聞]'의 주필이 되었다.

"마찬가지입니다. 아주 미세한 데까지 공을 들이고, 알면 알수록, 세이난 전쟁의 유령은 이 두개골 속에서 윤곽이 명확해지겠지요. 하지만 그건 실물은 아닙니다."

"분명히 그건 그렇습니다."

"나라는 말은 나 자체가 아닙니다. 당신이라는 말도 당신 자체가 아니에요. 말은 현세에 대응하고 있지만, 현세 자체는 아니지요. 책상이라는 말과 이 책상은."

아무 관계도 없습니다, 하고 주인은 말했다.

탕, 하고 책상을 때린다.

"문자도 마찬가지입니다. 불립문자(不立文字)[41]의 가르침을 인용할 필요까지도 없이 문자는 기호에 지나지 않아요. 한자도 일본어도, 이 니시키에와 마찬가지입니다."

"원래는 그림, 이라는 뜻입니까."

"지금도 그림입니다."

하고 주인은 말한다.

"구상(具象)이 아닐 뿐이지, 평면에 그려진 무늬이니 그림입니다. 다만 음운에 대응하고, 의미가 실려 있다는 것뿐이지요. 우리는 그것을 조합하고, 말로 이해하고 있다는 것뿐."

"음."

---

41) '불립문자, 교외별전, 직지인심, 견성성불(不立文字, 教外別伝, 直指人心, 見性成仏)'이라는 어구에서 온 말로, '경전의 말을 떠나 오직 좌선함으로써 석가모니의 깨달음을 직접 체험한다'는 뜻이 되어 선종(禪)의 근본을 나타내는 말로 알려졌다. 문자나 말에 의한 교의의 전달보다 체험으로 전하는 것이야말로 진수라는 뜻. 이 말은 선종의 개조(開祖)로 알려진 인도의 달마가 한 말로 전해지며, '문자는 해석하기에 따라서 어떻게도 바뀔 수 있기 때문에 진실한 불법은 거기에 존재하지 않는다. 따라서 깨달음을 위해서는 굳이 문자를 세우지 않는다'는 가르침이다. 당나라 시대의 중국 선승인 혜능(慧能)이 특히 이를 강조하였다.

지금까지 한 번도 생각해 본 적이 없었지만, 말할 것까지도 없이 그 말이 옳을 것이다.

"말로 이해되는 그림을 더욱 조합해서 글이라는 주문으로 만들고, 그것을 연달아 써서 묶은 것이 —— 책입니다."

많이 있지요, 하고 주인은 가게를 둘러본다.

지나치게 많을 정도다.

"말은 대개 주문. 문자가 적혀 있는 종이는 부적. 모든 책은 지나가는 과거를 봉해 넣은 주물(呪物)입니다."

"주물이라고요?"

그런데 —— 하며 주인은 내게 얼굴을 향한다.

"손님은 성묘를 가십니까?"

"뭐, 신앙은 잘 모르고, 지극히 벌 받을 성미인지라 불사나 법요도 게을리하고 성묘도 부지런히 가지는 않지만, 명절이나 기일에는 보리사(菩提寺)[42]에 가서 합장이나 한번 하는 정도지요."

"참배하실 때는 무슨 생각을 하십니까?"

"글쎄요. 그냥 무심(無心)합니다. 돌아가신 아버지나 조부모님을 생각할 때도 있지만요."

"그분들보다 더 거슬러 올라간 조상님에 대해서는 어떻습니까?"

"그건 생각할 수가 없지요. 모르니까요. 뭐, 조상의 무용담 같은 이야기는 어릴 때 다소 들었으니 그런 것은 기억하고 있지만, 얼굴도 목소리도 아무것도 모릅니다."

"마찬가지입니다."

주인은 또 싱긋 웃었다.

---

42) 선조의 위패를 모신 절.

"뭐가 말입니까?"

"무덤을 향해 서 있는 당신은 아버님이나 할아버님, 할머님의 모습을 떠올릴 수 있겠지요. 고인을 알고 있기 때문입니다. 하지만 고인을 모르는 사람은 아무것도 떠올릴 수가 없습니다."

"그것과 무엇이 마찬가지입니까?"

이것 말입니다, 하며 주인은 책을 쳐들었다.

서양 책인 것 같았다.

"당신은 외국어가 서툴다고 하셨으니 아마 이 책은 읽지 않으셨겠지요. 노력해서 어학을 익히고, 읽을 수 있게 되신다고 해도, 쉽게는 이해하기 힘들 거라고 생각합니다만."

"아니, 아니."

전혀 이해하지 못할 것이다. 우선 이해하고자 하는 마음이 없다.

타인의 무덤이기 때문입니다, 라고 주인은 말했다.

"낯선 타인의 무덤을 찾아가도, 당신은 아무것도 떠올리지 못할 겁니다."

"그렇군요. 그래서 무덤입니까──."

둘러본다.

그러면 이 가게는 묘지인 걸까.

"적혀 있는 인포메이션에만 가치가 있다고 생각한다면, 책 같은 것은 필요하지 않을 겁니다. 누군가 자세히 아시는 분에게 이야기를 들으면 그것으로 끝나 버리겠지요. 무덤은 돌멩이, 그 밑에 있는 것은 뼛조각. 그런 것에는 의미고 가치고 없을 테니까요. 돌멩이나 뼛조각에서 무언가를 찾아내는 것은 무덤을 찾아가는 사람입니다. 책도 마찬가지입니다. 책은 내용에 가치가 있는 것이 아니라 읽는다는 행위 때문에, 읽는 사람 안에 무언가가 일어나는——그쪽에 가치가 있는 것입니다."

"내용물이 아니라는 뜻입니까?"

"같은 책을 읽어도 사람에 따라 일어나는 것은 다르겠지요. 아무리 가치 없는 내용이 적혀 있어도, 백 명 천 명이 쓸데없다고 판단했다고 해도, 단 한 명 안에 가치 있는 무언가가 생겨났다면 그 책은 가치 없는 것이 아닙니다."

"그렇게 되나요."

책은 주물입니다, 하고 주인은 말을 잇는다.

"문자도 말도 속임수입니다. 거기에 현세는 없습니다. 거짓도 진실도 없습니다. 책이라는 것은 그것을 쓴 사람이 만들어낸, 가짜 현세, 현세의 시체입니다."

이 집은 마치 시체가 켜켜이 쌓여 있는 것과 같을 것이다.

"하지만 읽는 사람이 있다면 그 시체는 되살아나겠지요. 문자라는 부적을 읽고, 말이라는 주문을 욈으로써 읽은 사람 안에 읽은 사람만의 현세가 유령으로서 일어나는 것입니다. 바로 눈앞에 나타나겠지요. 그게——책입니다."

그래서 책을 사는 사람이 있는 거라고 주인은 말했다.

"그래서, 라고 하시면."

"책에서 일어나는 현세는 이 진짜 현세가 아닙니다. 그 사람만의 현세입니다. 그래서 사람은 또 하나의 자신만의 세계를 품에 넣고 싶어 하지요."

그 마음은 이해가 간다.

"두 번, 세 번 읽기 위해서일까요."

"물론 그것은 읽을 때마다 일어나겠지요. 읽을 때마다 다른 것이 보일지도 모릅니다. 하지만 제 생각에, 한 번 읽었으면 더 이상 읽을 필요는 없는——것일지도 모르겠습니다."

"그렇——습니까."

"읽지 않고 보기만 해도, 보지 않아도 소유하고 있는 것만으로도 그 세계는 소유자의 것일 테니까요."

"보는 것 만으로요?"

"예. 제첨에 적혀 있는 책의 제목은 계명(戒名) 같은 것이거든요. 양장본의 등 표지에 새겨져 있는 것은 묘비명입니다. 그걸 보면 무엇의 무덤인지는 알 수 있겠지요."

생각하는 것만으로도 충분하다는 뜻일까.

"그렇군요. 하지만 주인장, 소유하고 있는 것만으로도 충분하다는 건 이해하기 어렵군요. 소유하고 하지 않고는 별로 상관없을 것 같기도 한데요."

"아니, 아니, 중요합니다."

하고 주인은 말한다.

"같은 무덤을 찾아가도, 다른 사람에게는 다른 유령이 보입니다. 그렇게 되면——자신만의 세계가 아니게 되어 버리잖아요."

"그건 그렇지만."

"물론 반드시 소유해야 한다는 것은 아닙니다. 어떤 의미로 무덤이란 장식. 불단도 위패도 장식이니까요. 불손한 말이지만 그런 것은 모두 신심의 계기에 지나지 않는 것이겠지요. 중요한 것은 마음가짐이니, 참배를 가지 않아도 기도를 하지 않아도 공양이 되도록, 생각하는 것만으로도 통하는 것이기는 하겠지요. 하지만."

주인은 어딘가 사랑스러운 듯한 눈빛으로 선반의 책들을 보았다.

"자신에게 소중한 사람의 위패 정도는 소유하고 싶은 법이 아니겠습니까."

"예에 ——."

"책은 아무리 많아도 좋은 것. 읽은 만큼 세상은 넓어지지요. 읽은 수만큼 세계가 생겨날 겁니다. 하지만 사실은 단 한 권으로도 충분한 것입니다. 단 한 권, 소중하고 소중한 책을 발견할 수 있다면 그분은 행복할 겁니다."

그래서 사람은 책을 찾는 거지요, 라고 주인은 말했다.

"정말로 소중한 책은, 현세의 일생을 사는 것과 비슷할 정도로 다른 삶을 줍니다. 그래서 그 소중한 책을 만날 때까지, 사람은 계속 찾는 것입니다."

그런 —— 걸까.

내 책은 이 안에 있을까.

이 종이뭉음과 문자의 소용돌이 속에, 대체 얼마나 많은 현세의 유령이 갇혀 있다는 것일까.

"찾을 수 있을까요."

"만나지 못하는 사람도 있겠지요. 아니, 만나지 못하는 사람이 더 많을 겁니다. 하지만 어느 쪽이든 읽어볼 때까지는 알 수 없는 것이니, 읽지 않으면 만날 수 없습니다. 읽고, 무언가를 느낄 수 있었다고 해도 그보다 더 위가 있을지도 모른다, 다음에는 더 멋질지도 모른다고 생각하고 맙니다. 이거다 싶은 그 한 권을 정하지 못해서 또 다음을 찾지요. 그래서 책은 모으는 것이 아니라 모이고 마는 것이겠지요."

그 감각은 알 것 같은 기분이 든다.

수집가와는 조금 다르다.

늘리고 싶다거나 다 갖추고 싶다거나 채우고 싶다거나, 그런 것이 아니다. 수의 문제도 아니고, 부족함이 있는 것도 아니다. 참으로 모이고 만다고 말할 수밖에 없는 것이다.

"뭐, 증상이 점점 심각해지는 부류임은 틀림없겠지만요."

욕심이 생기지요 —— 라고 말하며 미소를 짓고는, 주인은 일어섰다.

"그런 사람이 찾아내 주기를 바라면서, 저는 여기 이렇게 시체와 묘석을 늘어놓고 있는 것입니다."

그러니까 ——.

"아니, 조금 다르군요."

하고 주인은 말했다.

"다르다니요."

"사람을 위해서라기보다 책을 위해서일지도 모르겠군요. 아니, 그렇습니다."

"책을 위해서입니까."

주인은 계단 위를 올려다보았다.

"어쨌든 읽어 주셨으면 좋겠습니다. 맞고 맞지 않고는 별도로 치고, 맞든 맞지 않든, 읽히지 않으면 이것은 쓰레기. 아무도 찾아오지 않는 무덤은 그냥 돌멩이입니다. 밑에 시체가 묻혀 있어도, 그게 아무리 훌륭한 분의 시체라고 해도, 아무도 알아채지 못할 겁니다. 읽히지 않는 책은 단순한 종이 쓰레기예요."

"그야 뭐 그렇겠지요."

그래서 팔고 있습니다, 하고 주인은 말했다.

"파는 것이 공양입니다."

그래서 ──.

조당(弔堂)인 것일까.

"애도하고 계시는군요."

뭐, 저는 본래는 승려였었어요, 라고 말하며 주인은 자신의 머리를 슬쩍 어루만졌다.

"환속한 지 꽤 되었습니다만."

"스님이셨습니까."

아니, 하지만 나이는 젊다. 나보다 위인가 했는데, 목소리는 젊다. 서른 정도로밖에 느껴지지 않는다. 아니, 젊어 보이는 것도 이 이상한 무대 때문일지도 모른다.

"몰라 뵈었군요. 역시 설교가 능숙하십니다. 뭐, 저는 여러 가지에 생각이 부족한 사람이라 깊이 생각해 본 적은 없지만, 주인장의 말씀은 이해했습니다. 책을 좋아한다는 건 그런 뜻일지도 모르겠군요. 다소 ──."

지나치게 과장된 듯한 기분도 들었지만 ──.

하고 끝까지 말하기 전에 옆에서 아이의 목소리가 났다.

"저어, 차를 내와도 될까요."

"왜, 시호루. 그런 데 서 있지 말고 빨리 내오면 되지 않니."

"예에. 말씀이 끝나지 않아서 망설이다가 차가 다 식어 버렸습니다."

송구한 듯이 그렇게 말하더니, 아이는 쟁반에 받친 찻잔을 건네주었다.

그렇게 식지도 않았다.

"저 자신도 제 책을 찾고 있습니다."

"그럼──."

아직 발견하지 못한 것일까. 이렇게── 많은데도.

주인은 웃었다.

"아니, 아니, 어느 책이나 읽고 있을 때는 이거다 하고 생각합니다. 생각하지만 혹시 아닌가 하는 생각도 들지요. 그래서 또 찾습니다. 찾고 있는 동안에 이렇게 늘어나고 말았지요. 이렇게 되니 모든 책이 소중하게 생각되어서, 어떤 것이 제 책인지 놓치고 말았어요. 그랬더니 이 책들이 불쌍하게 여겨지더군요."

"불쌍하다고요?"

"저보다 더 좋은 사람이 있을지도 모르지 않습니까."

"예에."

남녀 사이 같군요, 하고 말하자 주인은 그렇습니까, 하며 웃었다.

"사장(死藏)이라는 말이 있는데, 이래서는 바로 사장입니다. 죽은 자는 인도하여 성불시키는 것이 불가(佛家)의 역할. 공양을 하려면 팔 수밖에 없지요. 그래서 장사를 시작한 것입니다. 그렇게 되다 보니 우리 가게와 다른 서포(書鋪)와는 애초에 내력이 다릅니다."

발행소도 아니고, 중개하는 것도 아니다. 책을 찾아다니고, 사들여서 진열하고, 파는 것이다. 아니, 찾는 사람을 만나는 그때까지 진열해 둔다──는 것이리라.

대법회로군요, 하고 말했다.

"그럼 주인장. 이곳에 오는 손님은 저 같은 얼간이가 아니라 명확한 목적을 갖고 탐서(探書)하러 오는, 절실한 분들뿐입니까?"

"그렇지는 않습니다."

"아닙니까?"

"뭐, 연고자가 없는 시체를 짝지어주는, 그런 일도 합니다. 돌보는 이가 끊긴 지 오래인 고분묘(古墳墓)와 모셔야 할 조상의 영혼을 알아내지 못한 사람을 대면시켜 보니, 가늘고 가느다란 인연이 이어져 있었던 적도 있었지요."

전혀 팔리지 않으면 급료를 받을 수 없습니다, 하고 아이가 말한다.

그렇답니다, 하며 주인은 웃었다.

이제 눈은 완전히 익숙해졌고, 제첩의 글자도 읽을 수 있게 되었다. 오랫동안 이야기를 들은 탓이기도 하겠지만, 확실히 영묘(靈廟)처럼 보이지 않는 것도 아니다. 실로 정연하게 진열되어 있다. 주인은 성실한 성격일 것이다. 정리되어 있어서 얼핏 보면 깨끗하지만, 자세히 보면 생각할 수도 없는 진열과 종류이다.

어떤 기준으로 분류된 것인지 짐작할 수가 없다.

찻잔을 아이에게 돌려주고, 좀 보겠습니다, 하며 일어서려고 하는데——.

누군가가 문을 두드렸다.

어, 손님이에요, 하며 아이는 찻잔을 계단 구석에 내려놓고 허둥지둥 문으로 향했다.

갑자기 허둥거리며 계산대를 힐끗 보니, 뭔가 눈치챈 듯이, 그냥 앉아 계십시오, 하고 주인은 말했다. 별수 없이 그 자리에 움츠리다시피 앉아 있었다.

문이 열린다.

어슴푸레한 공간에 강한 빛이 비쳐든다.

흐릿한 그늘을 동반한 실루엣이 이윽고 사람의 상(像)을 맺었다.

본래는 커다란 사람일 것이다.

하지만 어깨를 늘어뜨리고 약간 구부정한 자세를 하고 있다.

그 위축된 자세 때문인지 좀 작아 보인다. 지팡이를 짚고 있다. 다리가 불편한 것인지도 모른다.

그림자는 가게 중간까지 걸어왔다.

새까만 머리카락을 뒤로 쓰다듬어 붙이고, 두툼한 입술과 강한 턱, 그 위로는 부리부리한 두 개의 눈을 부릅뜨고 있다. 아마 이 사람이 가슴을 펴고 노려보면 상대방은 움츠러들 것이다. 그런 박력이 있다. 안광이 날카로운 협객 같은 풍모이기는 하다. 하지만 어딘가 기운이 빠진 듯, 무섭다기보다 애처롭다.

병을 앓고 있는 것인지도 모른다. 직관으로 그렇게 느꼈다.

안색도 푸르뎅뎅했다.

"여기가 조당 맞습니까."

탄력 있는 침착한 목소리였지만 그 탄력은 뭔가 급박한 듯한, 견딜 수 없다는 듯한 것이었다.

"그렇습니다. 제가 주인입니다."

"오오."

남자는 주인의 목소리에 주인을 마주 본다.

수수한 색깔의 홑옷에 검은 하오리[43], 쉰 살이 넘은 정도일까. 눈 밑의 그늘과 탄력이 없어진 피부가 겉모습을 한층 더 늙어 보이게 한다.

눈이 익숙해지지 않은 것인지, 남자는 허공에 이리저리 시선을 보내면서,

---

43) 일본 옷 위에 입는 짧은 겉옷.

"아키야마 부에몬에게 듣고 왔습니다."

하고 말했다.

"아키야마라면 그, 지혼[地本]⁴⁴⁾ 도매상인 아키야마 말씀이십니까."

지혼이라면 샤레본[洒落本]⁴⁵⁾이나 곳케이본[滑稽本]⁴⁶⁾, 닌조본[人情本]⁴⁷⁾에 교카본[狂歌本]⁴⁸⁾, 아카혼, 구로혼[黑本]⁴⁹⁾, 기뵤시[黃表紙]⁵⁰⁾ 등의 구사조시[草双紙]⁵¹⁾의 총칭일 것이다. 요컨대 에도 시대의 오락 책이다.

"맞습니다. 곳케이도[滑稽堂]의 아키야마입니다. 얼마 전에 지혼 가게는 닫았지만. 그런 종류의 책은 시류에 맞지 않지요. 지금은 우키요에[浮世繪]⁵²⁾ 발행소인데, 뭐."

우키요에는 유행하지 않으니까요, 하고 남자는 말했다.

"그렇습니까. 우리 가게에는 아직 사러 오는 손님이 계십니다. 그러고 보니 재작년에 나온 배우 그림 —— 오방삼마이쓰즈키[大判三枚續]⁵³⁾ 3종, 그건 분명 아키야마 발행소에서 찍은 것이 아니었던가요."

"그랬던가요."

---

44) 에도에서 간행된 책. 주로 소설이나 구사조시[草双紙] 류를 말한다. 교토에서 간행된 요미혼이나 그림책에 대비되는 말.
45) 에도 시대 후기 화류계를 제재로 한 소설.
46) 서민 생활을 익살로 엮은 에도 시대의 통속소설.
47) 에도 시대 말기에 유행한 서민들의 인정, 애정을 주제로 한 풍속소설.
48) 일상의 잡다한 일을 소재로 해학, 익살, 풍자 등을 담은 비속한 단가집(短歌集). 에도 시대 중기부터 유행하였다.
49) 구사조시의 일종. 검은 표지의 한서식 장정으로 군담, 복수담, 괴담 등에 그림을 곁들인 이야기책. 에도 시대 중기에 에도에서 유행했다.
50) 에도 시대 중기에 간행된 구사조시의 일종. 그림을 주로 하여 세태, 인정을 나타낸 이야기책으로, 익살과 풍자가 특색이었다. 노란색 표지를 사용했던 데서 '기뵤시[黃表紙]'라는 이름이 붙었다.
51) 에도 시대 그림이 들어 있는 대중소설의 총칭.
52) 에도 시대에 성행한 풍속화. 주로 화류계 여성이나 연극배우 등을 소재로 하였다.
53) 에도 시대 후기부터 가장 일반화된 크기(약 37cm x 25cm)인 오방[大判]의 판화를 세 장 늘어놓아 한 장의 그림이 되는 구조를 가진 우키요에 판화의 일종. 즉 판화는 한 장짜리 그림이지만 종이는 세 장이다. 이러한 형식은 18세기 후반부터 보이기 시작한다.

하고 남자는 몹시 애매하게 대답했다.

"세쓰겟카노우치[雪月花之內]. 이치카와 단주로[市川団十郎]에 5대 오노에 기쿠고로[尾上菊五郎]. 거기다 이치카와 사단지[市川左團次]의 세쓰겟카[雪月花].[54] 그건 상연된 연극을 보고 그린 것은 아닐 겁니다. 그러니 연극 그림이 아니라 배우의 얼굴 그림을 이용한 이야기 그림이지요. 고전화(古典畵)나 무사 그림의 전통을 답습하면서도 새롭게 만들었어요. 기법도 구도도 훌륭했습니다."

"그런 것도 취급하는 가게입니까."

남자는 이상하다는 듯이 물었다. 주인은 웃으며, 제가 좋아서 산 겁니다, 하고 대답했다.

"좋아하거든요."

"당신은 시대에 뒤떨어진 취향이구려."

"그럴까요."

"이제부터는 서양화일 겁니다."

"서양화도 좋지만 다른 것이지 않습니까. 무엇보다 서양화는 찍어내는 것이 아닙니다."

"육필이라고 해도 우키요에라면 그렇게 다르지 않습니다. 뭐, 우키요에라고 부르는 동안에는 안 되지요."

"안 됩니까?"

---

54) 9대 이치카와 단주로, 5대 오노에 기쿠고로, 초대 이치카와 사단지는 일본 가부키의 황금시대인 '단기쿠사 시대[團菊左時代]'를 이루었던 메이지 시대의 3대 가부키 배우이다. 메이지를 대표하는 우키요에 화가로 알려진 쓰키오카 요시토시[月岡芳年]가 남긴 몇 안 되는 배우 그림 중 세 장인 '세쓰겟카' 시리즈는 이 세 명의 배우들을 그린 것으로 오노에 기쿠고로[눈雪], 이치카와 단주로[달月], 이치카와 사단지[꽃花]의 세 장으로 이루어져 있다. '세쓰겟카'는 본래 당나라의 시인 백거이(白居易)의 시 '기은협률(寄殷協律)'의 한 구절에서 따온 것으로 눈과 달과 꽃에 자연의 아름다움 또는 사계절의 아름다움을 빗대어 표현한 말인데, 일본 예술의 특질 중 하나로 여겨지고 있다.

"안 됩니다."

하며 남자는 미간에 주름을 지었다.

"요즘에는 화혼한재(和魂漢才)[55]가 아니라 화혼양재(和魂洋才)라는 말을 하지 않습니까. 그거예요. 그 말이 맞는다고 생각합니다. 좋은 것은 무엇이든 받아들여야 ——."

남자는 비칠비칠 비틀거렸다.

"하는 거요."

남자는 앞으로 고꾸라진다.

나는 이거 안 되겠다 싶어, 자리에서 일어나 의자를 권했다.

주인은 이쪽을 보고 희미하게 미소 짓더니,

"이거 죄송하게 되었습니다."

하고 붙임성 좋게 말했다.

남자는 미안하오, 미안하오, 하고 말하면서 의자에 걸터앉았다.

상당히 몸이 좋지 않은 모양이다.

"여기는, 뭐요, 초를 쓰시는군요."

남자는 말한다.

노토[能登][56] 쪽에서 들여오고 있지요, 하고 주인은 대답했다.

"요즘의 초는 질이 나빠서 그을음이 생기거든요. 파는 물건이 까매지고 말지요."

"램프로 바꾸지는 않는 거요?"

"그것도 그을음은 생깁니다."

나도 램프는 영 못 쓰겠다고 남자는 말했다.

---

55) 일본 고유의 정신을 가지고 중국에서 들여온 학문을 활용하는 것의 중요성을 강조하는 말.
56) 지금의 이시카와 현 노토 반도 지방을 가리키는 옛 지명.

"조절도 할 수 있고 편리하다고는 생각하지만, 아무래도 안정이 되지 않아요. 백 돈[57]짜리 초가 좋지요. 밤새 일할 때는 백 돈짜리 초가 제일입니다. 그러니까 무엇이든 다 서양식이 좋다는 말은 안 돼요. 안 되는 것은 안 됩니다."

우키요에가 그렇게 안 되는 겁니까, 하고 주인은 말하며 걸려 있는 니시키에를 힐끗 쳐다본다.

"예쁜데요."

"예쁘지요. 예쁘게 그리려고 했으니까. 하지만 그게 고작이에요. 당신의 말대로 서양화와는 다르지요. 기법이나 사고방식은 애초에 동서양에 차이가 있으니, 그건 그것대로 괜찮소. 하지만 화제(畵題)가 틀려먹었어요."

"틀려먹었습니까?"

"일본화도 그렇지만, 언제까지나 비슷한 화제만 그려서는 미래가 없습니다. 애초에 그림에 그림본이 있다는 게 잘못되었소. 모두 그림본대로 그리지. 그래서는 서양화에 당해낼 수가 없어요. 우선 직접 보고 그린다, 아니면 직접 생각해서 그린다. 그래야 할 겁니다. 이 나라의 그림쟁이는 베끼기만 할 뿐이오."

주인은 쓴웃음을 지었다.

"스승의 그림을 베낀다. 뭐, 거기서부터 시작하는 건 좋습니다. 모방에서부터 시작하는 것이겠지요. 하지만 똑같은 것을 똑같은 기법으로 똑같이 그리는 것이니, 이래서야 스승을 뛰어넘는 건 무리입니다."

"무리일까요."

---

57) 무게의 단위. 백 돈은 375g.

"다른 것을 보고 다르게 그린다. 이러면 뛰어넘을 수 있지요. 하지만 같은 견해, 같은 기법으로는 무리예요. 그래서야 스승이 더 잘 그릴 것이 뻔하지요. 만일 그러다가 스승보다 잘 그리게 되어 버리면 파문됩니다."

"그럴까요."

저도 모르게 말하고 말았다.

"뛰어넘으면 안 됩니까?"

"스승과 제자라는 것은 평생 계속되는 관계요. 따로 유파를 하나 세울 거라면 모르겠지만."

"예에."

"꼭 스승을 뛰어넘고 싶다면 호쿠사이[北齋][58]처럼 파벌을 빠져나와 독립할 수밖에 없습니다. 하지만 그래서는 일을 할 수가 없지요. 그러면 좀처럼 앞으로 나아갈 수는 없을 겁니다. 유파니 일문이니 그런 것을 따지고 있는 동안에는 아무것도 못 합니다. 뭐, 세상이 움직이지 않는다면 그걸로 충분할지도 모르지만, 세상이 이렇게 크게 변해 버렸다면 무리입니다."

바꾸지 않으면 안 된다고 남자는 스스로에게 들려주듯이 말했다.

"지당한 말씀일지도 모르겠군요."

하고 주인은 대답했다.

"하지만 좋은 것은 시대를 뛰어넘어서도 좋을 것 같은데요."

"아니, 아니."

하며 남자는 고개를 저었다.

---

58) 가쓰시카 호쿠사이[葛飾北齋]. 1760~1849. 에도 시대 후기의 우키요에 화가이며 세계적으로도 저명한 화가이다. 1778년에 우키요에 화가 가쓰카와 슌쇼[勝川春章]의 제자로 들어갔으나 1794년, 당시의 최고선임 제자였던 사형과의 불화로 파문된 바 있다.

"당신 말대로 좋은 것은 좋아요. 내가 백 돈짜리 초를 사용하는 이유는 좋다고 생각하기 때문입니다. 하지만 오늘날 백 돈짜리 초를 쓰는 사람은 적지요. 이러다가 구할 수 없게 될 거요. 그렇게 되면 싫어도 램프를 쓸 수밖에 없게 되겠지요. 그렇다면 일찌감치 바꾸는 게 좋을 테고 말이오. 어쩌면 백 돈짜리 초보다도 사용하기 좋은 일본식 램프가 생길지도 모릅니다. 아니, 아니, 그렇게 되어야 해요."

그것이 화혼양재겠지요, 하고 남자는 말한다.

"그러니까 육필이라는 건 이야기가 또 다를지도 모르겠지만, 찍어내는 것은 안 될 겁니다. 뭐가 안 되느냐 하면 유통이 따라가질 못하니까요. 인쇄도, 그 뭐라고 하는 서양의 기법이 말이지요, 그건 훌륭하니까요. 판에 새겨서 찍는다는 것은 귀찮은 일이거든. 직인도 줄었습니다."

"그런 모양이더군요."

"아니, 이제 도쿄에서만 장사를 할 수는 없으니, 이렇게 되면 힘들어집니다. 판목(版木)이라는 건 수천수만 장을 찍을 수 있는 것은 아니니까요. 전국에 뿌리려면 조판사나 인쇄사의 질도 유지하기 힘들 거고요."

미래는 없을 거라고 남자는 말한다.

"없을까요."

없소, 안 돼요, 안 돼, 하며 남자는 괴로운 듯한 표정을 지었다.

"이제 물러설 데가 없습니다."

"그럴지도 모릅니다. 다만 —— 설령 시류에 맞지 않는다고 해도, 아무도 돌아보지 않게 된다고 해도, 남는 것은 남을 테니까요."

"남을까요."

"예. 여기에는 백 년 전, 이백 년 전의 책도 있습니다. 남아 있으면 읽을 수 있겠지요. 읽을 수 있으면 남기도 할 겁니다. 그림도 마찬가지겠지요. 백 년 후, 이백 년 후에 가치가 생기는 것도 있습니다."

"아니, 그래도 우키요에는 안 돼요. 고상한 것도 아니고, 장지에 바르는 종이 정도밖에 안 될 거요. 아키야마 씨네 가게도 이제 끝장일 겁니다. 팔리지 않으면 찍을 수 없어요."

쓸쓸한 일이군요, 하고 주인은 말하며, 아까 가리킨 세이난 전쟁의 니시키에를 집어 들었다.

"남기고 싶은데요."

"찍을 수 없게 되면 남지 않지요."

"하지만 남길지 어떨지는 받아들이는 사람, 보는 사람이 결정할 일이겠지요."

남자는 잠시 얼굴을 찌푸리고 있지만 그러다가 눈을 가늘게 뜨며,

"아니, 아니, 그렇다고 해도 시류에는 거스를 수 없습니다. 거슬러도 소용없어요. 그때그때에 맞춰서 변해 가는 것이 올바른 방식입니다. 나는 그렇게 생각하며 오늘까지 살아왔는데."

이제 다 틀렸다며 남자는 고개를 숙인다.

"몸이 좋지 않으신 모양인데요."

"아아, 좋지 않소. 각기병이라."

"각기병이라고요? 그거 큰일이군요."

"큰일이지요. 큰일이지만 자업자득입니다. 섭생(攝生)이 형편없다고 할까 전혀 몸을 돌보지 않았다고 할까, 뭐——."

술을 진탕 마셨습니다, 하고 남자는 말했다.

"술이 지나치셨습니까."

"지나친 정도가 아닙니다. 아니, 부끄러운 일이지만요. 나는 신경에 문제가 있어서 말이오."

"신경 —— 이라고요."

"신경입니다."

남자는 지팡이를 앞으로 짚고, 양손을 그 위에 올려놓았다.

"미쳐 버렸습니다. 아니, 뇌가 망가진 것인지 마음이 먹힌 것인지, 이상해지고 말아서 얼마 전까지 스가모의 전광원(癲狂院)[59]에 들어가 있었습니다. 뭐가 뭔지 알 수가 없게 되어서."

미친 걸로 여겨지고 말았다고 말하고 나서, 남자는 이쪽을 보며, 아아, 걱정하실 건 없습니다, 하고 말을 이었다.

"난동을 부리는 건 아니니까. 뭐, 미친 거라면 미친 대로 괜찮았을지도 모르지만, 말하자면 신경쇠약입니다."

신경이 약해진 거라고 남자는 말한다.

"신경이라는 게 어떤 것인지, 나는 본 적이 없으니 모르지만 뭐, 이 뇌나, 어딘가에 연결되어 있는 것이겠지요. 그게 분명히 넝마처럼 상하고 만 것일 겁니다. 그러니까 이제 틀렸어요. 마음이 거칠어져서, 소중한 직업도 도중에 내팽개치고 말았소."

그러셨습니까 —— 라고 말하며 주인은 계산대에 앉았다.

"도중에 그만두었고, 그 후로 다시는 돌아가지 못했습니다. 뭐, 이게 처음은 아니니까요. 20년 전에도 정신이 나간 적이 있는데, 그때는 나았소. 병은 마음에서 온다는 말은 사실이랍니다. 어차피 마음의 병이지요. 하지만 작년에 또 정신이 나가서 의사한테 다녔는데, 그래도 일단은 좋아졌어요. 하지만."

---

59) 정신병원.

병원을 나온 순간 또다시 되돌아간다고 말하며, 남자는 지그시 눈을 감았다.

"운이 없지요. 이번에야말로 나았다고 생각했는데, 일을 시작한 순간 다시 이상해졌어요. 뭐, 돈이 없어진 것도 있고요. 지난번에 도둑이 들었는데, 마음도 완전히 약해져 버려서, 그래서 뭐—— 전광원에 들어가게 돼 버렸다오. 하지만 쉬고만 있을 수도 없으니까요. 침상에서 일을 하고 있었더니 쫓겨났소. 그래서 별수 없이 다른 병원으로 옮겼는데, 그곳 의사가 가망이 없다고 포기해서."

"의사가 포기해서는 안 되지 않습니까."

"뭐, 의사를 원망하지는 않습니다. 하지만 고칠 수 없다는데 억지로 눌러앉아 있어도 소용이 없으니까요. 그래서 퇴원했소."

그리고 곧장 이곳으로 왔습니다, 하고 남자는 말했다.

"다리도 약해졌고 해서, 인력거를 준비하고 인력꾼을 밖에 대기시켜 놓았습니다. 아아——."

쓸데없는 이야기를 해 버렸군요, 라고 말하며 남자는 눈을 떴다.

눈동자에 촛불의 불빛이 비치고 있다.

"시간이 별로 없소."

"그러셨습니까——."

"내 수명은 그다지 오래가지는 못할 겁니다. 그러니까—— 시간이 없소."

"잘 알겠습니다. 그래서."

어떤 책을 원하십니까—— 하고 주인은 말했다.

"나는 말이지요, 이래봬도 배운 것은 없지만, 책은 읽는다오. 상인 나부랭이지만 일 때문에 습자도 배웠고, 젊을 때부터 여러 가지를 읽었소. 고사내력(故事來歷), 유직고실(有職故實)[60]을 알 필요가 있었기 때문이지요. 옛날 일을 배우고, 외국의 풍습을 알지 못하면 할 수 없는 일이었습니다. 그래서 한서(漢書)나 당본(唐本)[61]도 읽었소. 많이도 읽었지요. 하지만 아직 부족합니다."

"부족하십니까."

"그래요. 그러니 ── 죽기 전, 임종 전에 읽을 책을 팔아 주시오."

남자는 푸르뎅뎅한 얼굴을 일그러뜨리며 당장에라도 울 것 같은 표정이 되었다.

"나는, 뭐 의사가 하는 말이니 미친 것인지도 모르지요. 하지만 사물의 도리는 아직 알고 있소. 몸도, 영혼도 약해졌고 신경도 상해서 있는 대로 가늘어졌지만, 아직 움직이고 있소."

일을 하고 싶다고 남자는 말했다.

"이대로는 죽을 수 없소. 마지막의 마지막까지 일을 하고 싶단 말이오. 하지만 어떻게 해도 손이 움직이지 않아요."

병 때문은 아니라고 남자는 거칠어진 목소리로 말했다.

"손이 움직이지 않게 된 게 아니오. 마음이 쇠잔한 거요. 손가락 끝까지 힘이 전해지지 않아요. 신경 때문일까. 그렇지는 않을 거요. 뭔가가 부족할 뿐이오. 내게는 알아야 할 것이 있을 텐데. 그러기 위해서는 뭔가."

뭔가 책을 읽고 싶소 ──.

---

60) 옛날의 조정이나 무가(武家)의 관직, 법령, 의식, 의상, 집기 등을 연구하는 학문.
61) 중국에서 들여온 책.

"헹, 시건방지지. 삼도천(三途川)[62]이 졸졸 흐르는 소리가 벌써 귓가에 들려오는데, 이상한 이야기지요."

헤, 헤, 헤, 하고 남자는 억지로 힘껏 웃었다.

확실히 ——.

미친 것인지도 모른다고 생각했다.

상당히 고통스럽지 않을까. 각기병은 심해지면 죽을병이 된다고 들었다. 어떤 증상이 나타나는 것인지 자세히는 모르지만, 때로는 노해보다도 고통스러운 모양이다.

진실인지 아닌지는 제쳐 두더라도, 이 남자가 죽음을 각오하고 있는 것만은 틀림없는 일이다.

물론 그것은 착각일지도 모르지만, 당사자의 입장에서 보자면 죽음을 예감할 정도로 괴로울 것이다.

그 상태에서도 책을 읽고 싶다고 생각할까.

달리 해야 할 일도 있을 것이다. 아니, 우선 이 남자는 일하고 싶다는 강한 욕구를 갖고 있다. 어떤 직종인지는 상상도 가지 않지만, 어쨌든 일을 하고 싶을 것이다.

그렇다면 왜 책을 읽으려는 것일까.

애초에 임종 때까지 읽어 두어야 하는 책이라는 것이 있을까. 이 집의 주인은, 사람은 더할 나위 없이 소중한 한 권을 찾아 책을 읽는 거라고 한다. 읽어도 읽어도 찾지 못한 것 같은 기분이 들어서 계속 읽는 거라고, 그렇게 말한다.

그것은 그럴지도 모른다고 생각한다.

하지만.

---

62) 사람이 죽어서 저승으로 가는 도중에 있는 큰 내.

이 남자의 한 권을 알 수 있을까.

스스로도 모르기 때문에 계속 읽는 것이 아닌가. 몇 권이나, 몇 권이나.

주인의 말대로 사실은 한 권이면 된다. 아니, 그것은 한 권밖에 없는 것이다.

하지만 그 한 권을 모르기 때문에 몇 권이나 읽어야 하는 것이 아닐까.

가게 주인의 말이 사실이라면 주인 자신도 그 한 권을 만나지 못했기 때문에 이런——.

대가람을 지을 정도로 책을 모으고 만 것이 아니었던가.

조당 주인은 한동안 말없이 남자를 보고 있었다.

남자는 비지땀을 흘리고 있다.

주인은 구석에 우두커니 서 있는 아이에게 시선을 보냈다. 미동(美童)은 기민하게 그 신호를 알아채고 소리도 없이 이동해, 계산대 옆에 바싹 붙었다.

주인은 미동의 자그마한 귀에 입을 대고, 알아들을 수 없을 정도의 작은 목소리로 뭔가 말했다.

아이——시호루, 라는 이름인 모양이다——는 작게 고개를 끄덕이고, 다시 소리도 내지 않고 재빨리 문까지 이동해 살짝 열려 있던 판자문을 꼭 닫았다.

그러고 나서 시호루는 문 옆의 촛불을 하나——.

껐다.

그다음 촛불도.

껐다.

시호루는 신중한 동작으로 촛불의 불을 하나하나 꺼 나간다. 과연 무슨 생각을 하고 있는 것인지 내가 물으려고 입을 열기 전에 주인이 엄숙하게 말했다.

"몇 가지 외람된 질문을 여쭙겠습니다만, 괜찮으신지요."

"외람된 것이라니."

"송구하지만 요시오카 요네지로 님이신 것 같은데."

주인은 그렇게 말했다.

남자는 눈을 부릅떴다.

"나를 아시오?"

"아니요. 책방 주인의 추측이니, 틀렸다면 용서해 주십시오."

"확실히——그런 이름도 있었습니다."

"다른 이름은——여기에서는 필요하지 않으니, 말씀하실 필요는 없습니다. 아니, 성도 필요 없습니다. 요네지로 님이라고 불러도 되겠습니까."

"상관없소."

하고 남자는 말했다.

"그러십니까. 그건 그렇고——요네지로 님은 산유테이 엔초[三遊亭圓朝][63]의 무대를 보신 적이 있으십니까."

"닌조본의 이야기는 좋아합니다. 나는 뭐, 이런 무서운 얼굴이지만 아무래도 눈물이 많은 성질이라——."

아니, 괴담 이야기 말입니다, 하고 주인은 말했다.

계산대의 촛불——마지막 촛불이 꺼졌다.

천창에서 비쳐드는 약한 빛이 남자의 지친 얼굴만을 비추고 있다.

---

63) 에도·도쿄의 라쿠고(만담가) 산유파의 당주.

"엔초 님은 몇 해 전에 세키테이[席亭][64]와 다툼을 일으키시고 나서 무대에서 물러나셨지만, 듣자 하니 몸도 좋지 않으셔서 근자에 폐업 하실 거라고 하시니까요."

그래요, 아깝군요, 하고 남자는 말한다.

"그 무설거사(無舌居士)[65]는 개화 선생들이 싫어하는 괴담 이야기의 명인이기도 하지요. 신케이카사네가후치[真景累ヶ淵][66], 괴담 치부사노 에노키[乳房榎][67], 모란 등롱[68]──모두 걸작이에요. 여전에는 괴담 모임 같은 것도 자주 열곤 하셨고, 지금은 유령 그림도 수집하시는 모양입니다."

"그건 들은 적이 있소. 햐쿠모노가타리[百物語][69]에 감화되어서 백

---

64) 흥행장의 경영자. 예능인의 공연에 장소를 제공하고 입장료를 나누어 가진다. 출연자 와 공연 목록 등을 선택하기 때문에 감상하는 눈이 높아야 했으며 예능인에 대한 발언력 도 컸다.
65) 산유테이 엔초의 호.
66) 메이지 시대 라쿠고 명인 산유테이 엔초에 의해 창작된 괴담 이야기. 에도 시대에 널 려 퍼져 있었던 '카사네가후치[累ヶ淵]'의 일화를 밑바탕으로 한 작품으로서 엔초의 대표 작 중 하나이다.
67) 산유테이 엔초에 의해 창작된 괴담 이야기. 신문에 연재된 후, 1888년 출판되었다. 화가 히시카와 시게노부의 아내 오세키에게 반한 이소가이 나미에라는 낭인(浪人)은 시게 노부의 제자가 되어 오세키에게 접근한 후 아이를 죽이겠다는 협박으로 오세키와 관계를 맺는다. 그뿐만 아니라 나미에는 오세키를 독차지하고 시게노부의 막대한 재산을 손에 넣 기 위해 스승을 참살하고 만다. 남편의 죽음으로 충격을 받아 젖이 나오지 않게 된 오세 키에게 죽은 시게노부의 망령이 나타나, 젖이 나오는 신기한 팽나무(에노키)가 쇼게쓰인 [松月院]이라는 절에 있다고 가르쳐주고, 그 팽나무의 젖을 먹고 자란 아들이 아버지를 죽 인 나미에에게 원수를 갚는다는 내용.
68) 중국 명나라 때의 소설집 '전정신화(剪灯新話)'에 수록되어 있는 소설 '모란등기(牡丹 燈記)'에서 착상을 얻어, 산유테이 엔초가 라쿠고 대본으로 창작한 괴담 이야기. 젊은 여 자의 유령이 남자와 만남을 갖다가 유령이라는 사실을 들켜, 유령을 막으려고 한 남자를 원망하며 죽인다는 이야기인데, 엔초는 이 유령 이야기에 원수 갚기나 살인, 모자 상봉 등 많은 사건과 등장인물을 더해 일대 드라마로 완성시켰다. 1892년에는 가부키로도 공연되 어 큰 성황을 이루었으며, 이후 연극이나 영화로도 각색되는 등 예능·문학계에 큰 영향 을 주었다.
69) '백 개의 이야기'라는 뜻의 햐쿠모노가타리는 일본의 전통적인 괴담 모임의 스타일 중 하나이다. 괴담 백 개를 이야기하고 나면 진짜 요괴가 나타난다고 한다. 이런 괴담을 모아놓은 책도 많이 간행되었으며, 괴담 문학이라는 이름으로 무로마치 시대에 시작되어

폭의 유령 그림을 모으시겠다는 뜻을 세우셨다나 ──."

"예."

잘 아시는군요, 하고 주인은 말했다.

"뭐, 지금 말씀드린 대로 싫어하지는 않습니다."

"유령을 ── 말씀이십니까."

"무, 무슨."

남자는 엉거주춤 일어섰다.

"무슨 ── 말씀이시오. 개화 시대에 유령이 있을 리가 없지요. 괴담 이야기는 그냥 이야기가 아닙니까. 그것은 엔초가 지어낸 이야기요. 전부 다 새빨간 거짓말이잖소."

보셨지 않습니까, 하고 주인은 말했다.

"무, 무엇을."

"이 세상에 없는 사람의 모습을."

"오 ──."

남자는 입을 반쯤 벌리더니, 커다란 눈을 두리번거리며 거의 캄캄해져 버린 가게 안을 둘러보았다.

"그, 그런 것은 신경 때문에 보이는 환상이오. 잘못 본 거겠지. 나는 원래부터 신경이 상해 있었소. 미쳤기 때문에 보였을 뿐이오. 의사도 그랬소. 당신은 정신병이라고. 그러니까 ──."

입에 거품을 물며 거기까지 말하고, 남자는 갑자기 힘을 뺐다.

"당신, 어떻게."

"물론 어림짐작입니다."

주인은 조용히 그렇게 말했다.

에도 시대에는 일종의 붐이었다고 한다.

"처음 뵙는 거니까요."

"아, 아니, 그런 것을 짐작으로 알 수 있을 리가 없는데. 다, 당신은 혹시 ── 아니, 아니, 그렇지 않아. 그런 것은 없어. 유령이라니, 신경 때문일 거요. 문명인이 볼 만한 게 아니야. 연극이나 이야기나 시시한 지혼[地本]에서나 나오는 거요. 그렇지 않습니까? 사람은 죽으면 끝이오. 가죽을 벗기면 살이 나오지요. 피가 솟아나요. 살을 가르면 장(腸)이 나옵니다. 한가운데에는 뼈가 있소. 어디에도."

어디에도 영혼 같은 것은 없다고 남자는 말했다.

"그러니까 영혼 같은 것은 없소."

"하지만 요네지로 님은 보셨지 않습니까."

"그러니까 ──."

신경에 병이 있어서 보인 것이 아닙니다, 하고 주인은 말했다.

"그 반대입니다."

"반대라니 무슨 소리요?"

"모든 것의 근본은 ── 그 유령이 아닙니까, 요네지로 님."

"근본이라고 말하는 거요? 그럼 뭐요, 내가 미친 것도, 이 손발이 마비되는 것도, 일에서 실패한 것도, 아니, 아니, 평판이 떨어진 것도 전부 그 사람 때문이라는 거요?"

그 사람 ──.

"그, 그럼, 지금의 내 꼴은."

저주라도 된다는 거냐고, 남자 ── 요네지로는 큰 소리로 말했다.

"나는, 분명히 그 여자를 버렸소. 하지만 헤어지고 싶다고 말한 건 상대방 쪽이었소. 내가 성공하는 데에는 방해가 되니 물러나겠다고 말했지요. 설마."

설마 죽을 거라고는 생각하지 않았소——하고 남자는 쥐어짜내는 듯한 목소리로 말했다.

"워, 원망하고 있을까요. 원망하고 있겠지. 내가 다른 여자와 사는 게 싫었던 걸까요. 그런가, 이건 저주인가."

"아니오. 저주가 아닙니다."

주인은 그렇게 말했다.

"그 여인과 요네지로 님 사이에 무슨 일이 있었는지는 저도 모릅니다. 하지만 이십 년 전에 신경에 문제가 생긴 원인은——유령이 아닙니까."

"아, 아니, 그렇지 않소. 그렇지는 않지만——."

"그렇습니까. 그때는 보신 게 아니군요."

"아아——그때는 아무것도 보지 못했소. 아니, 아니, 볼 리 없지. 그런 것은 착각이오."

"과연 그렇군요. 그럼——그것보다도 전에 보셨군요."

"왜, 왜 그렇게 생각하시오. 만일 내 신경쇠약이 죽은 여자 때문이라면, 나는 이십 년 전보다 더, 훨씬 전에 이상해졌을 거요."

"역시——보셨군요."

"보지 못했소. 잘못 본 거요."

"그럴지도 모릅니다. 잘못 본 거라고 치고, 이십 년 전에도 그렇게 생각하셨습니까? 이십 년 전의 요네지로 님은, 그 잘못 본 것을 그분의 유령이라고 믿고 계셨던 것은 아닙니까. 그리고 그 유령이 또 나오지는 않을까 하고——그렇게 생각하고 계셨던 것이 아닌지요."

"새——."

생각했소, 하고 요네지로는 말했다.

"그렇게 생각하신 이유가 있겠군요."

"있소. 이십 년 전, 그때 나는 긴로쿠초에서 여자와 살고 있었소. 가정을 꾸릴 생각도 하고 있었지요. 행복했습니다. 하지만, 그래서, 혹시."

그렇겠지요, 하고 주인은 말했다.

"돌아가신 여인이 원망하여 나타나지는 않을까 하고 —— 걱정하신 거로군요."

"그, 그러니까 그건 ——."

"잘못 본 것이든, 신경 때문이든 상관없습니다. 언제의 일인지는 모르겠지만, 요네지로 님은 무언가를 보시고 ——."

그걸 유령이라고 믿으신 거겠지요, 하고 주인이 말하자 요네지로 는 힘없이 고개를 앞으로 떨어뜨렸다.

"믿었다 —— 기보다도."

그 여자였다고 요네지로는 말했다.

"그건, 그건 틀림없이, 죽은 여자였소. 게다가 아기를 안고 있었소."

"호오."

"마치 요미혼 같은 데 실려 있는 우부메[産女] 같았소. 엄청나게 무시무시하기는 했지만, 무섭지는 않았소. 그건 그냥 덧없고, 슬프고."

아름다웠다며, 요네지로는 허공을 올려다보았다.

"죽어 버린 여자인데 말이오."

"그, 아기는."

"아이가 생겼다는 이야기는 듣지 못했소. 하지만 뭐, 그건 내 아이 가 아닐까 하고, 그렇게 생각하오. 낳지 않고 죽어 버렸으니 보여주러 온 걸 거라고 생각했소. 그렇게밖에 생각할 수가 없소."

그런.

그런 슬픈 이야기가 있을까.

태어나지 못한 아기를, 낳지 못한 여자가——.

죽어 버린 여자인데, 하고 요네지로는 되풀이했다.

"그분은 원망하고 계시지는 않을 겁니다."

하고 주인은 조용히 말했다.

"원망하지 않는다는 거요? 나를?"

"저는 그렇게 생각합니다. 다만 요네지로 님에게는 씻을 수 없는 죄책감이 있으셨던 것이 아닐까요."

"아아."

그렇소, 하고 요네지로는 힘없이 대답했다.

"그래서 그 여인과 행복하게 살고 있는 자신을, 요네지로 님은 용서할 수 없었던 것이 아닌지요."

"그럴—— 지도 모르오."

"그냥 옛 여자를 생각하고 있다, 버린 것을 후회하고 있다는 것이 아니니까요. 상대분은 이미 돌아가셨습니다. 아니, 돌아가셨을 뿐만 아니라 요네지로 님은——."

보셨습니다, 하고 주인이 말하자, 그렇소, 보았소, 보고 말았소, 하고 요네지로는 되풀이하며 울었다.

"가엾었소. 그이가 지옥의 피 연못에서 아이를 안고 있다고 생각하면 가엾어서, 그래서."

"그래서 마음에 병이 생기셨고——술을 많이 드시게 된 것이 아닙니까."

요네지로는 그저 울고만 있었다.

"각기병의 원인은 술에 있습니다. 신경쇠약의 원인도, 말할 것까지도 없지요. 모두, 그——."

유령을 보고만 탓.

"요네지로 님은 틈만 나면 떠올리셨겠지요. 그 여인의 모습을."

"아아. 이십 년 전에 같이 살았던 여자와는 결국 헤어졌소. 정신이 이상해져 버렸으니 어쩔 수 없지요. 그 후에도, 물론 남들만큼 여자를 만나기는 했지만, 가정을 꾸리는 것만은 꺼려지더군요. 그래서 지금의 마누라와 혼인할 때도 꽤나 망설였습니다."

"그러셨습니까."

"지금의 마누라를 만난 것은 벌써 십삼 년이나 전의 일인데, 아무래도 결심이 서지 않았습니다. 네즈[根津]의 다유[太夫][70]가 죽은 여자를 몹시 닮아서, 그만 마음을 두고 만 적도 있고요. 하지만 얼굴을 볼 때마다 무서워져서 그 다유와는 헤어지고, 8년 전에 지금의 마누라를 호적에 넣었습니다. 마누라는 그런 것을 믿지 않는 성격입니다. 아니, 저도 믿지는 않습니다. 몇 번이나 말하지만, 유령 따위."

"신경 탓——입니까."

"아니라는 거요?"

"맞겠지요. 모두들 그렇게 말씀하시니까요. 요네지로 님의 말씀대로 그것이 시류라는 것입니다. 이것도 말씀하신 대로 시류에 거스를 것은 없겠지요. 좋은 것, 뛰어난 기술, 옳은 지혜는 적극적으로 받아들여야 할 것입니다. 이 나라는 줄곧 그렇게 해 왔습니다. 부처의 가르침을 중국적인 사고방식이라며 멀리한 국학자도 있었지만, 주자학도 병법도 다른 나라의 것입니다. 서양의 지혜를 받아들이는 것을

70) 최상위의 유녀.

망설일 필요는 없지요. 그러기 위해서 미신과 인습을 폐하려는 움직임이 생긴 것도, 물론 어쩔 수 없는 일일 겁니다. 유령인 줄 알았더니 마른 억새더라. 그걸로 끝난다면 그래도 좋습니다."

"끝난다면 ── 좋은 거요?"

"예. 다만, 끝나지 않을 때도 있다고 말씀드리는 겁니다."

주인은 일어섰다.

"사람에게는 그럴 때가 있어요. 이치로는 틀렸다는 것을 알고 있는데도, 아무래도 바꿀 수 없는 인식이라는 게 있는 법입니다. 반대로 그때까지 털끝만큼도 의심하지 않고 품고 있던 신념이, 단 한 번의 체험으로 완전히 바뀌고 마는 일도 있는 모양입니다 ──."

"단 한 번의."

"그렇습니다. 사람의 지혜를 뛰어넘은 ── 뛰어넘은 것처럼 생각되고 마는, 신비하고 현묘한 체험은 어떠한 이치도 이기고 말 때가 있겠지요. 그것을 뛰어넘는 데 필요한 노력은 보통이 아닙니다. 아니, 보통 사람에게는 불가능한 일이겠지요."

요네지로는 지팡이를 쥔 손에 힘을 주었다.

"그러니 당신이 이런 몰골이 되신 것도 무리는 아닙니다. 요네지로 님의 생애는, 어쩌다 보고만 유령을 부정하기 위해서 쓰이고 만 것이 겠지요. 마치 예수교에서 말하는 회개와 같이, 그것은 때로 평생을 들여도 이루지 못하는 것입니다."

시호루, 하고 주인은 아이를 불렀다.

"3층에 어제 들여온 책이 있지. 그 왜, 들어온 지 얼마 안 된 책이니 기억날 게다. 그 옆에 놓여 있는 물건을 가져다 다오. 펼쳐져 있을 테니 금세 알 수 있을 게다."

예, 하고 짧게 대답하고 시호루는 어둠 속에 흐릿하게 떠 있는 계단을 소리도 내지 않고 올라갔다.

"채, 책이요?"

"예. 지금 제가 말씀드린 것과 같은 내용이 적혀 있습니다. 바로 얼마 전까지 읽고 있었지요. 이것도 무슨 인연일 겁니다. 요네지로 님이 가져가 주시는 것이 —— 제일 좋지 않을까 합니다."

"내, 내가 임종 때까지 읽을 책이 있단 말이오?"

"예. 꼭 읽어 주십시오."

아주 잠시, 침묵이 흘렀다.

이윽고 시호루는 내려왔다. 손에는 얇은 책을 들고 있다. 가죽 장정의 책은 아니지만, 재래식 장정으로도 보이지 않았다.

"이것을."

주인은 책을 받아들더니 요네지로 바로 앞까지 다가가, 정중하게 책을 그 손에 쥐여 주었다.

"이 책을 읽으면 되겠소?"

"예."

"이게 내 책이오?"

"그렇습니다, 이게 당신의 책입니다. 이 안에 당신의 이야기가 씌어 있습니다."

"내, 잘못이나, 실수가, 씌어 있습니까? 이 미친 인생이 담겨 있습니까?"

"아니오. 당신은 결코 잘못하지는 않았습니다."

"잘못하지 않았다고?"

미치지도 않았습니다, 하고 주인은 말했다.

"유령은 없지만, 없더라도 보이는 법입니다. 없는 것이 보이는 것은 비합리. 합리를 내거는 세상에 살고 있는 당신은, 그래서 신경에 병이 생길 정도로 고민하시기도 했겠지요. 하지만 그것은 결코 잘못된 삶이 아닙니다. 오히려 훌륭한 일이지요. 당신의 현세는——업적도 포함해서 매우 훌륭한 것입니다. 훌륭하시기는 하지만, 그런 만큼 괴로우셨을 것으로 생각됩니다. 이 책 안에는 그런."

당신의 현세가 잠들어 있습니다——조당 주인은 그렇게 단언했다.

요네지로는 그것을 공손하게 이마 위로 받들어 받아들고, 받아가겠습니다, 하고 말했다.

"어, 얼마요?"

"대금은 나중에 우리 시환이 댁까지 찾아갈 테니, 그때 지급해 주십시오. 사시는 곳이 아마 아사쿠사 스가초셨지요."

"아니, 혼조의 후지시로초 3번가에 임시로 살 집을 빌렸습니다. 이제부터 그리로."

"그럼 그쪽으로——."

그렇게 말하더니 주인은 요네지로의 어깨를 안아 일으키고, 그대로 문으로 향했다. 시호루는 먼저 스윽 나가서 문을 열었다.

갑자기 밝아졌다.

요네지로는 몇 번이나 머리를 숙이고는 빛 속으로 사라졌다.

주인은 한동안 바깥을 보고 있었다.

전송하고 있는 것이리라.

인력거 소리가 멀어지자, 자, 불을 켜렴, 하고 주인은 등을 돌린 채 시호루에게 분부했다. 시호루는 입을 다문 채 초에 불을 켜기 시작했다.

"주인장."

말을 걸자 주인은 돌아보더니 판자문을 닫았다.

"아아, 이거 참으로 죄송하게 되었습니다. 당신도 손님이신데 완전히 내팽개쳐 버렸으니."

"그런 것은 상관없지만 그, 왜 촛불을 끈 겁니까?"

"확인한 겁니다."

하고 말하며 주인은 문을 닫고 계산대로 돌아왔다.

"확인했다니?"

"예. 그런데 손님은 방금 그분을 모르십니까?"

"아니, 모르오. 나 같은 사람이 알아도 될 만큼 저명한 사람이오?"

주인은 늘어져 있는 니시키에를 한 장 들고 돌아서서 이쪽을 향해 보여주었다.

"뭐요, 또 세이난 전쟁입니까. 사쓰마 사람은 아니었던 것 같고, 군인이나 관헌으로도 보이지 않았는데."

"그렇지 않습니다. 방금 그분은 이 그림을 그리신 작자입니다."

"작자 —— 화공입니까?"

"화공도 화공인데, 그분은 —— 다이소[大蘇], 쓰키오카 요시토시[月岡芳年][71] 님입니다."

"쓰, 쓰키오카 요시토시라면 그, 우키요에 화공인 요시토시 말입니까? 으음, 그 피투성이의 무참한 그림을 그린 ——."

에이메이 니주핫슈쿠[英名二十八衆句] 말씀이십니까, 하고 주인은 말했다.

---

71) 1839~1892. 막부 말기에서 메이지 초기에 걸쳐 활동한 일본의 우키요에 화가이다. 원래의 성은 요시오카[吉岡]이며 다이소는 그의 호. 역사화, 미인화를 특기로 하였는데 잔학한 표현으로 유명하다. 니시키에 외에 신문의 삽화도 그렸다.

"그건 오치아이 요시이쿠(落合芳幾)[72] 님과의 합작입니다. 오슈 아다 치가하라 히토쓰 가(奥州安達原ひとつ家)의 그림[73] 같은 것이 평판을 얻기 도 했고, 최근에도 신케이산주롯카이센(新形三十六怪撰)[74] 같은 것을 그 리셨기 때문에 잔혹하고 기괴한 인상이 강하겠지만, 무사화나 역사 화, 미인화에 관해서도 명인(名人)이시고, 요미우리 신문이나 에이리 지유 신문에도 삽화를 그리시지요. 우키요에 인기 순위에서도 필두 이신——."

구니요시 문하 중에서 제일 출세한 분입니다, 하고 주인은 말했다.

"그래서 우키요에의 사정을 잘 아셨던 겁니까."

"자신의 이야기를 하셨던 겁니다. 그분은 종래의 화법에 구애되지 않고 계속해서 새로운 기법을 짜내고, 또 다른 유파의 좋은 점을 받아 들여 이 메이지 시대에 맞는 우키요에를 만들려고 애쓰신 분입니다. 고전적인 화제(畵題)를 버리고 아무도 그리지 않은 역사화나, 지금 여 기 있는 풍속화를 그리셨지요. 이 세이난 전쟁은 상상으로 그려진 듯한 모양이지만, 그 외에는 모두 취재를 하러 가셨습니다. 보고 그린 것이지요. 제자에게도 서양화를 배우게 하는 등, 어쨌든 지금 세상에 통용되는 것을 그리라고 계속 말씀하셨던 분입니다."

72) 1833~1904. 일본의 우키요에 화가. 우타가와 구니요시[歌川国芳]의 문하이며 쓰키오 카 요시토시와는 사제지간이다. 한때는 우키요에 화가로서 요시토시와 인기를 양분할 정 도였으며, 막부 말에서 메이지 초기에 걸친 우키요에 화공의 일인자 중 한 명이었다.

73) 후쿠시마 현 니혼마쓰 시에는 귀파(鬼婆)의 무덤이라고 하는 구로즈카[黒塚]가 남아 있는데, 쓰키오카 요시토시의 이 그림은 이 구로즈카에 얽힌 귀파 전설을 제재로 한 그림 이다. 미쳐서 식인귀가 된 노파가 잡아온 임산부를 매달아 그 몸을 해체하려고 하는 장면 을 그린 것으로, 1885년에 간행되었으나 메이지 정부는 풍기를 어지럽힌다고 하여 이 그 림을 발매금지처분했다.

74) 쓰키오카 요시토시의 요괴화 연작. 1889년부터 간행되기 시작해서 요시토시가 사망 한 후인 1892년에 완결되었으며 후반 작품 중 몇 점은 요시토시의 밑그림을 바탕으로 그 의 문하생들이 완성시켰다. 제목대로 전체 36점으로 이루어져 있다.

그것은 몰랐다.

우키요에 화공은 모두 옛날부터 전해 내려온 고루한 우키요에를 지금도 계속 그리고 있을 거라고 생각하고 있었다. 그 정도의 인식밖에 갖고 있지 않았던 것이다.

"뭐, 다이소 요시토시는 우에노의 창의대(彰義隊)와 관군의 싸움을 목격하고, 그 생생한 기억을 그대로 그린 것이 화풍 전환의 계기가 되었다, 고——그런 말씀을 하시는 분도 계시지만요."

저는 아닌 것 같다는 생각이 들었습니다, 하고 주인은 말했다.

"다른 견해를 가지고 계십니까."

"예. 이전에 어떤 가부키 배우분께서, 요시토시가 직접 그린 육필화라는 것을 한 폭 보여주신 적이 있거든요."

"육필이라고요?"

"그것이——소름이 돋을 정도로 무서웠습니다."

"호오."

"뒤를 향하고 있는 반라의 여자인데, 왠지 아기를 안고 있습니다. 뒤를 보고 있으니 얼굴도 보이지 않아요. 아기도 발끝밖에 보이지 않고요. 그것이 흐릿한 색채로 그려져 있었습니다. 목덜미가."

목덜미가 정말 슬퍼 보였다고 주인은 말했다.

"그림의 제목은, 그냥 유령지도(幽靈之圖)였습니다."

"당신은——알고 있었습니까."

"어림짐작인 것은 변함이 없습니다."

하며 주인은 웃었다.

"귀신이든 무장이든 실제로 보고 온 것처럼 그리는 명인이니까요. 대개의 것은 상상으로도 그릴 수 있겠지요. 다만 저는 요시토시의

육필이라곤 그 엔쵸 님이 갖고 계시는 그림 한 폭과 그 외에는 에마(絵馬)[75] 정도밖에 직접 본 적이 없었습니다. 엔쵸 님이 갖고 계시는 그림도——물론 유령화입니다. 그쪽도 귀기 넘치는 데가 있지만, 다만 그 그림에는 모델이 있지요."

"모델이라는 게 뭡니까."

"뭐, 기원이 있다는 뜻입니다."

하고 주인은 대답했다.

"후지사와주쿠[藤沢宿]의, 병든 메시모리[飯盛り][76]를 그리신 거라고 합니다, 요시토시 님은. 야위고 시든 여자의 그림인데, 그 유녀를 기원으로 해서 요시토시 님은 유령화를 완성한 겁니다."

"아하."

요시토시 님은 보고 그리는 사람입니다, 하고 주인은 말을 이었다.

"모방을 싫어하지요. 옛날부터 있었던 화제(畫題)도 다른, 실제의 무언가를 참고로 해서 그리고요. 하지만 제가 본 그 유령화는 달리 유례가 없는 것이었습니다. 요물의 그림이란 어느 것이나 모두, 누군가가 그린 것을 베껴 그리는 것이니까요. 그렇지 않으면 무대를 베끼거나. 어차피 양식이 정해져 있습니다. 하지만 그 아이를 안은 유령의 그림은 구도도 그렇고 모습도 그렇고, 전혀 본 적이 없는 것이었고, 일종의 서양화처럼 느껴지기도 했습니다."

좀 보고 싶어졌다.

"실제로 본 거구나, 라고 생각했습니다."

"유, 유령을 말입니까?"

---

75) 소원을 빌 때나 소원이 이루어졌을 때 그 사례로 신사나 절에 말 대신 봉납하는, 말 그림의 액자.
76) 에도 시대에 역참의 여관에서 손님의 식사 시중을 들고 매춘도 하던 여자.

"유령입니다. 실제로 본 것이 아니라면 그런 그림은 그릴 수 없어요. 그런 기분이 들었습니다. 아니, 다이소 요시토시 님은 보고 그리는 사람입니다."

"본 걸까요. 실제로."

보았다고 말씀하셨지요, 하고 주인은 말했다.

"그런 것이 보일 때가 있습니다. 실제로는 없어도, 사람의 눈은 이 세상의 것이 아닌 것을 볼 때가 있지요. 현세에는 없는 것도 보일 때가 있어요. 그래서 저는 생각했습니다. 본 것이 아닐까——하고. 그리고 어쩌면 요시토시 님의 화풍이 바뀐 것도, 그 일이 계기였던 것은 아닐까——하고."

"유령 말입니까."

"예. 유령, 말입니다. 유령이라는 것은 지금 세상에서는 미신입니다. 구폐(舊弊)입니다. 그것을——보고 말았어요. 근대인인 한, 그것은 잘못이다, 착오라고 그 사람은 생각했겠지요. 그래서 그분은 그것을 없애려고 하신 것이 아닐까요. 그것을 위해서 그분은 왕성하게 이 문명개화의 시대에 익숙해지려고 노력하신 것이 아닐까요. 새로운 지식을 얻고, 뛰어난 기술을 배우고, 근대인으로서 살아가려고 하신 것이 아닐까——그런 생각이 들었습니다."

"유령을——지우기 위해서."

"예. 그건 또, 그분에게는 몹시 괴롭고 힘든 것이기도 했으니까요."

그럴 것이다.

"하지만 그것은 어려운 일이었습니다. 머리로는 알고 있어도, 이치에 맞아도, 그래도 어렵지요."

어려운 일입니까, 하고 물으니, 매우 어렵다고 주인은 말했다.

"뭐라 해도 그 눈으로 직접 보시고 만 거니까요. 보아 버린 충격이라는 것은 좀처럼 지울 수 없는 법입니다. 사람이란 스스로를 의심할 수 없는 구조로 되어 있나 보지요."

확실히 그렇다.

보고 들은 것을 믿지 못한다면, 그것은 밑바닥이 빠진 배를 타고 있는 것이나 마찬가지일 것이다.

"그래서 성실한 그분은 매우 고민하셨고, 결국에는 신경에 문제가 생기고 말았어요 ──."

상상입니다, 하고 주인은 말했다.

"그 요시토시라는 사람은 마음이 정직한 분인 게지요. 호방하고 시원스러운 용모와는 반대로 섬세하고 고지식한 겁니다. 저는 그분의 제자를 한 명 알고 있는데, 스승으로서의 요시토시 님은 제자도 잘 돌보아주고, 온화하고, 그러면서도 그림에 있어서는 인정사정이 없는 분이라고 합니다."

"일에는 엄하다고요."

"네. 아주 엄하지요. 그런데도, 본인도 말씀하셨다시피 인정이 많고 눈물도 많아요. 무슨 일이든 적당히 끝내 버리거나 슬쩍 넘겨 버리는 것이 ── 불가능한, 그런 양반이겠지요."

그런 인물에게는.

이 시대는 살아가기 힘들지도 모른다.

생각하는 것이 너무 많다. 믿을 것이 잘 보이지 않는다. 열강과 어깨를 나란히 하겠다고 기를 써 보아도 눈앞의 생활은 달라지지 않는다. 자유니, 민권이니 하며 격문이 돌아도, 정작 무엇을 해야 할지는 알 수 없다.

그런데 풍경만 바뀌고 만다. 달려라, 달려라 하며 엉덩이를 때려대니 늦지 않으려고 달려 보기는 하지만. 어디를 향해 달리고 있는 것인지 잘 모르겠다.

요괴가 나오는 세상 쪽이 더 살기 쉬웠던 걸까요, 하고 말하자, 그건 꼭 그렇지는 않을 겁니다, 하고 주인은 말했다.

"어느 세상에도, 현세에 요물 같은 것은 없습니다. 요물이 있어도 되는 것은."

주인은 검지로 자신의 머리를 찌르고, 그러고 나서 손바닥으로 가게를 가리켰다.

"여기와 여기뿐입니다."

"하아."

그런가.

여기는 무덤이다.

묘석을, 계명을 둘러보았다.

"그런데 주인장."

"왜 그러십니까."

"그 재인(才人) 요시토시에게 건네주신 것은 대체 어떤 책입니까? 지장이 없다면——후학을 위해 알아두고 싶은데요."

"알고 싶으십니까."

"아니, 저도 그 소중한 한 권인지 뭔지를 찾아보고 싶다, 그런 생각이 들어서요."

주인은 웃었다.

"그것은, 서적은 아닙니다. 육필이고요."

"그럼 사본 같은 겁니까? 재래식 장정의 책으로는 보이지 않던데."

"예. 서양의 공책——노트지요. 어제, 외국에 갔다가 돌아온 지인에게서 출판된 지 얼마 안 된 책과 함께 받아온 것입니다."

"외국에 갔다 온 사람——이라고요."

"예. 유럽과 영국을 다녀온 후에 미국의 하버드 대학에서 청강생으로 있던 사람입니다. 그것은 그 남자가 쓴 것입니다."

"그 사람이 쓴 거라고요?"

"예. 그 대학교수의 강의를 듣고 쓴, 비망록입니다. 그뿐만 아니라, 강의 내용에 흥미를 느낀 그는 그 선생님을 찾아가 뻔뻔스럽게도 이것저것 물었다고 합니다. 그때 들은 담화를 그 나름대로 정리해서, 같은 공책에 적었다는 것입니다. 실은, 저는 그에게 그 교수가 일 년쯤 전에 집필한 'The Principles of Psychology'라는 책을 부탁해 두었는데——."

"그것은 양서(洋書)——로군요."

"예. 번역하자면 마음의 양상에 관한 학문의 법칙——쯤 되려나요. 알기 쉽게 번역할 수는 없습니다만. 저는 그 책을 읽고 싶어서 견딜 수가 없었습니다. 하지만 그 공책에는 그 저자의, 책을 쓴 후의 생각이 적혀 있는 셈이니까요, 이것은 읽고 싶어질 법도 하지요. 그래서 공책도 꼭 좀 보여 달라고 부탁했습니다. 그랬더니 선선히 양보해 주었지요."

"잠깐만요."

그러면 그것은.

"혹시, 혹시 그것은 서양 글씨로 적혀 있는 것입니까?"

"예, 그렇습니다."

하고 주인은 대답했다.

"제 친구에게 강의한 사람은 윌리엄 제임스라는 이름의 미국 철학자입니다. 공책 표지에는 'The Varieties of Religious Experience'라는 제목이 붙어 있었습니다. 신앙에 의해 얻을 수 있는 여러 가지 체험—— 이라고나 번역하면 될까요."

"저, 저기, 하지만."

그런 것을.

"그 말입니다, 주인장. 그 요시토시라는 사람은 미국 말을 아십니까? 영문을 읽으실 수 있습니까?"

"못 읽겠지요."

하고 주인은 말했다.

"그분은 상인 출신으로, 젊은 나이에 화공이 되셨습니다. 외국어를 배우신 적도, 해외에 가 보신 적도 없겠지요."

"그, 그럼."

괜찮습니다, 하고 주인은 말한다.

"그 공책에는 요시토시 님과 반대되는 인생이 봉인되어 있습니다. 제임스라는 학자는 그것이 보이지 않아서 험한 길을 가는—— 쓰키오카 요시토시라는 우키요에 화공의 반대되는 현세를 사는 사람입니다. 그 공책에는 거울에 비친 요시토시 님이 장사지내어져 있지요."

"반대되는—— 이라고요."

그렇다면 반대되는 자신의 유령이 일어설 거라는 뜻일까.

"그것은—— 그분이 갖고 있어야 하는 책입니다. 다른 것은 생각나지 않았어요."

"하, 하지만 읽지 못해서는 의미가 없지 않습니까."

"그분은——."

다른 책도 읽지 못합니다, 하고 주인은 말했다.

"무슨 뜻인지요. 그분은 분명히 독서를 많이 하신다고 말씀하셨어요. 물론 그림을 그리시려면 여러 가지로 공부를 하시겠지요. 그렇다면 글씨를 읽지 못하지는 않을 겁니다."

"읽지 못합니다."

"왜."

"그분은 이제."

눈이 보이지 않으십니다.

"눈이 ——."

"각기병은 낫지 않는 병은 아니지만, 악화되면 죽을병이 됩니다. 팔다리가 마비되거나 붓는 것만이 아니라 신경을 좀먹고, 이윽고 실명도 하게 됩니다."

"실명 —— 하셨다는 겁니까."

"전혀 보이지 않는 것은 아니겠지요. 촛불이 켜져 있는 것은 아신 모양이니까요. 하지만 제가 어디에 있는지, 그분은 알 수 없었던 모양입니다. 거의 보이지 않았던 것이 아닐까요."

"아아, 그래서."

촛불을 꺼서 확인한 것일까.

"그 의자에 앉으신 후 줄곧 제 목소리에 의지하고 계셨기 때문에."

보이지 않았던 것일까.

"이, 제 바로 옆에 있는 초가 꺼진 것도 모르셨던 모양입니다. 하기야 그때는 이미 눈을 감고 계셨지만요."

"그, 그럼 읽는 것은 고사하고 그분은 이제 그림을 그릴 수도 없지 않습니까."

"예. 매우 안타까운 일이기는 하지만 일은 이제 하지 못하실 것으로 생각됩니다. 그래도——그 책은 읽을 수 있어요."

"어떻게 말입니까?"

"그것은 그분이 사신, 그분만의 책입니다. 내용은 제가 말씀드렸습니다. 그러니 그분은 보이지 않아도 읽을 수 있고, 읽지 않아도 이해할 수 있지요. 그분만의 현세가 일어난다면, 그것은 독서입니다."

제가 갖고 있다면 그야말로 사장이지요, 하며 주인은 유쾌한 듯이 웃었다.

"그 노트는 다이소 요시토시에게만 어울리는 책입니다."

만난 것이다.

그렇다면 그걸로 충분할까.

조금 부러웠다.

내 책은, 뭐 천천히 찾아보자.

시간은 있다.

그래서 그날은 그대로 감사 인사만 하고 서루조당을 나왔다.

마지막 우키요에 화공, 쓰키오카 요시토시가 혼조에 있는 거처에서 임종을 맞은 것은 조당을 다녀간 그날로부터 열이레 후, 1892년 6월 9일의 일이다.

요시토시가 삽화를 기고했고, 엔초의 이야기를 구술 필기하여 신기도 했던 야마토 신문이 보도한 바를 따르면, 사인은 뇌일혈이라는 것이었다.

베갯맡에 영문이 적혀 있는 공책이 있었는지 어떤지는, 물론 적혀 있지 않았다.

다만 인편에 전해 들은 바로는, 몸의 병은 전혀 낫지 않았지만 정신
쪽은 꽤 안정되어서 혹시 회복될지도 모른다고 가족이나 문하 사람들
은 기대하고 있었다고 한다.

읽은 것이로구나, 하고 생각했다.

보이지 않는 눈으로.

그해 말 가까이 ——.

마당발로 유명한 조노 사이기쿠[条野探菊]의 주선으로 어떤 모임이
열렸다.

장소는 아사쿠사 오잔카쿠[奥山閣], 취지는 햐쿠모노가타리 괴담회.

같은 취향을 가진 사람들이 모여 차례차례 괴담을 이야기한다는
행사다.

그 모임에는 병 때문에 폐업을 선언한 산유테이 엔초도 무리하게
달려와, 몇 가지 괴담을 이야기했다고 한다. 그때, 엔초는 일부러
쓰키오카 요시토시의 유령화를 가져와, 도코노마[77]에 장식해 두고
햐쿠모노가타리에 임했다고 한다.

또 이 모임에 자리했던 5대 오노에 기쿠고로가 바로, 조당 주인이
보았다는 그 유령화의 소유자였다고 —— 나중에 들었다.

윌리엄 제임스 교수가 영국 에든버러 대학에서 했던 강의의 기록을
기초로 한 'The Varieties of Religious Experience'를 세상에 내놓
은 것은 그로부터 십 년쯤 더 후의 일이다.

잽싸게 그것을 읽은 사람은 영국 유학 중이던 나쓰메 긴노스케
—— 후의 소세키였다고 한다.

---

77) 일본 건축에서 객실인 다다미방의 정면에 바닥을 한 층 높여 만들어 놓은 곳. 벽에는
족자를 걸고, 바닥에는 도자기나 꽃병 등을 장식한다.

그 책은 나중에 일본어로도 번역되어 '종교적 경험의 제상(諸相)'이
라는 제목으로 출판되었다.

그 내용이, 요시토시가 조당에서 산 노트와 과연 같은 것인지 아닌
지는——.

아무도 모른다.

두 번째 탐서 · 발심

發心

書樓弔堂 破曉

발심 發心

　나는 다리 건너는 것을 좋아해서, 그것만을 위해 돌아다닐 때가 있다.

　맞은편 기슭에는 아무런 용무도 없는데도, 훌륭한 다리를 보면 나도 모르게 건너고 만다. 건너가 봐야 할 일도 없어서 결국 돌아온다. 별수 없이 갈 때는 왼쪽만 보고, 돌아올 때는 반대쪽을 보도록 하고 있다.

　그러면 풍경이 달라 보이는가 하면, 별반 그렇지도 않다. 갔다가 오면 원래대로, 도로아미타불이 된다.

　무위(無爲)란 이런 것을 말하는 것이리라.

　아니, 어떤 것에도 위에는 위가 있다. 무위 위의 무위라는 것은 대개 나를 가리키는 말일 거라고 생각한다. 이 경우는 위가 아니라 아래라고 하는 것이 옳을지도 모른다.

무위를 밑도는 더욱 심한 무위란, 그런 쓸데없는 일을 하기 위해서 일부러 하루를 허비하는 행위를 말한다. 한 푼의 이득도 되지 않고, 손해만 본다. 그냥 피로하기만 할 뿐 소득은 없다. 나는 그런 일을 자주 한다.

어릴 때부터 그랬다.

메이지 유신 후, 철거되었던 스지카이미쓰케[筋違見附]에 돌로 된 요로즈요바시[萬世橋] 다리가 만들어졌을 때도 일부러 가 보았다.

물론 건너기 위해서다.

상투를 내리기 전이었는지 후였는지 그 부분은 잘 기억나지 않지만, 부모님의 이야기를 들으면 히고[肥後][78]의 석장(石匠)인지 뭔지의 실력을 확인해 주겠다, 무식한 촌놈이 눈 감으면 코도 베어 가는 에도에서 다리를 만들 수 있을 것 같으냐고 호언했었던 모양인데, 참으로 불손한 말이 아니었던가. 갓 관례를 치른 애송이가 왔다 갔다 한 것만으로, 대체 다리의 무엇을 알 수 있다는 말인가. 내가 한 일이라고는 하지만 역시 지금에 와서는 그때의 정신 상태를 이해할 수가 없다.

돌로 지어진 니주바시[二重橋][79]는 실로 훌륭하고 튼튼해 보이기도 해서, 매우 마음에 들어 세 번이나 왕복했다. 철거한 미쓰케의 돌담을 재이용했다고 나중에 들었지만, 도저히 그렇게는 보이지 않았다.

잘난 척 떠들어댔던 것치고는 보는 눈이 없었던 것이다.

요컨대 다리를 좋아하는 것뿐이었을 것이다.

같은 무렵, 니혼바시[日本橋] 다리도 새로 지어져서 그쪽에도 갔었다. 새로운 니혼바시는 목조였으나 서양식이라 매우 세련되었다.

---

78) 현재의 구마모토 현을 가리키는 옛 지명.
79) 교량 위에 교량을 하나 더 설치한 것.

그 무렵에는 하이칼라[80]라는 말이 어떤 것을 가리키는지 몰랐지만, 뭐 이런 게 아닐까 하고 생각했다.

하기야 원래 니혼바시의 모습도 친숙하지는 않아서 바뀌었다거나 새것이라거나, 그런 감상은 들지 않았다.

다만 니시키에인지 뭔지에서 본 니혼바시와는 전혀 비슷하지 않다고는 생각했다.

어린 시절에 보았던 다리는 모두 그림에 그려져 있는 니혼바시 같은, 목조의 무지개다리였던 것 같다.

에도는 해자[81]로 구획이 나뉘어 있는 도시였다. 강도 많고, 걷는 것보다 배를 타는 것이 더 편리했다. 짐도 사람도 수로가 옮겨다 주었기 때문에 다리도 배가 다니기 쉽도록 지어졌을 것이다. 최근에는 마차 같은 것이 늘었지만, 인력거는 봉긋하게 솟은 무지개다리는 건너기 어렵다. 철도를 까는 데에도 불편함이 있을 것이다. 그래서 새로 생기는 다리는 모두 평평하다. 건물은 높아졌지만 다리는 평평해지고 말았다.

어느덧 정신이 들어 보니 에도는 완전히 도쿄로 바뀌어 있었던 것이다.

석조니 벽돌길이니 철도니, 그리고 가스등이니, 그런 것은 막부가 쓰러졌기 때문에 생긴 것도 아니고 관군이 이겼기 때문에 생겨난 것도 아니겠지만, 아무래도 새 정부가 데려온 것처럼 생각하고 마는 사람이 있는 모양이다.

나는 그렇게 생각한 적은 없다.

---

80) 서양 유행을 따름. 또는 그런 사람.
81) 성 주위에 물이 괴어 있도록 둘러 판 못.

형태는 달라져도 다리는 다리이고, 그래서 역시 건너보고 싶어지는 것이다.

철교라는 것도 생겼다. 오 년 전이었던 것 같은데, 아즈마바시[吾妻橋] 다리가 철교로 바뀌었다. 이것은 돌다리보다 더 튼튼하다고 한다. 전의 아즈마바시는 증수(增水)인지 뭔지 때문에 떠내려가고 만 모양이지만 철교는 떠내려가지 않을 것이다.

아즈마바시 다리가 완성되었을 때도, 나는 매우 조바심이 났다. 가 보고 싶었지만 취직하고 나서는 마음대로 휴가를 얻기도 힘들어서 결국 가 보지 못했다. 그 후 몇 번인가 다리를 지나가긴 했지만, 볼일이 있어서 지나는 것과 아무 일도 없이 건너는 것은 다르다.

칠팔 년 전, 외호(外濠)[82]에 걸려 있는 가지바시[鍛冶橋] 다리와 고후쿠바시[吳服橋] 다리 사이에 야에스바시[八重洲橋] 다리라는 다리가 생겼다.

그 다리도 아직 건넌 적이 없다. 교체한 것이 아니라 신설된 것이니, 건널 때 보이는 정경도 내가 아직 보지 못한 것이리라.

그 정경을 기대하고, 엉뚱하게도 외출한 것이다.

뭐니 뭐니 해도 직장을 그만둬 버리고 나서는 매일이 여유롭다. 정확하게는 휴직이지만, 이미 돌아가야 할 회사는 풍전등화다. 사실상 직장을 잃은 것이나 마찬가지일 것이다.

게다가 요양을 구실로 한적한 집을 빌려, 마음 내키는 대로 혼자 살고 있다. 집에는 가족이 있고, 당분간 먹고살기는 곤란하지 않을 만큼 모아둔 돈이 있어서 안온하게 지내고 있지만, 본래는 어쩔 줄 몰라 해야 마땅한 처지다.

---

82) 성 바깥 둘레의 해자. 또는 이중으로 두른 해자 중 바깥쪽의 해자.

그런데 의미도 없이 다리를 건너기 위해 돌아다니고 있으니, 이것은 극상의, 아니, 최하의 무위일 것이다.

해자를 들여다보기도 하고, 지나가는 마차를 바라보기도 하면서 느릿느릿 걷는다.

관헌이 수상하게 여기고 검문해도 대답하기가 곤란하겠다고 생각한다. 결백을 입증할 수가 없다.

다리 중간에서 다리가 무거워지기 시작한다.

좋은 다리라고는 생각하지만, 왠지 마음이 내키지 않는다.

맞은편으로 가고 싶다는 욕구가 희박했다. 외호를 건너 마루노우치로 가는 것이 싫다는 뜻은 아니다. 애초에 할 일도 없이 건너고 있는 것인데도, 대체 어찌 된 일일까.

황제가 거처하는 곳의 니주바시는 아름답다, 아름답다고 사람들은 말하지만, 다리는 멀리서 바라보는 것이 아니라 건너는 것이다. 건너는 맛, 이라는 말이 있는지 없는지는 모르겠지만, 다리 위를 걸어보지 않으면 아무 소용도 없다고 생각한다.

나는 품에서 수건을 꺼내 땀을 닦았다. 무덥다.

살림해 주는 농가 아낙에게서 밀짚모자를 빌려온 것은 좋았으나, 해를 피하려고 했는데 오히려 푹푹 쩌지고 있는 듯한 기분도 든다. 모자와 머리 사이에 열기가 고여 있다. 모자를 벗어 얼굴에 부채질을 했다. 부채는 잊어버리고 가져오지 않았던 것이다.

햇빛이 정수리를 태운다.

볕이 강하다.

약간 상공으로 시선을 보내 보니 어질어질했다.

나는 걸음을 멈추었다.

료고쿠[両国]의 강놀이는 벌써 시작되어 버린 것일까 하고 문득 생각한다.[83]

일도 하지 않고 사람도 만나지 않은 채 멍하니 있다 보면 속세의 일에는 어두워진다.

하루나 열흘이나 내게는 같은 분량이다.

요전에는 봄꽃이 피어 있었다고 생각했는데 눈 깜짝할 사이에 벌써 한여름이다. 이대로 멍하니 생을 보내다가, 이대로 천천히 시들어 가는 것도 좋을지도 모른다.

수면을 바라보면서 그런 생각을 한다.

그런 나태하고 평온한 삶을 동경한다. 이 메이지 시대에 이렇게까지 아무 일도 하지 않는 남자도 드물 것이다.

―― 라고.

멍청한 말을 하고 있을 수도 없다.

다리를 다 건너기 전에 의욕이 시들었다. 이렇게 살 수 있는 것도 지금뿐이다. 허리에 두 자루 칼을 차고 있는 것만으로도 입에 풀칠할 수 있었던 기묘한 시대는 끝난 것이다. 일을 하지 않으면 곤궁해진다. 그것이 당연하다.

그런 시대는 틀림없이 새 정부가 가져온 것이다. 그것에 대해서는 틀리지 않는다고 생각한다.

다리를 건너는 것은 그만두었다.

마루노우치에는 발을 들여놓지 않고 발길을 돌렸다.

곤란해졌다. 아무 일도 하지 않고 있는 것마저 완수하지 못한다.

---

83) 일본에서는 날씨가 적당히 따뜻해져서 그해의 첫 물놀이를 시작할 수 있는 날을 강의 경우 '가와비라키[川開き]', 바다의 경우 '우미비라키[海開き]'라고 하여 기념한다.

아무 일도 하지 않고 있을 수 없다면, 무언가를 해야 한다. 모처럼 마을에 내려왔으니 이럴 때는 요쓰야 부근까지 발길을 옮겨, 단골 책방에라도 얼굴을 내밀어 볼까 하고 생각했다.

몹시 책이 읽고 싶어졌던 것이다.

독서는 다리보다 더 좋아한다.

막부 시대에는 학문 이외의 독서는 비천한 것이라고 경멸당할 뿐이었지만, 막부가 와해된 후에는 그렇지도 않게 된 모양이다.

책을 읽는 것 정도밖에 할 일이 없다는 것도 있지만. 은둔하고 나서 벌써 꽤 많은 책을 읽었다. 이제 가지고 있는 책 중에 읽지 않은 것은 없다. 조용한 처소로 옮길 때, 저택에 있던 책은 전부 가져왔다. 아버지의 장서도 다소 있었을 것이다. 사기만 하고 읽지 않았던 책도 전부 읽었다. 그다지 심금을 울리지 않아서 손이 가지 않았던 게사쿠[戱作][84] 와 요미혼 종류도 모조리 읽고, 작금에 쓰인 소설에도 손을 댔다. 언제인지는 기억나지 않지만 어쩌다가 우연히 사서 선반 안쪽에 쌓아두었던 것이다. 처음에는 문체가 익숙하지 않아 불편한 기분도 들었지만, 익숙해지고 나니 오히려 읽기 쉬웠다.

내가 읽은 책은 쓰보우치 쇼요가 하루노야 오보로[春のやおぼろ]라는 명의로 쓴 '당세서생기질(當世書生氣質)'로, 열 권이 있었다. 듣자하니 열일곱 권이 나와 있다고 하니, 아직 일곱 권이 더 남아 있을 것이다. 몹시 새것인 듯 느껴졌는데 육칠 년 전에 출판된 책인 모양이니, 그렇다면 새롭지도 않다. 읽고 있는 내가 구식인 것이다.

책을 읽는 것과 다리를 건너는 것은 어딘가 닮은 것 같다는 생각이 든다.

---

84) 에도 시대의 통속 오락소설.

그렇게 생각하는 사람도 나 말고는 없을 것이다.

── 한 권.

어떤 사람의 이야기로는 인생에 책은 한 권만 있으면 된다고 한다. 다만 그 한 권을 만나지 못하기 때문에 몇 권이나 몇 권이나 읽는 처지가 되는 것이라고 한다.

── 아직.

만나지 못했다.

갑자기 양장본이 보고 싶어진다.

양서(洋書)는 읽을 수는 없지만, 그 분위기가 왠지 몹시 사랑스러워진다.

마루젠에라도 가 볼까 하고 생각을 고치고 니혼바시 방면으로 향했다. 내가 아는 한 그곳이 가장 큰 서점이다. 단골 책방에는 다소 미안한 기분이 들었지만, 그곳에 갖추어놓은 책에는 한계가 있다. 다른 발행소에서 받아다 달라고 하면 시간도 수고도 드는 모양이고, 받아다 준다고 해도 원하는 책이 무엇인지 모르니 무엇을 받아다 달라고 해야 할지 결정할 수가 없다. 사환의 수고만 더하는 것도 내키지 않는다.

어차피 서점에 갈 생각이 있어서 나온 것은 아니었으니, 지금은 봐 달라고 할 수밖에 없다.

한가로이 길을 걷는다.

삿갓을 쓰고 옷을 흐트러뜨려 입은 서생들이 어슬렁거리고 있다. 서생이라고 해도 소설 속의 불량서생과는 또 꽤 다르다. 소설 쪽은 당세(當世)라고 해도 훨씬 옛날의 당세다. 그렇다면 이것이야말로 당세의 서생 기질일지도 모른다.

월금이니 금이니 하는 것을 들고 있는 모습을 보니 가도즈케[門付け][85] 도중일 것이다.

그들은 악기를 아무렇게나 퉁기며, 가끔 호카이부시[法界節] 같은 것을 부른다.

호카이부시는 그때그때의 세상 이야기를 엮어 넣은 속요로, 근래에는 주로 호카이야[法界屋]라고 불리는 길거리 예능인이 부른다.

호카이야의 대부분은 소위 말하는 천민이었다.

천민이라고 해도 단순히 가난한 사람들을 가리켜 말하는 것은 아니다. 천민이란 막부가 와해되기 전에 인별장(人別帳)[86]에 실리지 않은 자, 사농공상의 틀 밖에 놓여 있는 최하층 신분의 사람들을 가리킨다.

사민이 평등해지고, 사민 이외의 자들 또한 평등하게 취급하게 되었으니 그것은 바람직한 일이기는 하지만, 막부 시대의 신분이 곧 직분이기도 했다는 사실은 의외로 쉽게 잊힌 것 같다. 농공상의 삼민은 변함이 없지만, 문제는 가장 위에 있는 사(士)와 상(商)의 아래——틀 밖에 위치하는 자들이었다.

무사는 무사라는 신분이 곧 직업이었다. 즉 신분의 소실은 실직을 의미하게 된다. 무가(武家)는 권위를 유지할 수 있었던 일부 높은 분들을 제외하고는 모조리 무직으로 전락한 것이다. 한편 신분이 없는 자들은 전매(轉買) 권리나 업종 독점 권리를 가질 수 없게 되었다.

권리는 박탈되었지만, 세금이나 병역 같은 의무는 평등하게 부과되게 되었다. 그쪽은 참으로 사민평등이었다. 어쨌거나 일을 하지 않으면 먹고살 수는 없다.

---

85) 남의 집 문 앞에 서서 음곡을 연주하거나 재주를 보여주며 금품을 받고 다니는 행위.
86) 에도 시대의 호적부.

직업 선택은 각자의 자유가 되었으니 무슨 직업을 고르든 벌을 받을 이유는 없는 것이 도리이지만, 그렇다고 해도 무엇이든 마음대로 할 수 있는 것도 아닐 것이다. 떡은 역시 떡집[87]이라고 하듯이, 세상살이는 쉽게 바꿀 수 있는 것이 아니다.

바꿀 수 있다고 해도, 예를 들어 도쿠가와 시대에 하층민이었던 자들이 독점하고 있던 나막신가게니 땜장이니 하는 직업을 그렇지 않은 사람이 고른다면, 그것은 그들에게서 직업을 빼앗는다는 일이 되는 것이다. 결과적으로 비인(非人)[88]이나 조리(長吏)[89] 등 틀 밖에 놓여 있던 자들의 대부분이 직업을 빼앗겼다.

한편으로 경멸받고 선택받지 못하는 일을 독점함으로써 이득을 얻은 케이스도 있다고 한다.

그중에는 본래의 무사 계급보다 훨씬 더 부유해진 천민도 있다 ――는 것이다.

무가 사람이 갑자기 장사에 뛰어들면 대개는 실패하는 것이 보통이다.

따라서 그들을 천민이니 신평민(新平民)이라고 부르는 것은 가난함을 야유하는 것은 아니다. 비뚤어진 질투의 표현이기도 하겠지만, 말하자면 응어리가 있을 뿐이다. 겉으로는 평등한 척하지만, 귀천의 차별은 엄연히 많은 사람들의 마음속에 만연해 있다.

그 탓인지, 본래 스승을 모시며 배움을 닦아야 할 입장인 서생이 하루 벌이를 위해 가무음곡 흉내를 내는 풍조는 좋지 않다고 한탄하는 사람들도 많다.

---

87) 무슨 일이나 전문가가 있다는 뜻.
88) 에도 시대에 사농공상 아래에 있던 천민 계층을 가리키는 말.
89) 비인의 장(長).

서루조당 파효

그러나 가도즈케는 그야말로 에도 시대부터 승적(僧籍)에 있는 사람도, 무문(武門) 사람도 해 왔던 일이 아닌가. 어렴풋한 기억이기는 하지만 우타이[謠][90] 가도즈케를 하고 있는 낭사(浪士)나 얼굴이 완전히 가려지는 삿갓을 쓴 보화종(普化宗)[91] 승려의 모습은 자주 볼 수 있었다.

그러나 최근의 서생은 퉁소까지 분다고 하니, 그렇다면 그것은 이미 허무승(虛無僧)[92]이 아닌가. 일일이 눈을 부라릴 것도 없지 않느냐고 생각한다.

그런 생각을 하면서 걷고 있었기 때문에 길을 잘못 들고 말았다.

참으로 쓸모없는 사람이다. 나는 목적지를 지나친 것인지 못 미친 것인지 전혀 본 적이 없는 길을 걷고 있었다. 이제 어쩌나, 방향은 틀리지 않았을 텐데, 하고 우왕좌왕하고 있는 동안에 에도바시 옆으로 나왔다.

드디어 아는 곳이 나왔다고 안심했지만, 다시 눈을 의심했다. 크고 훌륭한, 지은 지 얼마 안 되어 보이는 삼층짜리 서양식 건물이 있었다. 이런 것이 있었나 하고 자세히 보니 도쿄우편전신국 청사였다.

놀랄 만큼 크다. 어느새 준공한 것인지, 마치 마법 같다.

돌로 지은 중후하고 산뜻한 건물이다. 외국의 풍경이라도 보는 것 같다.

문 앞에는 말 두 마리가 끄는 튼튼해 보이는 짐마차가 세워져 있고, 제복 차림의 공무원들이 차례차례 나와 자루니 고리짝이니 하는 것을 싣고 있다. 동작도 활기차지만, 우선 제복과 제모가 늠름하다.

---

90) 노(能)의 가사. 또는 그것에 가락을 붙여 노래를 부르는 것. 요곡이라고도 한다.
91) 에도 시대 성행던 선종(禪宗)의 일파. 당나라 때의 선승 보화(普化)가 개조(開祖)이다.
92) 머리를 기른 보화종의 중. 얼굴을 완전히 가리는 통 모양의 깊은 삿갓을 쓰고, 가사를 두르고 퉁소를 불며 각처를 동냥하고 다니면서 수행하였다.

옻칠한 삿갓을 쓴 마부만이 일본풍이라 혼자 동떨어져 보인다. 나는 한동안 넋을 놓고 보고 있었다.

그 마차가 출발하기 전에 다음 마차가 도착하고, 그제야 나는 그들이 싣고 있는 것이 우편물이라는 것을 알아차렸다. 우편이라는 것은 저렇게 많이 있는 것인가 하고 조금 놀랐다. 물론 전국에서 모이는 것이고, 전국을 향해 배달하는 것이니 이 정도는 될 것이다. 어느 모로 보나 엉성한 짐작이지만, 그 이상은 재어볼 수도 없다.

걸음을 멈추고 바라보고 있다가 건물 모퉁이에 반쯤 몸을 숨기고, 역시 짐마차를 바라보고 있는 사람이 있다는 것을 알아차렸다.

바라보고 있다기보다 응시하고 있다. 이상할 정도로 쳐다보고 있다. 마차가 아니라 짐을 보고 있는 것이리라. 공무원의 움직임에 맞춰 끊임없이 얼굴을 움직이고 있다. 흥미가 있다는 듯한 분위기가 아니라 마치 검사라도 하고 있는 것 같다.

눈빛이 진지하다.

아니, 필사적이다.

한순간도 놓치지 않으려는, 마 자루 속에 든 것을 꿰뚫어볼 듯한 눈빛이다. 날카로운 것이 아니라 절박해 보이는 눈이다.

어린아이는 아니지만, 아직 어리다. 십 대 중반 정도일까. 갸름한 얼굴에 피부가 하얗고 허약해 보인다.

부산스럽지만 머뭇거리고 있지는 않다. 옷차림은 좋다. 서생이다. 아까 가도즈케를 하고 있던 놈들과는 달리, 한탄을 살 일이 없는 성실한 서생일 것이다.

자그마한 은테 안경이 그 성실함을 돋보이게 하고 있는 것 같다.

다만 성실해 보이기는 하지만 거동은 분명히 수상하다.

건물 모퉁이에서 몸을 반쯤 내밀고 있는데, 어중간하게 거리를 두고 있다. 숨을 거라면 좀 더 가까이 다가갈 텐데, 일부러 건물 벽에 몸이 닿지 않도록 신경을 쓰고 있는 것 같다.

바라보고 있노라니 젊은 서생은 품에서 손수건을 꺼내 코와 입을 눌렀다. 얼굴을 가린 것이 아니라 냄새를 참고 있기라도 한 것일까.

말 냄새를 싫어하는 것일까.

아무리 봐도 부자연스럽다.

미간에 엷게 주름까지 짓고 있다. 고뇌하고 있는 것인지, 당혹스러워하는 것인지, 참고 있는 것인지, 거기까지는 알 수 없다.

두 번째 마차에 짐이 다 실렸는지, 마부가 말에 채찍질을 했다. 그 소리에 동조하듯이, 서생은 안경 속의 눈을 부릅떴다.

내 시선을 알아챈 것이다.

그러자 그 가냘픈 서생은 당황한 듯이 건물 뒤편으로 쏙 들어가 버렸다.

여러 가지로 맥이 빠지고, 조금 꺼림칙해지고 말았다.

마루젠은 다른 책방과 달리 원래는 약방인지 상사(商社)인지 그랬다고 한다. 출판도 하고 있지만, 수입도 하고 있다. 진열된 책의 수는 양서도 포함해서 어마어마하게 많아 장관을 이룬다.

목조 이층 건물이고, 입구도 열 간(間)으로 넓다. 가게의 문장을 물들인 좁고 긴 포렴은 일본풍이지만, 간판은 영어로 적혀 있다. 단 그 간판에는 MARUYA 운운이라고 적혀 있으니, 마루젠이라는 것은 속칭일지도 모른다.

사지는 않고 그냥 구경만 하는 손님에게는 그런 사정은 상관없으니, 물어본 적은 없다.

몇 번이나 찾아왔지만 한 번도 산 적이 없으니, 확실하게 구경만 하는 손님이다. 애초에 외국어가 여의치 않으니 이런 가게에는 그리 용무가 없는 셈이고, 들르는 게 이상할 지경이다.

곧장 이층으로 올라간다. 이층은 좁고 양서가 많다. 배운 사람의 이야기를 들어보면 많다고는 해도 아직 모자라고, 값도 비싸고, 새로 나온 책이나 갖고 싶은 책은 주문해야 한다고 하지만, 읽지 못하는 사람에게는 그만하면 충분하다.

글자는 읽을 수 없지만 그림은 알 수 있다. 화집 같은 거라면 사도 되지 않을까 하고 생각했지만, 뭐가 뭔지 전혀 알 수가 없었다.

모르는 주제에 아는 척하는 얼굴을 하고 잠시 선반을 둘러보고 나서, 역시 양서는 무리라고 판단하고 일층으로 내려왔다.

쓰보우치 쇼요의 소설 다음 권을 살까 생각했지만, 품절인 모양이다. 어디가 재미있는 것인지 모르겠지만 인기가 있는 것이다. 같은 쓰보우치지만 쓰보우치 유조[雄藏]라는 작가의 '신편부운(新編浮雲)'이라는 책이 있기에 찾아보니, 유조는 쇼요의 실명이라는 말을 들었다. 1권이라고 하는데 그것만으로도 재미있다고 한다. 그럼 달라고 말하자, 그것은 명의를 빌려준 것이고 작가는 다른 사람이란다. 후타바테이[二葉亭][93] 어쩌고라는 인물인 모양이다.

나는 뭐든 상관없다고 말했다.

그러자 가게 사람은 그런 종류의 책을 좋아하신다면 야마다 비묘[山田美妙][94]는 어떠십니까, 하며 '여름 숲'이라는 책을 가리킨다.

---

93) 후타바테이 시메이[二葉亭四迷]. 1864~1909. 일본의 소설가, 번역가. 본명은 하세가와 다쓰노스케[長谷川辰之助]이며 도쿄 외국어학교에서 러시아어를 배웠고, 러시아 문학도 다수 번역하였다. 1887~1891년 사이에 나온 사실주의 소설 '부운(浮雲)'은 언문일치체로 쓰였으며 일본 근대소설의 개조(開祖)가 되었다.

94) 1868~1910. 일본의 소설가, 시인, 평론가. 언문일치체 및 신체시 운동(新体詩運動)의

꽤 장사를 잘한다.

그런 종류란 어떤 종류냐고 묻자, 개혁파 말입니다, 라고 한다. 무엇을 개혁하는 거냐고 다시 물으니, 문장을 쓰는 방법이지요, 라고 했다.

"그런 걸 개혁할 수 있나?"

"글쎄요, 그쪽에 있는 후타바테이는 엔초의 구술을 참고로 했다고 합니다."

"엔초라면 산유테이 말인가?"

다른 엔초는 없지요, 하고 가게 사람은 말했다.

확실히 강담(講談)[95]을 기록한 책은 나름대로 나와 있다. 몇 권인가 읽었다. 엔초의 책도 있느냐고 물으니, 속기본 말씀이시군요, 라고 했다.

"속기라는 것은 새로운 기법인데, 이야기하고 있는 옆에서 쓰는 것이지요. 이야기의 줄거리를 문장으로 옮기는 것이 아니라, 이야기하는 사람이 이야기한 그대로 옮겨 적는 것입니다. 제가 예에, 라고 말하면 '예에'라고 기록하는 거지요."

거기에서 문득 깨닫는다.

쓰보우치 쇼요를 읽으면서 불편했던 것은 그 때문이다. 이야기말이 섞여 있다. 섞여 있는 것이 아니라 섞은 것일까.

"신문체(新文體)라고 하는 모양입니다. 번역물 같은 것도 비슷한 느낌이지요."

"많이들 읽는군."

선구자로 알려져 있다.
95) 무용담, 복수담, 군담 등에 가락을 붙여 재미있게 들려주는 연예.

최근에는 모두 그러냐고 묻자, 그렇지는 않습니다, 하고 대꾸했다.

"저는 좋다고 생각하지만, 언문일치를 싫어하는 분도 많은 것 같고, 한문(漢文)이나 우아한 문장이 취향인 분도 계시고요. 비묘 같은 사람을 싫어하는 분도 많은 것 같더군요. 뭐, 앞으로는 오히려 오자키 고요[尾崎紅葉][96] 같은 사람이 좋을 것 같은데 말이지요. 문장이 아름답기도 하고."

"흐음."

"야마다 비묘 쪽은 이야기말로 적혀 있지만, 시대물 같은 책을 보면 안의 대화는 옛날풍이지요. 옛날의 이야기이니 어쩔 수 없겠습니다만. 한편 오자키 고요는 말투가 다듬어진 문어체로 쓰는데도 안의 대화가 요즘 쓰는 말투로 되어 있기도 합니다. 이게 퍽 괜찮습니다."

마치 얼뜨기 같다.

점원이 그렇다는 것이 아니라 내가 그렇다는 이야기지만.

"신문체라고 할 정도이니, 별로 정해진 규칙이 없습니다. 고요 같은 경우는 물론 전부 일본어지만, 이상하게 일본식과 서양식을 절충한 듯한 느낌이 들어서 어느 모로 보나 당세풍 같지요."

"당세풍이라."

"신문체는 아닐지도 모르지만, 저는 고다 로한[幸田露伴][97]도 좋아합니다. 아니, 제 취향을 피로해 봐야 소용없겠습니다만."

---

96) 1868~1903. 일본의 소설가. 에도에서 태어났으며 제국대학 국문과를 중퇴했다. 1885년, 야마다 비묘 등과 함께 '겐유샤(硯友社)'를 설립하고 '가라쿠타 문고'를 발행. 이즈미 교카, 다야마 가타이, 오구리 후요, 야나가와 슌요, 도쿠다 슈세이 등 뛰어난 문하생들이 있다.

97) 1867~1947. 일본의 소설가로 본명은 시게유키[成行]. '풍류불(風流仏)'로 호평을 얻었으며 '오층탑(五重塔)', '운명' 등 문어체 작품으로 문단에서의 지위를 확립하였다. 오자키 고요와 함께 고로 시대(紅露時代)라고 불리는 시대를 이룸. 한문학(漢文学)이나 일본 고전, 각 종교에도 정통하여 많은 수필과 사전(史伝), 연구 등을 남겼다.

"아니, 아니, 괜찮네. 곰팡이가 핀 것 같은 책만 읽고 있어서 뇌에 바람을 자주 쐬어 주어야겠다 싶으니. 아무래도 내 머리는 이십여 년이나 지났는데도 문명개화가 안 된 모양이야."

"그러십니까."

점원은 식초라도 마신 듯한 얼굴을 했다.

"인간이 당세풍이 아닌 걸세. 그래서 최소한 양서라도 찾아볼까 하고 와 보았네만, 읽을 수 없는 것은 읽을 수 없으니 차라리 유럽이나 미국 말의 사전이라도 사서 돌아갈까 생각하고 있었을 정도일세. 하지만 그만두겠네. 지금은 자네가 추천하는 책을 한 번 읽어 보지. 다 살 테니 네다섯 권쯤 적당히 골라 주지 않겠나?"

말하고 나서 경단이나 반찬이라도 사는 것 같다고 생각했다. 적당히 고른다는 것은 작가에게 약간 실례인 듯한 기분도 들었지만, 어쨌거나 미지의 분야이니 달리 말할 수가 없다. 읽어보고 마음에 들면 다음에는 직접 고를 수 있을 것이다.

어떤 책이든 읽어볼 때까지 좋고 나쁜 것은 알 수 없다는 말을, 얼마 전에도 들었다.

세평(世評)은 상관없다.

읽는 사람인 나와 책이 어떤 관계가 되느냐 하는 것만이 전부일 것이다.

"잡지는 아닌 쪽이 좋으십니까."

하고 점원은 말한다. 사환이나 지배인 같지는 않으니 점원이라고 부를 수밖에 없을 것이다.

"잡지라도 상관없지만 역시 한 권짜리 책이 분량이 많으니 읽는 맛이 있어서 좋지."

그렇군요, 하며 점원은 매대를 둘러보더니 몇 권을 집어 들었는데, 고르던 도중에 얼굴을 들더니 아아, 어서 오십시오, 하고 말했다.

손님은 그럭저럭 드나들고 있으니, 가게에 들어온 것을 알아본 것만으로도 인사하는 것을 보면 단골손님인가 싶어 얼굴을 들어보니 놀랍게도 거기에는 아까 그 자그마한 서생이 서 있었다.

서생은 이쪽의 시선을 알아차리고는 아까와 똑같이 눈을 부릅떴다. 그러나 당황해서 도망치거나 하지는 않고 우두커니 서 있다.

"아하, 호랑이도 제 말 하면 온다는 말은 맞는 말이군요."

그렇게 말하더니 점원은 잠깐 실례하겠다며 고른 책 몇 권을 손에 든 채 서생 쪽으로 향했다. 네다섯 권이나 사겠다고 말했으니 나도 어엿한 손님이기는 하다. 그런데 나를 냉대하고 가는 것을 보면 저쪽이 더 중요한 손님이라는 뜻일 것이다.

호랑이도 제 말 운운하는 말의 뜻은 알 수 없었다.

점원은 아이고, 오늘은 어쩐 일이십니까, 하며 허리를 숙이고 있다. 십 대의 젊은이가 그렇게 책을 많이 사는 것일까. 불량서생은 놀고 있어도 돈을 잃고 가도즈케 같은 것을 하며 입에 풀칠한다는데, 성실하게 살면 아무렇지도 않게 책을 살 수 있는 것일까.

"아니, 죄송합니다, 그건 아직 안 들어왔는데요. 배가 늦는 모양인데, 입고되면 곧장 연락을 드리도록 할 테니 선생님께는 모쪼록 잘 부탁드린다고 전해 주십시오."

그런 말을 하고 있다.

선편이라는 것을 보면 양서일 것이다. 게다가 말투로 미루어 보건대 신간이라는 뜻일까.

이 젊은이는 나온 지 얼마 안 된 외국의 책을 읽는 것일까.

어리다. 소년의 얼굴마저 남아 있다.

점원은 이쪽을 힐끔힐끔 훔쳐보며, 지금 저분께 권해 드리고 있던 참입니다, 라는 말을 하고 있다. 그런 것을 알려주어서 어쩌자는 것일까 하고 생각하고 있는데, 두 사람이 나란히 이쪽으로 다가왔다.

"손님. 손님께는 폐가 되지 않을까 하는 생각도 들지만, 이것도 무슨 인연일 테지요. 소개해 드리겠습니다. 이분은 말이지요, 이 '두 명의 비구니 색(色)의 참회'를 쓰신 오자키 고요 선생님의 제자 되시는 분입니다."

점원은 손에 들고 있던 책 한 권을 들어 보였다.

"아아."

그런 것인가 하고 무릎을 친다.

그래서 호랑이도 제 말 하면 온다고 한 것일까. 서생은 고통스러운 듯이 가느다란 눈썹을 찌푸리고, 심지어 미안한 듯이 말했다.

"제자는 아닙니다. 현관을 지키면서 시중을 드는 사람이지요. 문학에 뜻을 두고 있기는 하지만 아직 한 편의 소설도 쓰지 못했습니다. 스승님께서 마음을 써 주셔서, 댁에서 신세를 지고 있을 뿐입니다."

"아, 그렇소?"

그런 것을 고백해 와도 곤란할 뿐이다.

"으음, 나는."

아무 일도 하지 않는 사람입니다, 라고 말할 수도 없어서, 다카토입니다, 하고 성만 말했다.

"실은 소설은 전혀 모릅니다. 싫어하는 것이 아니라 읽은 적이 없어요. 옛 시대의 게사쿠 종류는 다소 읽었지만, 으음, 신."

신문체 말씀이신지요, 하고 점원이 말한다.

"맞아요, 맞아. 그건 거의 읽은 적이 없습니다. 그래서 이 사람한테 물어, 권해 달라고 하고 있던 참입니다."

그 작품은 걸작입니다, 하고 서생은 말했다.

말한 후, 한 번 눈을 내리깔았다.

"스승의 작품을 무턱대고 칭찬하는 건 이상할까요."

"아니, 그렇게는 생각하지 않아요. 존경할 만하다고 생각하니 사사하는 것이겠지요. 사제(師弟)의 경우는 팔이 안으로 굽는다고 말하지는 않지 않을까요. 제자가 스승에 관해서 이야기할 때 겸양의 자세를 보이는 것은 오히려 이상하게 느껴지니, 마음껏 칭찬하셔도 됩니다."

걸작입니다, 하고 청년은 되풀이했다.

"소설이라는 것의 힘을 깨닫게 해 주었습니다. 글은 조루리(淨瑠璃)[98]의 말투에 속어(俗語)의 대화문을 섞는 독특한 것으로, 고상한 것과 속된 것의 절충을 넘어 융합의 경지에 달했지요. 읊어 보면 아름답고, 판면(版面)도 조화롭고 새로워요. 풍정은 유려하고 에도풍이기도 하지만, 시도는 러시아의 문학에 뒤지지 않습니다. 언문일치라기보다 새로운 쓰기말을 만들어내셨습니다."

이 청년은 어지간히 스승에게 경도되어 있는 모양이다.

이것은 아첨도 무엇도 아니고, 평소 생각하고 있는 것이 입을 뚫고 나와 버렸을 뿐일 것이다. 그렇지 않다면 아첨꾼이라도 되지 않는 한 이렇게 청산유수로 거침없이 칭찬할 수는 없다.

"저는 이 소설을 일독하고, 문사(文士)에 뜻을 두기로 결심하였습니다. 이건——제 인생을 바꾼 책입니다."

"그래요?"

---

98) 샤미센 반주에 맞추어 특수한 억양과 가락을 붙여 엮어 나가는 이야기의 일종.

이것이 ──.

이 청년의 한 권일까.

그렇다면 꽤 일찍 만났다고 생각한다.

부러운 것 같기도 하지만, 반대로 가엾기도 하다. 발견해 버리면 찾는 즐거움이 없어지고 만다.

그런 책을 만날 수 있어서 다행이라고 말하자, 고맙습니다, 하고 대답한다. 올곧은 대답을 하는 젊은이다. 선은 가늘지만 유연하고 튼튼할 것이다, 이 젊은이는.

나는, 당신은 행복하군요, 라고 말했다.

"글쎄요."

청년은 갑자기 불안한 듯한 표정이 된다. 무슨 뜻인지 모르는 것이리라. 내가 아무 설명도 하지 않았기 때문이다.

"아니, 괜찮습니다. 젊은 나이에 평생의 반려와 만나 버린 것 같은 상태라는 뜻이에요. 뭐, 잘 알겠습니다. 읽어볼 생각을 하니 기대가 되는군요. 그럼 자네가 권하는 책을 전부 살 테니 계산해 주게. 제일 먼저 이 책을 읽어 보도록 하지."

감읍할 따름입니다, 하고 점원은 말했다.

나는 다섯 권을 샀다.

가게를 나와 일 정(町)[99]도 가지 못했는데, 뒤에서 누가 말을 걸었다. 돌아보니 아까 그 서생이 달려오는 모습이 보였다.

"왜, 무슨 볼일이라도 있으시오?"

"아니, 바쁘실 텐데 이렇게 시간을 뺏는 것도 죄송한 일이라고 생각하지만, 저는 아무래도 사소한 것에 신경이 쓰이는 성격이라서요."

---

99) 거리의 단위. 1정은 약 109m.

"바쁘기는. 뭐 부끄러워해야 할 일이지만, 나는 메이지의 쓸모없는 사람이오. 정해진 직업도 없고 예정도 없다오."

모두가 무언가 하고 있다. 정부도 관헌도 평민도 천민이라고 불리는 자들도, 살기 위해 무언가 하고 있다. 거리도 사람도 문화도, 어딘가를 향해 달리고 있다. 젊은이도 노인도 무언가를 바꾸려고 하고 있다. 문사도 무언가를 만들어내기 위해 고심하고 있다.

하지만 나만 아무것도 하지 않는다.

이상도, 사상도 없다.

"당신이 훨씬 더 바쁘겠지요. 오늘도 선생님의 심부름을 온 것이 아닙니까."

"예. 하지만 오늘 제 스승님은 댁에 계시지 않습니다. 사모님의 친정에 가셔서 밤늦게까지 돌아오지 않을 테니, 하루 동안 자유롭게 지내도 된다고 하셨습니다."

"하지만 심부름을 와 있었지 않소."

"예, 자유롭게 지내라고 말해 주셔도, 제게는 딱히 할 일이 없습니다. 청소도 정리도 마쳐 버렸고, 그러다가 이전에 스승님이 말씀하셨던 양서가 생각나서 슬슬 입고되지 않았을까 싶어 확인하러 왔을 뿐입니다."

명령을 받은 것이 아니라 자율적으로 왔다는 뜻이리라. 꽤 유능한 서생이다.

"집은 보지 않아도 되는 거요?"

"문단속은 엄중히 했습니다. 다섯 번 확인했으니까요."

"다섯 번이나."

그런 성격입니다, 라고 말하며 젊은이는 부끄러워하는 것 같았다.

"실은——아니, 그런 것보다도."

"왜 그러시오?"

"아까 그."

제가 행복하다는 것은 무슨 뜻으로 하신 말씀이신지요, 하고 청년은 말했다.

"여쭙고 싶습니다."

"그건 말이지요, 뭐 나도 잘 설명할 수는 없지만."

다른 사람에게서 들은 이야기를 그대로 말한 거라고 대답했다.

"책이라는 것은 무덤 같은 것이라는군요. 무덤을 찾아가, 묻혀 있는 무언가의 유령을 본다. 독서란 그런 것이라고 들었소. 자신에게 정말로 소중한 유령은 하나뿐이고, 그것을 만나기 위해서 사람은 독서편력을 쌓는 것이다——라고, 그 사람은 말했소."

"유령이라니요?"

"뭐, 귀신 말이오. 여자나 아이들의 말로 하자면 요물이지요."

요물 말입니까, 라고 말하며 서생은 생각에 잠겼다.

"아니, 그냥 비유요. 그래도 문학자를 지망하는 당신에게 나 같은 사람이 이런 말을 하는 것은 좀 그렇지만, 표현의 기교지요."

역시 잘 설명할 수가 없다. 그 말을 들었을 때는 크게 납득했고 감명까지 받았지만, 근본적으로는 이해하지 못하고 있었는지도 모른다. 내 말로 전달할 수가 없다.

무슨 소리인지 모르겠지요, 라고 말하자, 그렇지도 않습니다, 라고 서생은 대답했다.

"그래요? 그런데 당신, 몇 살이오?"

"열여덟입니다."

"그래요?"

좀 더 아래일 줄 알았다. 그래도 메이지 시대에 태어난 것은 다름이 없다.

"보아하니 촌티라고는 없는데, 도쿄에서 태어났소?"

"당치도 않습니다. 저는 가가(加賀)[100] 사람입니다."

"가가의 어디요?"

가나자와입니다, 하고 청년은 말한다.

"어쨌든 백만 석짜리 큰 번이 아니오?"

"아버지는 번의 세공사였으니 무가가 아니라 직인의 아들입니다. 에도는 몹시 동경하고 있지만, 이렇게 도쿄에 있는 이상은 그냥 촌놈입니다. 황제가 거하는 이 도성에서는 저 따위는 밭에 있는 토란이나 마찬가지입니다."

재미있는 말을 한다.

"무슨 토란 말이오? 가가는 문화가 발달한 곳이라고 들었소. 내가 훨씬 더 토란이겠지. 나는 에도에서 태어났지만, 지금은 에도 외곽의 황야에 은둔하고 있소. 주위에는 그야말로 시든 밭밖에 없지요. 그 외에는 너구리 굴밖에 없으니까. 뭐, 토란은 아니라도 호박이나 가지 쯤 되려나. 당신은 아무것도 부끄러워할 것 없소. 훌륭한 도회인이니."

당치도 않다고 밭의 토란은 말한다.

"고향은 자랑스럽게 생각하고 있으니, 조금도 부끄러워하는 마음은 없습니다. 하지만."

하지만 뭐냐고 물으니, 너무 달라서요, 라고 말했다.

---

100) 현재의 이시카와 현 남부를 가리키는 옛 지명.

"다른가?"

"네. 풍습이 아니라 시대가 다른 것인지도 모릅니다. 감각이 케케묵었다는 말을 들을 때도 많습니다. 하지만 저는 제가 구식이라고는 생각하지 않습니다. 오자키 선생님의 소설을 만나고 그것을 깨달았습니다. 구식인 것은 표현의 방법이지 사고방식이나 견해가 아니라는 것을 알았습니다. 오자키 선생님은 고심에 고심을 거듭하며 새로운 옛날을 훌륭하게 그려내고 있습니다."

"새로운 옛날이라니."

"지금까지 없었던 새로운 수법으로, 오늘날에는 느끼기 어려워진 옛날의 분위기를 훌륭하게 전하고 있습니다. 읽어 보시면 분명히 이해하실 겁니다. 다만."

"다만, 뭐요?"

젊은이는 고개를 숙였다.

뭔가 있는 것이리라.

"네."

"이보시오. 어려워할 것 없소. 나는 그냥 지나가다 만난 문외한이니, 하고 싶은 말이 있다면 해 보시오. 이해관계도 없지 않소. 아니면 길거리에서는 말하기 꺼려지는 일이오?"

그렇지 않습니다, 하고 젊은이는 대답했다.

"저도 제대로 설명할 수가 없습니다. 그, 저는 그, 좀 병적인 것이 아닌가 싶어서."

"병이라니 불온한 말이로군."

신경질적인가 보지, 라고 말하자, 바로 그렇습니다, 라고 한다.

그것은 그의 태도에서도 알아챌 수 있다.

"불결한 것을 몹시 싫어하는 버릇이 있습니다. 하지만 그것은 별반 나쁜 것이라고도 생각지 않습니다. 문제는."

귀신입니다, 하고 서생은 말했다.

"귀신? 귀신이 무섭다거나?"

"무섭지는 않습니다. 아니, 무섭지 않은 것도 아니지만 그, 무시무시한 것으로 말하자면 개가 훨씬 더 무섭지요. 개에 물리면 광견병에 걸리게 됩니다. 세균이 있으니까요."

"뭐, 모든 개가 다 병에 걸려 있는 것은 아니고, 모든 개가 다 무는 것도 아닌데."

그 부분이 병적이라는 뜻이라면, 뭐 그럴 것이다.

하지만 무언가 싫어하는 것이 있다는 것은 별반 이상한 일도 아닐 것이다.

아내는 문어를 몹시 싫어한다. 살아 있는 문어는 나도 기분 나쁘지만, 아내는 손질되어 있어도 삶겨 있어도 펄쩍 뛰어 도망친다.

그러나 이 서생의 경우는 개를 싫어한다기보다도 귀신 쪽이 중요한 것이리라.

"그 귀신이라는 것은 요쓰야 괴담에 나오는 그런 유령을 말하는 거요? 아니면 뭔가 또 다른 것을 가리켜 말하는 거요?"

"예. 가부키나 강담에서 연기하는 듯한 망자 연극이 아니라 —— 아뇨, 같은 것일지도 모르지만, 허구는 아닙니다."

"아니, 지어낸 것이라는 뜻이 아니라, 그, 죽은 사람의."

두 달쯤 전 ——.

단 한 번 죽은 사람의 모습을 보고 마는 바람에 기구한 생애를 보내게 된 인물을 만났다.

"죽은 사람의 유령 모습을 하고 있는 경우도 있을지는 모르지만, 하지만 제가 말하는 것은 좀 더 추상적인 것이고, 그래서 설명하기가 어렵습니다. 구체적으로 치환해 보면 그야말로 괴물이 되고 말지도 모릅니다."

"괴물이라면, 그."

"구사조시[草双紙]에 실리는 것 말입니다."

"구사조시라면 그림책 같은 게 아니오? 그렇다면 그, 오뉴도[大入道][101]라든가 갓파[102]라든가 로쿠로쿠비[103]라든가, 그런 부류의 괴물 말이오?"

"외눈에 다리가 하나인 우산, 눈코입이 없는 귀신에 요괴 고양이, 그런 것입니다. 그런 것이 세간을 어슬렁거리고 있다고는 생각하지 않지만 그건 그, 상징으로서 존재하는 것이지요."

"뭐, 있는지 없는지 따져볼 것까지도 없는 것들뿐이지만 그, 상징으로서 존재한다는 말은 뭔가 다른 것을 나타내고 있다는 뜻이오?"

"예. 천마(天魔)[104]도 귀신도 그럴 거라고 생각합니다. 그건 그, 이 천지의 구조라고 할까요, 사람의 상념의 방식이라고 할까요──."

"아니, 아니, 그건 잘 알겠소. 에도 시대부터 그런 것을 무서워하는 것은 어린아이들 정도였으니까."

무서운 것은 아닙니다, 하고 청년은 말했다.

"오히려 좋아하는 거겠지요, 저는."

---

101) 까까머리의 덩치 큰 남자. 또는 그런 모양을 한 괴물.
102) 일본의 상상의 동물. 키는 1m 안팎이고 입이 삐죽하며, 정수리의 오목한 곳에는 물이 조금 담겨 있다. 다른 동물을 물로 끌어들여 그 피를 빤다고 한다.
103) 목이 몹시 길고 신축이 자유로운 요괴.
104) 불교에서 이르는 사마(四魔) 중 하나.

"요괴를, 말이오?"

청년은 고개를 끄덕였다. 고개를 숙인 것인지도 모른다.

"저는 신앙이 있습니다. 맑고 조용하고 평온한 것을 무엇보다도 소중히 여기고 있습니다. 그런데도 그 편안한 환경을 찾다 보면——."

곧 요괴와 맞닥뜨리고 마는 것입니다, 하고 섬세해 보이는 서생은 말했다.

"맞닥뜨린다는 건 잘 이해가 안 가는데."

"저는 자애로 가득 찬 신성한 힘——그렇지요, 관음(觀音)의 힘이라고나 할까요, 그 힘으로 가득 찬 편안한 삶, 맑은 세계를 이 나라의 문화에서 찾고 있습니다. 하지만 아무래도 그것은 이 문명개화의 세상 속에, 아니, 앞으로 다가올 세상에는 어울리지 않아요."

"어울리지 않을지도 모르지요."

모두가 소리 높여 외치며 힘차게 걷는다.

든든하긴 하지만, 따라가지 못하는 사람도 있다.

"제 고향이라면 그나마 어울릴 것 같은 기분도 듭니다."

"그럴지도 모르지."

"에도에서도──가끔 그것을 봅니다."

"에도라는 것은 도쿄──이곳을 말하는 것이 아니겠지요."

에도입니다, 하고 청년은 되풀이했다.

"그러니까 저는 그냥 회고적일 뿐인 건지도 모른다고, 그렇게도 생각했습니다. 그런 세계는 과거에만 있고, 앞으로는 변해 가기만 하는 것인가 하고, 그런 허무한 기분도 들었습니다. 그렇다면 그것을 추구하는 것은 없는 것을 내놓으라고 조르는 것이겠지요. 그런데, 거기에서."

오자키 고요의 소설을 만난 것일까.

예, 하고 청년은, 이번에는 확실하게 고개를 끄덕였다.

"없는 것이 아니라 보이지 않을 뿐이라는 것을 알았습니다. 보이지 않는 것이라도 보여줄 방법——문학이라면 읽힐 방법을 꼼꼼하게 마련하기만 하면, 그것은 쉽게 나타난다는 것을 오자키 선생님의 소설을 읽고 알았습니다."

"그렇군요."

"과거의 것은 표현하는 방법이 낡았기 때문에 낡게 여겨지는 것입니다. 표현되는 것 자체는 낡은 것이 아닙니다. 새로운 기법으로 표현할 수만 있다면, 제가 추구하고 있는 것 자체는 결코 낡은 것이 아니라고, 생각을 바꾸게 되었습니다. 하지만."

"하지만 뭐요? 문외한인 내가 하는 말이니 대단히 미덥지 못하고 엉뚱한 주장일지도 모르지만, 당신의 말은 알 것 같구려. 열강과 어깨를 나란히 하겠다며 콧김을 거칠게 내뿜고, 화혼양재라며 가슴을 펴고 으스대지만, 기실 열강의 흉내를 내며 영혼을 잃고 있을 뿐이다는 기분도 듭니다. 당신이 소중하게 생각하는 것은 그 영혼 쪽이겠지요. 분명히 영혼은 낡아지지 않는 것이니."

"예. 바로 그렇습니다. 이해해 주시니 정말 기쁩니다. 하지만 그 일본 고유의 정신 쪽을——."

"추구하는 것이겠지요. 좋은 일 아닙니까."

"추구하다 보면 요괴가 있습니다."

"영혼 속에 말이오?"

"네."

청년은 안경 속의 눈을 가늘게 떴다.

"제 안에는, 아니, 제가 추구하는 세계에는 아무래도 요괴가 있는 것 같습니다. 그것은 바람직한 것이 아닙니다. 어쩌면 그것은 부정적인 힘을 갖고 있고, 불길하고 꺼려지는 것일지도 몰라요. 과거에는 두려움과 기피의 대상이었고, 바로 이 시대에는 어리석고 열등하다고 잘라내야 하는 것이기도 하겠지요."

저는 아무래도 그걸 좋아하는 것 같다고 말하며, 청년은 손수건을 꺼내 입을 눌렀다.

"좋아하는 ── 거요?"

"그것은 보이지 않는 것입니다. 추구하지 않으면 보이지 않고, 좋아하지 않으면 추구하지 않겠지요. 관음보살을 추구하다가 귀신에 다다르고, 그리고 느끼는 것입니다. 어쩌면 나는."

귀신을 추구하고 있었는지도 모른다 ──.

"오자키 선생님의 작품에 요괴 같은 것은 나오지 않습니다. 스승님이 그려내는 것은 사람과, 사람의 세상입니다. 하지만 저는 스승님의 새로운 표현 기교 속에서 관음의 힘과 같을 만큼 귀신의 힘도 느끼고 맙니다. 그렇다면 제 문학을 끝까지 추구하면 거기에 관음의 자비가 있을까요, 아니면 귀신의 암흑이 있을까요. 저는 그것을 모르게 되어 버렸습니다."

"귀신, 즉 요괴라는 뜻이오?"

"네."

요괴를 좋아합니다, 하고 서생은 손수건 너머로 말했다.

"그러니까 다카토 님이 말씀하시는, 스승님의 저서가 제가 생애 속에서 만나게 될 책 중 더할 나위 없이 소중한 한 권이라는 이야기에는 순순히 고개가 끄덕여지지만, 만일 그렇다면, 그럼, 그."

스승님께 면목이 서지 않는 기분이 들어서요, 라고 말하며 서생은 갸름한 얼굴을 흐렸다.

"면목이 서지 않는다는 건 글쎄요."

별로 양심에 가책을 느낄 만한 일은 아닐 것이다.

"아니, 스승님이 속해 있는 겐유사[硯友社][105] 분들께도 얼굴을 들 수 없을 것 같은 기분이 듭니다. 현재 이 나라에서 일어나고 있는 어떤 문학운동에도 가세하지 않는, 실로 요괴 같은 무언가를 저는 스승님으로부터 멋대로 배우려고 하고 있습니다."

"그건 당신 개인의 문제 아니오?"

"제가 어리석다는 뜻이라면, 그건 납득할 수밖에 없을 테지요. 하지만 저는 스승님으로부터 무언가를 배우려고 하고 있습니다. 스승님의 작품에서, 스승님의 의지에 반하는 무언가를 퍼내려고 하고 있는 것입니다. 그것은 스승님의 문학을 모독하는 것이 되지는 않을까요. 나아가서는 스승님의 의지를, 스승님 자체를 우롱하는 것이 되지는 않을까요. 그렇게 생각하면——."

"당신은 성실하고 섬세하군요. 나는 그런 고뇌 같은 것은 알 길도 없어서, 멍청하게도 행복하다는 말을 하고 말았군요. 내가 배려가 없었소."

"처음 만나는 분께, 그것도 길가에서 실례되는 말씀만 드렸군요. 죄송합니다. 오늘은 스승님의 책을 사 주셔서 고맙습니다. 저도 모르게 신이 나서 떠들었네요. 무례를 용서해 주십시오."

---

105) 메이지 시대의 문학 결사. 1885년에 오자키 고요, 야마다 비묘, 이시바시 시안, 마루오카 규카에 의해 발족되었으며 '가라쿠타 문고[我楽多文庫]'를 발간하며 가와카미 비잔, 이와야 사자나미 등이 참가해 당시의 문단에 큰 영향을 미치는 일파가 되었다. 1903년 10월에 고요의 죽음으로 해체되었으나 근대문체의 확립 등 일본 문학사에서 큰 의의를 갖는다.

서생은 공손하게 머리를 숙였다.

떠나려고 하는 서생을, 나는 잠깐 기다려 보라고 불러 세웠다.

어떤 생각이 머릿속을 스쳤던 것이다.

"당신, 혹시 시간이 있다면 데려가고 싶은 곳이 있소. 아까 그 이야기를 내게 해 준 인물이 있는 곳이지요. 조금 멀지만 오가는 인력거 값은 내가 내리다. 어떠시오, 함께 가 보지 않겠소?"

"아니, 하지만."

"걱정할 것 없소. 나쁜 곳은 아니니까. 그렇지, 고서점이라오."

"고 —— 서점이라고요?"

서생은 이상하다는 듯한 얼굴을 했다.

도락의 충동이 술렁거렸던 것이다.

인력거 한 대는 돌려보내고, 다른 한 대의 인력꾼에게는 한 시간 정도 기다려 달라고 전했다.

인력꾼에게 품삯 외에 돈을 더 쥐여 주고, 잠시 쉬고 있어 달라고 부탁한 후 불안해 보이는 젊은이를 문 앞까지 안내했다.

커다란 마을등대 같은, 삼층짜리의 기묘한 건물이다. 도저히 책방으로는 보이지 않는 모습이지만, 그 건물 안은 전부 책이다.

동서고금을 막론하고 모든 종류의 서적이 담겨 있다. 사설 서적관 같은 것이다.

게다가 빌려주는 것이 아니라 팔고 있다.

주인이 말하기를, 이곳은 무덤이라고 한다.

책이라는 묘석 밑에 잠들어 있는 영혼을 애도하기 위해서 파는 거라는 것이다.

이름은 서루조당이라고 한다.

판자문 앞에 늘어뜨려져 있는 발에는 반지가 붙어 있고, 글씨를 쓴 붓의 자국도 선명하게 남아 있는 한 글자,

조(弔) ——.

라고 적혀 있다.

여기가 책방입니까, 하고 서생이 물었다.

책방이라고 생각하는 사람은 보통 없다.

책방입니다, 라는 목소리가 났다.

보니 어느새 국자 모양의 바가지를 들고 나무 들통을 든 사환이 서 있었다.

시호루, 라는 이름의, 이 가게의 사환이다. 여자아이로 착각될 정도의 상당한 미동(美童)인데, 아직 어리다. 아니, 몇 살인지 짐작도 가지 않는다. 어른이 아닐 뿐이고, 나이 같은 것은 없을 것 같다. 물을 뿌리고 있었나 보다.

"다카토 님, 슬슬 오시지 않을까 하고 생각하고 있었습니다."

"아니, 아니, 오늘은 신간본을 다른 데서 사 버렸기 때문에, 유감스럽지만 손님은 아니란다. 그 대신이라고 하면 뭣하지만, 손님을 데려왔지."

잘 오셨습니다, 하고 시호루는 인사한다. 서생도 감사 인사를 했다.

"의아하게 여기시겠지만, 이곳은 틀림없는 책방이라오. 뭐, 당신이 니혼바시에서 해 준 이야기 말인데, 아무래도 나 혼자 듣기에는 관객이 부족한 것 같아서. 그래서 이곳이 생각난 거요. 그렇게 되었으니 —— 그렇지, 시호루 군. 주인장은 계시지?"

"주인은 또 팔리지도 않을 물건들을 들여놓고 좋아하고 계십니다. 좀 사 주십시오."

시호루는 그렇게 말하더니 발을 지나 판자문을 열었다.

오후가 되어도 전혀 수그러지지 않는 강한 햇빛 속에, 캄캄하고 네모난 구멍이 뚫렸다.

서생을 재촉해 안으로 들어간다.

안은 자못 푹푹 찔 거라고 생각했는데 —— 전혀 그렇지 않았다. 습도는 낮다. 많은 촛불이 켜져 있는데도 온도는 낮아, 시원할 정도였다.

비교해 보니 건물의 폭은 마루젠이 더 넓지만 깊이는 조당이 훨씬 더 깊다. 안쪽에 계산대가 보이지만, 끝없이 이어져 있고 끝이 없을 것만 같다. 이것이 삼층까지 있는 것이다. 아직 이층에 올라간 적은 없지만, 위층도 전부 서가(書架)인 모양이다.

천장까지 뚫려 있으니 그 부분을 제외해도 선반의 수는 상당히 많을 것이다. 게다가 수납방법도 진열방법도 치밀하고, 또 정연하다. 마루젠보다도 책의 양은 훨씬 더 많을 것이다.

처음 찾아왔을 때의 인상은 옳았던 것이다.

젊은 서생은 쭈뼛거리고 있지나 않을까 싶었는데 의외로 차분하다. 둘러보거나 올려다보거나 하고 있지만, 두려워하는 것 같지는 않았다.

눈이 익숙해짐에 따라 안경 속의 눈동자는 광채를 더하고 있는 것 같다. 유리와 눈동자, 양쪽에 촛불의 불빛이 비치고 있기 때문인지도 모르지만.

"어서 오십시오."

계단 중간에서 목소리가 났다.

이 가게의 주인이다.

고용인과 마찬가지로 전혀 나이를 알 수 없는 인물이다. 젊어 보이지만 젊지 않을지도 모르고, 늙어 보이지만 늙지는 않았다. 하얀 홑옷에 앞치마 차림이다.

"다카토 님이시군요."

"주인장, 주제넘은 것 같지만 오늘은 손님을 데려왔습니다. 이쪽은 문사 오자키 고요 선생님의 제자인."

하타케노 이모노스케[106] 군이라고 말했다.

이름을 듣지 못한 것이다. 니혼바시의 길가에서 나눈 이야기가 인상적이어서, 대충 지어냈다.

섬세하고 신경질적인 풍모와 토란이라는 비유는 도무지 어울리지 않는다.

그 점이 유쾌하게 생각되었다.

조당의 주인은 아무렇게나 내뱉은 그 기묘한 말에 대해서는 아무 언급도 하지 않고 다만 호오, 하고 말했다.

젊은이도 부정은 하지 않았다. 불손한 것도 대담한 것도 아니다. 그저 자신은 이름을 댈 정도의 신분이 못 된다고 생각하고 있을 것이다.

오자키 선생님이라면 '가라쿠타 문고[我楽多文庫]'[107]의 오자키 고요 선생님 말씀이시군요, 하고 주인은 말한다.

"겐유샤의 ──."

그렇습니다, 하고 서생은 공손하게 대답했다.

---

106) '하타케노 이모[畠の芋]'는 '밭의 토란'라는 뜻.
107) '가라쿠타'는 잡동사니라는 뜻. 가라쿠타 문고는 겐유샤가 1885년부터 발간한 일본 문학 최초의 문예잡지이며 동인잡지의 시초이다. 에도 게사쿠 작품이 많으며 소설, 시, 단가(短歌) 등도 게재했다.

"오자키 선생님의——제자 분이십니까. 이거, 이거, 잘 오셨습니다. 제가 조당의 주인입니다."

주인은 깊이 고개를 숙였다.

서생은 한층 더 송구스러워하며, 얼굴을 드십시오, 하고 말했다.

"제자라는, 대단한 것은 아닙니다. 저는 도둑이 들지 않도록 현관이나 지키는 사람이지요. 선생님 댁에 들어가 살면서 심부름이나 원고 정리 같은 일을 하고 있을 뿐이고——."

"그러고 보니 오자키 선생님의 사모님은 회임 중이지 않으십니까."

"예에, 오늘도 그래서——아, 아니, 제 스승님을 아십니까?"

직접 면식은 없습니다만, 하고 주인은 말했다.

"요미우리 신문에 연재 중인 '삼인처(三人妻)'는 잘 읽고 있습니다."

"그러십니까."

서생의 얼굴이 밝아진다.

정말로 스승을 존경하는 것이리라.

그때 시호루가 의자를 하나 가져오자, 나는 우선 서생에게 앉으라고 말했다.

이 가게에서는 서 있는 편이 마음이 차분해진다.

"옛날 책에 둘러싸여 있다 보니, 새롭게 지어지는 글은 어느 것이나 가슴이 띕니다."

주인은 그런 말을 한다. 이렇게 책이 많은데 아직도 읽는 것일까. 아니, 모든 책은 쓰이자마자 이 사당에 들어와 버릴 숙명인지도 모른다고, 문득 생각했다.

"선생님의 연재도 뒤편을 기대하고 있습니다."

하고 주인은 말을 이었다.

입에 발린 말도 아닐 것이다. 서생은 솔직하게 기뻐했다.

"고맙습니다. 그 신문의 원고를 보내는 일도 제 역할입니다."

그 정도밖에 도움이 되지 못하고 있습니다, 하고 서생이 말하자 주인은 그 일은 무엇보다도 중요한 역할이겠지요, 라고 대답했다.

"그럴까요."

"보내지 않으면 활자를 골라낼 수가 없어요. 판도 짤 수 없지요. 찍을 수도 없을 겁니다."

"그건 그렇지만 누구나 할 수 있는 일입니다."

"그렇지는 않습니다."

주인은 계산대에 자리를 잡았다.

"소설의 원고는 천하에 둘도 없는 귀중한 것입니다. 없어져 버리면 다시 쓰기도 쉽지 않고, 한 글자 한 구절까지 다 똑같이 적을 수도 없지요——."

잘 알고 있습니다, 하고 서생은 말했다.

"그래서 저는 무서워서 견딜 수가 없었습니다. 그런 소중한 원고를 맡겨주시다니, 혹시 잃어버리거나 더럽히기라도 하면 어쩌나 하고 생각하면, 밤에도 잠이 오지 않고 밥도 목구멍을 넘어가지 않아 매일 마음이 짓눌리는 기분이었습니다."

"아하. 뭐, 다른 것도 아닌 오자키 선생님의 소중한 원고이니, 그것도 어쩔 수 없는 일일지도 모르겠군요."

"네. 하지만 제 경우는 역시 지나치게 병적이라고 자각하고 있습니다. 모퉁이 술가게 바로 앞에 우체통이 있어서 거기에 원고를 투함하는데요."

그러고 보니 이 서생은 아까도 자신을 병적이라고 말했던 것 같다.

"우선 가는 길에 떨어뜨리면 안 되니, 몸에서 조금도 떼어놓지 않고 꼭 껴안고 갑니다. 가는 길은 멀지도 않지만, 어떤 실수가 있을지 알 수 없으니까요."

조심성이 많은 것은 나쁜 일이 아닐 겁니다, 하고 주인은 말했다.

"네. 그런 생각도 하지만, 우체통에 도착해서 원고를 넣은 후, 정말로 들어갔는지 어떤지가 불안해지는 겁니다."

그런 일은 누구에게나 있을 것이다.

나는 흔히 있는 일이 아니냐고 말했다.

"아니오, 손을 떠나고 나면 더욱 불안이 늘어갑니다. 만일 이 안에 들어 있지 않다면 원고는 신문사에 도착하지 않습니다. 아니, 유실되고 맙니다. 하지만 우체통은 들여다볼 수 없으니, 저는 우체통 주위를 한 바퀴 돌며 원고가 떨어져 있지 않은지 확인합니다. 그래도 납득이 가지 않아 두 바퀴, 세 바퀴 돕니다. 마치 미친 것처럼 돕니다. 대낮에 우체통 주위를 서생이 빙글빙글 돌고 있으니, 제정신으로 할 짓이 아니지요."

부정적인 힘에 지배되고 있는 것입니다, 하고 서생은 말한다.

"무섭다, 두렵다, 돌이킬 수 없다, 싫다, 무겁다, 괴롭다, 슬프다, 그런 부정적인 힘이 저를 채우고 있습니다."

"하지만 벗어나시지 않았습니까."

주인이 그렇게 말하자 서생은 네, 하고 쾌활하게 대답하기에 상당히 놀랐다. 나는 그것이 귀신의 힘이나 뭐 그런 종류이고, 그것 때문에 괴로워하고 있는 거라고 지레짐작하고 있었기 때문이었다.

"많은 사람이 그 광경을 보았고, 스승님의 귀에 들어갔습니다. 스승님은 제게 일갈하셨습니다."

"뭐라고 하시던가요."

"꼴사납다, 고."

"뭐요, 그 말에 멈추었단 말이오? 그게 무슨 병적이란 말이오?"

"아니오, 스승님의 말씀에는 관음의 힘이 담겨 있기 때문일 거라고 생각합니다."

"아니, 그럴까. 당신은 조심한 것뿐이라고 생각하는데, 그것 때문에 꾸중을 들었지 않소. 일갈을 당하고 멈추었다면, 그런 다정한 힘이 아니겠지요."

그렇지 않습니다, 다카토 님, 하고 주인은 말했다.

"아니오?"

"아닐 겁니다. 당신은 —— 오자키 선생님을 존경하고 계시지요."

"예, 절대적인 믿음을 바치고 있습니다."

"그만큼 믿는 상대가 금지한 것이오. 그래서 멈추었다는 것뿐이지 않소. 그것은 광기가 아니라 제정신이라는 증거요. 어쨌거나 금지는 금지 아니오? 그냥 꾸중을 들은 것뿐이지 않소."

"간이 작기로는 콩알만 하고, 마음이 약하기로는 토란 줄기만 하다고, 자주 타이르십니다."

그래서 토란인가 —— 하고 생각했다.

"그것 보시오, 역시 꾸중을 듣고 있지."

"아닙니다, 다카토 님."

"어떻게, 다릅니까?"

"아까도 말씀드렸지만 소중한 원고는 세상에 하나밖에 없어요. 둘도 없는 소중한 것입니다. 그것을 그런 간이 작고 마음이 약한 사람에게, 그런 줄 알면서 맡길까요."

저라면 맡기지 않을 겁니다, 하고 주인은 말했다.

"오자키 선생님은 이분께 꼴사납다, 고 말씀하셨습니다. 그만두라고 금지하신 것이 아닙니다. 그리고 원고를 맡기는 일을 중지시키신 것도 아닙니다. 꼴사납든 담이 작든, 선생님은 이분께 여전히 원고를 맡기시지요. 그것은 왜일까요."

"글쎄요——."

직접 원고를 우체통에 넣는 것이 귀찮아서, 라는 답은 아니겠지요, 라고 말하자, 아닐 겁니다, 라고 주인도 말했다.

"저라면 기어가서라도 직접 투함할 겁니다. 믿을 수 없는 사람에게 그런 중요한 역할을 맡길까요?"

"하지만 이 하타케노 이모노스케 군은——."

"충분히 신용 받고 있다, 는 뜻이 아닐까요."

"아아."

듣고 보니 그렇다. 그는 멍청하지도 덜렁대지도 않는다. 오히려 그 반대일 것이다.

"이분이 꼴사나운 짓을 하면서까지 소중하게 다루어 주기 때문에, 원고는 정확하게 신문사에 도착하고 있는 겁니다. 즉 오자키 선생님도 이분께——절대적인 신뢰를 갖고 계신 것입니다."

서생은 몸을 움츠렸다.

"오자키 선생님과 이분이 서로 신뢰하고 있다면, 그 말은 질책도 매도도 아닙니다. 꼴사납다는 말은 오자키 선생님이 곤란해지니 그만두라는 뜻이 아니고, 선생님이 이분을 걱정해서 하신 말씀이겠지요. 그렇지 않겠습니까."

"그럴까요——."

그것은 관음력(觀音力)이라고 해도 좋지 않겠습니까, 하고 주인은 말했다.

"그러니까, 통한 것입니다."

"고맙습니다. 그 말씀이 참으로 마음에 와 닿는군요. 스승님의 위대함, 관용에는 감사하는 마음밖에 없습니다. 하지만 저는 그래도, 그──스승님의 큰 은혜에 보답할 수가 없습니다."

서생은 돌아보았다.

"오늘 도쿄 우편전신국 앞에서 우연히 뵈었는데──그때, 제가 대체 무엇을 하고 있었는지 다카토 님은 아십니까?"

"그러고 보니──주뼛거리고 있던데, 그건."

대체 무엇이었을까.

거동이 수상했던 것은 의심할 수가 없다.

"저는 투함한 우편물이 제대로 다루어지고 있을지 걱정하다 보니 불안해지고 말았던 것입니다."

"그러──시오?"

그런 걸 본다고 해도 알 수는 없다.

자루 속에 들어 있는 것까지는 꿰뚫어볼 수 없다. 아니──꿰뚫어 볼 것 같은 시선이기는 했지만.

"우체통에 넣을 수 있었다고 해도, 그 후에 어떻게 취급될지, 그것을 생각하니 또 의심의 응어리에 사로잡히고 말았습니다. 제 역할은 우체통에 넣는 일이 아니라 스승님이 목숨을 깎아 가며 써내신 원고를 탈 없이 신문사에 보내는 일입니다. 신문사에 원고가 도착하지 않는다면 우체통에 넣었다고 주장해 봐야 아무 소용도 없습니다. 난폭하게 취급하면 더러워지거나 찢어질지도 모르고요."

걱정되어 견딜 수가 없었습니다, 라고 말하며 서생은 자신의 어깨를 안았다.

"일본에서 제일 크고 새것인 우편전신국에서 어떻게 다루는지를 보고 들으면, 그 이외의 스테이션은 미루어 알 수 있겠지요. 취급은 난폭하지는 않았지만, 정중하다고도 할 수 없었습니다. 저 자루에 선생님의 소중한 원고가 들어 있다고 생각하면 신경이 가늘어지는 기분이 들었습니다."

줄곧 그렇습니다, 하며 청년은 약간 목소리가 거칠어졌다.

"흙을 밟으면 뭔가 벌레라도 살생한 것은 아닐까 하고, 목소리를 내면 다른 사람에게 상처를 준 것은 아닐까 하고 마음을 쓰고, 또 쓰고, 마치 광기 같습니다. 미망의 어둠에 사로잡혀 있는 것입니다. 그리고 저는 아무래도."

그런 것을 좋아하나 봅니다, 하고 청년은 작은 목소리로 말했다.

"호오."

"호방하게 받아들이는 것도, 쾌활하게 행동하는 것도 아무래도 좋아지지 않습니다. 침울하게 있어도 긴장하고 있어도 소용없어요. 더러운 것은 싫어하고, 난폭한 것도 좋아하지 않지만, 미(美)나 덕(德)을 찾아가다 보면 막다른 곳에는 ── 괴(怪)가 있어요."

귀신에게 매료되어 있다 ──.

"괴(怪) ──."

괴라고요, 하고 주인은 말했다.

"네."

"그 괴를 좋아하신다 ── 고."

"네. 싫어하지 않으니 좋아하는 것입니다."

"제가 보기에는 이성과 지혜가 넘치고, 질서를 좋아하고, 불결하고 불순한 것을 멀리하시는 성격으로 보이는데——."

"그렇게 생각합니다. 강한 결벽의 경향이 있습니다. 그렇다——기보다, 더러운 것은 저에게는 공포입니다."

"그렇군요. 그럼 그——괴라고 하시는 것은, 어떻습니까."

"요괴는 더럽지는 않습니다."

하고 서생은 말했다.

"그렇습니까. 세상 사람들은 그로테스크하다고 말하는 모양인데."

"정부(正負)로 나눈다면 부(負)이기는 할 거라고 생각합니다. 사람에게 있어서 결코 바람직한 것은 아닐 거예요. 그래도 더럽고 추한 것이라고는 생각되지 않습니다. 뱀은 불길하고 음성(陰性)이고, 독도 있고 무서운 것이지만 보기에 따라서는 아름답지요. 뱀은 보기만 해도 무섭지만, 더럽다고는 생각하지 않습니다."

"확실히 음성의 부류에 속하기는 해도 뱀은 불결한 것은 아닙니다. 정연하게 늘어서 있는 비늘의 모양은 때로 차갑고 단정한, 공예품 같은 아름다움을 보여주지요. 뱀에게서 신성(神性)을 찾아내는 문화도 많이 있습니다. 고대에는 신이기도 했지요."

"네. 하지만 실제의 뱀은 기피되지요. 만일 이곳에 뱀이 나온다면, 저는 몸이 움츠러들 겁니다. 무서워서 견딜 수가 없어요."

"확실히 형이상(形而上)으로는 신성을 갖더라도, 뱀은 형이하(形而下)에서는 그냥 음성의 벌레입니다. 좋아하는 사람은 많지는 않지요."

바로 그겁니다, 하고 서생은 말했다.

"요괴는 형이하에서는 시시한 것, 꺼림칙한 것, 배제되어야 하는 열등한 것이라는 말을 듣지요. 하지만 형이상에서는——그럴까요."

형이하의 요괴란——이 청년이 말했던 오뉴도나 우산 요괴 같은 것을 말하는 것이리라.

"형이상의 요괴라고요?"

요괴 말입니다, 하고 서생은 말했다.

"그건——정부의 부(負), 음양의 음(陰), 정사의 사(邪), 선악의 악(惡), 우열의 열(劣), 진안(眞贋)의 안(贋), 성속(聖俗)의 속(俗), 그런 것이라고 이해해도 되겠습니까."

"그렇습니다."

"서양에서는 가령 옳은 것, 뛰어난 것이 아름답다고 하지요. 건전한 존재, 선량한 존재야말로 아름다움의 판단 기준이 될 것입니다. 옳은 자——신은 항상 아름답고, 악한 존재——악마는 반드시 추해야 합니다. 한편 동양에는 탐미(眈美)——아름다움에 탐닉한다는 말이 있어요. 이쪽은 미추(美醜)를 기준으로 재는 것입니다. 악한 것에서도 열등한 것에서도 아름다움을 보지요."

"탐미——라고요?"

"예. 예를 들어 시체는 꺼림칙한 것, 피해야 하는 것, 죽음은 더러움입니다. 동서양을 막론하고 그것은 대개 다르지 않아요. 하지만 아름다운 시체가 있을 경우, 그 아름다움을 인정하고 사랑하는 것이——탐미입니다."

"그것은 옳은 방법일까요."

일개 책방 주인은 알 수 없습니다, 하고 주인은 대답했다.

"다만 그런 사고방식은 있어요. 특히 일본에는 강하게 있지요. 서양에서는 퇴폐적이라고 여겨지지만, 이 나라에서는——그렇지요, 와비[108]나 사비[109]도, 오래된 것이나 썩는 것에서 아름다움을 찾아내는 감성입니다. 그렇다면 그렇게 기이한 방식이라고는 생각되지 않는군요."

"지금 세상에서도 —— 그럴까요."

서생은 심각한 안색으로 물었다.

주인은 그 얼굴을 응시한다.

"개화 이후에는 서양의 척도가 들어왔기 때문에, 확실히 그 척도에 맞지 않는 것은 눈에 띄겠지요. 곡척(曲尺)[110]을 경척(鯨尺)[111]으로 재는 것이나 마찬가지 —— 라고 생각합니다만."

서생은 이마에 손가락을 대고 잠시 생각했다.

"하지만 —— 주인장. 저는 특별히 아름다움을 추구하는 것은 아닙니다. 제가 추구하고 있는 것은."

"관음력 —— 입니까."

"그렇습니다."

서생은 갑자기 힘있게 대답했다.

"관음력을 추구하다가 귀신력에 다다른다 —— 하지만 그것을 싫어하는 것이 아니라 받아들이고 마는 자신이 있습니다. 그게, 그 점이 저를 괴롭힙니다. 아름다운 것의 그늘에 괴물 같은 것이 어른거리고, 편안한 가슴 속에 칠흑 같은 어둠이 숨어 있어요. 저는 관음력을 추구하고 있는 것일까요. 아니면 그것은 착각일 뿐, 사실 귀신력을 원하고 있는 것일까요. 만일 그렇다면, 귀신에 매료되어 있는 것이라면."

청년은 거기에서 힘없이 어깨를 늘어뜨렸다.

---

108) 다도에서의 미적 이념의 한 가지. 간소함 속에서 발견되는 맑고 한적한 정취.

109) 한적과 고담(枯淡)의 정조(情調).

110) 곱자. 나무나 쇠로 ㄱ자 모양으로 만든 자.

111) 피륙을 재는 일본 자의 한 가지.

그러고 나서 청년은, 제게 문학의 길을 갈 자격이 과연 있는 것일까요, 하고 힘없이 말했다.

아마 이 젊은이는 평소에 이렇게 말을 많이 하는 사람이 아닐 것이다. 생각건대, 조용하고 온화한 인물일 것이다.

신앙을 갖고 계시는군요, 하고 주인은 말했다.

서생은 차분함을 되찾으며 얼굴을 들었다.

"신앙은 —— 갖고 있습니다. 어떻게 아셨습니까."

"불가(佛家)가 아니라면 관음력이라는 말은 쓰지 않습니다. 그리고 귀신이란 유가(儒家)가 사용하는 말입니다."

"네. 하지만 둘 다 그대로의 뜻으로 쓰는 것은 아닙니다. 말하자면 비유지요. 달리 적합한 어휘가 없을 뿐이고, 신실한 불교 신도도, 하물며 유교 신도도 아닙니다."

그러시겠지요, 하고 주인은 촛불을 들어 잠시 책을 읽는 듯한 눈으로 젊은이를 보았다.

나이도 출신도 알 수 없는, 속세와 동떨어진 이 책벌레는 본래 승려였다고 한다. 법화인지 염불인지, 교의까지는 듣지 못했지만 유일하게 전직(前職)만은 알고 있다.

"제 억측을 말씀드리겠습니다. 당신은 아마도 어딘가의 종파에 속해 있는 신도는 아닐 겁니다. 당신이 모시고 있는 신령은 불전(佛典)에는 실려 있지만, 여래도 보살들도 천부(天部)[112]의 신들도 아니고, 그렇지, 도리천(忉利天)[113]에 계시는 분 —— 이 아닌지요."

청년은 눈을 부릅뜨고 등을 곧게 폈다.

---

112) 천상계에 사는 것을 통틀어 이르는 말. 천계를 의미한다.
113) 제석천이 산다는 천계.

"마야 부인 ——."

주인이 그 이름을 말하자 서생은 충격을 받은 모양이었다.

"며 —— 명찰(明察)이십니다."

"주인장."

나는 왠지 혼자 뒤에 남겨진 듯한 기분이 들어서 끼어들었다.

"말을 자르는 것 같아서 참으로 꺼려지지만, 그 신이 어느 교의의 신인지 내게 가르쳐주실 수 없겠습니까. 이분께는 죄송하지만, 전혀 모르겠소. 아니, 아니 —— 당신도 기분 나빠하지 말았으면 좋겠는데, 나는 무가인 주제에 겁쟁이고, 에도 사람인데 촌스럽고, 게다가 물정에 어둡다오. 아미타여래와 석가모니도 구별하지 못합니다. 관음보살은 —— 아닌 거지요?"

마야 부인은 사람입니다, 하고 주인은 말했다.

"사람이라면 —— 가령 권현(権現)[114]이나 천신처럼 모셔지는 사람, 신이 되신 분이라는 뜻입니까?"

"큰 분류로 생각하자면 그렇게 이해하셔도 틀린 것은 없습니다. 다만 권력자로 모셔진 것도, 신벌을 진정시키기 위해서 모셔진 것도 아닙니다. 마야 부인은."

어머니로서 존경받고 있습니다, 하고 조당 주인은 말했다.

"어머니 —— 라니."

"마야 부인은 석가모니의 자당 되십니다."

"하아."

뭔가 또 의표를 찔리고 말았다.

"그건 —— 으음, 예수교의, 뭐라고 하더라."

---

114) 부처나 보살이 중생을 구하기 위하여 다른 모습으로 변하여 세상에 나타난 신.

"그리스도의 어머니인 마리아를 말씀하시는 것이지요? 뭐, 그편이 가까우려나요. 마리아는 예수교가 금지되어 있던 시대에 몰래 신앙하던 신자들 사이에서 관음보살로 위장되곤 했던 모양입니다. 자모관음(慈母觀音)의 예를 들 필요까지도 없이. 모성과 관음력은 친화성이 강하지요."

"저는 사연이 있어서 그분을 깊이 신앙하고 있습니다."

서생은 진지한 말투로 그렇게 말했다.

"제 생가 부근에 그분의 상을 모신 절이 있습니다. 팔 년쯤 전에 참배를 한 후로, 평생 이분을 모시기로 결심했습니다."

"그렇군요."

주인은 잠시 침묵했다.

그러고 나서, 복잡한 것을 좀 여쭙겠습니다, 하고 말했다.

"가족분들 중에 예능 일을 하시는 분이 계시지요?"

갑작스러운 물음이다.

서생은 헛물을 켰다고 생각했는지, 당황한 듯한 얼굴을 했다.

"예능 —— 이라고요?"

"네. 예능이라고 해도 화류계의 예능이 아니라 ——."

"외할아버지가 가도노[葛野]파의 북 연주자입니다만."

"노(能)[115]의 오쓰즈미가타[大鼓方][116]이십니까. 그럼 당신은 가가 지방의 대성사(大聖寺) —— 아니 —— 가나자와 출신이십니까?"

어떻게 아는 것일까.

"어, 어떻게 아십니까."

---

115) 일본 고전 예능 중 하나. 탈을 쓰고 하야시에 맞추어 요곡을 부르면서 연기한다.
116) 오쓰즈미는 큰북. 왼쪽 무릎 위에 북을 올려놓고 오른손으로 치며 노 등의 공연 때 사용한다. 이 오쓰즈미를 치는 사람을 오쓰즈미가타라고 한다.

놀랐기 때문에 목소리로 나오고 말았다.

"아니, 여쭙겠는데 주인장, 설마 요전처럼 이 청년을 미리 알고 있었다는 말은 아니겠지요."

그럴 리는 없을 것이다.

이 젊은이와는 우연히 만났고, 이곳에 데려온 것도 변덕이었다.

"무슨 말씀이십니까. 물론 저는 이분을 모릅니다. 오자키 선생님이 제자를 두신 것도 몰랐습니다."

"그럼 어떻게 가나자와라는 걸 알았지요?"

"뭐, 가도노파라면 간제[観世]파의 자쓰키[座付][117], 본고장은 가가와 에도니까요. 언동으로 미루어보건대 에도 분은 아닌 것 같았습니다. 책방 주인의 어림짐작입니다."

가나자와, 지금의 이시카와 현 출신입니다, 하고 청년은 대답했다.

"아니, 그냥 어림짐작이라고는 도저히 생각되지 않습니다. 저는 이 사람이 가가 출신이라는 것을 방금 들었지만, 그래도 제게는 이 사람이 저보다 훨씬 에도 사람처럼 보입니다. 듣지 않았다면 도저히 지방 사람이라고는 생각하지 않았을 겁니다."

"어머니가 에도에서 자란 분이었으니까요."

젊은이는 그렇게 말했다.

"어쨌든 말입니다. 멋을 내는 것과는 조금 다르지만, 뭐라고 할까, 에도의 분위기가 있는 것 같다는 생각이 듭니다. 하지만 주인장은 그렇지 않다고 판단하셨지요. 대체 이 청년의 어디가 에도 사람으로 보이지 않는다는 겁니까?"

그러니까 어림짐작입니다, 하고 주인은 슬쩍 피한다.

---

117) 극단에 전속함. 또는 그 배우나 작가.

"계속해서 여쭙겠습니다. 만일 불쾌하시다면 대답해 주지 않으셔도 됩니다. 당신은 어머님을 어린 나이에 여의지 않으셨습니까?"

청년은 고개를 숙이며 예, 하고 조용히 대답했다. 더욱더 모르겠다. 너무 알 수가 없어서, 할 일 없이 서 있는 시호루를 바라본다.

"시호루 군, 네 고용주는 점쟁이나 주술사냐. 참으로 시대착오적이지만, 그렇게라도 생각하지 않으면 납득이 가지 않는구나."

다카토 님——하고 주인은 이쪽으로 얼굴을 향한다. 몇 번을 보아도, 언제 만나도, 심중을 헤아릴 수 없는 얼굴이다.

"당신은 이분을 하타케노 이모노스케 님이라고 제게 소개하셨습니다. 그것을 본명이라고 생각하는 사람은 없겠지요."

그야 뭐 그렇다.

장난을 친 것이다. 애초에 이름을 모른다. 오가다 만난 사이다. 그렇기 때문에 그렇다는 것을 알 수 있는 적당한 이름을 말한 것이다.

"장난으로 말씀하신 이름이라고 해도, 무언가를 나타내고는 있겠지요. 하지만 밭의 토란이라는 말을 듣고 황제가 거하는 도성을 떠올리는 사람은 우선 없을 겁니다."

"하지만 토란 하면 사쓰마입니다."

시호루가 말했다. 주인은 웃었다.

"확실히 그렇게 말하고 싶어지기도 하지만, 이분께는 작금에 귀에 친숙해진 사쓰마 사투리가 전혀 없습니다. 사쓰마 사투리를 숨기는 사람은 별로 없고, 그렇다면 단순히 고향이 먼 곳이라는 것에 대한 야유라고 받아들일 수밖에 없을 겁니다. 그렇지만 다카토 님은 출신지로 사람을 차별하실 분은 아니지요."

"아니, 뭐."

그것도 그렇지만 아무래도 지나치게 분위기에 편승한 것 같다.

"다카토 님이 되는 대로 아무렇게나 말씀하신 거라고도 생각되지 않습니다. 그렇다면 그건 이분이 스스로 그런 이름을 말씀하신 거라고 생각할 수밖에 없습니다. 다시 말해서 틀림없이 겸양해서 말씀하셨을 테지요. 그렇다면 먼 곳이기는 하지만 시골이라고 부를 만한 곳도 아니다 ── 라는 짐작입니다."

듣고 보니 분명히 그 말이 옳다.

"한편 이분의 행동거지나 몸짓은 지금 이 시대에 유행하는 영락한 서생과는 달리 아주 아름다우시지요. 다만 문학에 뜻을 두고 계시니, 자신이 그런 몸짓을 익히셨을 것 같지도 않아요."

그런 분이었다면 음성이나 발놀림으로 자연스럽게 알 수 있는 법입니다, 하고 주인은 말했다.

"그렇다면 근친자 중에 그런 분이 계시는 것이 아닐까 하고, 이것도 어림짐작이지요. 게다가 지방 출신인데도 도쿄 말을 쓰시고요."

그런가. 발음과 억양에 독특한 특색이 없다.

"그래서 에도 사람인가 생각했소, 나는."

"하지만 ── 에도 사투리는 아닙니다."

"아아 ── 그런가."

"이분께는 지방 사투리도 없지만 에도 사투리도 없습니다. 게다가 듣자 하니 노(能)의 오쓰즈미가타를 하셨던 분은 어머니 쪽의 친족이고, 그 어머님이 에도에서 자랐다고 하셨지요. 그렇게 말씀하시는 것을 보면 아버님은 가가 분이라는 뜻이 되겠지요. 어머님의 영향으로 에도 말을 쓰시는 거라면 작금의 말이 아니라 에도 사투리가 되지 않을까 하는 것도."

어림짐작——이라고 주인은 말했다.

"그렇지만 이분은 지극히 당세풍입니다. 멋을 내는 것이 아니라 세련되었어요. 그리고 추구하고 계시는 것은 아무래도 에도의 꽃. 이미 이 도쿄에서는 엷어져 가고 있는 에도의 문화와 풍속을 좋아하시는 것 같다는——거듭된 어림짐작."

유추일 뿐입니다, 하고 주인은 말한다.

"탄복했습니다."

서생은 의자에서 일어서서 깊이 머리를 숙였다.

"추측하신 것은 전부——맞습니다."

"그렇습니까."

주인은 거기에서 왠지 생각에 잠겼다.

추리의 역량은 대단하다고 말할 수밖에 없지만, 이제부터 어떻게 할 생각인지는 알 수 없다.

한참 뜸을 들이다가 주인은 말했다.

"당신은 이미 소중한 한 권을 만나셨겠군요."

그런 것 같습니다, 하고 서생은 대답했다.

"스승님, 오자키 고요가 저술한 '두 명의 비구니 색의 참회'를 보고, 저는 문자의 힘, 말의 힘, 문장의 힘, 소설의 힘을 깨달았습니다."

"더할 나위 없이 소중한 인생과, 비슷한 무게의 세계가 있다——."

가능성을 손에 넣을 수 있었다——.

"말씀하신 대로입니다. 저는 문자에, 말에, 그리고 문장에, 소설에 관음력을 추구했습니다. 스승님이 짜내신 화양융합, 신구융합의 문체는 앞으로 더욱 갈고 닦이게 되겠지요. 그렇다면 거기에 관음 정토도 그릴 수 있을 거라고, 그렇게 생각했습니다."

"탁견이십니다."

"자연주의가 생겨나고, 러시아나 유럽의 문학이야말로 문학의 정통이 되고, 그 흐름 속에서 새로운 표현으로서의 언문일치만이 도마 위에 올려지고, 갑론을박이 벌어지고 있습니다. 일본의 게사쿠 소설은 취할 점이 없다고 버려지고 있지요."

"그런 풍조가 강한 모양이더군요."

"제 스승이신 오자키 고요는 젊은 시절에는 시작(詩作)의 소양을 익히셨고 영어에도 능숙하시지만, 이하라 사이카쿠[井原西鶴][118]를 더없이 사랑하는 아인(雅人)이기도 하십니다. 그 모습을 보고 의고전주의(擬古典主義)라고 말하는 사람도 있지만 저는 그렇게는 생각하지 않습니다."

"고전을 모방한 것이 아니라 새로운 시도라는 뜻이군요."

"네. 스승님은 모색하고 계십니다. 그것은 단순히 회화문, 이야기 말을 문어(文語)로 바꾼다는 시도가 아닙니다."

"강담의 속기 같은 것이 아니라 말의 —— 일본어의 가능성을 연구하고 계신다는 뜻인지요."

"바로 그 말씀대로라고 생각합니다. 저도 그것을 배우며 문학의 길을 나아갈 수 있으면 좋겠다고, 그렇게 생각하고 상경해서 스승님 댁의 문을 두드렸습니다. 하지만."

"하지만 —— 무엇인지요."

"저는 잘못 생각하고 있는 것일까요."

"왜 그러십니까."

---

118) 1642~1693. 오사카에서 태어난 에도 시대의 풍속소설·인형조루리 극작가. 그의 '호색일대남(好色一代男)' 이후 일련의 작품은 그때까지의 풍속소설과는 일선을 긋는다 하여 오늘날에는 '우키요조시[浮世草子]'라고 불리고 있다.

"저는 스승님이 궁리하시는 기교에서 일본 문예의 미래를 보았습니다. 하지만 제가 응시한 것은 기교뿐이었던 게 아닌지."

"기교뿐이라니."

"그 기교로 무엇을 그릴 것인가, 거기에 대해서 말하자면 저는 혹시 잘못 보고 있는 것이 아닐지요? 열강의 문학을 본받아서 사람을 그리고 자아를 그리고 사회를 그리고 고뇌를 그리라고, 세상 사람들은 모두 그렇게 말합니다. 그런 흐름이 앞으로 본류(本流)가 되리라는 것은 쉽게 알 수 있겠지요. 하지만 저는——그렇지 않습니다."

"당신이 추구하시는 것은."

"예. 주인께서 말씀하신 그대로입니다. 제가 좋아하는 것은 에도의 꽃. 낡아빠진, 잘라내야 할 구폐(舊弊)인, 게다가 얼토당토않은 소일거리. 그런 것을 위해서 사용하는 기교는 낭비가 아닌가 싶어서요."

"당신의 스승님은 에도의 기법을 버리지 않고 살려 나갈 궁리를 하고 계시고, 당신은 그렇게 갈고 닦은 지금의 기법으로 쓸데없는 옛날을 그리려고 하고 있다, 그런 말씀이신지요?"

"틀린 걸까요?"

"당신 본인이 말씀하시는 것이니 그 말이 옳겠지요."

"그렇습니다. 저는 고향을 자랑스럽게 생각합니다. 지나간 날을, 지나간 풍경, 풍토, 문화를 사랑합니다. 그리고 그것은 또한 옛 시대와도 통해 있습니다. 일본 문학이 향하는 곳과는 정반대. 게다가."

"괴——말씀이십니까."

"네. 그것은 항상 불가사의를 동반하지요. 그리움 뒤쪽에는 늘 괴이함이 있는 것입니다. 아름다움의 뒤에도 항상 요사스러움이 있습니다. 게다가 저는."

── 그것을 좋아합니다.

"좋아하십니까. 좋아하시는 것은."

"요괴일 겁니다. 요괴야말로, 이 메이지 시대에는 쓸데없지요. 쓸데없는 것에 매료된 저 또한 쓸데없고요. 지금은 에도의 게사쿠나 희곡 중에서도 괴담 같은 것은 특히 싫어하는 시대가 아닙니까."

"그건 ──."

아니지요, 하고 주인은 말했다.

"아, 아닙니까?"

"예. 이 세상에 쓸데없는 것이라곤 없습니다. 세상을 쓸데없는 것으로 만드는 어리석은 자가 있을 뿐이지요."

"쓸데없는 게 아니라고요 ──."

물론입니다, 하고 단호하게 말하더니 조당 주인은 조용히 일어섰다.

"아니, 어째서 괴담이 쓸데없는 것이란 말입니까? 사람은 수상한 존재. 세상은 항상 이치로 움직이는 것이겠지만, 그 안에서도 사람만은 합리에서 삐져나와 있는 존재입니다. 사람을 그리려면 괴(怪)를 버리는 것은 편파. 당신이 말하는 요괴 또한 이 세상의 일부, 아니, 세상의 절반입니다."

"그럴 ── 까요. 하지만 제가 요괴를 좋아하는 것은 놀림을 받고 꾸중을 듣는 일은 있어도, 칭찬을 받는 경우는 전혀 없습니다. 아니, 칭찬받고 싶은 것은 아니지만 도저히 인정할 수는 없다고, 그런 말을 듣습니다."

"신경 쓰실 것 없습니다. 당신은 아직 그 요괴를 좋아하는 취향에 대해 세간에 묻지는 않으셨지요."

"네. 아직 아무것도 ──."

"그렇다면 물어볼 때까지는 알 수 없는 일이라고 생각합니다. 판단하는 것은 쓰는 사람이 아니라 읽는 사람입니다."

서생은, 아니, 문학자를 지망하는 청년은 몸을 굳히고 꼼짝도 하지 않았다.

"하지만 그것은 스승님을 폄하하는 것이 되지는 않을까요."

"다른 분이라면 몰라도 오자키 선생님만은, 그런 생각은 하지 않으실 겁니다. 오자키 선생님도 많은 논적을 갖고 계시지요. 낭만주의의 기타무라 도코쿠[北村透谷] 선생님은 오자키 선생님의 '침향베개[伽羅枕]'를 구폐적 여성관에 지배되고 있다고 통렬하게 비판하셨습니다. 사소한 일로 대립하는 경우가 많은 문단에서, 하지만 당신의 스승님은 그런 비판을 담담하게 받아들이고, 연찬(研鑽)하고 계시는 것으로 보입니다. 신뢰하는 제자인 당신이 설령 자신의 주의와 다른 작품을 쓰신다고 해도, 의견은 말씀하실지언정 배신이라며 잘라내는 일은 결코 없지 않을까요."

"그럴 ── 까요."

"저는 문학자가 아닙니다. 일개 독서가입니다. 일본, 중국, 서양의 책을 닥치는 대로 읽고, 문학을 탐닉하기만 하는 쓸모없는 사람이지요. 그냥 읽기만 하는 인간입니다."

조당 주인은 누각 안을 둘러본다.

책이, 책이, 책이 있다.

"그런 제가 말씀드리자면, 괴담은 문예의 궁극일 겁니다. 괴담만큼 높은 기교를 필요로 하는 문예는 ──."

달리 없습니다, 하고 조당 주인은 힘차게 말했다.

서생은 얼굴을 들고 수많은 책을 한 바퀴 둘러보았다.

"그럴——지도 모릅니다. 그럴지도 모르지만——하지만 그렇게 까지 해야 하는 의미를, 저는 잃어버렸습니다. 분명히 저는 요괴를 좋아합니다, 그걸 부정하지는 않겠습니다. 하지만 저는 결코 요괴를 추구하고 있는 것은 아닙니다. 추구하는 곳에 반드시 그것이 있고, 결과적으로 받아들이고 있다는 것뿐. 저는——."

관음력인가.

나는 그 말의 뜻을, 실은 모르겠다. 나쁜 말은 아니겠지만, 귀에 익지 않은 말이기는 할 것이다.

말씀드리지요, 하고 조당 주인은 서생 바로 앞에 섰다.

"관음력과 귀신력, 그것은."

같은 것입니다, 하고 책방 주인은 말했다.

"같다——는 말씀이십니까?"

"종이의 뒷면과 앞면. 표리(表裏)는 일체. 빛이 없는 곳에 그림자는 생기지 않고, 그림자가 없으면 빛은 보이지 않습니다. 잘 생각해 보십 시오. 예를 들면, 이."

조당 주인은 손에 들고 있던 종이 한 장을 서생 앞에 들어 보였다. 신문지 같았다.

"종이의 뒷면과 앞면을 서로 부딪칠 수는 없습니다. 이렇게."

주인은 종이를 접는다.

"둘로 접어 봐야, 뒷면과 앞면이 만나는 일은 없습니다. 아시겠습 니까, 표리는 결코 서로 대립할 수 없는 것입니다. 그리고 뒷면이 없는 앞면도, 앞면이 없는 뒷면도 없습니다. 앞면을 추구하다가 끝에 다다르면 반드시 거기에는 뒷면도 있어요. 뒷면을 추구해서 손에 넣 으면 틀림없이 앞면도 따라오지요. 그러니까 당신은 이미——."

―― 도달한 것입니다.

"다만 손에 넣은 종이의 뒷면에만 신경을 쓰고 계실 뿐. 당신은 귀신력에 사로잡혀 있다고 하셨지만, 제가 보기에는 반대입니다. 당신은 ―― 관음력에 사로잡혀 있어요."

"사로잡혀 ―― 있다고요?"

청년은 주인을 올려다보았다.

"어머님에 대한 강한 사모(思慕) ―― 그것 자체는 좋은 감정이겠지요. 없앨 필요도, 지울 필요도 없습니다. 언제까지 갖고 있어도 상관없는 것이지요. 당신은 그 마음을 마야 부인 신앙으로 전화(轉化)시켜, 개인적인 감정에서 보다 보편적인 신앙심으로 승화시켰어요. 이것도 추측이지만, 생각건대 아버님은 엄격하고 성실하고, 그러면서도 신앙심이 두터운 분이 아니십니까?"

그것도 맞았을 것이다.

젊은이는 아무 대답도 하지 않았다.

"당신은 고지식하게, 진지하게 신앙을 가져오셨을 것으로 보입니다. 하지만 당신이 깊이 존경하는 대상은, 이 나라에서는 그다지 일반적이라고는 부를 수 없는 대상이기도 했습니다. 유감스럽게도 마야 부인은 그 이름을 아는 사람조차도 결코 많지 않습니다. 그래서 ―― 그 마야 부인에 대한 신앙심을 더욱 부연하는 형태로, 관음력이라는 개념이 도출된 것이 아닌지요?"

서생은 그저 듣고 있다.

이것은 일반론이지만 ―― 하고 주인은 전제를 두었다.

"예를 들어 어머니에 대한 사모라는 감정은 다른 여성에 대한 연애 감정이라는 마음에 의해 배신되는 것입니다. 그것은 모두 자연스러운 감정이고, 물론 상반되는 것은 아니지만, 한 인간 안에서는 공존시키기 어려운 것으로 이해되고 말겠지요. 사랑을 방해하는 어머니는 때로 귀신으로 비유되고, 어머니와의 관계를 흔드는 여성은 음부(淫婦), 요부(妖婦)라고 욕을 듣습니다."

과연, 그것은 이해할 수 없는 것도 아니다.

정도의 차이는 있을지언정 누구나 그렇게 느끼고 있을지도 모른다. 많은 경우에는 어떤 형태로든 타협을 짓고 말겠지만, 어느 한쪽과의 관계성이 이상하게 강한 경우에는 일그러진 형태로 발로하고 말 것이다.

"당신의 경우는——한쪽의 대상은 어머니가 아니라 신령입니다. 그리고 다른 한쪽의 연인은——아직 예감일 뿐이에요. 당신은 관음력을 추구하고 있는 것이 아니라 이미 관음력에 둘러싸여 있는 것이 아닙니까? 그리고 그것을 잃는 것을 두려워하고 있는 것이 아닌지요? 당신이 두려워하는 것은 그것을 잃을지도 모른다는."

예감일 뿐입니다, 하고 조당 주인은 말했다.

"당신은 이미 그것을 손에 넣었습니다. 손에 넣었기 때문에 잃는 것이 무서운 것이지요. 잃는 것이 무서워서 손에 넣지 않았다고 믿고 있어요. 손에 넣지 않았다면 잃을 수도 없지요. 그래서."

뒷면만 보는 것이다. 조당 주인은 종이를 뒤집었다.

"뒷면에 있는 것은 귀신력입니다."

"그렇——군요."

"불성(佛性)은 산천초목, 만물에 깃들어 있습니다. 다만 그것을 깨닫지 못한다면 불성은 없는 것이나 마찬가지지요. 금수(禽獸)에게도 불성은 있지만, 금수는 자신에게 불성이 있는 것을 모를 뿐입니다."

"아아, 그렇습니다. 그 말씀이 옳습니다."

"그렇지요? 이미 있기에, 오자키 선생님의 질타가 확실하게 와 닿는 것이지요. 거기에 관음력이 작용하는 것입니다. 그렇지 않습니까?"

"예. 저는 관음력에 둘러싸여 있습니다."

"그래요. 불가에서 말하는 관음력이란 처해 있는 환경에 따라 가장 어울리는 형태를 취할 수 있는 힘을 말합니다. 변환이 자유로운 모습으로 바꾸어 순응하고, 어떤 어려운 처지도 뛰어넘는 현묘한 힘입니다. 그것은 반드시 청정하다고는 할 수 없습니다. 생물로서 살아가는 것, 삼라만상은 관음의 한 모습에 지나지 않습니다. 물론——."

요괴도.

"요괴도, 말입니까?"

"요괴를 좋아하는 것을 부끄러워하실 필요는 없습니다. 귀신력은 뒤집어보면 관음력. 하지만."

"하지만——무엇인지요?"

"아까 저는 표리는 일체라고 말씀드렸습니다. 그래도 뒷면은 뒷면. 뒷면은 반드시 따라다닐 테고 뒷면이 있는 것을 부끄러워할 필요도 없지만, 그래도 뒷면을 앞면으로 간주하는 것은 역시 도착(倒錯)이 아닐까 합니다. 불가분이라 해도 우선은 앞면이 있어야겠지요. 그리고 앞면은."

관음력이 아닙니까——하고 조당 주인은 말했다.

"아까 당신은 자신에게 문학의 길을 나아갈 자격이 있느냐 없느냐고 물으셨습니다. 묻지 않아도 답은 알고 계시겠지요. 길을 가는 데에 자격은 필요 없습니다. 당신이 더듬어 가려고 하는 길에 통행증은 필요 없어요. 다만 길은 몇 갈래로 갈라져 있겠지요."

조당 주인은 두 개의 손가락을 세웠다.

"눈앞에 두 갈래의 길이 있다고 합시다. 오른쪽은 평탄하고 짧고 곧은 길. 왼쪽은 멀리 돌아가야 하고 굴곡이 많고 험해서 걷기 힘든 길입니다. 과연 어느 쪽 길이 정답일까. 다카토 님은 어떻게 생각하십니까."

"생각할 것까지도 없이 오른쪽이겠지요."

그렇게 대답했다.

"알면서도 멀리 돌아갈 필요는 없소. 편하고 빠르게 목적지에 도착할 수 있는 쪽이 옳은 길이라고 생각하는 것이 보통이겠지요."

조당 주인은 살짝 웃었다.

"이분은 이렇게 말씀하시는군요. 자, 하타케노 이모노스케 님은 어느 쪽을 고르시겠습니까."

서생은 눈을 감고, 그러고 나서 고민하는 표정을 짓더니 이윽고 저는 왼쪽으로 가겠습니다, 라고 말했다.

"그러십니까. 그럼 당신은 이미 그 길을 나아가고 계십니다."

"주인장, 그건 이 사람이 길을 잘못 들었다는 뜻입니까? 그렇다면 그건 너무나도——."

그 반대입니다, 하고 조당 주인은 말했다.

"또 이상한 말을 하시는구려. 그런 굴곡 많은 길이 옳은 길이라는 겁니까?"

그렇습니다, 하고 주인은 말한다.

"목적지에 도착하는 것만을 목표로 한다면, 오른쪽이 정답이겠지요. 하지만 길을 가는 것 그 자체가 목적이라면 왼쪽이야말로 정답이 되겠지요."

"그렇소? 하지만 가려고 해도 걷기가 힘들지 않소? 곧고 평탄한 쪽이 훨씬 걷기 쉬울 것 같은데."

"편하다는 것뿐이겠지요."

하고 조당 주인은 말했다.

"편하다──는 것뿐인가."

그 말이 옳다.

도착을 목적으로 하지 않는다면 빠르고 늦고 할 것도 없다.

"예를 들어──이것은 착각하시는 분이 많은데, 불도(佛道)에서 말하는 깨달음은 목적이 아닙니다. 깨닫기 위해서 수행을 하는 것이 아니라 수행 그 자체가 깨달음인 것입니다."

"즉 도착은 하지 않아도 된다, 는 뜻입니까?"

"아니오. 항상 도착한다는 뜻입니다. 수행은 목적을 위한 수단이 아니고, 수단인 수행이야말로 목적이라는 뜻입니다."

"하지만 계속 걷다 보면 어딘가에 도착은 하지 않겠습니까. 어디에도 도착하지 않는 겁니까?"

"도착하지 않습니다. 도착한 것 같은 기분이 들 때도 있겠지만, 그것은 가짜입니다. 선(禪)에서는 그것을 마경(魔境)[119]이라고 합니다. 거기에 머물다 보면 몸을 망치게 되지요. 그냥 계속 걸을 수밖에 없습니다. 속도가 느려도, 장해가 앞을 막아도, 길을 잃어도 걷는 것이야말로 불도의 수행입니다."

"문학의 길도 마찬가지겠지요."

하고 젊은 서생은 물었다.

"제 경우는 쓸 수밖에 없다──는 뜻이 될까요."

---

119) 악마가 있는 곳.

"예. 발을 들여놓고 나면 이제 돌아갈 수는 없어요. 계속 걸을 수밖에 없지요. 당신이 가는 길은 뱀이 뒹굴고, 거머리가 떨어지는 악로(惡路), 즉 나쁜 길입니다. 게다가 종착지는 없습니다. 하지만 당신은 관음력에 둘러싸여 있습니다. 즉 귀신력에도 둘러싸여 있지요. 걱정하실 필요는 없습니다."

마음에 와 닿는 말씀입니다, 하고 서생은 말했다.

"관음력을 추구한다, 문학을 깊이 연구한다, 스승님께 미움받지 않으려고 한다——그런 생각이야말로 잘못된 마음가짐이었습니다. 관음력은 추구한다고 얻을 수 있는 것이 아니겠지요. 그것은 사람을 뛰어넘어 존재하고, 저항할 수도 조종할 수도 없는 것. 추구하거나 손에 넣을 수 있다고 생각하는 것 자체가 착각이었습니다. 그렇다면 저는 항상 관음력과 함께 있고, 그저 스승님의 등을 표식으로 삼아 문학의 길을 걷기만 하는——그걸로 충분한 것이로군요."

젊은이는 그렇게 말했다.

훌륭한 견해라고 생각합니다, 라고 말하며 조당 주인은 머리를 숙였다.

"고개를 들어 주십시오. 왠지 마음속의 안개가 걷힌 것 같습니다. 다카토 님께 들었는데, 여기는 서점이라면서요."

"고서점입니다."

"보아하니 놀라운 책들이 갖추어져 있는데, 여기 있는 책은——전부 파시는 것입니까?"

"무엇이든지요."

거기에서 조당 주인은 얼굴을 들었다.

"자, 당신은."

어떤 책을 원하십니까——하고 주인은 말했다.

"제게 어울리지 않는 책을."

"당신에게 어울리지 않는 책——이라고요."

"네. 만물에 불성이 깃드는 것이라면, 어떤 재료에서도 관음력과 귀신력은 끌어낼 수 있겠지요. 앞으로 문학의 길을 나아가는 데 있어서, 저는 가능한 한 험한 곳에서 입구를 찾고 싶다고 생각합니다. 발심(發心)[120]에 어울리는, 무언가 계기가 될 만한 책을 팔아 주실 수 없을까요."

"그렇다면 이것을."

조당 주인은 손에 든 종이——신문지를 서생에게 건넸다.

"이것은 십오 년쯤 전의, 요코하마 마이니치 신문입니다."

서생은 손에 든 신문 기사를 응시했다. 밝지는 않지만 이미 눈은 익숙해졌기 때문에 읽을 수 없는 것은 아닐 것이다.

"십사 년쯤 전에 일어난, 마쓰키 소동을 아십니까?"

그것은 나도 알고 있었다.

연극이나 강담으로도 만들어진 유명한 사건이었다——고 생각한다.

서생은 고개를 갸웃거리고 있다. 십사 년 전이라면 아직 이 청년은 네 살 정도밖에 되지 않았으니 모르는 것도 당연할 것이다.

"가나가와의 신도(眞土) 마을에서 일어난 사건입니다. 당시 지세(地稅) 개정이 있었는데, 그것에 얽힌——."

---

120) 어떤 일을 하기로 마음먹는다는 뜻.

폭력사건입니다, 라고 주인은 말했다.

나는 잠깐 기다려보라며 끼어들었다.

"주인장, 폭력사건이라고 뭉뚱그려 버리는 것은 어떨까 싶은데 말이오. 내 기억에 따르면 그것은, 당한 호장(戶長)[121] 쪽이 잘못했던 겁니다. 멋대로 토지의 명의를 바꾸지 않았습니까."

"예, 그렇습니다."

"덕분에 마을 사람들은 매우 곤궁해졌지요. 게다가──마을 사람들에게 소송을 당했고, 재판에서 진 것이 아니었습니까?"

"아니오. 1심은 마을 사람들이 이겼지만 2심에서는 패소했습니다. 호장인 마쓰키 조에몬의 주장이 받아들여지고, 마을 사람들의 의견은 거부되었어요. 법률상으로는 결판이 났지요."

"그게 문제 아닙니까? 실제로 2심에서 이겼다고는 하지만 1심에서는 졌던 셈이니, 판사도 판단하기 곤란할 정도로 미묘한 사안이었던 것이 아니겠소?"

"예. 토지나 재산, 경제, 권리 등, 그런 것에 대한 사고방식이 크게 달라진 시기이기도 하니, 판단하기는 어려웠겠지요."

"그래서."

"그래서 무엇인지요."

"내가 알기에는 폭동의 범인인 마을 사람들에 대한 동정의 목소리가 끊이지 않았고, 감형 탄원서까지 제출되어 그 결과 감형이 이루어지지 않았던가요. 탄원서에 기명(記名)한 사람들은 만 명인지 만 오천 명인지 그랬다고 하지 않습니까."

"최종적으로 사형은 되지 않았지요."

---

121) 메이지 시대 초기 마을의 행정 사무를 맡은 관리.

하고 주인은 대답했다.

"주모자는 삼사 년 전까지 건재했습니다."

"그렇겠지요. 그렇다면 속이 매우 복잡한 거요. 내가 폭력사건이라고 잘라내는 것은 좀 그렇지 않느냐고 말한 이유는 그런 뜻입니다. 여론은 범인에게 동정적이었고, 게다가 원인이 되는 재판 결과는 미묘한 것이고 말이오."

"그 미묘한 사건으로 ——."

일곱 명이 살해되었습니다, 하고 주인은 말했다.

"전부 마쓰키 호장의 가족입니다. 마을 사람들 스물여섯 명이 밤중에 기습해서 집에 불을 질렀어요. 일곱 명이 살해되고, 네 명이 다쳤습니다."

이것은 의심할 수 없는 폭력사건이지 않습니까, 하고 조당 주인은 말한다.

"대의명분이 있어도, 동정할 수 있어도, 살인은 살인입니다. 죽은 일곱 명 전부가 죄인이었다고 해도 죄는 죄. 이것은 흉악한 살인폭행 방화사건입니다."

그 점은 변함이 없습니다, 하고 주인은 말하더니 옆을 돌아보며 시호루를 불렀다.

"삼층에서 내가 읽던 신문과 탁상의 차 상자를 가져오너라."

미동은 고개를 끄덕이고 계단을 올라갔다.

"빈곤은 때로 비극을 낳습니다. 그 원인이 한 개인에게 있다면, 이런 형태의 범죄로 이어지고 말 때도 있는 것입니다. 마을 사람들의 입장에서 보자면 생활을 지키고, 가족을 지키고, 살아가기 위해서 필요한 선택이었겠지요. 하지만 살인은 살인입니다."

서생은 기사를 읽고 있다.

"그 기사에는 아직 폭력사건이 일어나기 전의 기사가 기록되어 있습니다. 마을 사람들은 상당히 곤경에 처해 있었겠지요. 하지만 법적 절차에 따라 소송을 한다는, 지극히 타당하고 근대적인 대처를 했습니다."

하지만——하고 조당 주인은 여운을 두었다.

"고등재판소에서 그것이 받아들여지지 않았고, 더 항소할 만한 자금이 마을 사람들에게는 없었어요. 여기에서 항소할 수 있었다면, 그리고 대법원에서 이겼다면 아무 일도 일어나지 않았을 겁니다."

"그야 그렇겠지요."

"예. 이 메이지의 세상에 어울리는 결말이 났을 것——이라는 뜻입니다. 하지만."

그때 시호루가 내려왔다.

차 상자는 그렇게 크지 않았지만, 시호루가 가냘파서 위태로워 보인다. 신중하게 계단을 내려와 계산대 옆에 내려놓고, 아이는 후우 하고 숨을 내쉬었다.

"그렇게 되지는 않았습니다. 이걸 보십시오."

주인은 차 상자에서 몇 권의 에조시 같은 것을 꺼냈다.

"얼마 전에 돌아가신 다이소 요시토시 선생님이 그림을 담당하신, '가무리노 마쓰마도노 요아라시[冠松真土夜暴動]'입니다. 이 사건은 이렇게 연극이나 에조시가 되어 퍼졌어요. 몇 종류나 나와 있습니다. 내용은 에도 시대를 방불케 하는 권선징악입니다. 악역은 물론——마쓰키 조에몬입니다."

"뭐, 그야 당연하겠지요."

"주모자인 간무리 야에몬은 의민(義民)으로 그려지고 있습니다. 물론 야에몬은 악인은 아닙니다. 이 에조시에 기록되어 있는 것처럼 정의로운 사람이었겠지요. 하지만 악역인 마쓰키 조에몬도 법률적으로는 전혀 잘못하지 않았습니다."

"하지만 도덕적으로는 어떤가 하는 점이겠지요."

"도덕으로 따지자면, 어찌 되었든 폭력에 호소하는 쪽이 비도덕적이라고 생각하는데요."

"그렇군요. 그럼 정(情)의 문제일까요. 하지만 호장이 옳다고는 생각되지 않소."

"예. 그는 인정이 없고 이기적이었을지도 모르고, 소작인들의 생활을 돌아보지 않는 오만함이 있었을지도 모르지만, 그도 자신의 생활을 풍요롭게 만들고 싶었을 뿐이기도 할 겁니다. 그럼 대체 무엇이 나빴던 것일까요."

주인은 차 상자에서 또 한 권의 에조시를 꺼내더니, 보십시오, 하고 말했다.

"이 그림에 나오는 농민들의 옷차림은 어떻게 보아도 막부 시대의 백성 봉기입니다. 습격하던 날 밤에는 비가 왔던 것 같으니 정말로 이런 옷차림을 하고 있었을지도 모르지만, 그렇다고 해도 참으로 노골적으로 그려졌지요. 한편 습격을 받은 마쓰키 저택은 어느 모로 보나 메이지의 건물 같습니다. 아주 하이칼라로 그려져 있어요. 이것은 옛 시대가 새로운 시대에 싸움을 걸고 있다는 구도입니다. 옛 시대는 가난하고 어리석고, 하지만 정의이지요. 새로운 시대는 풍요롭고 영리하지만 ── 악입니다."

우리는 어느 쪽일까요, 하고 주인은 묻는다.

"에도 시대에도 이런 폭동은 자주 일어나곤 했습니다. 하지만 이런 형태로 종식되는 일은 없었던 것 같습니다. 마을 내의 싸움에서 살인 사태는 거의 일어나지 않습니다. 봉기나 모반의 경우는, 참가한 사람은 모두 처형되었습니다. 사쿠라 소고[佐倉宗吾][122]도 죽었기 때문에 숭앙받게 된 것입니다. 일곱 명이나 죽은 사람이 나왔는데 죽인 쪽이 감형되어 살아남고, 게다가 의민이 되는 예는 찾아볼 수 없습니다."

간무리 야에몬은——관음력의 충동으로 움직인 것일까요, 귀신력에 씐 것일까요, 하고 조당 주인은 물었다.

"우리가 살고 있는 이 시대는 과거 위에 올라타고 있습니다. 메이지는 에도를 부수고 생겨난 것이 아닙니다. 부순 것처럼 가장하고 있어도 이어져 있습니다."

여러 가지를 생각하게 하지요, 하고 조당 주인은 말하더니, 그러고 나서 왠지 이렇게 말했다.

"하기야 문자로 만들어 버리면 낡은 것이고 새것이고 없습니다. 이 누각 안에서는 백 년 전이든 천 년 전이든——마찬가지. 읽으면 지금입니다."

그러고 나서 주인은 책을 전부 차 상자에 넣고, 젊은이에게 가만히 내밀었다.

"인연이 있어서 마쓰키 소동의 전말을 기록한 자료 전부를 구하게 되었습니다. 이것을——팔겠습니다. 당신의——붓으로 읽고 싶군요."

---

122) 1605~1653. 에도 시대 초기 현재의 지바 현 나리타 시에서 나누시[名主]를 지냈던 인물. 당시의 번주였던 훗날 가문의 폭정을 번이나 막부에 고발했으나 받아들여지지 않자, 4대 쇼군 도쿠가와 이에쓰나에게 직접 호소했다. 그 결과 번주의 폭정은 멈추었으나 사쿠라 소고와 그 아내는 책형에 처해지고 아들도 사형되었다고 한다.

"제──붓으로요?"

"가장 자신에게 어울리지 않는 데서부터 시작하겠다는 당신의 기개에 크게 감복했습니다. 대금은 출세하신 후에 치르셔도 됩니다. 잘난 척하는 말 같지만, 당신이 대성하실 거라고 믿기 때문──이라고 생각해 주십시오."

젊은이는 차 상자를 받아들고 주인을 향해 정중하게 인사했다.

"고맙습니다. 아마 이 제재(題材)는 저한테는 버거울 테니 그르치게 되겠지만, 이것을 입구로 삼겠습니다. 다카토 님도 오늘은 고마웠습니다. 앞뒤가 뒤바뀌었지만, 저는."

이즈미 교타로라고 합니다, 하고 청년은 자신의 이름을 말했다.

그가 바로 훗날의 문호(文豪), 이즈미 교카[泉鏡花][123]이다.

이즈미 교타로가 교토의 히노데 신문에 '간무리 야자에몬' 연재를 개시한 것은 그로부터 3개월 후의 일이었다. 평판은 좋지 않았지만 인기작가 이와야 사자나미[巖谷小波][124]의 주선이기도 했고, 스승인 오자키 고요의 든든한 후원도 있어서 연재는 40회까지 계속되었다.

---

123) 1873~1939. 메이지 후기에서 쇼와 초기에 걸쳐 활약한 소설가. 희곡이나 하이쿠[俳句]도 썼다. 오자키 고요를 사사하였으며 '야행순사(夜行巡査)', '외과실(外科室)'로 평가를 얻기 시작하여 환상소설의 명작으로 평가받는 '고야 히지리[高野聖]'로 인기 작가가 되었다. 에도 문예의 영향을 깊이 받은 괴기 취향과 로맨티시즘으로 유명하며, 근대 환상문학의 선구자로도 평가받는다. 그의 이름을 딴 '이즈미 교카 문학상'도 있다.
· 하이쿠 : 5 · 7 · 5의 3구 17음절로 이루어진 일본 고유의 단시(短詩).
124) 1870~1933. 메이지에서 다이쇼 시대에 걸쳐 활동한 작가, 아동문학자. 본명은 이와야 스에오, 별호로 사자나미 산진[漣山人]이 있다. 아버지가 귀족원 의원으로 유복한 집에서 자랐으며, 열 살 때 형이 유학을 간 독일에서 보내준 유럽의 동화책 '오토의 메르헨집'을 읽고 문학에 눈을 떴다. 독일학 협회 학교에 입학하지만 의사의 길을 걷기 싫어서 주위의 반대를 무릅쓰고 문학을 목표로 하여 진학을 포기, 1887년에 문학결사 겐유샤에 들어간다. 오자키 고요 등과 교류하며 여러 소설을 발표하였으며, 1891년에 하쿠분칸[博文館]의 '소년문학총서' 1편으로 출판한 아동문학의 처녀작 '고가네마루'는 근대 일본 아동문학사를 여는 작품이 되었다.

이 신문소설은 발표된 후, 여러 신문에 몇 번인가 더 게재되는데, 그중에는 어찌 된 셈인지 작자명이 다른 작품이 존재한다고 한다. 그 필명은——.

하타케노 이모노스케라는 기묘한 이름이라고 한다.

교타로는 그때 이미 교카라는 필명을 고안해 사실상 쓰고 있기도 했으니, 이것은 무슨 착오일 것이다. 그러나 단순한 실수는 아니다. 그 후로도 교타로는 하타케노 이모노스케 명의의 작품을 몇 작품 발표했기 때문이다.

교타로가 왜 그 이름을 사용한 것인지는——.

아무도 모른다.

세 번째 탐서 · 방편

方便

書樓弔堂 破曉

방편 方便

    샤미센의 음색을 들은 것은 대체 몇 년 만일까.

    이시베 긴키치[石部金吉][125]라고 할 정도로 딱딱하지는 않고, 오히려 메이지인으로서는 눈물이 날 정도로 허약하고, 신앙심도 없고 기개도 없다. 다만 스스로를 벽창호라고 칭하는 데에 거리낌이 없는 것은 화류계나 색사(色事)와는 전혀 인연이 없기 때문이다.

    연극 극장이나 연예 극장 같은 곳에는 발길을 옮길 때도 있다.

    애초에 속세가 싫어서 은둔자 기분을 내고 있는 종류의 인간이라, 떠들썩한 유곽에 갈 수 있을 리도 없다. 가무음곡에는 한없이 어둡다. 하우타[端唄][126]와 나가우타[長唄][127]도 구별하지 못한다.[128]

---

125) 돌(石)과 금(金)이라는 딱딱한 것들을 인명으로 삼은 것에서도 미루어 알 수 있듯이, 몹시 고지식하고 딱딱한 사람을 가리키는 말. 특히 여색에 현혹되지 않으며 융통성이 없는 인물을 가리킨다.
126) 에도 시대 후기에 유행한 샤미센에 맞추어 부르는 짧은 속요.
127) 가부키 무용의 반주 음악으로 발전한 샤미센 음악.

다만 무대 위에서 들려오는 소리가 그 어느 쪽도 아니라는 것 정도는 알고 있다.

자카자카 연주하며 낭랑하게 노래한다.

삼현(三弦)[129]에는 여자 목소리가 최고라고 세상 사람들은 말하는데, 노래하는 소리도 여자 목소리다. 그러나 촉촉한 신나이나가시[新內流니][130]가 연주하는 음색은 배까지 울리고, 다유[太夫]도 꽃비녀를 떨어뜨릴 정도로 열연하고 있다. 몹시 기세가 좋다.

기타유부시[義太夫節][131]다. 그것도 평범한 기타유가 아니라 무스메 기타유[娘義太夫]다.

젊은 아가씨가 연기하는 것이다. 이것이 꽤 인기라고 한다.

무대 위에서는 수수한 하부타에[羽二重][132] 위에 화려한 몬누키[紋拔킨][133]의 가미[肩衣][134]를 입은 젊은 여자가 이모세야마 온나테이킨[妹背山婦女庭訓][135]을 이야기하고 있다. 아마 그럴 거라고 생각하지만 본래 잘 모르는 데다 손님들의 환성이 엄청나다 보니, 그쪽에 신경이 쓰여서 연기되는 작품까지는 잘 알 수 없었다.

---

128) 하우타와 나가우타는 모두 샤미센 반주라는 점에서는 같지만, 하우타는 극장에서 배우가 부르는 것이고 나가우타는 가부키 무용의 반주 음악이다. 하우타는 대개 한 곡당 2~3분의 짧은 곡이며, 나가우타는 25분 전후의 긴 곡이다.

129) 현이 세 개인 중국의 전통악기. 일본에서는 중국 샤미센이라고 부른다.

130) 여름밤에 신나이를 하며 돌아다니는 일. 신나이는 쓰루가 신나이[鶴賀新內]가 시작한 조루리의 한 유파로, 무대를 떠나 연회 자리에서 공연되는 것이 특징이었다. 슬픈 곡조를 띤 반주에 맞추어 슬픈 여성의 인생을 노래하는 신나이부시는 특히 유곽의 여성들에게 크게 인기가 있었다.

131) 다케모토 기타유[竹本義太夫]가 창시한 조루리의 한 유파. 샤미센을 반주로 하여 이야기를 엮어 나간다.

132) 질 좋은 생사로 짠, 얇고 부드러우며 윤이 나는 순백 견직물.

133) 직물로 문양을 짜내기 위한 씨실.

134) 소매 없는 상의.

135) 조루리 및 가부키의 공연작품 중 하나. 전 5단으로 이루어져 있으며 1771년에 오사카의 다케모토 극장에서 초연되었다. 645년에 있었던 다이카[大化] 개혁 전후를 배경으로 당시의 여러 전설을 각색한 내용.

가락은 모르지만 집중할 수 없는 것은 아니다. 환성도 포함해서 원래 이런 공연이라고 생각하면 될 일이다.

좋은 대목에서 흥이 오르자, 굵은 응원 소리 같은 것이 요란하게 일어난다. 미리 말을 맞춘 듯 호흡이 맞는 것을 보면, 그런 반주 같기도 하다. 신표[136]까지 두드리고 있다.

잘 들어보니 손님들은 어쩌나 어쩌나 하고 있다.

무엇을 어쩌냐는 것인지 전혀 알 수 없었다.

모르지만 모르는 대로 분위기는 좋다.

구경꾼도 아니지만, 추임새도 아니다. 가부키의 관람객과도 다르다. 결국에는 나도 낚여서 똑같이 어쩌나 어쩌나 하고 말해 버릴 것 같았다.

아니, 마음속으로는 목소리를 맞추어 말하고 있었다.

다소 부끄럽기도 했지만 유쾌하기는 했다. 집에 틀어박혀 있었다면 이런 고양감은 없었을 것이다.

같이 오자고 말해 준 사람은 야마쿠라라는 남자로, 이전에 일하던 담배제조판매회사의 창업자다.

아니, 회사는 이미 없으니, 창업이고 뭐고 없을 것이다. 시작한 사람도 야마쿠라지만 닫은 사람도 야마쿠라다.

종잡을 수 없는 이유로 휴직하고 있는 사이, 아니나 다를까 회사는 망하고 만 것이었다.

휴직 전부터 장사는 어려웠으니 망할 것을 내다보고 처신한 행동이기는 했지만, 예상되던 일이라고는 해도 이렇게 망해 버리니 조금 쓸쓸하다.

---

136) 신발을 맡기고 나중에 찾기 위해서 받는 표.

야마쿠라는 막부 시대에 하타모토[旗本][137]였던 아버지를 모시던 근시(近侍)[138]의 아들이었다.

가신으로 있던 무사 중에서는 가장 젊어서, 영주에게 특별히 귀여움을 받았다는 것은 본인의 이야기다. 분명히 나보다 열 살쯤 연상일 테니, 막부가 와해될 때 야마쿠라는 스무 살도 안 되었을 것이다. 근시였던 그의 아버지는 막부가 와해된 후 완전히 의기소침한 듯, 그대로 쇠약해져서 병상에 눕고 말았다.

야마쿠라는 계속 일을 하면서 아버지를 돌보고 있었지만, 그러다가 다른 사람의 권유로 사숙(私塾)에 다니기 시작했다고 한다. 유학(儒學)인지 뭔지를 배우고 있었던 모양이지만, 그 무렵의 일은 자세히 모른다.

사이고[西鄕]가 고향으로 내려가고, 세이난 전쟁이 일어나기 전쯤의 일이다.

마침 세상은 자유니 민권이니 하며 소란스러웠고, 공부 모임이니 연설이니 하는 것이 유행하고 있어서 야마쿠라도 불평사족(不平士族)이 되어 반란이라도 일으키는 건 아닌가 하고 생각했던 것을 기억하고 있다.

열심히 배우는 학생이라는 이야기를 아버지에게서 들었다.

그러나 그의 아버지가 돌아가시자, 야마쿠라는 직장을 그만두고 사숙도 선뜻 그만두더니 연줄에 의지해 미카와[三河][139]로 옮겨 가고 말았다. 십 년도 더 지난 일이다.

그때는 저택까지 인사를 하러 왔다.

---

137) 에도 시대 쇼군에 직속된 무사로서 만 석 이하의 녹봉을 받았다.
138) 주군을 가까이서 모시던 신하.
139) 현재의 아이치 현 동부를 가리키는 옛 지명.

야마쿠라 가는 본래 쓰루가 출신이라고 하니 그대로 시즈오카에 뼈를 묻으려는 것인가 하고 생각하고 있었지만, 몇 년 후에 상경한 야마쿠라는 어찌 된 셈인지 산슈(三州)[140] 담배판매업을 시작했다.

그것이 사 년 전의 일이다.

기발한 선전으로 유명한 이와야 마쓰헤이의 덴구 담배보다 사 년 후, 순 국산 담배의 제조판매업으로는 두 번째인가 세 번째가 될 것이다. 그때도 야마쿠라는 성실하게 저택까지 인사를 하러 왔다.

아버지의 소개로 나는 그 회사에 고용되었다.

아이도 태어났고, 진지하게 일하고 싶다고 생각하고 있었던 것이다. 스스로에게 입신출세할 만한 재주가 없다는 것은 너무나도 잘 알고 있었다.

관례를 치를까 말까 하는 나이에 상투를 내려 버린 사람에게, 시시한 무사의 긍지 같은 것은 없었다. 남의 밑에서 일하는 것에 거부감 같은 것은 없어서 남이 하는 일을 눈동냥으로 익혀 가며 열심히 일했다. 무가가 하는 장사이다 보니 좀처럼 잘되지 않았지만 재미있었다. 노악적(露惡的)인 판매 문구로 요란하게 팔아치우는 이와야 덴구에 비하면 수수하기는 했지만, 야마쿠라 쇼군 담배상회는 나름대로 실적이 늘어 가고 있었다.

그러나 지난 몇 년 동안 경영은 순식간에 악화되고 말았다. 같은 장사를 하는 적이 차례차례 개업한 것이다. 경쟁이 되면 전문가에게는 당해낼 수 없다.

작년에 미국 담배의 모조품으로 크게 한탕 번 무라이 기치베에가 도쿄에 진출하기에 이르면서 최후의 일격을 당한 꼴이 되고 말았다.

---

140) 미카와의 다른 이름.

하이칼라 의장(意匠)의 그림을 넣거나 악대를 꾸려 화려하게 선전하
니, 수수한 이쪽에는 사람들이 눈길도 주지 않는다.

관군은 이길 수 없다는 말이 야마쿠라의 입버릇이었다.

그 불평은 이와야가 사쓰마 출신, 무라이가 교토 출신이라는 데에
서 유래한다. 한편 야마쿠라는 슴푸(駿府)[141] 출신, 회사 이름도 쇼군
담배상회다. 이 쇼군이라는 것도 군인이라는 뜻이 아니라 도쿠가와
가문을 말하는 것이었다. 말은 그렇게 해도 이와야와 무라이 둘은
함께 싸우고 있었던 것은 아니고, 오히려 서로 격전을 벌이고 있었으
니, 쇼군 담배가 멋대로 혼자 진 것이다.

풋내기라고는 해도 막부의 녹을 먹었던 사람으로서의 기개가 있었
던 것인지, 아니면 단순히 쓰루가와 미카와라는 지방색에 기인하는
명칭 때문이었는지는 모르지만, 어느 쪽이든 시대의 흐름에서는 벗
어나 있었던 것이리라.

당사자에게 물어보니 깊이 생각하고 붙인 이름은 아니라고 했지
만, 아마 그것이 정답일 것이다.

더 이상 계속해도 빚만 쌓일 뿐이니 회사를 접겠다는 연락이 온
것이, 지난달 중순의 일이다. 야마쿠라도 시즈오카로 돌아갈 거라고
해서 나는 송별회라도 하고 싶다고 제안했다. 다 함께 아사쿠사의
료운카쿠(凌雲閣)[142]라도 올라가, 그 김에 소고기전골이라도 먹으며 한
바탕 놀자고 했다. 사람이 조금 그립기도 했을 것이다. 그러나 다른
직원들은 이미 해고해 버려서 아무도 남아 있지 않다고 했다.

---

141) 쓰루가 지방의 중심지. 지금의 시즈오카 시.
142) 메이지 시대에서 다이쇼 말기까지 도쿄 아사쿠사에 있었던 12층짜리 탑. '구름을 능
가할 만큼 높다'는 뜻의 이름이며 일명 '아사쿠사 12층'이라고도 불렸다. 관동 대지진 때
반파되면서 해체되었다.

남자 둘이서 12층에 올라간들 별 볼일도 없다. 우습기만 하고 재미고 뭐고 없다.

그래서 무스메기타유라는 이야기가 나오게 된 것이다. 연극은 비싸다. 연예장[143]이라면 아사쿠사에도 혼고에도 얼마든지 있고, 그 차액으로 소고기전골 정도는 먹을 수 있다. 우선 부담 없이 들어갈 수 있다.

내가 그렇게 말하자, 야마쿠라는 무슨 부담이 없다는 거냐고 대꾸했다. 큰맘 먹고 가지 않으면 들어갈 수 없다는 것이다. 옛날에야 여자의 기타유는 어설픈 기타유라고 우습게 여겨지곤 했지만, 작금에는 큰 인기라는 것이다.

반신반의하며 와 보았는데, 확실히 만원 사절을 이룰 만큼 손님이 많고, 바깥에까지 사람들이 넘치고 있어서 내심 깜짝 놀랐다. 이미 쌀쌀한 계절이라 외투 같은 것을 걸치고 왔는데, 안은 사람들의 열기로 더울 정도였다.

공연이 끝나고 혼잡한 사람들 사이에 끼어 가까스로 밖으로 굴러 나오니, 바깥에도 시커멓게 사람들이 모여 있었다. 어떻게 된 것이냐고 물으니, 야마쿠라는 예능인이 나오기를 기다리는 것이라고 대답했다.

"그건 뭡니까?"

"좋아하는 다유가 나오기를 기다리는 걸세. 보게, 한가운데에 인력거가 서 있지?"

사람이 많아서 잘 보이지 않지만, 인력꾼의 삿갓은 보였다. 인력거가 서 있는 것이다.

---

143) 만담, 야담, 요술, 노래 등의 대중 연예를 흥행하는 장소.

"인기 있는 다유는 쉬지도 못하고 다음 무대로 옮겨가야 하네. 준비하고 나오면 곧 저 인력거에 올라타고 떠나지. 사람들은 그걸 기다리고 있네."

"기다려서 어쩌겠다는 겁니까? 대기실 입구에서부터 인력거를 탈 때까지 잠깐 동안, 한 번만이라도 꽃 같은 얼굴을 보고 싶다, 그런 뜻입니까?"

"그게 아닐세."

야마쿠라는 구름같이 모여 있는 사람들을 바라보며 웃었다.

"저들은 인력거를 그대로 따라가서 다음 연예장까지 줄줄이 이동하는 걸세. 그리고 또 어쩌나 어쩌나 하는 것이지."

"거기까지 보는 겁니까?"

"보네. 몇 번이든 본다네. 열광하는 것이지, 저들은. 돈과 시간이 다할 때까지 매일, 매일 보는 것일세. 서생인지 뭐 그런 자들일 거라고 생각하네만, 시대는 바뀌었어. 나는 저맘때 정좌하고 앉아서 논어를 읽고 있었는데."

"저는 빈둥거리고 있었습니다."

"도령과 나는 신분이 다르니까요."

"도령이라고 하지 마십시오."

야마쿠라가 그렇게 부르는 것은 오랜만의 일이다. 어릴 때부터 줄곧 그렇게 불리곤 해서 크게 의문도 갖지 않고 자랐지만, 고용될 때 그렇게 부르지 말아 달라고 부탁했다.

이제 어리지도 않았다. 게다가 메이지 유신과 함께 주종 관계는 해소되었다. 도령이라고 불릴 신분이 아니다.

아니, 그가 나를 고용해 준 단계에서 주종 관계는 뒤집힌 것이었다.

"뭐, 내가 고용주라면 다카토 군이라고 부르겠지만, 회사가 날아가 버렸으니 도로아미타불이지. 원래대로의 관계라면 자네는 내가 크게 은혜를 입은 영주님의 적자, 후계자님일세."

"아버지는 돌아가셨습니다."

그럼 주군이로군, 하고 말하며 야마쿠라는 또 웃었다.

그런 야마쿠라의 어깨 너머로 불쾌한 듯한 얼굴이 보였다.

중산모자에 코트를 입고, 훌륭한 콧수염을 기른 연배의 신사다.

야마쿠라보다 나이는 위일 것이다. 쉰 살 정도로 보인다.

남자는 기묘할 정도로 얼굴을 일그러뜨리며, 다유의 등장을 기다리는 어쩌나 어쩌나 놈들을 바라보고 있는 것 같았다. 아니, 노려보고 있다고 해야 할까.

와, 하고 환성이 일었다.

사내들의 목소리는 낮아서 환성이라기보다 웅성거림이다. 아마 다유가 나온 것이리라. 울림은 그대로 술렁거림이 되고, 한 무리가 제각기 이동하기 시작했다.

"그건 그렇고 대단하군요. 저이는 아직 열일고여덟 밖에 안 된 계집아이 아닙니까."

"아니, 아니, 계집아이라고 해도 우습게 볼 수는 없네. 무스메기타유에서 가미를 입을 수 있게 되기까지는 말도 못할 고생을 해야 하지 않는가. 예능인은 모두 그렇겠지만, 급료도 없는 견습으로 시작해서 미스우치[御簾內][144]가 되기까지의 길은 험하다네. 미스우치가 되고 나서도 신우치[眞打][145]까지 올라가는 것도 힘들지. 구치니마이[口二枚]에

---

144) 가부키나 분라쿠에서 발을 늘어뜨리고 안쪽에서 조루리를 공연하는 사람.
145) 라쿠고 등의 흥행에서 마지막에 출연하는 인기 있는 출연자.

서부터 시작해서 기리마에[切前]까지, 몇 개나 되는 계급이 있네.[146] 스모 선수도 그렇지 않은가. 게다가 기타유를 공연하려면 영업 감찰이 필요하니, 신우치가 되기 위한 데미세[手見せ]는 엄격하다네."

데미세라는 것은 말하자면 시험이다.

엄격한 시험이 있는 것이다.

"합격해도 인기가 떨어지면 변두리로 쫓겨나지. 대신할 사람은 얼마든지 있으니까. 그러니 저렇게 단골손님이 붙어 있는 동안이 전성기라네."

저 신자들은 어쩌나 놈들이라고 불리는 모양이다. 왜 어쩌나 인지는 여전히 알 수 없지만.

잘 아시는군요, 라고 말하자 뭐, 후원자니까, 하고 야마쿠라는 뜻밖의 말을 했다.

"자주 보십니까?"

"그냥 뭐. 강담사의 출연이 줄어들 정도로 인기라고 하니까 보기도 하는 거지. 나는 자네처럼 달관한 사람이 못 되어서 말이야. 속물이거든. 저 아야노스케도 좋지만, 나는 교코의 후원자일세."

속물이라고 야마쿠라는 되풀이해서 말했다.

"뭐, 작금에는 어디나 경쟁, 경쟁일세. 장사도 마찬가지야. 결코 당세풍이 나쁘다는 말은 아니고, 무사만 으스대던 시대가 옳다고도 생각하지 않네만, 이기느냐 지느냐에 따라서 세상살이가 달라지는 생활은 고달프지. 뭐, 저런 계집아이도 그런 힘든 곳에 몸을 두고 있는 건가 하고 생각하면, 응원도 하고 싶어지는 법이라네."

---

146) 기타유에서 배우의 등급은 낮은 것에서부터 미스우치[簾內], 구치가타리[口語り], 구치니마이[口二枚], 구치삼마이[口三枚], 기리마에[切前], 신우치[真打] 등으로 나뉜다. 대개는 등급이 높을수록 마지막 순서에 등장.

야마쿠라는 한 떼의 사람들이 떠나간 방향을 향해 먼 곳을 바라보는 듯 눈을 가늘게 뜨더니, 작은 목소리로 어쩌나 어쩌나 하고 말했다. 골목을 꺾어 버렸는지, 웅성거리는 사람들의 모습은 더 이상 없고 소란의 잔재만이 길에 엉겨 있다.

왠지 모르게 숙연해지고 아무래도 이야기를 매듭짓기가 좋지 못해, 소고기전골은 그만두고 그냥 한 잔 걸치고 나서 돌아가기로 했다.

땀이 식어서 꽤 추웠다.

요즘풍의 가게는 가능한 한 피하려고 터벅터벅 걷다가, 찻집 같은 분위기의 술집을 발견하고 포렴을 걷으며 들어갔다.

별반 에도를 그리워하는 마음도 없었지만, 왠지 모르게 당세풍을 피하고 싶은 기분이었던 것이다.

맥주 같은 술은 없는 모양이다.

하기야 이 시기에 맥주를 마시는 사람도 없을 거라고는 생각하지만, 애초에 차림표에는 있지도 않다. 데운 술 두 병과 안주를 적당히 골라서 준비해 달라고 할머니에게 주문하고, 그러고 나서 가게 안을 둘러본다. 술집이라기보다 일반 밥집 정도일까.

가게 구석에서 시선이 멈추었다.

아까 어쩌나 놈들을 응시하고 있던 신사가 우는 듯 웃는 듯한 얼굴로 앉아 있었다. 등은 곧게 펴고 있는데, 그 자세에 어울리지 않는 표정이다. 옷차림은 단정한 양장(洋裝)인데 정경(情景)은 시대착오적인 일본풍이라 더욱 튀어 보인다.

이쪽을 알아채지는 못한 것 같아서 물끄러미 바라보고 있자니, 내 시선을 야마쿠라도 알아채고 고개를 돌려 시선을 보냈다.

아아――하고 야마쿠라가 말했다.

"뭡니까, 아는 사람입니까?"

"응, 아니, 그런 것 같네. 틀림없을 테지. 이거 기이한 인연이군."

야마쿠라는 엉덩이를 들고 일어서더니 그대로 남자에게 걸어갔다.

"실례지만 도쿄 경시청의 야하기 겐노신 님 아니십니까."

관헌인가.

제복을 입지 않은 것을 보니 어쩌면 신분이 높은 인물인지도 모른다.

경찰은 그만두었다고 남자는 대답했다.

"당신 말대로 나는 야하기요. 하지만 유감스럽게도 나는 당신이 기억에 없구려. 정말 미안하지만 어디선가 만난 적이 있습니까?"

"무리도 아니지요. 그렇지, 십오 년쯤 전의 일일까요. 아카사카의 요정에서 한 번 뵈었을 뿐입니다. 기억나지 않으십니까, 그."

"와."

잊을 리가 있느냐고 말하며, 야하기는 눈을 휘둥그렇게 떴다.

"십오 년 전의 아카사카라면, 이보시오. 그건 그, 유라 경의 햐쿠모노가타리 괴담 모임 때가 아니오?"

"바로 그렇습니다."

"당신은 그 자리에 있었소?"

야하기는 더욱 눈을 부릅뜬다.

"예, 생각지도 못했던 엄청난 범인 체포를 가까이에서 보고 정말 간담이 서늘했습니다. 민심을 현혹하게 될 수도 있으니 보고 들은 것을 모쪼록 다른 사람들에게는 말하지 말아 달라고 야하기 님이 분부하신 것을 명심하고, 오늘까지 다른 사람에게는 일절 말하지 않았지만, 그 광경은 평생 잊을 수 없는 신기한 일이었습니다."

"하지만 거기에 있었던 분은."

"저는 당시, 효제숙(孝悌塾)의 숙생(塾生) —— 유라 기미아쓰[由良公篤]님의 문하 제자였습니다."

"아아, 그중 한 명인가."

야하기는 일어서며, 그러냐고 말했다. 그러고 나서 허리를 약간 굽히고, 사실이냐고 야마쿠라에게 물었다.

"예. 그 모임에 참가한 숙생은 저를 포함해서 여섯 명이었던 것으로 기억하고 있는데, 저 이외의 다섯 명은 부호의 아들, 말하고 싶지는 않지만 됨됨이가 형편없는 놈들이었지요. 아니, 저도 됨됨이가 훌륭했던 것은 아닙니다만."

"분명히 세상에 괴이(怪異)가 있느냐 없느냐 하는 이야기로 유라 경을 곤란하게 만들어, 괴담 모임을 열게 하는 원인을 만든 자들은 그놈들이었다고 기억하고 있는데."

"맞습니다."

"당신도 주모자 중 한 명이었단 말이오?"

"아니오, 저는 본래 가난한 사족(士族)이고, 그자들과는 친하지도 않았습니다. 오히려 격이 다르다고 경멸당하고 있었지요. 저는 오직 숙장님의 몸이 걱정되어 참가를 표명했을 뿐입니다. 하기야 저도 유자(儒者)로서는 반편이라, 다소는 믿고 있었습니다."

"믿다니, 무엇을 말이오?"

요괴 말입니다, 하고 야마쿠라는 말했다.

"태곳적부터 유자는 폐불(廢佛)의 입장인 것이 일반적이라고 정해져 있지만, 그때 제 스승님은 폐불훼석을 비난하셨어요. 인(仁)이 없고 지(智)가 없고, 의(義)도 예(禮)도 없는 단순한 폭도라고 말씀하셨지요."

"뭐, 한때는 심한 양상이었으니 말이오. 절을 부수지를 않나 불상을 내던지질 않나, 탑두(塔頭)는 내다 팔았지. 정부가 그런 짓을 장려한 것은 아니었지만. 몇 번이나 단속하러 나갔었소."

"예. 그때 숙생 중 한 명이 유자 된 자는 신불(神佛)을 어떻게 이해해야 하느냐고 스승님께 물었습니다. 스승님은 신은 이치이고 부처는 자비이니, 그 이름을 꺼내지 않아도 논할 수 있다고 말씀하셨지요."

들었다고 야하기는 말했다.

"신이니 부처니 하는 말을 꺼내면 반드시 이치에서 벗어나게 된다고 말씀하셨을 테지. 귀신은 경원(敬遠)해야 하는 것, 있고 없고를 논하는 짓은 어리석다고 말씀하셨다고 들었소."

"그렇습니다. 하지만 그럼 요괴는 어떠냐고 누군가가 말했지요."

"요괴라."

"스승님은 그런 미망(迷妄)은 없다고 즉시 단언하셨습니다. 그런데 아무리 해도 그 말을 듣지 않는 자가 있었던 것입니다. 경원하는 것이라면, 귀신은 있다는 뜻이 된다고. 스승님은 귀신의 있고 없고의 논쟁은 무의미하다는 입장이셨지만, 어떻게 해도 납득하지 않는 사람이 있었습니다. 그래서."

"요괴를 나오게 해 보자는 것이 발단이었지요. 요괴 이야기를 하면 요괴가 나온다 —— 였던가."

"네. 저는 학문을 이루지 못했고 수양도 부족해서, 만일 요괴가 나오면 어쩌나 하고 생각하니 스승님이 걱정되어 견딜 수 없었던 것입니다."

"그래서 당신은 그 행사에 참가했다는 거요? 뭐, 실제로 나온 건 요괴가 아니라 죄인이었지만."

"예, 하지만."

요괴도 나왔습니다, 하고 야마쿠라는 말했다.

"음, 내 친구도 그런 말을 했지만, 나는 그 자리에서 그런 것은 보지 못했소. 그것에 대해서는 깊이 생각한 적도 없으니 그게 무엇이 었는지 사실 여부는 알 수 없는 일이오. 뭐, 그 모임을 마지막으로 우리는 소중한 사람을 잃어버렸으니, 솔직히 그런 것은 아무래도 상관없게 되고 말았지만. 그런데——."

그때 할머니가 술을 가져왔다.

다른 손님도 없는데 가게 안에서 서서 이야기하는 것도 뭣하다는 말이 나와, 자리를 함께하게 되었다.

야하기의 상이 더 넓었고, 구석 쪽이 마음이 안정된다고 해서 우리가 자리를 옮겼다.

"다카토 군은 모르나? 이분은 옛날에 몇 번이나 공을 세우셔서, 니시키에 신문 같은 데 자주 실렸던 유명한 순사님일세."

그만두시오, 그만, 하며 야하기는 손을 젓는다.

"다 옛날이야기요."

"또 겸양하시는군요. 료고쿠의 도깨비불 소동이나 이케부쿠로의 요괴 뱀 소동 등, 수상한 사건을 눈 깜짝할 사이에 해결하셔서 이 도성 안에서 명성을 날린 불가사의 순사님이 아니십니까."

"그 이름은 그만두시오."

야하기는 또 곤란한 얼굴을 했다.

"아무래도 그 무렵의 일을 떠올리면 낯간지러운 기분이 든단 말이오. 부끄럽기 짝이 없소."

야하기는 손수건을 꺼내, 나오지도 않은 이마의 땀을 닦았다.

"하지만 숙장님도, 아버님 되시는 백작님도 야하기 님께는 감사하고 계시던데요."

"사정을 이야기하면 길어지지만, 감사를 받을 만한 기억은 없소. 옛날 일은 이야기해서 무엇하겠소. 그보다 이분은."

제 주군뻘 되는 다카토 님입니다, 하고 야마쿠라는 소개했다.

그야말로 부끄럽기 짝이 없다. 이쪽은 주군은커녕 염세 은둔의 쓸모없는 사람이다.

야하기는 정식으로 자기소개하고, 목례를 한 번 했다. 손윗사람이 목례해 오면 더욱더 불편해진다.

"뭐, 이것도 무슨 인연이겠지. 앞으로 잘 부탁드립니다. 자, 한잔하십시다."

야하기가 내 잔에 술을 따라준다.

이래서는 입장이 반대다. 한층 더 주눅이 든다.

"그건 그렇고 야하기 님은 그 무스메기타유를—— 보셨습니까?"

그런 것을 볼 사람으로는 보이지 않는다.

그렇게 묻자 야하기는 얼굴을 찌푸렸다.

"뭐, 보기는 봤지요. 딱히 나쁜 것은 아닌데, 그 손님이 말이지요."

단골손님들 말입니까, 하고 야마쿠라가 묻는다. 그들이 뭔지는 모른다고 야하기는 대답했다.

"여자 기타유는 에도 시대부터 몇 번이나 금지되어 왔소. 여자 예능인이 무대에 오르는 것이 허락된 건 마침 그 괴담 모임을 열었던 무렵의 일이지요. 그때까지는 금지되어 있었소. 왜 금지되어 있었는지, 아시오?"

풍기를 어지럽히기 때문이 아닙니까, 하고 야마쿠라가 말했다.

"미풍양속에 반한다고."

"그렇지 않소. 뭐, 말하기에 따라서는 그렇게 되겠지만, 여자 예능인이 안 된다는 게 아니오. 손님이 안 된다는 뜻이지. 이성을 잃은 손님은 좋지 못한 짓을 하거든. 아무리 단속해도 또 그런 짓을 하지. 색향에 홀리는 남자들이 생기고. 그게 안 된다는 것이 진짜 이유요. 그건 에도 시대부터 그랬소."

"그렇습니까."

"그렇소. 재주를 사랑하는 것이 아니라 여자를 사랑하지요. 방으로 불러서 좋지 못한 짓을 하고. 남자의 색욕은 예나 지금이나 다를 것이 없다오."

어쩌나 어쩌나 놈들도, 기타유를 듣고 있었다고는 생각되지 않는다. 흥분해서 찻종을 두들기던 사람도 있었다.

"뭐, 어떤 직업을 갖든 자유인 세상, 부녀자가 들려주는 이야기도, 들어 보니 남자보다 못할 것도 없고 꽤 훌륭했으니 여자라서 뒤떨어진다는 생각은 잘못이겠지."

한때 세간에서는 연설이 유행했다. 그야말로 여자도 약자도 연단에 서서 목청을 돋우었던 것이다.

"그러니 재주로 입신출세하고 싶다는 사람을 정부가 찍어 누를 수도 없다고, 그때는 그렇게 생각했소만. 실제로 그렇게 잘되지는 않았고. 어설픈 기타유라는 말은, 그건 경멸하는 말이오. 여자가 기타유를 공연할 수 있을 것 같으냐고, 한 단계 낮게 보는 사람이 경멸하여 부른 것이 시작이지요. 실제로 교토인지 나고야인지에서 다케모토교시[竹本京枝] 극단이 흥행하러 올 때까지는 손님은 한 명도 붙지 않았고, 좋은 자리에도 오르지 못했으니까. 그런데 지금은 어떻소?"

야하기는 연예장 방향으로 얼굴을 향했다.

"오 년 전, 개량 기타유라는 이름으로 교시 극단이 공연을 했는데, 그 무렵부터 손님들이 이상해지기 시작했소."

야하기는 콧수염을 쓰다듬는다.

"지금은 대(大)가부키에 지지 않을 정도로 인기지요. 새로운 가부키 극장도 평판이 좋고, 지금 만들고 있는 메이지 극장도 대단한 모양이지만, 손님의 수로 말한다면 연예장도 지지는 않을 거요. 서양의 신기한 기술이니 뭐니 하면서 유행하다가 없어지다가 하기는 하지만, 여자 기타유는 아무래도 완전히 자리를 잡고 만 것 같더군. 만담가가 자기 공연할 차례가 없다고 투덜거릴 정도요."

야마쿠라도 강담사가 어떠니 하는 말을 했었다.

"그렇게 따라다니니, 여자 기타유가 끝나면 손님이 우르르 줄어 버린다고 하더군. 만담가가 나오면 이미 손님이 없소. 그런 상황이니 만담을 듣고 싶은 손님은 연예장에 가기를 꺼리고 마는 것이지요. 더욱 손님이 줄어들고."

그것은 그럴 것이다.

나는 아무것도 생각하지 않고 밖으로 나와 버렸지만, 생각해 보면 그 후에도 공연은 더 있었을지도 모른다.

인기가 있는 것 자체는 상관없소, 하고 야하기는 말을 잇는다.

"대중이 원하는 오락이 제공되고 있는 것이라면 좋은 일이지요. 하지만 인기가 생기면 생길수록 잘못된 마음을 먹는 놈도 늘어나오. 아니나 다를까 이렇게 되고 말았지. 그 어리석은 놈들이 조만간 사건이라도 일으키는 게 아닐까 하고 생각하면 말이오."

야하기가 잔을 비우자 나는 이때라는 듯이 즉시 술을 따랐다.

"그럼 —— 몰래 시찰하고 계셨다는 겁니까?"

"그렇지는 않소."

그러고 보니 경찰은 그만두었다고 했던가.

"뭐, 이제 와서 내가 걱정할 일은 아니지만. 나는 일개 민간인이고, 단속하는 입장에 있는 것도 아니오. 다만 관헌이었던 시절에는 자주 둘러보곤 했었기 때문에."

신경이 쓰이십니까, 하고 물으니 그런 것도 아닌데, 하고 야하기는 대답했다.

"뭐, 공을 세웠다, 공을 세웠다고 야마쿠라 군은 말하지만, 세간에서도 불가사의 순사라는 부끄러운 별명을 지어주었을 정도이니 서내에서는 나쁜 의미로 눈에 띄었을 뿐이고, 어차피 이로모노[色物]¹⁴⁷⁾ 취급이었소. 나는 삿초[薩長]¹⁴⁸⁾ 파벌에서도 벗어나 있었으니, 그런 천한 명성으로는 제대로 출세를 바랄 수는 없었지. 실제로 한직으로만 돌았소. 풍기 담당 같은 것이지요."

그래서 그만둔 거냐는 얼굴을 하고 있었는지, 야하기는 묻지도 않았는데 그래서 그만둔 것은 아니라고 변명 같은 말을 했다.

"내가 일을 그만둔 이유는 도쿄 부 모임에서 폐창건의(廢娼建議)가 부결된 것이 발단이오. 뭐, 이야기하자면 길다오."

아무래도 야하기는 창기 폐지론자인 모양이다.

"그러니까 그것과 이것은 상관없소. 다만 습성이란 무서운 것이어서, 그런 놈들이 눈에 들어오면 나도 모르게 마음이 쓰이고 말거든."

147) 연예장에서 공연되는 음곡, 곡예, 요술, 춤, 만담 등. 기타유나 강담에 상대되는 개념으로 쓰였다.

148) 지금의 가고시마 현 서부 지방에 해당하는 사쓰마[薩摩] 번과 지금의 야마구치 현 서북부 지방에 해당하는 조슈[長州] 번을 가리키는 말. 도쿠가와 말기에서 메이지 유신에 걸쳐, 이 두 지방의 출신자가 막부 타도와 신정부 수립의 중심이 되어 활약했다.

"그럼 연예장에 오셨다가 우연히 보신 겁니까?"

"아니, 연예장에 왔다——는 것도 아니오. 뭐, 어떤 사람이 한 어떤 말이 머리에서 떠나지 않아서, 연극 극장이나 연예장 앞을 지날 때마다 분위기를 살피는 버릇이 생기고 말았거든. 오늘도 그 앞을 지나갔을 뿐인데."

"단골손님들과 마주치고 말았다는 겁니까?"

야마쿠라가 그렇게 말하자 맞소, 맞아, 하고 야하기는 과장되게 고개를 끄덕였다.

"그런 거요."

"어떤 말——이라고 하셨는데."

"음."

스승님의 말이라고, 야하기는 옷깃을 바로 하며 말했다.

"존경하는 스승님이 일본 국민의 나쁜 점은 시간을 제대로 사용할 줄 모르는 거라고, 그렇게 말씀하셨소. 그건 가령 어떤 것이냐고 여쭈었더니, 연극 극장 이야기를 하셨지요."

"연극이 나쁘다고요?"

하고 야마쿠라는 말했다.

나쁜 것은 아니오, 하고 야하기는 또 과장되게 말한다.

"민초들에게 오락은 필요하니까. 다만 내 스승님은 해외에도 시찰 차 다녀오셨는데, 외국의 연극이란 가로등이 켜진 후에 시작하고, 해시(亥時)[149] 정도에 닫는 모양이오. 그러면 하루의 일이 끝나고 나서 연극을 즐기고, 푹 잘 수도 있겠지요."

그건 그럴 것이다.

---

149) 오후 아홉 시에서 열한 시까지 두 시간 동안.

"하지만 일본의 연극 극장은 아침 댓바람부터 밤중까지, 내내 열려 있지 않소? 가부키 같은 경우에는, 긴 것은 보는 데도 하는 데도 며칠이나 걸리지요. 그런 방식으로는 연극을 보는 일도 마음대로 되지 않소. 연극을 보면 하루의 업무에 지장이 생기게 되지요. 본 후에도 지쳐서 일이 되지 않는다 —— 뭐, 이런 말이오."

"확실히 연극 구경은 사치라고 일반적으로 정해져 있으니까요."

사치금지령이라도 발포된다면 제일 먼저 공격 대상이 될 것이다.

그런 것이 나쁘다는 뜻일 거라며, 야하기는 또 콧수염을 쓰다듬었다.

"해외에서는 연극은 오락이기도 하지만 문화이기도 하지요. 연극 구경은 매우 좋은 일이고, 더욱 장려해야 한다 —— 고 말하고 싶지만, 연극을 보기 위해서 일을 쉬어야 한다면 이야기는 다르오. 게으름을 피우고 노는 듯한 인상을 주고 말지. 아니, 실제로 그렇소. 그런 방식은 잘못되었다고 스승님은 말씀하신 것일 테지요. 분명히. 효율적으로 시간을 할당한다면 게으름을 피우지 않아도 되는 셈이니, 나쁜 인상도 없어질 거요."

"그렇군요."

그런 것은 생각도 해 보지 않았다.

"시간을 낭비하고 있다고 스승님은 말했소. 나는 그 점을 아직 이해할 수 없었는데, 놈들을 보고 잘 알았지. 그건 인생의 낭비일 거요. 놈들은 그렇게 날마다 계집의 꽁무니를 쫓아다니고, 그런 짓을 며칠이나 계속하고 있지 않소."

사치스러운 일이지, 라고 말하며 전직 관헌은 한숨을 쉬었다.

"후원하는 것은 상관없지만."

화가 난 것이 아니라 걱정하고 있는 것이리라. 연예장 앞에서 야하기가 보여준 그 우는 듯 웃는 듯한 얼굴은 그들의 미래를 걱정하고, 약간 상심을 벗어난 이 풍조를 한탄스럽게 생각하는 마음의 표현이었던 것일까.

"서생은 우선 공부를 해야 하오. 그 후에 놀면 되는 것이지. 내 스승님의 손톱 때라도 달여 먹이고 싶구려."

"그 스승님이라는 분은."

야마쿠라가 물었다.

아래를 보고 있던 야하기는 얼굴을 들고, 오오, 그렇군, 하고 말했다.

"내가 아무 설명도 하지 않았구려. 숨길 것도 없지. 나는 현재, 학생이라오."

"학생——이십니까."

도저히 그렇게는 보이지 않는다. 교사라고 한다면 그렇게 보이지 않는 것도 아니지만.

"당신들은 철학관을 모르시오?"

야하기는 이번에는 실로 진지한 얼굴을 했다.

"철학이라고요?"

"철학관이오. 여기에서 그렇게 멀지 않소. 그곳의, 호라이초에 교사(校舍)가 있소. 뭐, 문과계통의 사학(私學)이지요."

"사숙 같은 겁니까?"

"숙이라고 할까, 학교지요. 강사도 한 명이 아니오."

"철학을 가르치는 곳입니까?"

들어 보기는 했지만, 철학이 무엇인지를 모른다.

"그, 서양의 학문입니까?"

해외 시찰도 갔다고 하고, 그 스승이라는 사람은 양학(洋學)에 밝은 사람일 것이다.

아니오, 아니오, 하며 야하기는 손을 젓는다.

"지금 유행하는 서양물이 든 사람들과는 다르오. 내 친구 중에도 외국에 다녀온 것을 자랑하고, 걸핏하면 서양, 서양 하는 바보가 있었지만, 그런 질이 낮은 자들과는 다르다오. 도쿄 대학의 철학과를 나오신 수재요."

"잠깐만요. 도쿄 대학이라면 옛날의 쇼헤이코[昌平黌]¹⁵⁰⁾가 아닙니까. 대학이 생긴 것은 그렇게 옛날은 아니지 않습니까?"

"대학이 된 해는 1877년이오. 마침 그 햐쿠모노가타리 괴담 모임을 했던 무렵이지요. 내 스승님이 예비문(豫備門)¹⁵¹⁾에 입학하신 것은 그 이듬해의 일이라고 들었소."

"그럼 십사 년밖에 지나지 않은 것이 되는데요."

졸업은 칠 년 전에 했다고 야하기는 말했다.

"내가 불가사의 순사라고 불리며 겉돌고 있었을 무렵, 스승님은 면학에 힘쓰면서 그 페놀로사에서부터 헤겔이나 칸트에 대한 강의를 듣고 계셨던 거요."

"하아, 그럼 ── 그분은."

젊으십니까, 하고 묻자 서른대여섯쯤 되겠지, 하고 야하기는 대답했다.

---

150) 에도 막부의 학문소. 1632년에 주자학자 하야시 라잔[林羅山]이 우에노의 시노부가오카에 공자의 사당을 세운 것이 기원. 5대 쇼군인 도쿠가와 쓰나요시가 1690년 간다 유시마로 이전했으며 1870년에 학제가 개정되면서 휴교, 폐교되었다.

151) 제일고등중학교(第一高等中學校), 후의 제일고등학교의 전신(前身). 도쿄 대학의 예비기관으로서 1877년에 설립되었다. 1886년에 분리 독립해서 제일고등중학교가 되었다.

이야기만 들어서는 노인이라고밖에 생각되지 않는다. 일흔이 넘은 백발 머리를 상상하고 있었기 때문에 나는 매우 놀랐다.

자네와 별로 차이가 없지 않은가, 하고 야마쿠라가 말했다.

그 역시 놀란 것이리라.

확실히 한두 살밖에 차이가 나지 않는다. 그러나 그것을 두고 나 자신을 부끄러워하라고 한다면, 나이를 더 먹은 만큼 야마쿠라 쪽이 야말로 부끄러워해야 할 것이다.

"젊은 스승이군요."

"장유(長幼)의 예라는 것은 있으니까 연장자는 존경해야 하겠지만, 특히 학문이나 수업에 관해서만은 그것은 없소. 뛰어난 사람은 남녀 노소를 막론하고 칭찬해야 하고, 배울 수 있는 사람한테서는 배워야 하겠지요. 나는 스승님을 존경하고 있소."

야하기는 만족스러운 듯이 말했다.

"성실하고, 시간에도 엄격하시지요. 스스로를 엄격하게 대하시는 분이오."

모범이 되기에 충분한 인격자이기도 하다고 야하기는 말한다.

어지간히 심취해 있는 모양이다.

"세상에 계몽(啓蒙)이라는 말이 있는데, 참으로 어둠(蒙)이 걷힌(啓) 기분이 든다오."

그거 부럽다고 야마쿠라는 말했다.

"저는 학비가 없어서 수양을 포기했습니다."

"군이 포기할 것 없소. 나는 이 나이가 되어서도 배우고 있으니. 면학에 나이는 상관이 없다오, 야마쿠라 군. 철학관에서는 사환 아이 같은 풋내기에서부터 나 같은 장년까지, 천차만별 다양한 사람들이 배우고 있소. 뭐, 학비는 조금 들지만, 나이에 제한은 없지요. 교사(校舍)가 생길 때까지는 절을 빌려서 하고 있었으니, 진정 데라코야(寺子屋)[152]라오."

"예에. 그런데 철학이라는 것은."

철학은 이치, 문학, 정치 등 모든 학문의 밑바닥이라고 야하기는 말했다.

"게다가 서양의 전매도 아니오. 동양철학도 있지요. 철학관에서는 헤겔도 칸트도 논하지만, 서양철학만 중시하는 것은 아니라오. 내 스승님은 오히려 일본의 철학을 중시하지요."

"일본의 철학이라는 것도 있습니까?"

있지 않소, 하고 야하기는 말한다.

"당신은 유학을 배우지 않았소?"

"유학——이라고요? 하지만 공자는 이 나라 사람이 아닙니다."

"원래 어느 나라 사람이었든 상관없소. 그 가르침을 배우고, 이해하고, 생각하지 않소? 그런 것을 생각하는 게 철학이오. 일본인이 생각하는 것이라면 그것은 일본의 철학이오. 그것이 중요하다고, 스승님은 말씀하셨소. 다른 나라의 말을 듣고 그대로 말하기만 하는 동안에는 그냥 빌린 것이지요. 진정한 지식은 되지 않소. 생각하고, 찾아내야만 지식일 테지요. 나도 그렇게 생각하오. 이 나라에는 이 나라의 지혜가 있어야 해요."

"예에. 그건 그, 양이국수(攘夷國粹)[153]적인 생각도 아닌—— 것이로군요."

---

152) 에도 시대의 글방. 무로마치 시대에 중이 절에서 서당을 연 데서 비롯된 말이다.
153) 외국 사람을 오랑캐로 얕보고 배척하며, 자기 나라를 지키자는 뜻.

"아니오, 아니오."

하며 또 야하기는 손을 저었다.

조금 취기가 돌기 시작한 것인지도 모른다.

"자주 착각되는 것이지. 서양을 좋다고 하면 서양물이 든 것, 일본을 내세우면 국수주의라는 말을 듣게 되거든. 그렇지 않소. 어떤 것이든 옳은 것은 옳고, 틀린 것은 틀린 것이오. 서양이니까 옳다, 동양이니까 틀리다는 것은 아닐 거요."

뭐, 그것은 아니겠지만, 흔히 그렇게 생각하게 되는 것도 사실이다. 사람은 자신이 믿는 것이 옳다고 생각하기 쉽다.

"믿는 것이 옳다고 생각해서는 안 된다오, 다카토 군. 옳은 것을 믿어야지. 그러니까 무엇이 옳은지 항상 의심하고 생각하고 연구하는 자세가 중요한 거요. 자유도 민권도 옳지만, 꼭 자유민권운동의 모든 것이 정의였다는 것은 아니지 않소. 그, 의심하고 생각하고 연구하는 것이 철학이오. 내 스승님은 기독교를 통렬하게 비판하시지만 부정하는 것은 아니거든. 기독교를 탄압한 막부와는 다르지. 취해야 할 것은 취하고, 버려야 할 것은 버리라고 말씀하시는 것뿐이오."

말은 그렇게 해도 무엇이 옳고 무엇이 그른지 전혀 알 수가 없다. 나에게는 기독교에 대한 지식이 없기 때문이다. 고작해야 구세주가 있고, 죄를 짊어지고 처형되었다는 것 정도밖에 모른다.

맞소, 맞아, 하고 야하기는 말했다.

"그리스도는 신의 아들이오. 아버지 없이 이 세상에 태어났고, 수많은 죄를 지은 만민 대신 처형되었다가 사흘 후에 되살아났다고 하지요. 뭐, 그런 이야기는 어느 나라에도 어떤 종교에도 있소. 있지만 그건 —— 이야기이지 않소."

뭐, 이야기다.

"고보[弘法] 대사[154]에게도 그런 이야기는 얼마든지 있지만, 믿는 사람은 없을 거요. 구카이[空海]의 가르침은 위대할지도 모르지만, 토란이 돌이 되었으니 거룩하다고 생각하는 사람은 없겠지요. 마찬가지요. 기독교의 가르침 중에도 옳은 것은 많이 있지만, 전부 옳다고 하는 자세는 안 된다고, 내 스승님은 말하는 거요. 하지만 죽은 사람이 되살아날 리는 없다고 말하면 기독교도는 화를 내지요. 그리스도만은 다르다는 거요. 다르면 다른 데로 좋지만, 그렇게 되는 이치를 좀 가르쳐 달라고 스승님은 말씀하신다오."

"그렇게 되는 이치라고요?"

되살아났다면 되살아난 이유가 있다는 뜻입니다, 하고 야하기는 말했다.

"무엇에든 이치는 있지 않소. 스승님은, 원래는 에치고의 진종(眞宗) 절에서 태어난 승려의 아들이오. 그래서 폐불훼석에는 마음 아파하시지요. 당시에 불교는 염세교라고 경멸당할 뿐이었지만, 그렇지 않다며 분개하셨소."

스님이십니까, 하고 야마쿠라가 묻자, 불교 철학자라고 야하기는 대답했다.

"오오, 그러고 보니 당신은 유자였지. 유학과 불교가 사이가 나쁜 것은 전통이지만, 내 스승님은 불자이면서 유학도 틀림없이 인정하고 있으니 안심하시오."

안심하라는 말을 들어도 곤란할 것이다.

---

154) 헤이안 시대 초기의 승려인 구카이[空海]를 말함. 774~835. 고보 대사라는 칭호는 921년, 다이고 천황에 의해 하사된 것이다. 진언종의 개조(開祖)로, 중국에서 진언 밀교를 일본에 들여왔다.

야마쿠라는 다소 곤혹스러운 듯한 얼굴로 이쪽을 힐끗 보았다.

"공자의 가르침에도 진리는 있소. 그것이 진리라면 종파가 달라도 파벌이 달라도 옳다는 뜻이 되겠지요. 진리라면 존중해야 하는 거요. 유학은 유학이니까 틀렸다, 불교는 불교니까 옳다는 태도는 옳지 않지요."

그것은 그렇다.

"한편 스승님은 불교라고 해서 지금의 불교계를 전면적으로 옹호하는 것은 아니라오. 오히려 그 타락을 우려하고 계신다오. 지옥이니 극락이니 하는 방편만 앞서고, 승려는 승려의 배움을 닦으려고 하지 않는다고 하시지요. 철학관은, 본래는 알맹이가 없어진 불교에 철학이라는 등뼈를 넣어 재생시키려는 시도로 만들어진 승려의 학교였소. 발포된 헌법에서는 사원과 승려의 권리는 모두 박탈되고 무거운 의무만 주어졌소. 신도와 불교가 분리된 이후로 쇠해 가기만 하는 불교계에 활기를 불어넣어야 하오. 지금이야말로 불자가 어떻게 존재해야 하는가 하는 질문을 받고 있는 거요. 그러기 위해서는 철학적 사고가 없어서는 안 되고 반드시 필요한 것이지요."

하고 야하기는 말했다.

이미 연설이다.

이것이 흔한 잡담이라면 맞장구를 칠 수도 있겠지만, 연설이라면 그냥 들을 수밖에 없다.

그래도 야마쿠라는 틈을 보면서 안주나 술을 주문하고 있으니 대단하다.

이노우에 선생님은 실로 공명정대한 분이라고 야하기는 만족스러운 듯이 말했다.

그 사람의 이름은 이노우에인가 보다.

"공명정대하고 근엄 성실하시지요. 그야말로 학도(學徒)의 귀감이오. 철학관은 장래에 반드시 일본 지혜의 초석이 될 거요. 얼마 전에 한학전수과와 불교전수과도 설치되었지요. 이 나라를 구하는 것은 무력이 아니라 지혜요. 화혼양재가 아니라 일본을 주로 하고, 다른 나라를 객으로 한 지혜의 큰 체계를——."

거기에서 야하기는 사레가 들렸다.

야마쿠라는 물을 달라고 할머니에게 말했다. 야하기는 물을 다 마시고 나서 한숨 돌렸다.

"미안하오. 처음 만난 사이인데 내가 흥분해 버렸군. 아무래도 학교 밖에서는 이런 이야기를 할 기회가 적어서. 지인이나 친구는 모두 관헌이나 관리뿐이라, 섣불리 이런 이야기를 하면 체재 비판이라고 받아들이거든. 정말이지 도량이 좁은 놈들뿐이오. 아니, 내 이야기만 해서 미안하오."

"아닙니다, 아닙니다, 한잔하십시오."

하며 야마쿠라는 술을 따랐다.

"참으로 부끄러운 이야기지만, 저는 장사를 하다가 실패해서 시골로 내려갈 참입니다. 이 다카토 군은 처자식도 있고 집도 있는데 생각하는 바가 있어서 혼자 은거해서 살고 있는, 세상을 버린 사람이에요. 그래서 시간은 얼마든지 있습니다. 그건 그렇고 야하기 님쯤 되시는 분이 이렇게 마음을 기울이고 있는 것을 보면, 그 이노우에 선생님이라는 분은 자못 훌륭한 분이시겠군요."

"훌륭하다고 할까. 뭐, 성실하지요."

"고지식한 분입니까?"

"아니, 그런 사람은 아니오. 빈틈이 없고 무슨 일에나 이치를 따지고, 이치에 맞지 않는 것은 인정하지 않는, 그런 부분은 있지만 그렇다고 해서 고집스러운 석두인 사람은 아니오. 그 반대지요. 이치에만 맞으면 생각도 바꾸고, 그런 의미로는 유연하다오. 소견이 좁은 주제에 결코 남의 이야기를 들으려고 하지 않는 어리석은 자들과는 달라요. 당신들은——그, 곳쿠리 씨[狐狗狸さん][155]라는 것을 아시오?"

"곳쿠리 씨라고요?"

그것은 점술의 일종일 것이다.

어떻게 하는 것인지는 모르지만, 이야기는 들은 적이 있다. 언제였는지는 잊었지만 하는 모습을 본 기억도 있는 듯한 기분이 든다. 아내나 어머니가 하고 있었을지도 모른다. 그야말로 부녀자가 좋아하는 미신 종류일 것이다.

내가 그렇게 말하자, 야하기 씨는 바로 그렇다고 말했다.

"당신의 말대로 미신이오, 미신. 하지만 다카토 군. 누구나 그렇게 생각해 준다면 좋겠지만 믿는 사람도 있다오. 그게 유행한 시기는 오륙 년이나 전의 일인데, 어느 집에서나 하고 있었소. 대나무 세 개를 조합해서 다리를 만들고, 쟁반을 올려놓아 테이블을 만드는 거요. 거기에 손을 올려놓고 영혼을 부르지요."

"영혼——이라고요?"

"영혼이라고 하더군요."

하고 야하기가 말한다.

---

155) 서양의 테이블 터닝(Table-turning)에 기원을 둔 점술의 일종. 일본에서는 통상 여우(곳쿠리)의 영혼을 불러내는 행위라고 믿어지고 있으며, 참가자 전원이 "곳쿠리 씨, 곳쿠리 씨, 나와 주세요."라고 부르면 여우의 혼을 불러내어 궁금한 것을 물을 수 있다고 한다.

"뭐, 영혼이 있는지 없는지는 그야말로 알 수 없는 일이오. 증거가 없지. 있다는 증거도 없고, 없다는 증거도 없소. 하지만 곳쿠리 씨를 믿는 사람은 영혼이라고 믿어 의심치 않는다오. 그게 문제요. 의심하지 않는다는 것은 생각하지 않는다는 뜻이거든. 생각하고 생각한 끝에 그렇다고 판단하는 것이라면, 설령 틀렸다 하더라도 이치는 세울 수 있지. 그렇다면 그러고 나서는 그 이치가 옳은지 아닌지를 알아보면 된다는 뜻이 되겠지요."

"그렇긴 하지만."

아무래도 상관없는 일이다.

"미신이지 않습니까."

"그렇지 않다면 어쩌겠소?"

"하아."

그가 무슨 말을 꺼낼지 짐작도 가지 않는다.

"만일, 만일 말이오. 정말로 영혼이 내려왔다고 하면 어쩌겠소? 그게 증명되었다면, 그거야말로 처음부터 다시 생각해 보아야 하게 될 거요. 영혼은 있다, 그것은 대나무와 쟁반으로 불러낼 수 있다, 그것이 진리라면 그것을 기본으로 다시 생각해 나가지 않으면 다른 이치가 성립할 수 없겠지요."

"뭐, 그렇긴 합니다만."

그래서 선생님은 실험을 하셨다고 야하기는 말했다. 무슨 실험이냐고 물으니 그 곳쿠리인가 하는 것이라고 대답했다.

"그, 으음."

"강령 실험을 하셨소. 선생님은 불가사의 연구회라는 모임에 참가하고 계시거든요."

"그건 또 —— 특이하시군요."

"그렇겠지. 그렇게 생각할 거요. 뭐, 특이하다는 말을 들을 법도 하겠지. 하지만 선생님은 매우 진지하시다오. 매우 진지하게 특이한 일을 하시는 분이오. 뭐, 아무래도 상관없는 일이라고 생각되는 것도 내버려두지를 못하시는 게지. 작은 흐트러짐이 신경 쓰이는 분인 거요. 뭐, 별로 말하고 싶지는 않지만 내가 선생님을 알게 된 계기도 이 불가사의 연구회가 있었기 때문이라오."

"불가사의한 사람들끼리 만난 것입니까."

야마쿠라가 그렇게 말하자, 그렇게 말할 거라고 생각했기 때문에 말하고 싶지 않았던 거라며, 야하기는 씁쓸한 얼굴을 했다.

"뭐, 맞는 말이기는 하지. 어떤 사건에 대해서 의견을 여쭈러 간 것이 애초의 시작이거든. 뭐, 그 얘기는 됐소. 선생님은 작년에 요괴 연구회라는 모임도 만드셨소."

"요괴."

내가 요괴란 무엇이냐고 물으니, 야하기는 미망(迷妄)이라고 바로 대꾸했다.

"미망이라고요?"

"뭐, 쉽게 말하자면 미신, 귀신, 그런 것이지. 십오 년 전에 야마쿠라 군네 학생들이 의문으로 생각하고, 유라 선생님이 일축했던 것에 대해서도 제대로 생각해 보자는 모임이오."

"요괴에 대해서 말입니까."

"요사할 요(妖)에 괴이할 괴(怪)라고 써서 요괴요. 그래서 요괴학이라고 하지."

"요괴 —— 학이라고요?"

"그래요. 그 연구회요. 뭐, 철학관에서도 요괴학 강의는 이루어지고 있소. 흥미가 있다면 와 보시오. 학비가 여의치 않다면 관외원(館外員)도 될 수 있다오."

"관외원——이라는 것은."

"교외생(校外生)이오. 다니지는 않아도 '철학관 강의록'을 읽으면 되거든."

"예에. 읽으면 알 수 있습니까?"

"알 수 있지요. 모르면 생각을 하시오. 생각하고, 알 때까지 읽으시오. 그런 것을 배운다고 부르는 게 아니겠소? 이렇게 말하면 아무래도 점잔 빼는 것처럼 들리지만, 배우는 것은 즐거운 일이라오. 뭐, 딱딱하기만 한 것은 아니라는 거지요. 이노우에 엔료(圓了) 선생님은."

야하기는 처음 길가에서 보았을 때와는 딴판으로 매우 기분이 좋아져서, 그 후에는 불가사의 수사의 무용담 같은 것을 들려주며 즐겁게 술을 마셨다.

너무 많이 마셔서, 어떻게 사는 곳까지 돌아왔는지 전혀 기억나지 않는다. 과연 야마쿠라가 데려다준 것인지, 혼자서 돌아왔는지도 확실하지 않다. 혼고에서는 꽤 멀리 떨어져 있으니, 만일 데려다준 것이라면 야마쿠라도 이 한적한 집에서 묵었을 것이다. 그렇지 않다면 어떻게든 혼자 힘으로 돌아온 것이다.

눈을 떠 보니 이미 서녘 해가 비치고 있었다.

다행히 숙취 기미는 없었다.

얼굴을 씻고 입을 헹구고 나니 상쾌해지기는 했지만 식욕은 생기지 않아 침상으로 돌아가서 그냥 앉아 있었는데, 그러다가 정체를 알 수 없는 초조감에 사로잡혔다.

야하기의 이야기를 들었기 때문일 것이다.

아무것도 하지 않는 자신이 싫어진 것이다.

그렇다고 해서 어떻게 할 수도 없다. 이야기할 상대도 없다. 내가 원해서 혼자 살고 있는 셈이니, 이것은 어쩔 수 없다.

그 철학관인지 뭔지에 가 볼까 하고 문득 생각했지만 그만두었다. 분수에 맞지 않는다.

나라니 사상이니, 그런 대단한 것에 관여하고 싶지 않다. 철학이 무엇인지 알 리도 없지만, 틀림없이 내가 다 끌어안을 수 없을 만큼 커다란 것일 것이다.

요괴——라고 했었나.

귀에 익지 않은 말이지만, 야하기는 귀신이나 미신 같은 것을 말하는 거라고 했었다. 그렇다면 내 키에 맞는 듯한 기분도 든다. 꽃대만 올라오고 전혀 뿌리를 내리지 못하는 나는 귀신 같은 존재다.

강하게 비쳐들던 서녘 해가 약간 약해지기 시작했을 무렵, 간신히 결심이 섰다.

——조당에 가 보자.

그렇게 결심한 것이다.

해가 지기 전에 가야겠다고, 그렇게 생각했다.

근처 책방에 가는 것뿐인데 대단한 결심도 다 필요하구나 싶어 기가 막히지만, 한 가지를 보면 다른 것도 짐작할 수 있듯이 나는 이런 식이다.

어스름이 내리기 전, 어중간한 시간에 집을 나섰다.

느릿느릿 걸어서 십오 분 정도 걸린다. 날이 어두워지기 전에 등대 같은 건물에 도착했다.

가게 앞에는 인력거가 세워져 있고, 돌에 걸터앉은 인력꾼이 담배를 피우고 있었다.

먼저 온 손님이 있는 모양이다.

인력꾼이 다른 데를 보고 있기에 그대로 앞을 지나쳐, 조(弔)라는 글자 하나가 적혀 있는 발을 지나 문을 열었다.

문 옆에 사환인 시호루가 하는 일도 없이 우두커니 서 있었다. 안은 어둡다. 문이 열린 것을 알아차리지 못했을 리도 없다. 그런데도 어서 오시라는 말조차 하지 않는다. 얼굴도 돌리지 않는다. 평소와 분위기가 다르기에 나는 작은 목소리로 물었다.

"무슨 일이냐, 손님이 계시는 게냐?"

"아, 다카토 나리셨습니까. 인력꾼인 줄 알았습니다. 아니, 손님도 보통 손님이 아니라 대단한 분이십니다."

시호루는 그렇게 말했지만, 당사자인 사환의 태도 이외에는 별다른 기색은 없었다.

계산대에는 주인이 있고, 그 앞에 손님이 앉아 있다. 늘 내가 앉는 허술한 의자다.

주인은 곧 이쪽을 보았다.

"아, 다카토 님이십니까. 잘 오셨습니다."

"아니, 바쁘십니까. 그럼 나중에 다시 올까요."

"상관없소."

귀에 익지 않은 목소리가 울렸다. 먼저 와 있던 손님이 말한 것이다.

"손님은 소중히 해야지."

"아니, 그, 저는."

"뭐, 나는 손님이 아니오. 이 남자한테 상의할 것이 있어서 온 것이니. 당신이 손님이라면 그쪽을 우선해도 상관없소."

난폭한 말투다.

"아니, 손님은 손님이십니다만."

우물거리고 있는 이쪽의 기분을 알아차렸는지, 주인이 웃으며 말했다.

"뭐, 저분은 손님이기는 하지만 단골손님이라, 각하의 용건을 먼저 여쭈어도 딱히 상관없을——것 같습니다. 물론 다른 사람에게 들려주기 곤란한 일이라면 이야기는 다르겠습니다만."

"호오, 이런 가게에도 단골손님이 있다니 놀랍군. 뭐, 내 쪽은 숨길 것이 없으니 들려주어도 상관없는 일일세."

"그렇다면 다행입니다."

"딱히 다행인 이야기는 아니네만. 각하라고 부르지 좀 말게. 나는 그런 대단한 사람이 아닐세. 그냥 도움 안 되는 인간이지."

주인은 쓴웃음을 짓고, 그러고 나서 허락이 내렸으니 거기 계십시오, 하고 말했다. 시호루의 얼굴을 살피니 역시 아직 굳어 있다.

갑자기 흥미가 생겼기에, 한 발짝 안으로 들어가 문을 닫고 손님 옆으로 다가갔다.

난폭한 말투에서는 상상도 할 수 없는, 훌륭한 옷차림의 신사였다. 굳이 말하자면 가냘픈 부류이겠지만 훨씬 더 커 보인다. 품격이 있는 것이다. 은발을 뒤로 빗어 넘겼고, 노인이기는 하겠지만 피부에는 아직 탄력이 있다.

신사는 이쪽을 언뜻 보고, 이 가게의 단골손님이라, 미안하지만, 하고 말했다.

"이분은 누구신가."

"이쪽은 다카토 님이라고 합니다."

"다카토라."

신사는 다시 한 번 이쪽을 향했다.

"자네, 다카토라면 혹시 그 다카토의 아들인가."

그 다카토라고 해도 어느 다카토인지 알 수가 없다.

"하타모토 다카토의 아들이냐고 묻고 있는 걸세."

"아, 네. 그 다카토입니다."

"이거 놀랍군. 자네 집은 하타모토인 주제에 재산가이고 돈도 있어서 나와는 인연이 없었네. 이쪽이 빌리고 싶을 만큼 돈이 많았으니, 내버려두었지."

"예에."

무슨 말인지 전혀 모르겠다.

아버지를 아십니까, 하고 묻자 그야 알지, 라고 말했다.

"다카토 님. 이분은 도쿠가와 가문의 군사 총재를 맡고 계셨던 가쓰 님이십니다."

"가쓰라면——."

그 이름은.

"가, 가쓰 아와노카미[安房守] 님이십니까."

가쓰 가이슈[勝海舟][156]다.

두세 발짝 물러났지만 어떻게 할 수도 없고, 무릎 꿇고 머리를 조아리는 것도 묘해서 그저 머리를 숙이며 다카토입니다, 하고 말했다.

---

156) 1823~1899. 일본의 무사, 정치가. 본래의 이름은 가쓰 요시쿠니이며 메이지 유신 이후 개명하여 가쓰 야스요시라고 하였다. 가이슈는 호이며, 아와 지방의 수령(카미)이었기 때문에 가쓰 아와노카미라고도 불렸다. 막부 말기의 3대 막신(幕臣) 중 한 명이다.

"이보게, 시대에 뒤떨어진 소리 하지 말게. 이미 아와노카미가 아닐세. 지금은 야스요시[安芳]라고 하지. 바보라고 쓰고 야스요시라고 읽네. 같은 바보라도 카미는 붙지 않아.[157] 그냥 은퇴한 노인일세."

"아니, 그."

가쓰는 쇼군을 설득해 무력충돌 없이 에도 성에 입성하는데 결정적인 공을 세운, 메이지 유신의 공로자다.

막부가 와해된 후에는 막부의 신하였음에도 불구하고 신정부에 가담해, 지금도 추밀고문관을 맡고 있는 걸물(傑物)이다. 가난한 전(前) 막부의 신하들에게 아낌없는 원조를 계속하고 있다.

시호루의 말대로, 확실히 높으신 손님이다.

"왜 그러나. 잡아먹지는 않네."

"아니, 그, 뵙게 되어 영광입니다."

내가 그렇게 말하자 가쓰는 눈초리를 내리며, 이 남자는 소인배로군, 하고 말했다.

"당연한 태도라고 생각하는데요. 가쓰 님도 사람이 나쁘시군요."

"뭐, 사람은 나쁘지. 히카와(氷川)에 틀어박혀 쓸데없는 졸문(拙文)만 휘갈기고 있는, 될 성싶지도 않은 허풍쟁이이니."

"하지만 추밀고문관이시지요. 게다가 백작이기도 하시니, 민간인이 황송해하는 것도 어쩔 수 없는 일일 겁니다."

켁, 하고 가쓰는 코웃음을 쳤다.

"수밀인지 수박인지[158] 모르겠지만, 나는 몇 번이나 그만두고 싶다고 말했네. 애초에 참의 때도 원로원 때도, 앉아서 도장만 찍고 있었

---

157) 安房는 '아호'라고도 읽는데, '아호'는 일본어로 '바보'라는 뜻이다.

158) 추밀(樞密)은 일본어로 '스이미쓰'라고 읽는데, 이는 수밀도의 수밀(水蜜)과 발음이 같다. 이를 이용한 말장난으로 추밀-〉수밀(도)-〉수박이 된 것.

단 말일세, 시시한 노릇이지. 게다가 작위도, 딱히 받고 싶지는 않다고 말했네. 필요 없단 말이야. 하지만 이토 씨가 받아 달라고 하도 매달려서 말일세. 내가 너무 싫어하니까 자작에서 백작으로 올리더군. 귀찮아 죽겠네. 작위를 받을 때도 대리를 보냈을 정도일세."

"이런, 이런, 가쓰 님이 투덜거려서 격을 올리게 했다는 것이 한결같은 세평이던데, 그건 거짓말입니까."

웃기지 말라고 가쓰는 날카롭게 고함쳤다.

"남들만큼은 한다고 생각하는데 오 척도 못 되는 사 척이냐고[159] 말씀——하셨다고."

"오오. 내가 그렇게 말했지. 그러니까 그건 필요 없다는 뜻이었네. 그랬더니 멋대로 작위를 올리더군. 뭐, 내 얘기는 아무래도 상관없네. 이런 쓸데없는 수다를 떨려고 이런 음침한 가게에 온 게 아니야. 귀찮으니 서론은 생략하세."

"그러시지요."

주인의 태도는 평소와 전혀 다름이 없다.

가쓰는 일단 자세를 바로 하고, 그러고 나서 다시 주인을 향하더니,

"주인장. 자네 이노우에 엔료를 알고 있나."

하고 물었다.

나는 놀랐다.

"에, 엔료."

소리 내어 말하고 말았다.

"이보게, 뭔가. 자네 쪽은 알고 있나?"

"아니, 어제 우연히 소문을 들어서요. 그, 철학관의."

---

159) 사 척(四尺)의 일본어 발음은 '시샤쿠'로 이는 '자작(子爵)'과 발음이 같다.

횡설수설이다.

"그 철학관일세."

하고 가쓰는 말했다.

"어이, 조당 주인장. 자네도―― 원래 승려였지."

"이노우에 님과는 종파가 다릅니다."

"뭐, 염불이든 다이모쿠[題目]¹⁶⁰⁾든, 어느 쪽이든 석가교 아닌가."

"뭐, 그렇습니다. 저는 임제종(臨濟宗)¹⁶¹⁾이지만 이노우에 님의 생가는 아마 정토진종(淨土眞宗)이었던 것 같은데요."

"오오. 그렇다면 알고 있는 게로군."

"예. 히가시혼간지[東本願寺] 교사학교의 제일가는 수재라고 들었습니다. 학재(學才)가 지나치게 뛰어나서 급비유학생(給費留學生)이 되었고, 생긴 지 얼마 안 된 도쿄 대학 예비문에 들어가셨다고."

뭐, 머리는 좋아, 하고 가쓰는 말했다.

"조금 지나치게 딱딱한 데는 있고, 아직 풋내기이기는 하지만 생각하는 것은 옳네. 철학이라는 것을 하는 자는 비뚤어진 영감탱이나 세상을 삐딱하게만 보는 이상한 놈이거나 둘 중 하나일 거라고, 그렇게 생각하고 있었네만. 뭐, 미숙한 젊은이지."

"가쓰 님은 만나보신 적이 있는지요."

"아아. 불렀네."

"왜요?"

재미있을 것 같았거든, 하고 가쓰는 말했다.

"재미있다고요?"

---

160) 일련종(日蓮宗)에서 외는 '나무묘법연화경(南無妙法蓮花經)'의 일곱 글자.
161) 중국 당나라의 고승 임제의 종지(宗旨)를 근본으로 하여 일어난 종파.

"음. 이 다카토의 말대로, 놈은 철학관이라는 사숙(私塾)을 만들었네. 철학관이라는 것은 어느 모로 보나 딱딱하지. 어차피 어쩌고저쩌고하는 서양의 억지 이론을 가르치는 게 아닌가 했는데."

"뭐, 실제로 도쿄 대학의 철학과에서는 칸트나 스펜서를 가르치고 있으니까요. 시기적으로 엔료 님은 페놀로사에게서 가르침을 받으신 것이 아닐까요."

야하기도 그런 말을 했었다.

"하지만 철학은 서양철학만이 철학이 아니지 않습니까. 같은 이노우에라도 이노우에 데쓰지로 선생님은 도쿄 대학에서 동양철학을 가르치고 계십니다. 엔료 님이 재학하셨을 때는 이미 교편을 잡고 계셨을 텐데요."

"그쪽의 이노우에는 아무래도 상관없네."

"아무래도 —— 상관없습니까?"

"그쪽은 교수가 아닌가. 그렇다면 뭐든지 할 수 있겠지. 높은 봉록을 받고 있으니, 실컷 여기저기 물어뜯어 주면 그걸로 충분하네. 내가 상관할 필요는 없지. 잘리는 게 무섭다면 그뿐이지만, 철학을 하고 있다면 그런 물건도 아닐 테지."

"이노우에 데쓰지로 선생님은, 소위 말하는 체제 측에 서 있는 도덕주의자이실 겁니다."

쓸데도 없는 것을 잘 알고 있군, 이 녀석은, 하고 가쓰는 싫다는 듯이 말했다.

"체제 측이라는 말은 마음에 들지 않네만 뭐, 그렇겠지. 그러니까 그쪽의 이노우에에게는 그다지 흥미가 없네."

"엔료 님께는 —— 있으시고요?"

"있지. 그놈은 똑똑하고 빌어먹게 성실하지만, 일종의 바보라고도 생각하거든."

이런, 이런, 하며 주인은 눈썹을 찌푸렸다.

"이번에는 바보입니까."

"바보겠지. 뭐, 나도 바보니까 잘 안다네. 그놈은 바보야. 하지만 말하는 것은 지극히 납득이 가는 내용일세. 스님이라고는 생각할 수 없어."

"출가하시지는 않았지 않습니까."

"하지 않았어도 불가(佛家)일세. 석가의 제자들이 아닌가. 마찬가지 겠지."

마찬가지입니다, 하고 주인은 말했다.

"스님한테서는 말향(抹香) 냄새가 난단 말이야."

"저도 그렇습니까?"

자네한테는 곰팡내가 난다고, 가쓰는 웃으며 말했다.

"엔료는, 지옥도 극락도 없다고 하네."

"호오."

"그런 것은 그냥 협박이라고 지껄이고 있네. 대단하지 않은가. 지옥도 극락도 없고 부처도 없다고 말하는 스님은 만난 적이 없어. 그렇게 말하는 건 방편이라는군."

"뭐, 방편이겠지요."

"방편이란 거짓말이라는 뜻이지 않나. 불가는 그런 거짓말로 뭉쳐져 있으니 사람들이 염세교라며 싫어하는 거라고 말하지 뭔가. 그런 말을 하면 스님들이 싫어할 테지."

"뭐 ── 그렇겠지요."

"진정한 불교는 다르다는 거야. 어떻게 생각하나, 다카토 씨."

"글쎄요."

"스님이, 부처 따위는 없다, 정토고 뭐고 거짓말이라고 하면 놀라지 않겠나?"

"노."

놀랄 겁니다, 하고 대답했다.

불교에 대해서도 자세히 알고 있는 것은 아니다. 다만 염불을 외거나 다이모쿠를 외거나 하는 일이 신심이라는 것은 알고 있다. 예를 들어 정토종은 정토 없이는 성립하지 않을 거라고도 생각한다.

"그는 그게 방편이라는 걸세. 그런 것이 실제로 있을 리가 있느냐는 거야. 뭐, 없겠지. 그럼 없는 것이냐 하면, 없지만 있다고 하네. 그 부분을 이해하지 않고서는 본래의 신앙 같은 것은 불가능하다는 거야. 신심이란 믿는 마음이 아니라, 마음을 믿는 거라고 하는군. 그냥 무작정 믿을 뿐이라면, 그건 그냥 망신(妄信)이다, 미신이라는 걸세. 진정한 신심을 갖기 위해서는 이치를 알아야 한다고 지껄이고 있네. 이치를 알고 미신을 버리기 위해서는 철학이 필요하다, 뭐 이런 논리겠지."

"과연 그렇군요."

주인은 감탄한 듯이 말했다.

가쓰는 눈을 가늘게 떴다.

"어이, 어이, 어이, 조당 주인. 자네, 알고 있는 게 아닌가. 그렇다면 일일이 이야기하게 하지 말게. 자네라면 엔료의 강연록 정도는 읽었겠지."

예, 읽었습니다, 하고 조당 주인은 정중하게 대답했다.

"이놈, 삼십 년 전이었다면 베어 죽였을 거야."

가쓰는 허리에 손을 댔다.

"유감스럽게도 뽑을 칼이 없군."

"아뇨, 엔료 님의 생각은 어느 정도 알고 있지만, 가쓰 님이 그중 어디에 감탄하신 것인지는 몰라서 그냥 듣고 있었습니다."

"흥. 뭐, 좋네. 나는 딱히 스님이 어떻든 불교가 어떻든 상관없네만, 엔료는 외국에 가서 견문을 넓히고 왔단 말일세. 폐불훼석으로 불교는 덜그럭거리고 있지 않은가. 그걸 다시 세우기 위해서 외국에 나갈 리가 있겠나?"

확실히 의미가 없는——것도 같다.

"저희 절도 폐불훼석으로 없어졌습니다."

"그랬지."

폐불훼석 이야기는 야하기도 했었다.

"뭐, 정부가 그 정책을 채택한 것은 딱히 절이 미워서도 스님이 미워서도 아니네만."

"예. 본말(本末) 제도는 막부의 체제와 깊이 관련되어 있었으니까요 ——그렇다기보다 그것은 어떤 의미로 막부를 위해서 만들어진 구조이기도 했던 셈이고, 일단 파기한다는 건 이해할 수 있습니다."

"알고 있군. 뭐, 그때까지 신사(神社)는 절보다 하위에 놓여 있다고 생각하고 있었겠지. 처음에 일부 신직에 있는 자들이 난리를 쳤으니까. 스님이 미우면 어쩌고[162]를 실제로 실천한 셈이지. 게다가—— 뭐, 천황의 뜻을 받들고 있다는 명분도 있었지, 관군에는."

---

162) '스님이 미우면 가사까지 밉다'는 일본 속담. 어떤 사람을 미워한 나머지 그 사람에 관련된 사물 전체를 미워하게 된다는 뜻.

알고 있습니다, 하고 주인은 말했다.

"비단 깃발[163]을 내건 것은 관군만이 아니었다는 말씀이시지요."

절 쪽에는 색깔이 빠진 아욱 문장[紋章][164]이 붙어 있었네, 하고 가쓰는 말했다.

"그런데 엔료는 그 시책 자체를 비난하지는 않네. 구시렁구시렁 불평하지는 않아. 그게 대단한 걸세. 대단하다고 할까, 분수를 알고 있네. 그런 쓰라린 체험을 하게 된 것은 오로지 절이 옳지 않았기 때문이라는 거야. 승려가 진정한 불교 신자가 아니므로 규탄당하는 거라고, 그들이 진정한 불교 신자였다면 이런 폭거는 일어나지 않았을 거라고 하네. 그 점만 고치면, 이 나라의 불교는 다시 일어날 거라는 걸세. 그래서——해외 시찰을 간 것이지. 어째서라고 생각하나, 다카토 씨."

모르겠습니다, 라고 솔직하게 대답하자 소인배로군, 이라는 말을 또 들었다.

"모르더라도 허세라도 한번 부려 보면 어떤가. 엔료는 국가의 존재 방식, 종교의 존재 방식, 국민의 존재 방식을 보러 간 걸세. 그리고 배워 왔네. 뭐, 나도 미국에 갔었고, 요즘은 해외 시찰을 하는 놈들이 많지만, 대개는 압도되어서 돌아오지. 열등감 덩어리처럼 되어 버리거나, 그렇지 않으면 엄청나게 감탄해서 그냥 흉내 내라, 흉내 내라 이렇게 되지. 그게 상투적이야. 하지만 엔료는 달랐네."

"그렇습니까?"

그것에 대해서는 모릅니다, 하고 주인은 말했다.

---

163) 붉은 비단에 해와 달을 금은으로 수놓은 관군의 기.
164) 도쿠가와 가의 가문(家紋).

"그래? 엔료는 영국 흉내를 내라, 독일 흉내를 내라, 그런 말은 하지 않네. 어느 나라에나 좋은 점도 나쁜 점도 있다는 것이지. 좋은 점은 흉내 내도 되지만 나쁜 점까지 흉내 낼 것은 없다는 거야. 뭐, 맞는 말일세. 물론 일본에도 좋은 점은 있네. 그저, 이 일본의 안 좋은 것은 일본이려고 하지 않는 점이라고, 이렇게 말하는 걸세."

"일본이려고 하지 않는다니."

"남의 흉내는 잘 내지만 자기 것으로 만들지 못한다는 걸세. 형태만 빌려와서 그걸로 납득해 버리는 거야. 그러니까——."

"일본을 주인으로 하고, 외국을 손님으로 한다는—— 겁니까."

취한 야하기가 그런 말을 했었다.

그래, 그 말대로일세, 하고 가쓰는 큰 소리로 말했다.

"앞에서 한 말은 취소하겠네. 그냥 소인배는 아니었군, 자네. 뭐, 지금 다카토의 아들이 말한 대로일세. 자국의 나쁜 점은 고치고, 타국의 좋은 점은 배운다. 고치는 것도 배우는 것도 주체가 있어야 할 수 있지. 그 주체가 없으니 무엇이 옳고 무엇이 옳지 않은지 모른다는 걸세. 그러다 보니 나쁜 점까지 배우고 말지. 다른 나라에서는 그런 일은 없다는 거야."

나는 그 점이 마음에 들었다고 말하며, 가쓰는 무릎을 탁 쳤다.

"참으로 정론 아닌가. 이 나라에는 그런 자세가 부족하네. 불교계에도 부족해. 학자에게도 부족하지. 애초에 국민에게 부족하네. 나는 정치가가 아니니 나라의 존재 방식은 결정할 수 없지만, 국민을 계몽하는 것 정도는 할 수 있을지도 모른다. 국민이 모두 똑똑해지면 나라도 부유해질 것이다. 무엇보다 자국에 긍지를 가질 수 있다. 그런 것은 알고 있지만, 알고 있어도 좀처럼 입 밖에 낼 수는 없는 법이거든."

내 말이 틀렸나, 하고 가쓰는 말했다.

틀리지 않습니다, 하고 주인은 대답했다.

"그렇겠지. 그야, 그대로만 된다면 좋을 거야. 별로 부끄러워할 것도 없으니 외국의 덩치 큰 사내들 앞에서도 당당히 가슴을 펼 수 있지 않겠나. 안 그래도 이쪽은 작으니까, 등을 웅크리고 아래를 보고 있으면 우습게 여겨질 뿐이네. 하지만 어렵지. 그런 것은 꿈이 아닐까. 하지만 꿈이라도 괜찮네. 이루어지지 않기 때문에 꿈이지만, 꿈이라도 꾸지 않으면 대망은 이룰 수 없지. 그래, 그래, 그러고 보니 후쿠자와 녀석도 칭찬하더군."

"후쿠자와라면 —— 그 후쿠자와 유키치[福沢諭吉]$^{165)}$ 님을 말씀하시는 겁니까?"

"그래. 그자는 걸핏하면 나를 눈엣가시로 여겨서 비위에 거슬리지만, 뭐 꽤 훌륭한 책사고, 하는 일도 훌륭하네. 게이오 의숙[慶應義塾]$^{166)}$도, 별로 칭찬하고 싶지는 않지만 대단한 것일세. 삿초[薩長] 놈들보다 훨씬 나아. 그런 후쿠자와가 칭찬한 사람이니 말일세."

"그렇다면 —— 더더욱 바보가 아닌 게 아닙니까."

"나랑 후쿠자와 유키치, 양쪽에서 칭찬을 받다니 그게 바보가 아니면 뭔가."

---

165) 1835~1901. 일본의 무사, 저술가, 계몽사상가이자 교육자. 학교법인 게이오 의숙 [慶應義塾]의 창립자이며 전수학교(후의 전수대학), 상법강습소(후의 히토쓰바시 대학), 전염병연구소 창립에도 노력했다. 도쿄학사회원(현재의 일본학사원) 초대 회장을 맡기도 했으며, 이러한 업적 때문에 메이지 6대 교육가로 꼽히고 있다. 1984년부터 일본은행에서 발행하는 만 엔짜리 지폐의 표지 인물로 채택되었다.

166) 학교법인 게이오 의숙은 후쿠자와 유키치가 1858년에 연 난학(蘭学) 학원이 그 기원이다. 특히 게이오 의숙 대학은 일본에서 가장 역사가 깊은 대학 중 하나로 알려져 있으며, 상장기업 사장 배출 순위로는 오랫동안 1위를 차지해 왔고 세계 일류기업 500사의 CEO 배출 순위로는 도쿄 대학에 이어 일본에서 2위를 차지하고 있다.

가쓰는 소리 높여 웃었다.

"뭐, 그래도 말만 하는 거라면 누구나 할 수 있지. 하지만 엔료는 말만 하는 게 아닐세. 이노우에 엔료는 내각 서기관으로 채용하겠다는 권유를 거절했네. 뭐, 걸물이라는 소문은 윗분들에게까지 전해져 있었던 셈이네만, 엔료는 평생 재야에서 살겠다고 말했다더군. 서민들 속에 있으면서 국가에 헌신하고 싶다고. 점잔 빼는 데도 정도가 있지 말이야."

"과연. 가쓰 님이 좋아하실 만한 양반이군요."

조당 주인은 미소를 지었다.

"뭐, 바보일세. 바보에 애송이야."

"그 바보에 애송이를 저더러 어쩌라는 겁니까."

조금, 하고 말하며 가쓰는 몸을 앞으로 기울였다.

"그 애송이한테 지혜를 나눠주지 않겠나?"

"지혜——라고요?"

"그에게는 돈이 없네."

"금전을 꾸어 드릴 수는 없습니다. 제게도 없는데요."

"그런 것은 알고 있네. 보면 알 수 있는 일 아닌가. 하지만 철학관을 운영하는 데에는 돈이 필요하네. 나도 원조는 했지만, 충분하지는 못해. 그래서 그 바보에게 돈을 벌 방법을 가르쳐주고 싶은 걸세. 옳으니까 가만히 앉아 있어도 잘 될 거라니, 안이한 소리지. 옳아도 돈은 드네. 그렇다면 벌어야지. 엔료에게는 각오는 있지만 그런 지혜가 없어."

부탁하네, 조당 주인장, 하고 말하며 그 가쓰 가이슈가 머리를 숙였다.

"사흘 후에 직접 이곳으로 보내겠네. 그때까지 —— 방법을 궁리해 주지 않겠나?"

막부의 막을 내린 남자는 그렇게 말을 맺었다.

주인이 뭐라고 대답하기도 전에, 가쓰는 벌떡 일어섰다. 일어서니 더욱 커 보인다. 키가 큰 것도, 기골이 장대한 것도 아니고 그저 빼빼 마른 노인이지만, 위압감 같은 것이 있다. 자세도 좋다.

거물 —— 이라는 것이리라.

저도 모르게 정중하게 경례하고 만다. 이쪽은 소인배이니 이것은 어쩔 수 없다.

"잘 부탁드립니다."

말투를 정중하게 바꾸어 그렇게 말하고, 가쓰는 발길을 돌려 문으로 향했다. 여전히 경직해 있는 시호루 옆에 서더니, 전 해군경(海軍卿)은 한 번 돌아보고는 말했다.

"내가 온 것은 비밀일세."

가쓰가 떠나고 나서 한동안은 멍하니 있었다.

"정말이지."

주인의 목소리에 제정신으로 돌아온다. 보니 시호루는 기진맥진해 있었다.

"다짜고짜 밀어붙이는 양반입니다. 저는 맡겠다는 말도 하지 않았는데요."

어이없다는 말투다.

"가쓰 선생님과는, 그."

"아니, 가쓰 님의 검술 스승과 제게 선(禪)을 가르치신 스승이 동문이십니다."

별것 아닌 인연이지요, 하고 주인은 말했지만, 별것 아닌 정도가 아니라 이해할 수가 없다.

그 후, 시호루가 차를 가져오자 나는 차를 마시며 야하기 겐노신과 있었던 일을 한바탕 이야기했다.

가쓰는 이 가게의 차는 미지근하니 필요 없다고 거절한 모양이다.

주인은 왠지 즐거운 듯한 기색이 되어, 이층에서 '철학관 강의록'을 몇 권 가지고 내려왔다.

괜찮은 책을 대충 골라 왔다는 말로 미루어보아, 역시 전부 갖고 있는 것이다.

실제로 사람이 나쁜 것 같다는 생각도 든다.

나는 주인이 권하는 대로 그 책을 샀다. 이것을 사러 온 것이니 아무 불평할 일도 없을 테지만, 왠지 강매당한 듯한 기분이 든다.

나는 집으로 돌아와 강의록을 읽기 시작했다.

여름이 지난 후부터 신문체의 소설만 읽고 있었기 때문에 처음에는 문체가 하나하나 걸려서 진도가 나가지 않았지만, 그러다가 완전히 푹 빠졌다.

유감스럽게도 철학에 대한 지식이 깊어졌다고는 생각되지 않는다. 종잡을 수가 없다.

하지만 요괴학은 재미있다. 미신 같다고 느끼고 있던 것을 미신이라고 단언해 주니 가슴이 후련해지고, 그렇게 느끼고 있지 않았던 것을 미신이라고 잘라내 주니 눈이 번쩍 뜨이는 기분이다.

이튿날은 잠에서 깬 후 졸음이 올 때까지 줄곧 읽었다.

그 이튿날도 아침부터 밤까지 계속 읽어, 저녁 식사 전에 다 읽었다.

그날 밤은 잠이 오지 않았다.

뭔가 이것저것 생각하고 만다. 무엇을 생각하고 있었느냐고 하면 이것저것이라고밖에 말할 수가 없으니, 말하자면 두서없고 쓸데없는 생각을 하고 있었을 뿐이다. 이치를 세워 논리적으로 생각하려고 노력하고는 있었지만, 문제는 딱히 생각해야 할 것이라곤 아무것도 없다는 것이었다.

다만 생각하는 척을 하고 싶었을 뿐이다. 종국에는 수마(睡魔)가 덮쳐와, 이노우에 엔료 못지않은 무언가 엄청난 것을 생각해낸 듯한 기분으로 잠들었다.

일어나 보니 무엇을 생각해냈는지 깨끗이 잊어버린 상태였다.

생각해낸 것 따위는 없었던 것이다.

그래도 잠깐은 똑똑해진 듯한 착각에 빠져 있었다. 책을 읽은 것만으로 똑똑해질 리가 없다. 그런 이치가 어디 있느냐고, 평소대로의 얼빠진 자신을 되찾은 것은 오후의 일이었다.

그때——.

떠올랐다.

가쓰 가이슈가 사흘 후라고 한 것은 사흘 전의 일이다.

즉 오늘, 이노우에 엔료가 조당에 온다는 뜻이리라.

나는 서둘러 몸단장을 하고 조당으로 향했다.

간다고 어떻게 되는 것도 아니고, 가야 하는 이유도 찾을 수 없다. 생각 없이 집을 나서서, 걸으면서 머릿속을 정리하고, 간신히 나는 이노우에 엔료를 만나보고 싶다는 생각이 있는 거라는 사실을 깨달았다. 야하기 겐노신을 심취하게 하고, 가쓰 가이슈의 눈에 들고, 어리석은 자에게 똑똑해진 듯한 착각을 품게 하는 강의를 하는 인물의 얼굴을 한번 보고 싶어진 것이다.

서서히 걸음이 빨라지고, 잔걸음이 되고, 종내에는 달렸다.

올 시간을 모르니 서둘러 봐야 별수 없지만, 늦은 것 같다는 기분이 드는 것이다.

숨을 헐떡이며 말도 없이 문도 두드리지 않고 대뜸 뛰어들어가니, 안은 평소처럼 아무런 변화도 없다. 주인도 사환도 안쪽 계산대에 있다. 두 사람은 아무래도 차를 마시고 있는 것 같았다.

"어라, 다카토 님, 무슨 일이십니까."

"아니 ── 뭐요, 어찌 이렇게 느긋하단 말입니까. 오늘은 그."

"아하."

이노우에 선생님이 목적이시군요, 하고 주인은 말했다.

전부 다 꿰뚫어보고 있는 것 같다.

"아니, 말이 심하지 않습니까. 뭐, 흥미가 없는 것도 아니니 부정은 하지 않겠지만 ──."

다소 분하다.

"아니, 나는 손님입니다. 요전에 파신 강의록, 그건 전부 읽어 버렸소. 다른 것도 읽어보고 싶다는 생각이 들어서 사러 온 겁니다."

"이거, 사 달라고 억지로 강요한 것처럼 들리는데요 ── 만일 그렇다면 죄송한 일입니다. 돌려주시면 판매한 값과 같은 가격으로 도로 사겠습니다."

"심술궂은 소리 하지 마시오. 이미 읽어 버렸으니까 그걸 돌려주고 다른 책을 산다면 마치 대본소 같지 않소. 그보다 주인장, 아와노카미 님의 의뢰에 대한 방법은 궁리해 보았소? 느긋하게 차나 마시고 있는 걸 보니 이미 생각해 둔 거요?"

아니면 ── 이미 엔료는 왔다 가 버린 것일까.

아무 준비도 되어 있지 않습니다, 하고 주인은 말했다.

"하지만 부탁을 받았지 않소."

"예, 하지만 여기는 책방이니까요. 누가 오시든, 무슨 부탁을 하시든 여기에는 책밖에 없으니, 저는 책을 팔 뿐입니다."

태연자약하다.

"그야 그렇겠지만."

"달리 내놓을 수 있는 것은 차 정도인데, 가쓰 님이 그 차가 미지근하다고 하셔서 정말로 미지근한지 시호루에게 끓이게 하고 있던 참입니다."

"미지근하오?"

"미지근하군요. 게다가 맛이 없어요. 이런 것을 손님에게 내고 있었나 생각하면, 부처님께 죄송한 기분입니다."

"저는 그렇게 미지근하다고 생각하지 않습니다."

하고 시호루가 말한다. 나도 벌써 몇 번이나 마셨지만, 신경 쓰인 적은 없다.

어쨌거나 얼렁뚱땅 넘어간 것이다.

"엔료 님은 수십 분 정도 후면 오실 겁니다. 다카토 님은 물론 마음대로 계셔도 괜찮지만, 그분도 손님이시니 너무 실례가 될 만한 언동은 삼가 주시기 바랍니다."

"그건 잘 알고 있소."

그렇게 대답은 해 보았지만, 왠지 하찮게 대해지고 있는 듯한 기분이 들지 않는 것도 아니다. 이곳 주인에게 변명이고 뭐고 효과가 없을 거라는 사실은 이미 알고 있었지만.

숨겨도 속여도 소용없다.

호기심에 사로잡혀, 그저 그것 때문에 볼일도 없는데 달려오고 말았다는 것이 진실이고, 그렇다면 나는 무스메기타유를 쫓아다니는 어쩌나 놈들과 다를 바가 없는 것이 된다. 그렇다면 어쩌나 어쩌나 하고 야단법석을 떨지도 모른다고 주인이 걱정해도 어쩔 수 없는 일이다. 그렇게 생각하면 우울해진다.

멀거니 있자니, 정말로 십 분 정도 후에 문을 두드리는 소리가 났다. 시간에 정확하다는 이야기는 사실인 모양이다.

시호루가 기다리고 있었다는 듯이 문을 열었다.

"여기가 서루조당 맞습니까. 저는 아카사카의 가쓰 선생님 소개로 온 이노우에라고 합니다만."

말씀 전해 들었습니다, 하고 주인은 대답했다. 마중을 나가지는 않고 계산대에 앉아 있다.

"서점이라고 듣고 왔습니다."

책방입니다, 자, 안으로 드시지요, 하고 시호루는 말한다. 의아한 듯이 들어온 자는 몹시 말쑥한 인물이었다.

검은 양복에 줄무늬 넥타이를 매고 손에는 스틱과 모자를 들고 있다. 비교적 뻣뻣해 보이는 머리카락을 짧게 잘랐고, 훌륭한 콧수염도 잘 손질되어 있다.

여기저기 두리번거리는데, 입가는 시옷자로 다물어져 있다. 표정은 몹시 딱딱하지만 불쾌한 기색은 보이지 않는다. 불쾌하기는커녕 붙임성마저 느껴진다. 애교가 있는 그 커다란 눈 때문일지도 모른다.

긴장하고 있는 것이리라.

엔료는 들어오자마자 좌우를 보고, 그러고 나서 천장까지 뚫려 있는 위를 올려다보더니 후우, 하고 커다랗게 숨을 내쉬었다.

"이것은——."

다시 한 번 한 바퀴 둘러본다.

"훌륭하군요."

이곳을 처음 찾아온 사람은 하나같이 이런 반응을 한다.

달리 말이 나오지 않는 것이다. 놀라고, 바라보고, 감탄한다. 그것이 보통이다.

엔료는 그러나 곧 커다란 눈을 번득이며 책장으로 다가가 물색하기 시작했다.

뭔가 중얼중얼 중얼거리고 있다.

이동은 몹시 느렸지만, 눈동자는 격렬하게 위아래로 움직이고 있다. 책의 이름을 쫓고 있는 것이다. 가끔 멈추어, 얼굴을 가까이하고는 들리지 않을 정도의 목소리로 뭔가 말한다. 그대로 막다른 데까지 나아가는가 싶더니, 엔료는 한 칸쯤 나아간 곳에서 입구까지 성큼성큼 되돌아갔다. 어쩌려는 것일까 싶어 보고 있자니, 얼굴의 각도를 바꾸어 다시 같은 일을 한다.

꼼꼼하게 한 단씩 확인하고 있는 것이다. 다음에는 어떻게 할지 신경이 쓰인다.

같은 데까지 나아갔다가 다시 되돌아가, 이번에는 약간 아래를 보며 나아간다. 한 권도 놓치지 않겠다는 태도다. 하지만 이 가게에 놓여 있는 책을 전부 확인하는 것은 불가능할 것이다. 설마 그러려는 것일까, 그렇지 않다면 어쩌려는 생각일까——.

정신이 들어 보니 마음속으로 어쩌나 어쩌나 하고 있다. 무스메기 타유 신자와 똑같다. 아마 같은 어쩌나라도 어떻게 한다는 의미가 다르겠지만, 약간 납득이 갔다.

정확하게 한 간 다섯 단어치의 책장을 확인한 시점에서 엔료는 자세를 바로 하고 주인 쪽을 향했다.

"대단합니다."

몸 둘 바를 모르겠습니다, 하고 주인은 말했다.

"저도 책에 둘러싸여 있습니다. 또 공사(公私) 불문하고 문고, 서고도 많이 보아 왔지요. 대학에도 책은 많이 있고요. 하지만 이렇게 많은 양의 책을 본 것은 처음입니다. 용케도 이렇게 많이 모으셨군요."

"팔 물건입니다."

"그렇게 듣고 왔습니다. 가쓰 선생님은, 자네에게 도움이 될 책이 분명히 있을 테니 꼭 가 보라고 하셨습니다. 분명히, 있겠지요. 하지만 이것은──."

살 수 없습니다, 하고 말하며 엔료는 눈썹을 찌푸렸다.

"저런."

주인은 스윽 일어선다.

"마음에 들지 않으십니까."

그 반대입니다, 하고 엔료는 대답했다.

"마음에 들지만 살 수 없습니다. 이유는 두 가지입니다. 첫 번째는 이렇게 많은 책을 전부 열람하고, 필요한 책을 골라내는 일이 불가능하다는 것입니다. 물론 시간을 들이면 못 할 것은 없겠지만, 단시간이라는 조건을 붙인다면 불가능합니다. 완수하려면 며칠이나 걸리겠지요. 실제로 이 한 모퉁이만 해도, 제가 갖고 싶은 책은 여섯 권이나 있었습니다. 하지만 이 앞에도 더 갖고 싶은 책이 있을지도 모르지요. 그걸 찾아낸다고 해도, 또 더 있을지도 모르고요. 보지 않은 곳에 더 필요한 책이 있을 가능성은, 결코 지울 수 없지 않습니까."

끝이 없습니다, 하고 엔료는 말했다.

"그렇다고 해서 갖고 싶은 책을 발견한 순서대로 살 수도 없습니다. 왜냐하면, 필요한 책을 전부 살 수 있을 만한 돈을 저는 갖고 있지 않기 때문입니다. 이 단계에서 작업을 멈춘다고 해도, 이미 여섯 권을 사게 되겠지요. 하지만 이 한 모퉁이만 해도 여섯 권이 있으니, 같은 비율이라고 가정한다면 이 높이보다 아래, 이쪽 벽면의 그 부근까지 아흔 권은 있다는 계산이 나옵니다."

엔료는 스틱 끝으로 가리킨다.

"게다가 반대쪽에도 책은 그만큼 있어요. 백여든 권입니다. 그 높이보다 위에도 책장은 이어져 있고, 아무래도 이층도, 그리고 그 위도 있는 것 같군요. 입구 좌우에도 책장은 있고, 대 위에도 책은 쌓여 있어요. 주인장이 계시는 계산대 뒤도 서가(書架)로군요. 건물의 구조를 파악하지 못했으니 정확하게는 말할 수 없지만, 예상되는 구입 권수는 이백이나 삼백으로는 끝나지 않을 거라는 계산이 나오겠지요. 가격까지는 모르니 총액은 계산할 수 없지만, 아무리 싸도 제 재력으로 장만할 수 있는 게 아닌 것만은 틀림없을 겁니다. 그렇게 되면 역시, 더욱 고르지 않으면 살 수 없다는 뜻이 되겠지요. 선별하기 위해서는."

갖고 싶은 책을 전부 알아두어야 합니다, 하고 엔료는 말했다.

"전부를 열람하고, 골라낸 책에 순위를 매기고, 높은 순서대로 예산이 허락하는 범위에서 구입하는 것이 가장 효율적입니다. 하지만 그렇게 하면 또 최초의 문제로 돌아오고 말아요. 전부를 열람하고 필요한 만큼을 추출하는 것은 단시간에는 불가능합니다. 이게 이유 중 첫 번째입니다. 두 번째는."

엔료는 거기에서 책을 한 권 뽑아들었다.

"저는 이 게오르크 헤겔의 'Enzyklopädie der Philosophischen Wissenschaften' 3부작 중 1권, 소논리학을 소지하고 있지 않습니다. 나머지 두 권은 갖고 있고요. 저는 이 한 권만 사고 싶습니다. 하지만 제가 이걸 사 버리면—여기에는 제2부 자연철학과 제3부 정신철학 두 권이 남게 되지 않습니까."

그러면 안 됩니까, 하고 주인이 물었다.

"안 되지요. 이 책은 아무 데나 있는 게 아닙니다. 이 책을 찾는 사람은 당연히 1부부터 읽고 싶어 하겠지요. 우연히 2권만 갖고 싶다거나, 3권만 마음에 들었다거나, 그런 사람이 연달아 이곳에 올 확률은 현저하게 낮다고 생각할 수 있소."

"뭐, 생각하기 어렵겠지요."

"그렇다면 제가 이 책을 사는 것은 삼가는 게 좋겠지요."

"이노우에 님도 갖고 싶으신 게 아닙니까."

"저는 소지하고 있지는 않지만, 내용은 알고 있습니다. 그러니 제가 이걸 소유하는 데에 큰 의미는 없어요. 다시 읽어볼 수 있다는 것뿐입니다. 깊이 이해하고 고찰을 쌓기 위해서 재독, 삼독하는 것은 의의 있는 행위이지만, 새롭게 이 책을 읽고 이해하려는 사람이 있다면 그걸 방해하는 행위는 삼가야 합니다. 한 사람이라도 많은 사람에게 읽히는 것이 이 나라를 위해서 도움이 될 거예요."

자세를 바로 하며, 노파심에서 말씀드립니다, 하고 엔료는 말했다.

"이 장서는 팔지 마시고 빌려 주시는 게 좋을 것 같습니다. 이만큼 갖추어 놓으신 것을 팔아 없애 버리는 건 아무래도 아까워요. 목록을 만들고, 소액으로 빌려주시는 것이—"

"유감이지만."

주인은 엔료의 말을 가로막았다.

"그러면 공양이 되지 않습니다."

"공양——이라고요?"

"예. 저는 인포메이션을 파는 것이 아니라 책을 팔고 있습니다. 그러니 읽고 싶을 뿐, 내용을 알고 싶을 뿐이라는 분께는 무료로 빌려 드립니다."

"무료——라고요."

"물론입니다. 제가 파는 것은 책이지 책의 내용이 아닙니다. 한 번 읽으면 더는 필요 없다는 분에게 그 책은 책으로서 무가치할 테고, 그렇다면 그런 분께 팔아넘기는 장사는 옳지 않다고 알고 있습니다. 게다가 정말로 갖고 싶은 책이라면 사겠지요. 많은 손님들은 그렇습니다. 고생해 가며 돈을 마련하시는 분도 계시고, 값을 깎는 분도 계십니다. 찾던 책을 만나신 분은 태도와 표정으로도 알 수 있는 법이지요. 그런 분은 무슨 일이 있어도 갖고 싶다고, 그야말로 열심히 구할 방법을 생각하십니다. 그런 분께서 사 주셔야만, 책은 책으로서 성불할 수 있겠지요."

"성불——."

물론 비유입니다, 하고 주인은 말했다.

"부처라고 말씀드리는 건 방편이고요. 사람도 부처님이 될 수 있는 것은 아니지 않습니까. 수행하든 정진을 하든 사람이 불상이나 불화 같은 모습으로 바뀌지는 않아요. 공중에 떠오르지도 않고 연꽃 방석에도 앉을 수 없습니다. 그것들은 전부 비유. 불성은 대개 사람 안에 있고, 그것을 깨닫느냐 마느냐의 문제가 아닌가 생각합니다."

그 말씀이 옳습니다, 하고 엔료는 말했다.

"사람으로서 최선의 삶을 사는 것이야말로 성불. 그렇다면 책을 사람에 견줄 때, 책으로서의 역할, 책으로서의 존재 방식을 다하는 것이야말로 책의 성불."

"주인장."

엔료는 고뇌하듯이 눈썹을 찌푸리고 커다란 눈을 더욱 크게 떴다.

"실례되는 질문이지만——당신은 누구십니까."

책방 주인입니다, 하고 조당 주인은 대답했다.

"발행소인 것 같지는 않은데요."

"팔기만 하는 고서점 주인입니다. 이노우에 님의 강의를 들은 적은 없지만 '철학관 강의록'은 전부 읽었습니다. 이미 환속했지만, 저도 본디 승려였고요. 석가의 말제자(末弟子)로서 생각하는 바는 큽니다."

"승려셨습니까."

"에이잔 산에서 득도하고, 임제 절로 옮겨가 좋은 스승을 만났고, 이윽고 절 하나를 맡았지만 폐불훼석의 여파로 폐사(廢寺)되고는 생각하는 바가 있어 환속했습니다. 그 후로는 재야의 호사가, 지금은 그냥 책방 주인입니다."

"생각하는 바라니요?"

"출가한 사람은 모르는 처지도 있지 않을까 하는 것입니다."

"그것은 어떤 처지인지요?"

"절에서 배울 수 있는 것은 불도(佛道)뿐. 불도에서 벗어난 지혜는, 설령 진리라 하더라도 외도(外道)의 배움입니다. 그것은 절 안에서는 배울 수 없다고 착각했지요."

"호오."

"그런 마경(魔境)에 사로잡혀, 저는 출가(出家)에서 출가(出家)했습니다. 그러니 환속했다는 생각은 없었습니다. 하지만 뒷면의 뒷면은 앞면, 환속과 다를 바는 없습니다. 불가이면서 유학을 배우고, 노장(老莊)을 알고 국학을 익히고, 타국의 사상을 알고, 이학(理學)과 정학(政學)을 익힌다는―― 분수에 맞지 않는 대망입니다. 지금 생각해 보면 실로 얕았지요. 생각할 것까지도 없는 일입니다. 불도의 수행도 어중간해서 한 번의 깨달음도 얻지 못한 어리숙한 자가 다른 학문의 이치를 닦을 수 있을 리도 없고, 정신이 들어 보니 여기저기 손만 뻗고 있었습니다."

그러다가 자리 잡은 곳이――.

평범한 책방입니다, 하고 조당 주인은 말했다.

나는 조금 감탄했다.

이곳에 자주 드나들게 된 지 벌써 반년 이상이 지났지만, 이 주인의 반생은 들은 적이 없다. 하기야 지금 한 이야기도 진실인지 아닌지는 몹시 의심스럽지만.

"평범한 책방, 아주 좋습니다."

엔료는 미소를 지었다.

"지금의 불교계의 상황을 생각하면 당신은 승려였으면 좋았을 거라고 생각하지 않는 것도 아닙니다만."

"무엇을요, 저 같은 사람이."

"아니, 저도 비슷한 처지입니다. 본래는 학승(學僧) 같은 것이었지만 결국은 철학에 다다랐고, 여기저기로 눈을 옮기며 감당하지 못할 것을 끌어안고 말았습니다. 본가인 절도 물려받지 않았습니다."

"그건 어떤 이유 때문이신지요."

"제가 에치고의 절을 물려받는다고 해도 아무것도 바뀌지 않을
거라고 생각했기 때문입니다. 제가 에치고에서 아무리 정진해도 이
나라는 바뀌지는 않을 테고, 일본 전체의 사원이 멸망해 버린다면
본가만 남는다 해도 아무 소용도 없지요."

"그 이야기는 들었습니다."

하고 주인은 예를 다하듯이 머리를 숙였다.

"하지만—— 저와 이노우에 님은 크게 다르겠지요."

"그렇습니까?"

"이노우에 님은 지(知)를 추구하고 이치에 닿으셨어요. 그 이치로
중생을 교화하려고 하시지요. 이치로 세상을 읽어내고, 이치를 넓혀
세상을 이끌려고 하고 계십니다. 이노우에 님은 바로, 이 메이지의
계몽인입니다. 저는 어떤가 하면, 아무것도 얻지 못하고 지금도 한
권의 책을 찾아 헤매고 있을 뿐."

"한 권의 책이라고요?"

한 권의 책입니다, 하고 주인은 되풀이했다.

"그 한 권을 만나지 못해서 찾고 찾다가 모인 책이 이 누각에 있습
니다. 어느 책이나 둘도 없는 기쁨을 제게 준 소중하고 소중한 책입니
다. 읽어서 쓸모없는 책이라곤 한 권도 없습니다."

세상에 쓸모없는 책 같은 것은 없지요, 하고 주인은 말했다.

"책을 헛되이 하는 사람이 있을 뿐입니다. 하지만 그렇더라도 이
책들은 저의 한 권이 아닙니다. 제가 갖고 있으면 사장이 되지요.
그래서 본래 가져야 할 분을 찾고 있는 것입니다. 말하자면 속죄에
가까운 마음으로 팔고 있는 것입니다."

"그것참."

"예, 저는 세상을 위해서가 아니라 책을 위해서 이 가게를 열었습니다. 한편 이노우에 님은 세상을 위해서 철학관을 개교하셨지요. 이노우에 님이 이 현세와 마주하고 계시는 것에 비해서, 저는."

책을 보고 있습니다, 라고 말하며 주인은 계산대에서 나와 엔료 앞까지 나아갔다.

"이노우에 님께 도움이 된다면 이 책들도 바라는 바겠지요. 무엇이든 말씀해 주십시오."

"아니."

엔료는 손가락을 벌려 무언가를 막는 시늉을 했다.

"그렇다면 더더욱 저는 이 가게의 책을 살 자격은 없지요."

"자격이 없다니요?"

"이 누각에 있는 책의 주인으로는 어울리지 않는다는 뜻입니다. 이곳에 있는 책은 전부."

누군가 다른 사람의 한 권입니다, 하고 엔료는 말했다.

그렇군요, 하고 주인은 순순히 물러났다.

"게다가 주인장, 저는 돈이 없습니다. 학사(學舍)를 운영하는 것은 의외로 어렵지요. 물건을 파는 것이 아닌, 지혜를 파는 것이라고 딱 잘라 생각할 수도 없습니다. 딱 잘라 생각한다 해도 지금 세상에는 배우지 않아도 살아갈 수는 있다는 말을 듣고 말 겁니다. 그것은 분명히 옳은 말이지요. 철학을 몰라도 두부가게는 할 수 있지 않습니까. 목수 일도 할 수 있고요. 밥벌이가 되지 않는 학문은 도락이나 마찬가지, 학문은 학자가 하면 된다고 많은 사람들이 생각하고 있습니다. 실제로 향학심이 있어도 금전적인 여유가 없는 사람은 배울 수 없습니다. 쓸데없는 학문은 그저 사치품이지요."

"배우는 분에게도 여유가 없다는 뜻인지요."

"없겠지요. 가난뱅이는 배울 수가 없습니다. 하지만 학비를 무료로 하면."

"사학(私學)은 꾸려나갈 수 없지요."

"예. 하지만 그래도 좋지 않을까 하는 생각은 합니다. 나쁜 짓을 하면 지옥에 간다는 협박을 받고, 염불을 외면 극락에 간다고 속아서 건전한 삶을 보낼 수만 있다면, 그것은 그것대로 좋은 일이겠지요. 하지만 그것은 어디까지나 방편입니다. 지옥에 가고 싶지 않으니 나쁜 짓을 하지 않는다는 것이라면, 엉덩이를 두들겨 맞는 것이 싫어서 못된 장난은 하지 않는다는 것과 다를 것이 없어요. 그러면 어린아이나 마찬가지입니다."

그것은 그렇다.

하지만 결과는 같다.

"어느 쪽이든 나쁜 짓을 하지 않게 된다면 그걸로 충분하지 않느냐 ──그런 문제가 아닙니다. 나쁜 짓에는 나쁜 짓으로 단정될 만한 이유가 있지요. 그것이 왜 나쁜 짓이 되는지, 악이란 무엇인지를 알고만 있으면 선악은 자연스럽게 알 수 있을 겁니다. 그리고 악이 왜 악인지를 알고 있다면 나쁜 짓을 하지 않게 되겠지요. 그것이 옳은 방식입니다."

위협해서 하지 못하게 한다는 것은 어린아이 취급입니다, 하고 엔료는 말했다.

"다만 이 나라가, 이 나라의 백성이 어린아이 같으니 그것은 어쩔 수 없다고 하신다면, 그야 대꾸할 말도 없겠지요. 가르침을 듣는 쪽도 형편없지만 가르치는 쪽도 형편없는 것입니다. 이 나라는 문명개화 같은 것은 하지 않았습니다. 본래 갖고 있던 문화를, 지혜를, 학문을 버리고 겉모습만 흉내 내어 열강과 나란히 설 수는 없습니다. 그런 생각으로 근대국가라고 나서는 것은 뻔뻔스러운 일."

이 나라는 어립니다, 하고 엔료는 말한다.

"사람이 어른이 되듯이, 나라도 문화도 어른이 되어야 해요."

"그 말씀이 옳은 듯싶습니다."

"정부가 덮어놓고 제도를 바꾼들 그것만으로 근대화를 이룰 수는 없습니다. 나라는, 백성 그 자체입니다. 국민 한 사람 한 사람이 각각 근대화를 이루지 않는다면 메이지 시대는 크게 뒤떨어지고, 이윽고 유럽이나 미국에 먹히고 말겠지요. 글자 그대로 어린아이 손목 비틀 듯이 쉽게 말입니다."

"이 나라의 민초는 그렇게 어린아이입니까."

하고 주인은 물었다.

"아니 —— 오히려 어린아이 취급을 당하고 있는 것이 잘못이라고 생각합니다. 국민이 원래부터 어리석었다는 것이 아니오. 배우게 하지를 않는 것이지요. 가르치지를 않으니."

"교육의 문제입니까."

"그것도 있지만, 더 근원적인 문제입니다. 예를 들면 —— 어른이라면 지옥이 허황된 이야기라는 것은 —— 생각할 것까지도 없는 일이 아닙니까."

엔료의 말대로, 지옥이 실제로 있다고 생각한 적은 없는 것 같다. 다만 그런 것은 없다고 딱 잘라 말하는 것은 왠지 꺼림칙해서 망설여지고 마는 것이다.

허황된 이야기겠지요, 하고 조당 주인은 대답했다.

"불가에서 말하는 지옥뿐만 아니라 어느 문화, 어느 종교에서도 명부나 저 세상에 관해서는 아주 상세하게 이야기하고 있고, 그 전부가 허황된 이야기이기는 하겠지요. 하지만 이노우에 님, 그렇더라도 죽은 후의 일은."

아무도 알 수 없습니다, 하고 주인은 말했다.

그렇지요, 아무도 알 수 없습니다, 하고 엔료는 흥분한 듯이 말했다.

"승려도 학자도 몰라요. 하지만 지옥은 그림에 그려져 있습니다. 알 수 없는 것, 모르는 것을 대체 어떻게 그렸다는 것일까요. 애초에 가스등이 켜지고 기차가 철도를 달리는 세상에서, 대체 몇 사람이나 지옥을 믿고 있다는 겁니까?"

"그 말씀대로 —— 진심으로 믿는 사람은 적을지도 모릅니다."

적다기보다 없을 거라고 생각한다. 왠지 유령을 무서워하는 사람은 종종 있지만, 그렇다고 진심으로 염라대왕에게 혀를 뽑힐 거라고 생각하는 사람은 없을 것이다.

"그렇습니다. 그것은 어른이 아니어도 알 수 있는 것입니다. 모두 알고는 있어요. 알고 있어도 모르는 척하고 있지요. 그래도 없는 것은 없는 것입니다. 하지만 사실을 말해서는 안 된다고 배우는 것입니다. 그편이 편리하기 때문이겠지요. 백성은 어리석은 편이 다루기 쉽다고, 위정자는 그렇게 생각하고 있는 것인지도 모르지요."

"생각은 위정자만 하면 된다 —— 는 뜻인지요."

"그렇다고 해도, 그 위정자가 어리석으면 어떻게 될까요. 나라는 망합니다."

그런 방식은 구폐(舊弊)일 뿐이라고 생각하는데 어떠냐며, 엔료는 커다란 눈으로 조당 주인을 바라보았다.

"예. 그야말로 자유도, 민권도 아니지요."

"그렇겠지요. 예, 그렇습니다. 다만 그런 방식을 정말로 이 나라의 위정자들이 바라고 있느냐고 묻는다면, 그것도 아니라고 저는 생각합니다. 물론 국민도 그런 것을 바라지는 않지요. 그럼 무엇이 잘못된 것일까."

"무엇입니까?"

무엇이 잘못된 것인지 모르는 것이 잘못이다 ── 라고 엔료는 말하며 스틱으로 바닥을 탕 찍었다.

"예를 들면 승려는 지금도 지옥은 무서운 거라고 질리지도 않고 위협합니다. 그런 것은 없다고 대꾸하면, 이 신앙심 없는 놈이라고 비난합니다. 문제는 승려 쪽도 진심으로 그렇게 생각하고 있다는 겁니다. 그렇게 위협하고, 그렇게 이끄는 것이 당연하다고 많은 승려들이 믿고 있어요. 하지만 그런 일만 하고 있으니 신앙이 되지 않는 것이라고 저는 생각합니다. 신앙이 되지 않으니, 폐불훼석이라는 굴욕을 감수하게 되지요. 민중도 신앙이 되지 않으니 그런 폭거로 나오는 겁니다."

"쌍방이 다 모르고 있다는 말씀이신지요."

"예, 그렇습니다. 신앙이란 지옥의 존재를 무조건 믿는 것이 결코 아니지 않습니까. 신앙이란 자비를 갖고, 진리를 추구하고, 올바르게 사는 모습이어야 하지 않습니까. 지옥도 극락도, 그런 삶의 방식으로 사람을 이끌기 위한 방편에 지나지 않습니다. 하지만 그런 낡은 방편은 이제 통하지 않습니다. 그래서 저는 새로운 불교를 위해서 다른 종교를 배우고, 다른 문화를 배웠습니다. 진실한 석가의 가르침은 그게 아니라고 가르쳤고요."

"하지만——."

주인은 엔료의 등 뒤에서 말을 자아낸다.

"전직 승려의 몸으로 말씀드리자면, 그런 진언에 귀 기울이는 승려나 종파는 적지 않을까요. 무엇보다 지금 절은 어디에나 죽을 지경입니다."

"그것은 그 말씀이 옳습니다."

엔료는 눈썹을 시옷자 모양으로 늘어뜨렸다.

"뭐, 전혀 없는 것은 아니지만, 저 같은 사람이 무슨 말을 하든 불교계 전체가 귀를 기울이는 일은 없지요. 하물며 나라가 바뀌지도 않을 것입니다. 그렇다면——."

"그렇군요. 그렇다면 대중의 의식 쪽을 끌어올릴 수밖에 없다——는 말씀이시군요."

"그렇습니다, 그 말씀이 옳습니다."

하며 엔료는 크게 고개를 끄덕였다.

"신도 쪽이 이치를 갖게 되면 되지요. 대중이 이미 효험이 없게 된 방편을 방편이라고 꿰뚫어본다면, 절은 다른 방법으로 불도를 가르치지 않을 수 없게 될 것입니다. 그렇게 되면 반드시 철학과 이치가 필요해집니다. 국민이 철학과 이치를 가지면 국체의 올바른 존재도, 국정의 결함도 자연스럽게 알 수 있게 됩니다. 그렇게 되어야만 비로소 이 나라는."

근대화되었다고 할 수 있지 않겠습니까, 하고 말하며 엔료는 다시 주인을 응시했다.

"잘 알겠습니다."

주인은 약간 복잡한 얼굴로 대꾸했다.

"듣던 대로 공명한 분이시군요. 말씀대로, 이 나라는 근대국가는 아닙니다. 저도 그렇게 생각해요. 근대국가가 될 수 있기는 할지, 저는 의심하고 있었습니다. 아니, 지금도 의심하고 있지요. 하지만 이노우에 님은 근대국가로 만들려는 생각이시군요. 그래서 ── 이노우에 님은 이 나라의 민초를 널리 계몽하려고 연일 매진하고 계시는 것이로군요."

조당 주인은 직접 의자를 내주며 엔료에게 앉으라고 권했다.

"하지만 ──."

엔료가 앉자 주인은 강한 말투로 말을 걸었다. 엔료는 올려다본다.

"자금이 ── 없으시지요."

"없습니다. 현재는 쉰 명이나 예순 명 정도, 얼마 안 되는 인원을 모아놓고 근근이 가르치고 있습니다. 호언장담은 했지만, 지금은 그 정도가 고작입니다. 아니, 언 발에 오줌 누기라고 하실 것 같지만 천 리 길도 한 걸음부터라고도 하지요. 그렇게 생각하기도 하지만, 그런 작은 사학으로는 운영이 어렵습니다. 가쓰 선생님께 지원금을 원조받았지만, 그래도 아직 충분하지 않습니다."

"그렇습니까."

"그렇습니다."

"이것을."

조당 주인은 책 한 권을 엔료의 눈앞에 내밀었다.

"이게 무엇인지."

"예. 이것은 ── 책입니다."

"뭐, 그것은 말씀해 주시지 않아도 알고 있습니다. 그게 무슨 책인지요? 뭔가 중요한 것이 적혀 있습니까?"

저것이 ──.

돈을 벌기 위한 한 권인가 싶어, 나도 모르게 몸을 내밀었다. 시호루가 소매를 잡아당긴다. 무례한 짓은 삼가 달라고 작은 목소리로 말한다.

"바로 그겁니다, 엔료 님."

"그거라니요?"

"당신에게 중요한 것은 무엇이 적혀 있는가 ── 하는 것입니다. 하지만 엔료 님, 이것은 무엇이 적혀 있던 책입니다."

"모르겠군요."

"옛날에는 책을 모으는 것은 힘든 일이었습니다. 장서를 잃고 실망해서 목숨을 끊은 하야시 가[林家][167]의 조상 라잔[羅山]의 예를 들 것까지도 없이, 에도의 지식인에게 서책은 무엇과도 바꿀 수 없는 보물이었지요. 그것은 왜겠습니까."

"그건."

엔료는 고민스러운 듯이 얼굴을 찌푸렸다. 너무나도 당연한 질문을 받고 대답하기가 당혹스러운 듯 보였다.

"그야, 서책에는 많은 지(知)와 학(學)이 적혀 있기 때문이겠지요. 시간을 뛰어넘고 장소를 뛰어넘어 그런 견식을 얻을 수 있기 때문입니다."

"그럼 그 책은 왜 쓰일까요."

"말할 것까지도 없지요. 그것을 쓰는 사람의 지를, 학을 남기고 널리 퍼뜨리기 위해서일 겁니다."

---

167) 에도 막부의 유관(儒官)으로서 라잔 이후로 주자학을 가르치며 문교(文敎)를 담당했던 가문.

"그렇다고 치고——그럼 왜, 옛날의 지식인들은 책을 읽느라 그렇게까지 고생을 해야 했을까요."

"그건."

"한편으로는 남기고, 널리 퍼뜨리고, 전하기 위해서 기록된 서책이 있습니다. 한편으로는 그런 견식을 얻고 싶다고 강하게 바라는 사람도 있지요. 그런데 그 둘은 만나지 못하는 것입니다. 경전을 찾아 국법을 어기면서까지 천축으로 간 현장 삼장의 예를 들 것까지도 없이, 견식을 얻기——서책을 읽기 위해서 기울여진 노력은 보통이 아니었습니다. 이 나라에서도 옛날에는——아니, 바로 얼마 전까지는 아무리 높은 뜻이 있어도 자유롭게 고금의 서책을 접할 수는 없었습니다. 학문에 이해가 두터운 번에서 수집이라도 하지 않는 한, 개인이 서책을 모으기는 어려웠어요. 아니, 일부 계층을 제외하면 불가능했지요. 서민은 제대로 책을 읽지도 못했습니다. 읽히지 않으면 널리 퍼지지 않아요. 남지도 않지요. 그렇다면 쓰이는 의미도 없는 것이 됩니다."

"그건——그렇습니다. 하지만 이유는 여러 가지가 있었겠지요. 우선 수가 적었을 거예요. 사본의 경우는 부수도 제한될 테고, 인쇄본이라 해도 과거의 기술로는 그렇게 많이 찍을 수도 없고요. 또 글을 아는 사람의 수도 적었소."

"예. 하지만 가장 큰 이유는."

팔지 않았기 때문입니다, 하고 주인은 말했다.

"서책은 파는 것이 아니었습니다. 하지만 지금은 다릅니다. 기술이 바뀌고, 구조도 바뀌고 있습니다. 대량으로 인쇄할 수가 있게 되었어요. 무엇보다."

조당 주인은 손을 펼쳤다.

"팔고 있습니다. 사민은 평등해지고 직업의 선택도 자유로워졌어요. 글을 아는 사람의 비율도 훨씬 올라갔습니다. 누구나 책을 읽을 수 있는 시대가 도래하려 하고 있는 것입니다. 이것이 어떤 뜻인지 아십니까."

"말씀하시는 것은 이해하겠지만, 의도는 모르겠군요."

"책은 상품이 되었다는 뜻입니다, 엔료 님. 서점은 책을 만드는 곳이 아니라 사고파는 곳이 될 겁니다. 출판을 하고 있는 서점은 이제 곧 출판만 하는 발행소가 되겠지요. 그리고 중개업도 독립할 겁니다. 그런 구조가 바로 지금, 생겨나고 있습니다. 왜 생겨나고 있느냐 하면, 그것은 대중이 바라고 있기 때문입니다."

"대중이 ──."

"예. 엔료 님, 저는 사상이 사회를 움직인다고 생각하는 것은 교만이라고 생각합니다."

"그건."

사회가 사상을 만드는 것입니다, 하고 조당 주인은 말했다.

"사상은 요구되어야만 이루어지는 것이라고, 저는 생각합니다. 분명히 이 나라의 백성은 아직도 지(知)에 어두운 데가 있을지도 모릅니다. 하지만 말씀하신 대로 나라도 자라지요. 즉 백성도 자라는 것입니다. 대중은 지(知)를 추구하고 있습니다. 개화(開化)한 지 25년이 지났고, 백성 또한 문명을, 근대를 추구하고는 있는 것입니다."

조당 주인은 책을 서가에 도로 꽂았다.

"서책은 문화입니다. 즉 연극이나 연예와 마찬가지로 ── 오락도 되겠지요. 사람들은 이미 그것을 찾기 시작했습니다."

에도 시대부터 책은 오락이기도 했습니다, 하고 주인은 말했다.

"곧 누구나 읽고 싶은 책을 읽을 수 있는 그란 시대가 오겠지요. 그렇다면."

"그렇다면."

"엔료 님. 당신은 책은 쓰는 사람의 식견을 널리 알리고, 남기기 위해서 쓰인다고 하셨습니다. 저는 그렇지 않은 서책도 있지 않을까 생각하지만, 그것은 또 다른 이야기고요. 엔료 님에게 있어서 서책이란 그런 것이겠지요. 그렇다면 이것은 천재일우의 좋은 기회가 아닙니까?"

"좋은 기회라고요?"

엔료는 얼굴을 찌푸렸다.

"당신은 제게 —— 책을 쓰라는 말씀이십니까."

"이미 쓰고 계시지 않습니까. 그것을 출판하는 겁니다. 그냥 출판하는 것이 아니라, 널리 대중을 향해 출판하는 것입니다."

"아니, 말씀은 그렇게 하시지만 제 강의록을 읽는 사람 대부분은 경제적 여유가 없어서 학교에 오지 못하는 사람입니다. 그렇지 않은 사람에게는 가치가 없겠지요. 많이 찍어 봐야 남을 뿐입니다. 아무도 사지 않을 겁니다."

"사게 만드는 책을 쓰시면 됩니다."

"아니, 아니, 그건 무리입니다. 저는 오락 책 같은 것은 쓸 수 없어요. 샤레본도 곳케이본도 쓸 수 없다고요. 저는 학문에 관한 것밖에 ——."

학문에 관한 것을 쓰시면 되지 않습니까, 하며 주인은 더욱 크게 손을 펼쳤다.

"이 누(樓)에 있는 책은 어느 것이나 제게 기쁨을 주었습니다. 하지만 쓴 사람은 저 같은 자를 기쁘게 할 생각으로 쓴 것은 아니겠지요. 제가 멋대로 기뻐했던 것입니다. 책이란 그런 겁니다."

"하지만 ——."

"당신의 식견은 그것을 추구하는 사람에게 주어져야 하는 것입니다. 대중에 영합할 필요는 전혀 없습니다. 뜻을 굽힐 필요도 없어요. 할 수 없는 일을 억지로 할 필요도 없고요. 그저 대중이 이해할 수 있도록 쓰면 된다는 것뿐입니다. 그거면 돼요. 그런 책을 내면, 그 책은 팔릴 겁니다. 팔리면 팔린 만큼 엔료 님의 식견은 세상에 널리 퍼지지요. 그리고 엔료 님의 식견은 ——."

금전을 낳을 겁니다, 하고 조당 주인은 말했다.

"그걸로 —— 돈을 벌라는 겁니까."

"그것을 천하다고 받아들이는 경향도 있겠지요. 하지만 엔료 님은 돈을 벌기 위해서 그 일을 하시는 게 아니에요. 높이 쳐든 뜻을 이루기 위해서는 자금이 필요하고, 모든 것은 뜻으로 수렴하니까요. 아니 —— 널리 일반을 향해, 알기 쉬운 말로 철학의 이치를 가르친다는 행위는 그것 자체가 엔료 님의 뜻을 이루는 데 일조가 되지 않겠습니까."

엔료는 약간 까다로운 얼굴로,

"분명히 그 말씀이 옳을지도 모르겠습니다만."

하고 중얼거렸다.

"게다가 책을 읽지 못하는 사람도 많이 있어요. 그런 사람들을 위해서 엔료 님 자신의 말을 들려주는 것도 좋겠지요."

"연설회를 하라고요?"

"철학관에서 하시는 강의 같은 것이 아닙니다. 가쓰 선생님의 이야기로는, 이미 엔료 님은 연설회를 활발하게 하고 계시다면서요. 그것을 더 하는 겁니다. 더 많은 장소에서, 더 알기 쉽게. 학도를 향해 강의하는 것이 아니라 대중을 향해서 말하는 겁니다. 누구나 이해할 수 있는 말로. 말하자면 거리설법 같은 것."

"하지만 과연 제 말을 듣는 사람이 있을까요. 제가 쓴 책을 읽는 사람이 있을까요."

엔료는 양손으로 자신의 뺨을 눌렀다.

"승려조차 듣지 않았습니다. 기독교도는 화를 내고 유학자는 비웃었어요. 제 말을 들려주고 싶은 대중은, 아직."

미망 저편에 있다고 엔료는 말했다.

"인습에 사로잡히고 구폐에 묶여, 점술을 믿고 유령을 두려워하고, 마치 천둥이 치면 배꼽을 누르는 어린아이처럼, 대중은 미신에 얽매여 있습니다. 그것을 구해야 할 불가(佛家)부터가 전형적인 미신을 말할 뿐이에요. 그런 대중조차 믿지 않는 미신을 내세워서 누구를 구할 수 있다는 겁니까. 양학(洋學)으로도 계몽할 수는 없어요. 가스등은 밤길은 비추지만, 미신을 비춰 주지는 않습니다."

"그러니까."

그런 책을 쓰시면 되지 않겠습니까, 하고 조당 주인은 말했다.

"그 말씀은 엔료 님의 강의 내용 그대로가 아닙니까."

"그렇지만——아니, 하지만 그건 통하지 않을 겁니다."

"석가도 공자도 진리를 가르쳤어요. 그들은 누구를 향해 진리를 가르쳤습니까? 지혜도 지식도 없는 대중을 향해 가르쳤지 않습니까. 소크라테스도 칸트도, 특별한 사람들을 위해서만 철학을 말한 것은 아닙니다. 진리는 누구의 것도 아닌, 처음부터 거기에 있는 것이 아닙니까. 있다는 것을 깨닫게 해 주기만 해도 되지 않겠습니까. 통하기 어렵다면 통하도록."

궁리하면 됩니다, 하고 조당 주인은 말했다.

"진정한 방편을 만드는 것입니다."

"방편이라. 지금 통하는 새로운 방편 말입니까."

"그럼 당신은."

어떤 책을 원하십니까——하고 주인은 말했다.

엔료는 주인을 올려다보았다.

"주인장이 말씀하시는 그 방편을 만드는 데 도움이 되는 책은 있습니까."

"있습니다."

주인은 계산대로 가더니 세 권의 재래식 장정 책을 손에 들고 엔료 앞으로 돌아왔다.

"이것은 1776년에 나온 요괴의 책입니다."

"요괴——라고요?"

엔료는 눈을 휘둥그렇게 떴다.

"예. 도리야마 세키엔이[鳥山石燕]라는 가노[狩野] 파의 그림쟁이가 쓴 '화도백귀야행(畵圖百鬼夜行)'이라는 책입니다. 이것은 교카[狂歌]나 기보시보다 먼저 세상을 풍자하기 위해서 출판된 오락 책인데, 전통적인 요물이 많이 실려 있습니다."

"이것이——방편이 됩니까?"

"엔료 님이 박멸하려고 하시는 미신과 달리, 이런 전통적인 요물이 실재한다고 믿는 사람은 에도 시대부터 단 한 명도 없었겠지요. 이것은 오락입니다. 하지만 세상 사람들에게는 그렇게 다른 것은 아니었습니다. 아니, 오히려 같은 것입니다."

엔료는 그 책을 받아들고 팔락팔락 넘겼다.

"덴구에 —— 유령. 너구리. 갓파. 귀신 —— 이것이 —— 세상에서는."

"네. 그것을 요괴로 보이게 하는 것입니다."

"보이게 한다고요. 이 —— 귀신을 말입니까."

성상(聖像) 즉 이콘(icon)으로 바꾸는 것입니다, 하고 주인은 말했다.

"그 책에 있는 대로 에도 시대에 유령은 요물의 일종, 즉 만들어낸 것에 지나지 않았습니다. 그것이 어느새 그렇지 않게 되어 버렸어요. 없는 것을 있다고 하는, 멋을 이해하지 못하는 촌뜨기만이 횡행하고 있습니다. 거기에 그려져 있는 요물은 엔료 님이 부정하시는 요괴나 미신이 아닙니다. 오히려 그 반대지요, 요괴 미신이란 이런 것 —— 이라는 증거."

"이런 것 ——."

"보고도 보지 못한 척, 말하지 않는 것이 암묵의 약속. 그것을 모르는 것은 —— 어리석은 자. 그런 뜻입니다. 없는 것은 없어요. 없다는 걸 알면서도 있는 것처럼 행동한다 —— 이 나라에는 그런 문화가 있었습니다. 그것은 이 나라의 좋은 점, 남겨야 할 방식이라고 저는 생각합니다. 하지만 그 문화가 사라져 버렸어요. 있느냐 없느냐의 양자택일, 결국 없는 것도 있는 것처럼 생각하고 말지요. 그것이야말로 몽매, 미망이라는 것. 생각건대, 메이지 시대가 되고 나서 특히

그쪽 방면에서는 그런 어리석은 자가 늘어나고 만 것 같기도 합니다. 그렇다면 이 메이지 시대야말로 미신이 만연하는 세상이라고 할 수 있을지도 모릅니다. 이래서는 이국(異國) 쪽은 고사하고."

에도의 멋쟁이에게도 비웃음을 사고 말겠지요, 하고 주인은 말했다.

"그 방식에 맡기자면 두려움은 오락으로, 어리석음도 풍요로움으로 바뀌겠지요. 이것을 이용하지 않을 수는 없는 노릇입니다. 그 요물을 간판으로 내걸고, 어리석은 미망을 보며 크게 웃어 주는 것도 한 가지 즐거움이 아니겠습니까."

"이것이 —— 요괴학의 이론, 즉 상징이 될까요?"

엔료는 무언가를 이해한 것 같았다.

그 후 이노우에 엔료는 '요괴학'을 널리 세상에 알렸고, 이윽고 요괴박사라는 별명을 얻게 된다. 엔료의 고매한 지식이 과연 어느 정도 세상에 전해졌는지는 헤아릴 길이 없지만, 이노우에 요괴학이라는 것이 일반 대중에게 널리 알려지고, 미신박멸의 기운이 고양된 것만은 틀림없다.

1919년, 다롄(大連)에서 객사할 때까지 엔료는 정력적으로 지방을 다니며 연설을 했고, 그 한편으로 책을 썼다. 일반 대중용으로 평이하게 쓰인 계몽의 책은 잇달아 출판되어 많은 독자가 생겼다.

그 출판된 책의 수는 실로 눈이 휘둥그러지는 것이었던 모양이다.

과학적이어야 한다, 근대인이 되어라, 옳은 사고를 하라는 강한 자세로 관철된 엔료의 저작물 대부분은 그 계몽적인 내용과는 무관하게, 왠지 낡은 요물의 도판으로 꾸며져 있었다.

또, 훗날 엔료가 만들게 되는 철학당 공원의 철리문(哲理門) 좌우에
는, 이 또한 어찌 된 셈인지 덴구와 유령의 동상이 배치된다. 그것이
왜인지는——.

아무도 모른다.

네 번째 탐서 · 속죄

書樓弔堂 破曉

속죄 贖罪

부엌일을 봐 주는 아낙이 완고해서, 뱀장어는 겨울에는 먹을 수 없다고 한다.

그런 것이 어디 있느냐, 에도 시대부터 뱀장어는 일 년 내내 먹을 수 있었다고 말해도 고집스럽게 듣지 않는다. 본래 뱀장어는 겨울이 맛있다, 지방이 올라서 아주 살살 녹는다고 가르쳐주었지만, 거짓말 이라는 것이다. 뱀장어는 토왕(土旺)의 축일(丑日)에 먹는 것이고, 토왕 은 여름이라는 것이다.

그것부터가 벌써 틀렸다. 토왕은 일 년에 네 번 있다. 입춘, 입하, 입추, 입동, 그전의 18일간은 모두 토왕이다. 한편 축일은 12일에 한 번 반드시 돌아온다. 토왕 기간 중 최소한 한 번은 축일이 끼어 있다는 계산이 나온다. 도리노이치[酉の市][168]에 니노토리[二の酉][169], 산

---

168) 매년 11월 유일(酉日)에 거행되는, 오토리 신사[鷲神社]의 제례 때 서는 장. 복(福) 과 부(富)를 긁어모은다는 갈퀴를 비롯하여 여러 가지 행운의 물건을 파는 장이다.

노토리[三の酉][170]가 있는 것처럼 책력에 따라서는 두 번째 축일도 있다. 토왕의 축일은 1년에 몇 번이나 있는 것이다.

열심히 설명했지만 아낙은 웃었다.

웃었을 뿐만 아니라, 나리는 물정을 모르시는구려, 라는 말을 듣고 말았다. 무례한 시정잡배 같으니, 세상이 바뀌었으니 망정이지 그렇지 않았다면 내 손에 죽었을 것이다, 하고 농담으로 말했더니 아하, 하고 더욱 큰 소리로 웃었다. 무사의 위엄 따위는 전혀 없었다.

하기야 이쪽에도 사족(士族)의 마음가짐이 결여되어 있었으니, 이것은 어쩔 수 없는 일이다. 태어나서 지금까지 무사였다는 자각도 없고 긍지도 오기도 가진 적이 없다.

처음부터 평민의 기개였다.

하지만 그것과 이것은 상관이 없다.

돌아가신 아버지의 말씀을 따르면 옛날에 뱀장어는 느끼한 탓인지 여름철에는 전혀 팔리지 않았다고 한다. 그러다가 어딘가의 누군가가 자양(滋養)이 많아 더위 먹는 것을 예방하는 데 도움이 된다는 판매 문구를 붙였는데, 그것이 들어맞아 여름에도 먹게 된 것이라고 한다. 오타 난포[大田南畝]인지 히라가 겐나이[平賀源内]인지, 그런 문인(文人)의 발안이라고 들었는데, 말하자면 누군지 모르는 것이리라. 누구든 상관없지만, 어쨌든 그런 선전이 널리 퍼질 때까지 뱀장어는 여름철에 먹는 음식이 아니었다는 뜻이 된다.

나는 그런 이야기를 늘어놓아 볼까 하는 생각도 했지만, 아무래도 결말이 나지 않을 듯한 기분이 들어서 그만두었다.

---

169) 11월의 둘째 유일에 서는 장.
170) 11월의 셋째 유일에 서는 장.

내가 물정을 아는 사람이었다면 더 출세했겠지, 하고 쓴웃음을 지으며 끝냈다.

끝내기는 했지만, 마음이 진정되지 않는다.

화가 났다거나 부아가 치민다거나, 그런 것은 아니다.

어쩌면 아낙의 말이 옳을지도 모른다, 그런 의심이 머리를 들었기 때문이다.

아니, 아니, 그럴 리는 없다고 다시 생각해 보지만 아무래도 진정이 되지 않는다. 메이지 시대가 되어 바뀌었을지도 모른다고, 어리석은 생각을 떠올리기도 한다. 그야말로 그럴 리는 없다.

뱀장어는 태곳적부터 줄곧 뱀장어였을 것이다.

막부가 쓰러지든 신정부가 세워지든 사민평등이 되든 번(藩)이 현(縣)이 되든, 뱀장어는 뱀장어이고 미꾸라지나 곰치로 변하는 것은 아니다.

하지만 파는 방식은 바뀔지도 모른다.

신정부는 이런저런 영(令)을 내린다. 단발령이니 폐도령이니, 원수 갚기 금지령이니, 그런 것은 그나마 이해가 가지만 술법을 쓰지 말라느니 야마부시[山伏][171]를 금한다느니, 아주 세세하게 명령을 내린다. 그렇다면 어쩌다가 겨울철의 뱀장어집 영업금지령이 내려져 있지 않으리라는 보장도 없다. 그런 기묘한 영이 발포될 리 없을 거라고 생각하는 반면, 내가 모르는 이유도 있지 않을까 하는 생각도 스친다.

어쩌면 뱀장어는 여름철이라는 착각이 세간에 침투해, 겨울철 손님의 발길이 끊겨 영업을 그만두어 버린 것인지도 모른다.

어쨌거나 나는 물정을 모르는 것이다.

---

171) 산야에 기거하며 수행하는 중.

자유당과 입헌개진당의 대립이 격화되든, 중국 달걀의 수입이 시작되어 양계장이 어려워지든, 천연두가 대유행하든, 내게는 완전히 남의 일이다.

밖에서 어떤 폭풍이 일어도, 이 안은 전혀 풍파가 일지 않는다.

지난달, 시마다 사부로[島田三朗][172]의 연설이라는 것을 교바시까지 들으러 갔다가, 사람이 너무 많아 멀미를 일으키는 바람에 그대로 돌아왔다.

딱히 국민으로서 진지하게 정치에 참가하고자 하는 뜻을 세운 것은 아니다.

시마다 사부로는 나이는 나보다 위지만 역시 막부 신하의 아들이고, 훌륭하게 활약하고 있으니 입신출세하는 데 참고로 할까 하고 생각했을 뿐이다. 그런데 이야기도 듣지 않고 돌아와 버렸으니, 참으로 한심한 일이다.

모든 것이 이 기복 없는 일상 때문일지도 모른다.

설령 신정부가 쓰러진다고 해도, 이 안에 틀어박혀 있는 한 내 생활에 변화는 없다.

자칫 실수로 러시아나 영국이 침공해 온다고 해도, 나라가 쓰러지고 민초들이 모두 타국에 예속되게 된다고 해도, 아마 이 안의 생활은 크게 달라지지 않을 것이다.

달라질 수가 없기 때문이다.

---

172) 1852~1923. 일본의 정치가, 저널리스트, 관료. 막부 고케닌의 셋째 아들로 태어나 쇼헤이코에서 한학(漢學)을 배웠으며, 메이지 유신 후 여러 교육 기관에서 양학을 배웠다. 요코하마 마이니치 신문의 주필, 원로원 서기관, 문부성 대서기관 등을 지냈으며 입헌개진당 창립에도 참가했다. 그 외에 기독교 교회의 여러 활동, 폐창 운동, 선거권 확장 등을 평생에 걸쳐 지원했으며 노동조합 운동에도 이해를 보였고, 제1차 세계대전 후에는 군비 축소를 주장했다. 정치권의 부정에도 엄격하게 대응한 것으로 유명하며, 그의 장남은 와세다 대학 총장, 유통경제대학 학장 등을 역임한 교통경제학자 시마다 고이치이다.

무슨 일이 있어도 지금보다는 내려가지 않을 테고, 올라가려는 생각도 없다. 먹는 것의 질이 내려가는 정도이고, 어쩌면 먹을 수 없게 될지도 모르지만 살아 있을 수만 있다면 그렇게 차이는 없다. 세상과 상관없다는 것은 그런 것이다. 이 생활은 도피가 아니라 방어다.

부모나 처자식과 떨어져 사는 것도 같은 이유일지도 모른다.

미지근한 물에만 잠겨 있으니 완전히 둔해지고 만 것이다.

호오, 하고 숨을 내쉬니 하얗다.

방이 싸늘하다.

체온은 있다.

살아 있기만 하면 된다는 것은 착각인가 하고, 그렇게 생각했다. 그러고 나서 그런 것도 아닐 거라고 다시 생각하고, 다시 생각한 순간 배가 고파졌다.

뱀장어를 먹어야겠다는 생각이 든다.

아낙에 대한 복수다.

아마 그리 멀지 않은 곳에 뱀장어집이 하나 있었던 것 같다. 들어가 본 적은 없지만, 의사한테 가는 도중에 몇 번이나 그 앞을 지나갔다.

나는 외투를 걸치고 불을 끈 후, 일단 옆집에 들러서 뒷문으로 얼굴을 들이밀고 점심밥은 필요 없다고 말했다. 나가시는 거냐고 아낙이 묻기에, 뱀장어집에서 뱀장어를 먹을 거라고 말해 주었다. 머리에 수건을 쓴 아낙은 아침과 똑같이 크게 웃으며, 익살이 지나친 나리라고 말했다.

아낙은 나를 전혀 믿지 않는다.

이야기가 되지 않아서 선물로 도시락이라도 사오겠다고 말했더니 아낙은 또 웃었다. 어지간히 우스운 모양이다.

폭이 넓은 언덕을 내려가면서, 벌써 집을 떠난 지 1년 가까이 되는 구나 하고 생각한다. 빈집을 빌려 은거한 것이 아직 추운 시기였는데, 한적한 집에서 여름을 한 번 보내고 다시 추워졌다.

조용한 1년이었지만 묘하게 농밀했다.

기오이초의 저택은 시끌벅적하다. 아버지가 돌아가시고 쓸쓸해지려나 했더니, 상(喪)이 끝나자 더욱 소란스러워졌다.

지금은 어머니와 누이동생, 아내와 딸, 이렇게 넷이서 살고 있는데, 아마 시끌벅적한 것은 변함이 없을 것이다. 딸도 건강하게 자라고 있다고 들었다.

딸의 얼굴이 보고 싶어진다. 딸은 해가 바뀌면 두 살이 된다.

장난감가게에서 장난감이라도 사 들고 집에 가 볼까 하고, 가슴 한구석에서 그런 생각을 한다. 집이 그리워진다는 말은 이런 것을 말하는 것일까 하고, 속으로 생각한다.

언덕을 끝까지 내려가면 드문드문 민가가 눈에 띄기 시작하고, 조금 더 나아가면 마을다워진다. 기와가게니 건어물가게니, 나한테는 볼일이 없는 가게뿐이라 돈을 쓴 예가 없다. 밥을 먹는 곳도 병원 옆뿐이었기 때문에 음식점에도 들어간 적이 없다.

어렴풋한 기억에 의지해 헤매다가 한 시간 정도 만에 뱀장어집을 발견했다.

뱀장어 요로즈야라는 간판이 나와 있다.

가게 앞에 포렴도 제대로 걸려 있으니, 장사는 하고 있는 것이다. 금지령은 내리지 않은 모양이었다. 이럴 줄 알았으면 그 아낙을 억지로라도 데려올 걸 그랬나 하고 생각하면서 포렴을 지나려다가, 나는 깜짝 놀랐다.

입구에서 조금 떨어진 곳에 검은 것이 있었다. 장식물인가, 아니면 쓰레기인가 싶어 살펴보니 사람이었다. 넝마 같은 천을 걸친 남자가 웅크리고 있었다.

걸인인가 했지만 아무래도 분위기가 다르다.

더럽지는 않다. 게다가 자세히 보니 어디도 검지는 않았다. 망토인지, 비옷 같은 것을 걸치고 있는데, 그것도 검은 것은 아니고 메쿠라지마[盲縞][173] 같은 감색 천이었다. 낡은 것도 아니고 거무데데해지지도 않았다. 진흙도 묻지 않았고 얼룩 하나 없다. 검은 옷이기는 하지만 굳이 말하자면 깔끔한 옷차림이다.

얼굴도 더럽지는 않다. 볕에 그을린 것도 아니다. 수염도 깨끗하게 다듬어져 있고, 흙이나 먼지가 묻은 것도 아니다. 백발이 섞인 머리카락을 짧게 깎은, 몹시 여위고 궁상맞은 남자다. 눈은 움푹 패었고 입은 다물고 있지만, 앞니가 엿보인다. 뻐드렁니인 것이다.

마흔인지, 쉰인지, 아니면 예순이 넘었는지, 젊지 않은 것만은 알겠지만, 나이를 헤아릴 수 없는 용모다.

옷을 깔끔하게 차려입고 있는데도 왜 검게 보인 것인지를 모르겠다. 아니, 보였다기보다 보인다. 아직도 남자는 밤이 달라붙어 있는 것처럼 검게 느껴진다.

올려다보니 아직 해는 높다. 오전이니 당연하다. 남자의 주위만 어두운 것이다

나는 실례가 될 정도로 남자를 응시했다.

남자의 움푹 팬 눈은 어디를 향하고 무엇을 보고 있는 것인지 전혀 알 수가 없고, 이쪽을 알아차렸는지 어떤지도 알 수 없었다.

---

173) 씨와 날을 모두 감색 무명실로 짠, 무늬 없는 평직물.

말을 걸려고 해도 걸 수가 없다. 겸연쩍기도 하고 가게에 들어가려 해도 들어갈 기회를 놓쳐서, 이거 곤란하게 되었구나 하고 생각하고 있자니 미닫이문이 열렸다.

어라, 하며 쳐다보니 호리호리한 백발의 노인이 얼굴을 내밀었다.

"이 가게에 들어오시려는 겝니까."

"아아, 뭐, 그럴 생각이었습니다만."

가게 주인으로는 보이지 않는다. 하물며 일하는 사람으로도 보이지 않는다.

노인은 눈을 가늘게 뜨며 말했다.

"보게, 말하지 않았나. 그런 곳에 웅크리고 있으면 가게에 방해가 되네."

"그럼 다른 곳으로 가겠습니다."

남자는 낮은 목소리로 대답했다.

"그게 안 된단 말일세. 들어오게."

노인은 남자를 재촉하고, 그러고 나서 몸의 방향을 바꾸더니 허리 숙여 인사했다.

"정말 죄송합니다. 자, 안으로 들어오십시오. 이래서는 장사에 방해된다고 가게 사람한테 혼나고 말겠군요. 자, 자."

노인의 권유를 받으며 먼저 들어가자 안에는 이미 좋은 냄새가 가득 차 있었다.

여주인인 듯한 중년의 부인이 안쪽에서 얼굴만 내밀었다. 노인은 싱글벙글 웃음을 지으며 말했다.

"손님입니다."

"일행이 아니신가요?"

"아니, 내 일행이 편벽하여 입구에 주저앉아 있다 보니, 이분이 들어오기 어려웠겠지요. 폐를 끼쳐서 참으로 죄송하게 되었소."

"아아. 그래요?"

가바야키[174]면 되겠느냐, 뱀장어덮밥이냐 묻기에 덮밥을 주문했다.

노인은 한가운데쯤에 자리를 잡고 있었던 모양인데, 검은 남자가 냉큼 구석에 진을 치고 앉자 어쩔 수 없다는 듯 젓가락과 그릇을 들고 남자 옆으로 자리를 옮겼다.

"이 부근에 사시는 분입니까?"

내가 자리를 정하지 못해 주뼛거리고 있자니, 노인이 그렇게 말을 걸어왔다.

뭐, 가깝냐 가깝지 않느냐고 묻는다면 가까운 축에 들겠지만, 이 부근인 것도 아니어서 대답하기가 몹시 곤란하다 보니 더욱 주뼛거리고 말았다.

"아니, 뭐, 이 가게는 처음입니다."

"그래요? 나는 우연히 지나가다가 좋은 냄새에 끌려서 들어온 것인데, 이곳은 장아찌도 맛있다오. 좋은 가게를 찾아냈지요."

"장아찌라고요?"

대답한 후에 무시할 수도 없어서, 형편상 노인의 맞은편에 앉기로 했다.

"뱀장어는——이, 기다리는 시간이라는 게 좋습니다. 달콤하고 향긋한 양념이 익는 냄새를 들이마시면서, 장아찌를 씹으며 기다리는. 기다려야 맛이 더해지는 것은 뱀장어 정도지요."

---

174) 뱀장어, 갯장어, 미꾸라지 등의 등을 갈라 뼈를 바르고 토막 쳐서 양념을 발라 꼬챙이에 꿰어 구운 요리.

약간 더듬거리는 말투였지만 노인은 온화하면서도 수다스럽게 말했다.

"성질이 급한 사람은 이 즐거움을 맛볼 수 없을 겝니다. 에도 사람은 성질이 급하다고 하지만, 뱀장어에 대해서는 그렇다고도 할 수 없겠지요. 에도식 뱀장어는 맛있어요. 간토[關東]식은 찌는 만큼 수고가 한 번 더 들 테고요. 뭐, 마음을 느긋하게 갖지 않으면 이 맛은 나오지 않아요. 간사이식도 맛있지만 그건 또 다른 맛이지요. 비교할 수 있는 맛도 아니고, 비교해도 소용없소. 양쪽 다 맛있지. 아니, 뱀장어를 좋아하거든요, 나는."

억양이 독특하다. 말투로 보아도 에도 사람은 아닐 것이다.

"실례지만 도쿄 분이 아니십니까?"

도사[土佐][175]입니다, 하고 노인은 말했다.

"뭐, 도사라고 해도 이 나이가 될 때까지 여기저기를 전전했으니 어디가 고향인지 알 수 없게 되었습니다. 고래를 잡거나 금을 캐거나, 이런저런 일을 하다 보니까 흘러 흘러와서, 뭐 지금은 도쿄에 머물고 있습니다."

금을 캤다면 사도[佐渡][176]의 유배 죄인이나 뭐 그런 거였을까, 하고 순간 생각했지만 아무래도 그런 풍채는 아니다. 기모노도 하오리도 고급이다.

나카하마라고 합니다, 하고 노인은 말했다.

상대방이 이름을 댔는데 이름을 말하지 않는 것도 무례한 일이라, 다카토입니다, 하고 작은 목소리로 말했다.

---

175) 현재의 시코쿠 고치 현을 가리키는 옛 지명.
176) 현재의 니가타 현 일부를 가리키는 옛 지명.

"다카토 씨 되십니까. 실례지만 본래는 무사님이셨을 것 같아 보이는데요."

"아니, 아니, 관례를 치를까 말까 하는 나이에 막부가 와해되었으니, 그냥 뿌리부터 평민입니다. 그런데도 견실한 직업도 갖지 않는 반편이지요. 부끄러울 따름이지만, 저는 요 앞의 황량한 땅에 조용한 집을 빌려 은거하고 있습니다."

"호오."

은거라고요, 하며 노인은 완전히 숱이 적어진 머리를 긁적였다.

"연세가 어떻게 됩니까."

아직 서른 줄입니다, 라고 대답하자 노인은 왠지 크게 고개를 끄덕였다.

"젊으시군요."

"아니, 이립(而立)도 지났는데 이 꼴이니, 참으로 부끄러울 따름입니다. 모두가 이 나라를 만들자, 바꾸자고 분연히 떨쳐 일어나고 있는데 이 꼴이니 말이지요. 불만조차 가질 수 없습니다. 만사 불평만 늘어놓는 사족(士族)이 사람으로서는 훨씬 낫습니다."

벽 쪽을 향하고 있던 일행 남자가 힐끗 이쪽을 보았다. 의자에 앉아 있기는 하지만 여전히 밖에 있을 때와 똑같은 자세다. 나카하마 노인은 눈을 가늘게 떴다.

"뭐, 이러는 나도 이십 년쯤 전에 병을 앓아서, 한때는 몸을 제대로 움직이지 못하는 지경이 되고 말았지요. 뭐, 곧 움직일 수 있게는 되었지만, 기력이 쇠하여 말도 더듬게 되고 말았어요. 그 후로는 나도 은퇴한 것이나 마찬가지입니다."

"예에."

"쓰러진 때는 메이지 유신 후, 직후의 일입니다. 세상이 세상이다 보니 세상 사람들에게 도움이 되고 싶다고는 생각했지만——나랏일의 공적 무대에 나설 그릇도 못 되고요. 나도 그 무렵에는 무사 계급으로 취급되었지만, 본래는 배운 것 없는 어부다 보니 아무래도 정치는 영 맞질 않아서요."

참으로 이해할 수 없는 이야기다. 유배 죄인은 고사하고 막부 시대에는 무사였고, 게다가 그렇게 낮은 신분도 아니었던 듯한 말투다. 게다가 어부에서 무사로 등용된 것 같은 말로 들린다. 아무리 뭐라고 해도 그런 특례가 있으리라고는 생각되지 않았다. 사민평등의 세상인 지금이라면 모를까. 도쿠가와 시대의 신분제도는 매우 엄격한 것이었고.

노인은 둥근 머리를 쓰다듬었다.

"뭐, 쓰러진 것은 아직 마흔 몇 살 때의 일이었으니까요. 그 무렵에는 이제 살날이 그리 길지 않겠다고 생각하고 있었는데, 좀처럼 저승사자가 마중을 나오지 않더군요. 그때부터의 세월이 길었지요. 그야말로 매우 긴 은퇴 생활이었습니다."

은퇴도 나름대로 각오가 필요한 법입니다, 하고 노인은 말했다.

"이 친구는 그렇지, 메이지 유신 전부터니까 벌써 삼십 년 가까이 세상을 버린 채 살아오고 있습니다."

"세상을 버린 것이 아니오."

쇠를 마주 비벼대는 듯한 목소리로, 검은 남자는 말했다.

"나는 죽은 사람입니다."

왠지 오싹했다.

죽은 사람이라면 이 남자는 유령이라는 뜻이 될 것이다.

다이소 요시토시가 환시하고, 이즈미 교타로가 동경을 품고, 이노
우에 엔료가 부정했던——그 유령을, 대낮부터 목격하고 있다는 뜻
이 된다.

그래서——.

그래서 이렇게 검게 보이는 것인가 하는 데 생각이 미쳤고, 곧 이성
이 부정했다. 웃기지는 않지만, 농담일 것이다.

"나는——옛날에, 그 죽은 사람 덕분에 목숨을 건진 적이 있는데."

노인이 그렇게 말하자 남자는 고개를 숙였다.

"뭐, 자네가 죽은 사람이라면 나도 죽은 사람일세. 오십 년 전에
바다에서 죽었지. 나머지 인생은 덤일세. 하지만 정신을 차려 보니
덤이 몇 배나 길어졌어."

"선생님의 오십 년은 덤 같은 것이 아닙니다."

아니, 덤일세, 하고 노인은 남자의 말을 가로막았다.

"진기하다, 기구하다, 뭐, 남들이 보기에는 그렇지. 하지만 내 입장
에서는 건진 목숨이 아까워서 견딜 수 없었을 뿐. 내 신분은 어부이니,
무사님 같은 오기도 긍지도 없지. 대의도 명분도 없네. 그저 악착같이
살아남았을 뿐이야."

검은 남자는 한층 더 얼굴이 어두워졌다.

"처음으로 죽은 것은 열네 살 때였소. 뭐가 뭔지도 모르는 나이에
한 번 죽었다가 구사일생으로 목숨을 건지고, 다시 뭐가 뭔지도 모르
는 생활을 십 년 동안 하고, 그리고 또 천신만고 끝에 고향에 돌아간
것이 스물다섯 살 때였지. 생각지도 못하게 건진 목숨, 세상에 은혜를
갚자는 생각으로 이것저것 했지만, 마흔이 넘어서 또 죽었소. 이제
지난 이십 년은 부록의 부록이라오."

염세자만 세 명 모인 셈이로군요, 하고 나카하마 노인은 붙임성 좋게 웃으며 말했다.

"뭐, 은둔자는 은둔자 나름으로 힘들지. 당신은 아직 젊으시니 앞으로 훨씬 더 힘들어질 겁니다. 기력을 길러 두는 게 좋아요. 뭐, 나는 늙은이이니 뱀장어를 먹고 자양을 기른다 한들 좋을 것은 하나도 없지만, 이 뱀장어 냄새만은 참을 수 없지."

다시 눈을 가늘게 뜨며, 나카하마 노인은 황홀한 듯이 코를 벌름거리더니 고개를 기울였다.

"좋아하는 음식이랍니다. 하지만 이 일행 쪽이 말이지요."

노인은 곁눈질로 검은 남자를 보았다.

"불편하다고 해서 말이오. 밖에서 기다리겠다며 멋대로 굴지 뭡니까. 뭐, 풍채가 이렇다 보니 놀라셨지요."

곤란한 사람입니다, 하고 말하며 나카하마 노인은 장아찌를 입으로 가져갔다.

오독오독 씹는 소리가 묘하게 맛있게 느껴져서 나도 덩달아 먹어 보니 실제로 맛있었다.

"아아, 정말 이 장아찌는 맛있군요."

나는 솔직하게 그렇게 말했다.

"하지만 불편하시다는 뜻은, 이분은 뱀장어를 싫어하신다는 뜻입니까? 아니면 에도 사람처럼 기다리는 게 싫다는 뜻인지요? 이분은 에도에서 태어나셨습니까?"

"아니, 이 사람도 ——."

"고향은 없습니다."

도사 사투리 —— 로 들렸다.

도사 출신이라는 노인이, 이 사람도, 라고 말하려고 한 것에서 상상해 보건대 동향(同鄉)이 아닐까.

나카하마 노인은 몹시 완고한 남자를 다시 곁눈질로 보고는 쓴웃음을 지으며,

"그게 아닙니다. 분에 맞지 않으니 이런 곳의 문턱은 넘을 수 없다는 거요. 그리고 아무래도 기척을 못 참겠다는군요."

하고 말했다.

"기척 —— 이라고요?"

"어떤가? 그, 손질하는 기척이 싫은 건가?"

남자는 더욱 고개를 수그리며 목을 움츠렸다.

겉모습에 어울리지 않게 겁이 많은 것일까.

"뭐, 뱀장어는 머리를 못으로 박고, 산 채로 몸을 가르거든요. 그것이 싫다는 뜻인데 —— 확실히 그렇게 생각하면 잔인한 일이지만 생선이든 뭐든 손질하지 않으면 먹을 수 없지요."

"간토의 뱀장어는 등을 가르는데 서쪽 지방에서는 배를 가릅니다. 등을 가르는 것은 —— 좋아하지 않습니다."

그렇군, 하고 노인은 약간 슬픈 듯한 표정을 지었다.

"내가 잘못했나."

남자는 작게 고개를 가로저었다.

"뭐, 먹기만 하면 되지요."

그때 2인분의 뱀장어가 나왔다.

지방이 올라서 매우 맛있어 보인다. 뒷집에 사는 아낙에게 보여주고 싶다.

노인은 아주 맛있게 먹었다.

남자는 한 입 한 입 곱씹듯이 먹었다.

욕심내는 듯한 얼굴로 보였는지 노인은 활짝 웃으며,

"이 가게는 맛있습니다."

하고 말했다.

"겨울에는 여름보다 기름지지요. 죽지 못해 사는 노인한테는 사치입니다."

"그, 그렇습니까."

이 자리에 뒷집 아낙이 있다면 어떤 얼굴을 할까 하고 생각한다. 틀림없이 서양 풍자만화 같은 유쾌한 얼굴이 될 것이다. 그런 상상을 하고 있는데 뱀장어덮밥이 나왔다. 뚜껑에서 조금 삐져나와 있다.

열어 보니 김과 함께 기름이 뚝뚝 떨어질 것 같은 살찐 뱀장어가 나타났다. 양념의 윤기도, 구워진 정도도 알맞아서, 정말 맛있어 보였다. 산초를 뿌리자 더욱 식욕이 더했다.

그렇게까지 배가 고픈 것도 아니었을 텐데, 왠지 모르게 입속에 침이 고였다.

덮밥을 먹을 때 차릴 예의는 없을 거라는 생각에 기세 좋게 입에 퍼 넣자, 노인은 기쁜 듯한 시선을 보냈다.

"아주 잘 드시는구려. 그래야지요. 사람은 먹어야 삽니다. 어떤 처지에서든 먹을 수 있는 것이 있고, 그것을 먹으면 살 수 있지요."

살게 되고 만다고, 나카하마 노인은 옆에 있는 남자를 향해 말했다.

"그런데 다카토 씨."

갑자기 이름이 불리는 바람에, 나는 허둥지둥 밥을 삼키고 차를 마셨다.

"당신, 요 앞에 사신다고 하셨지요. 요 앞이라면, 그."

"예, 마을 변두리의 산 쪽이라고 할까요, 산이라고 할 만한 것은 아니고 그냥 황량한 경사지지요. 한가운데에 커다란 언덕이 있고, 그 언덕을 올라가다 보면 도중에 있는 민가에 살고 있습니다."

"그럼 —— 여기보다 더 북쪽입니까?"

그렇다고 대답하자, 그럼 혹시 모르십니까, 하고 말하면서 노인은 품에서 문서 같은 것을 꺼내더니 옅은 눈썹을 찌푸리며 가까이했다 멀리했다 하며 소리 내어 읽었다.

"으음, 서 ——."

노안이라 읽지 못하는 것일까.

좀 보겠습니다, 하며 손을 내밀자, 이거 식사 중에 죄송합니다, 하며 노인은 문서를 내밀었다.

"아무래도 작은 글씨는 보이지가 않습니다. 어려운 한자는 특히 안 되고요. 서점이라고 들었습니다만."

보니 ——.

주소를 적은 옆에 책방 서루조당이라고 적혀 있다.

"아아."

조당의 손님인가 하고 생각하며, 새삼 다시 살펴보니 마지막에 가쓰 야스요시[勝安芳]라고 적혀 있었다.

"이건 책방입니다. 잘 아는 곳입니다만 —— 이, 가쓰라는 분은."

"소개해 주신 분은 가쓰 백작님이십니다."

"가쓰 아와노카미 님 —— 말입니까."

가쓰 가이슈를 말한다. 아무래도 그 위인은 조당 주인과 오랫동안 알고 지낸 사이인 모양이다. 전에도 남몰래 조당을 방문해서, 그 자리에서 마주치고 간담이 서늘해진 적이 있다.

"가쓰 님과 아시는 사이입니까?"

"예에, 옛날에 신세를 졌지요. 애초에 이 남자를 소개해 주신 분도 가쓰 선생님이었고요."

남자는 눈을 감고 몸을 움츠렸다. 입을 시옷자로 굳게 다물고 송구스러워하고 있다. 그래도 앞니가 약간 엿보인다. 여전히 어둑어둑한, 정체를 알 수 없는 기백으로 가득 차 있기는 하지만, 만일 그것이 없다면 생각건대 궁상맞은 부류의 얼굴일 것이다.

인상이나 풍채만으로 인품이나 품격을 정할 수는 없지만, 그렇다고 해도 메이지 유신의 걸물과 인연이 있는 인물이라고는 도무지 생각되지 않는다. 그러나 가쓰는 가난한 막부의 신하라면 신분이나 가문에 상관없이 공평하게 원조의 손길을 내민다는 소문도 들었으니, 가난한 사람이나 야인들 중에도 은혜를 입은 사람이 많이 있을지도 모른다.

하고 —— 거기까지 생각하다가, 이 남자는 도사 사람이라는 것을 깨닫고 더욱 영문을 알 수 없게 되었다. 그렇다면 이 남자는 막부의 신하는 아닐 것이다.

—— 캐물을 필요는 없나.

나는 많은 것을 묻지는 않을 것이다. 어림짐작으로 이것저것 생각하는 것도 무례한 일이다.

"이 문서에 있는 서루조당은 제가 자주 가는 책방인 것 같습니다. 뭐, 사지는 않고 구경만 하는 사람이니 좋은 손님이라고는 말하기 어렵지만, 친하기는 하지요. 일전에도 잡지를 사러 갔다가 우연히 가쓰 선생님을 뵈었습니다."

"그거 기이한 만남이로군요."

하며 나카하마 노인은 기쁜 듯이 웃었다.

"아니, 이것은 뱀장어가 맺어준 기이한 인연입니다. 무엇이든 먹고 볼 일이로군요."

노인의 웃는 얼굴과 대조적으로 남자의 주위는 더욱 어두워진 듯한 기분이 들었다.

"사실을 말씀드리면 소개장은 받았지만 아무래도 어디 있는지 알 수가 없어서 고생하고 있던 참입니다. 부근에서 물어보아도 아무도 모른다고 하고, 이 뱀장어집에서 물어보아도 모른다고 하면 나중에 다시 와야겠다고 생각하고 있었지요."

안내해 드리지요, 라고 말하자, 우선은 뱀장어를 맛보시지요, 라는 대답이 돌아왔다. 분명히 내 밥그릇 안에는 아직 뱀장어덮밥이 남아 있었다. 허둥지둥 쓸어 넣었지만 그래도 맛있었다.

먹고 있는 사이에 나카하마 노인이 여주인을 불렀다. 노인은 계산을 하겠다고 한다. 이분 몫도 함께 해 달라고 말하기에, 얻어먹을 수는 없다 싶어 더욱 서둘러 먹었지만 씹고 있는 사이에 계산은 끝나고 말았다.

나는 돈을 내겠다고 말했지만, 안내 삯이라며 정중하게 거절당했다. 왠지 미안해서 그저 머리만 숙였다.

바깥은 추웠다.

눈이라도 내릴 것 같은 날씨다.

노인은 발걸음은 정정했지만, 지팡이에 의지하면서 신중하게 한 발짝 한 발짝 밟아 다지듯이 걸었다.

남자 쪽은 마치 시종처럼, 그 뒤를 세 자 정도 떨어져서 나아갔다. 빈틈없는 발걸음은 시정 사람의 것은 아닐 것이다.

하지만 무사 특유의 거만함이라고 할까, 대범함은 조금도 없다. 음울하다고 할까 비장하다고 할까, 깊이 생각에 잠겨 있는 듯 보이기도 한다. 그러면서도 노인과의 거리는 항상 일정해서, 좁혀지지도 벌어지지도 않았다.

어쨌거나 이 두 사람은 보통내기는 아니다.

눈에 익은 언덕에 접어들었다.

평소와 똑같이 이곳에 어울리지 않는 장난감가게가 보인다.

열 살도 되지 않은 어린아이 둘이 괴상한 쓰개를 쓰고 놀고 있었다.

결투 흉내인지 뭔지를 하고 있는 것이다.

이얍 하고 소리를 지른다. 휘둘러 내린 나뭇가지에 맞자, 맞은 아이가 당했구나 하며 땅바닥에 쓰러진다.

가게 주인이 나와서 성가시다며 아이들에게 불평을 늘어놓는다. 뭐, 장난감 칼이라도 샀다면 모를까, 무기가 나뭇가지이니 분명히 성가실 것이다.

이윽고 왜 이런 야만스러운 놀이를 하는 거냐며 주인은 설교를 시작했다. 사벨이니 소총이니 하는 위험한 것만 파는 주제에 무슨 말을 하는 것인지 모르겠다.

그러나 아이 쪽도 되바라져서, 야만스러운 게 아니라 토벌이다, 지금은 이 녀석이 도적이니 베어도 된다고 한다. 묘한 쓰개는 관군을 나타내는 것이리라.

관군은 그런 비겁한 짓은 하지 않을 거라며 주인은 눈썹을 찌푸렸다.

"당한 아이는 칼을 갖고 있지 않지 않으냐. 그런 법이 어디 있느냐."

"토벌이니까 괜찮아요. 도적은 해치워도 된다고요."

"안 돼. 전의 해군경(海軍卿)인 에노모토 자작님은 하코다테 전쟁[177] 때는 도적의 두목이었단다. 하지만 특사를 받으시고, 그 후에는 크게 출세하셨지 않았느냐. 아저씨가 어릴 때 에노모토 님이 내 머리를 쓰다듬어주신 적도 있어. 도적 중에도 높은 사람이 있는 거지. 도적이라고 해서 해치워도 되는 건 아니란다, 꼬마야."

아저씨가 말하는 사람은 에노모토 다케아키[榎本武揚]일 것이다.

노인의 분위기를 살피니 왠지 표정을 흐리고 있다. 그 세 자 뒤의 남자는 미간에 주름을 지으며 견디는 듯한 얼굴을 하고 있었다.

가게 앞을 지나 조당에 이르는 오솔길 앞까지 오자, 등 뒤에서 이번에는 내가 관군이라고 말하는 아이의 목소리가 들렸다.

뜻을 알고 하는 말이라고는 도저히 생각되지 않는다.

초목이 마른 길을 걷는다.

"가마지로 군은 총명했는데."

하고 노인은 작은 목소리로 중얼거렸다.

"가마지로——라는 건."

에노모토 가마지로 말입니다, 하고 나카하마 노인은 대답했다.

"에노모토라면 지금 저 아저씨가 말한 에노모토 각하 말입니까?"

"예에. 뭐, 목숨을 건져서 다행입니다. 걸물이니 출세도 했겠지요. 그래서 무신(戊辰) 전쟁[178] 전후에는, 나는 꽤 마음이 아팠습니다. 나중에 들었는데 가쓰 선생님도 골치를 썩이신 모양입니다. 뭐, 사이고 씨도 그렇고 에노모토 군도 그렇고, 저쪽을 세워주면 이쪽이 서지 않고, 굽힐 수 없는 체면이라는 것은 있었을 테니까요."

---

177) 1868년~1869년. 무신 전쟁의 일부로, 신정부군과 막부군의 마지막 전투.
178) 1868년에서 이듬해에 걸쳐, 신정부군과 구 막부파 사이에 있었던 내전. 이 전쟁이 신정부군의 승리로 끝나면서 메이지 천황에 의한 통일 국가가 완성되었다.

어려운 시대였습니다, 라고 말하며 노인은 기분 탓인지 어깨를 축 늘어뜨렸다.

"아까운 목숨이 낭비되었지요. 그렇게 많은 사람이 죽지 않으면 세상이라는 것은 바뀌지 않는 법일까요."

대답할 수 없었다.

그 무렵에는 어렸다. 너무 어렸다. 장난감가게 앞에 있던 아이들보다도 어렸다. 따라서 세상이 어떻게 되고 있는 것인지 전혀 알지 못했다. 나는 막부 신하의 적자(嫡子)이니 어쩌면 관군이야말로 적이라고 생각하고 있었을지도 모른다. 기억나지 않는다.

아까 그 아이들처럼 곤란한 아이였다는 뜻이다.

게다가 그대로 어른으로 자라 버린 만큼 더 질이 나쁘다.

그러는 동안에 조당 앞까지 오고 말았다. 여기입니다, 라고 말하자 두 사람은 나란히 올려다보고, 나란히 눈을 휘둥그렇게 떴다.

나카하마 노인은 그렇다고 치고, 남자 쪽이 사람다운 반응을 보인 것은 이것이 처음이다.

"이건――뭐, 앞을 지나갔다고 해도 몰랐겠군요. 도무지 서점으로는 보이지 않아요. 등대 아닙니까?"

"저도 처음에 왔을 때는 당혹스러웠습니다. 안에 들어가면 더 놀라실 겁니다."

어찌 된 셈인지 자랑스러운 듯한 말투가 된다. 내 가게도 아니고 내 공도 아니다. 나는 길 안내를 했을 뿐이다.

발에 붙어 있는 조(弔)라는 한 글자를 확인하고 나서 문을 두드렸다.

문은 곧 열리고 시호루가 작은 얼굴을 내밀었다. 주인도 그렇지만 이 아이도 나이를 알 수가 없다.

아까 그 아이들과 얼마 차이도 나지 않는 것 같기도 하지만, 그런 것치고는 어른스러워 보이기도 한다.

"어라, 다카토 나리. 또 구경하러 오셨습니까."

"너도 농담할 줄 아는구나. 뭐, 나는 구경만 하는 몹쓸 손님이지만 구경만 하러 온 것은 아니란다. 오늘은 손님을 안내해 왔지. 게다가 보통 손님이 아니야. 가쓰 선생님의 소개로 온 분이란다."

히야, 하고 말하더니 시호루는 입을 벌리고, 곧 주인을 부를 테니 다카토 님은 의자를 좀 내주십시오, 하고 말한다. 마치 허드레 일꾼 취급이다. 다만 이 가게에는 두 사람밖에 없으니 이것은 어쩔 수 없다.

나는 문을 지나 두 사람을 안으로 불러들이고, 잘 아는 가게라는 듯이 계산대 옆에 놓여 있는 의자를 두 개 꺼내어 앉으라고 권했다. 그러나 두 명의 손님은 앉지 않았다. 나카하마 노인은 오오, 하며 높이 늘어서 있는 서가(書架)를 정신없이 바라보고, 검은 남자는 한 번 바깥의 기척을 살피는 듯하더니 손을 뒤로 돌려 문을 닫고는 그대로 입구를 막듯이 섰다.

가게 안은 어둡다.

천장에서 비쳐드는 겨울 햇빛은 약하고, 촛불의 불빛은 입구까지는 닿지 않는다.

남자는 그 어둠에 금세 녹아들었다.

노인은 그런 남자는 돌아보지도 않고 서가를 들여다보고 있다.

이것은 꺼내 보아도 상관없습니까, 라고 하기에 나는 파는 물건이니 상관없겠지요, 라고 대답했다.

"뭔가 눈에 들어오는 것이라도 있습니까."

마치 사환 같은 말이다.

"아니, 아니, 그리운 책이 있어서요——."

노인은 한 권을 뽑아들더니 눈을 가늘게 떴다. 노안이라 이렇게 어두운 곳에서는 보이지 않을 것이다. 그렇게 생각하고 다가가 보니, 노인이 들고 있는 책은 의외로 양서(洋書)였다.

"외, 외국어를 아십니까."

나는 놀라서 말해 버렸지만, 말하고 나서 실례되는 말을 했다는 것을 곧 깨달았다. 하오리에 하카마 차림이라서 그런 것은 아니지만, 어떻게 보아도 전통적인 일본인의 풍모였고 고령이라는 이유도 있어서 멋대로 그런 것은 읽을 수 없을 거라고 단정하고 있었던 것이다.

그럴 리는 없다. 에도 시대부터 읽을 줄 아는 사람은 읽을 줄 알았을 것이다. 상투가 있어도 띠에 칼을 차고 있어도 외국어를 모를 거라는 이치는 없다.

"아니, 이거 실례했습니다. 저는 그, 외국어는 전혀 몰라서요."

"뭐, 실례는 아니오, 그렇게 보이는 게 당연하지요. 실제로 나는 배운 것이 없습니다. 뭐, 읽고 쓰기도 제대로 못 하던 때에 제일 먼저 배운 것이 ABC였다는 것뿐. 그래서 영어는 읽을 줄 안다오. 분수에 맞지 않게 다른 사람을 가르치기도 해 왔지만, 모국어 쪽은 이 나이가 되어서도 제대로 읽고 쓸 줄 모를 정도입니다."

"예에."

그것은 참으로 이상한 이야기다.

나카하마 노인은 아무리 젊게 잡아도 예순 고개는 넘었을 거라고 생각한다. 그 짐작대로라면 이 노인이 어렸을 때, 이 나라는 아직 쇄국정책을 펴고 있었을 것이 아닌가. 노인이 어떤 환경에서 자란 것인지 짐작도 가지 않았다.

"늙어빠져도 젊을 때 읽었던 책은 기억하는 법이지요. 눈이 흐려져서 잘 보이지 않지만, 이 책에 대해서는 잘 기억하고 있습니다. 오십년이나 전의 일인데도 말이지요."

"고생하며 읽으셨기 때문이겠지요."

계산대 쪽에서 목소리가 났다.

돌아보니 계단을 내려온 곳에 주인이 서 있었다. 계절감이 없는 하얀 기모노 차림이다.

"잘 오셨습니다. 제가 이 책방의 주인입니다. 히카와[氷川]의 두목님 소개로 오셨다면서요――."

"아아, 네. 그렇습니다, 저는."

"나카하마 만지로[中濱萬次郞] 선생님――이신 것 같습니다만."

만지로. 들은 적이 있다.

"John Mung――존 만지로 선생님이라고 부르는 편이 좋을까요."

"존 만지로――선생님. 이분이?"

펄쩍 뛰어 물러나고 말았다.

사실이라면 이 노인은 덴포[天保] 연간(年間)[179]에 미국으로 건너간 유일한 일본인이다. 그러나 그렇다면 모든 의문은 풀린다. 전해 들은 바로는 도사 지방의 어부였던 만지로는 큰 폭풍을 만나 표류하다가 무인도에 다다랐고 미국의 포경선에 구조되지만, 조국은 쇄국정책을 펴고 있었기 때문에 돌아올 수 없었다. 그는 그대로 미국으로 건너가 옥스퍼드 학교에서 공부하고, 가에이[嘉永][180] 시대가 되자 자력으로 귀국, 이윽고 무사 계급으로 발탁되어 활약했다는 걸물이다.

---

179) 덴포라는 연호를 쓰던 시대. 1830~1844년 사이를 가리킨다.
180) 1848~1855년 사이에 사용된 일본의 연호.

"시, 실례했습니다. 모르고 한 일이라고는 해도 수많은 무례를 저질렀으니 용서해 주십시오."

"뭐가 무례합니까. 당신은 친절하게 대해 주셨을 뿐이지 않습니까."

"아, 아니 그."

추운데도 땀이 났다.

틀림없을 것이다.

금을 캤다는 지역도 도사가 아니라 미국 샌프란시스코의 금광일 것이다. 어부라는 것도 거짓말은 아니다. 가쓰 가이슈와 함께 간린마루[咸臨丸] 호[181]도 탔을 것이다. 에노모토 다케아키에게 영어를 가르친 사람도 이 노인이다.

나는 황송해져서 그저 절만 했다.

"다카토 님은 늘 황송해 하기만 하시는군요."

주인이 계산대에서 웃고 있다.

"자, 그런 곳에 서 계시면 황송해 하는 다카토 님이 이상해지고 맙니다. 이쪽으로 오시지요. 아니면 그 책을 사러 오신 겁니까."

"아아, 갖고 싶구려."

만지로는 부드러운 말투로 그렇게 말했다.

"파는 물건이니, 무엇이든 말씀만 하십시오. 얘야, 시호루, 그런 어중간한 곳에 의자를 내놓으면 손님이 앉기 어렵지 않으냐. 좀 더 계산대 쪽으로 붙이렴."

의자를 내놓은 자는 시호루가 아니지만, 잠자코 있는 편이 좋을 것 같다.

---

181) 막부 말기에 에도 막부가 보유하고 있었던 초기 군함. 목조로 3개의 돛대를 갖춘 중기선이었다.

아이는 한 번 이쪽을 싸늘한 눈으로 본 후, 의자를 옮기고는 이쪽에 앉으십시오, 하고 말했다.

"지금 뜨거운 차를 가져오겠습니다."

"아니, 아니, 동자님, 신경 쓰지 않아도 됩니다. 뭐, 노구에 줄곧 서 있는 것은 힘드니 사양하지 않고 앉기는 하겠습니다만——."

거기에서 만지로는 입구에 우뚝 서 있는 남자에게 얼굴을 돌렸다.

"자네도 앉도록 하게."

남자는 미동도 하지 않고 똑같은 자세로 입구에 우뚝 서 있었다.

"뭘 하고 있나. 자네 때문에 온 것이 아닌가."

"저는—— 저는 선생님과 나란히 앉을 수 있을 만한 신분이 아니니까요."

"신분이고 나발이고 그런 게 어딨나. 사람은 살아 있는 한은 모두 평등한 걸세."

"저는 죽은 사람입니다."

"곤란한 친구입니다."

만지로는 다시 주인 쪽을 향했다.

그리고,

"저 남자를 구해 주고 싶습니다."

라고 말했다.

조당 주인은 표정 하나 바꾸지 않고,

"책방 주인은 사람을 구할 수는 없습니다."

라고 대답했다.

"아아, 그렇게 말씀하실 거라고 생각하고 있었습니다. 가쓰 선생님도, 그자는 그렇게 말할 거라고 말씀하셨으니까요."

"이런. 꿰뚫어보고 계셨다니, 조금 쑥스럽군요. 그럼 나카하마 선생님, 그걸 아시면서도 이곳에 오신 겁니까?"

만지로는 크게 고개를 끄덕였다.

"주인장은 당연히 그렇게 말할 거라고 들었습니다. 다만 가쓰 선생님은 이렇게도 말씀하셨습니다. 사람은 사람을 구할 수 없다, 하지만 책은 사람을 구할 때도 있다고요."

"호오."

"조당 주인——이것은 당신을 말하는 것이지요. 조당 주인은 서책을 공양하는 것이 직업이라고 한다, 서책을 성불시키려면 진짜 주인을 찾아낼 수밖에 없다고 지껄인다——뭐 이 말은 가쓰 선생님의 말씀입니다. 그래서."

"그 바보 녀석은 책의 입장이 되어 생각하기 때문에 그런 말을 장황하게 늘어놓겠지만, 뒤집어보면 그것은 사람을 위해서이고, 그런 책을 만난 사람이 구원받게 된다는 뜻이 되지 않겠는가——라고 말씀하시기라도 하시던가요."

조당 주인은 가쓰의 말투를 흉내 내어 말했다.

바로 그렇게 말씀하셨다고 노인은 대답했다.

조당 주인은 뺨을 경련시키며 쓴웃음을 짓더니,

"정말이지, 이름대로 제멋대로인 분이십니다."[182]

라고 말했다.

"예, 예."

하며 만지로 노인은 웃었다.

---

182) 가쓰 가이슈의 가쓰[勝]는 '제멋대로 굴다, 자기 좋을 대로 하다'라는 뜻의 갓테[勝手]에 쓰이는 한자이기도 하다.

"하지만 그분은 자신에 관한 일로 제멋대로 말씀하시지는 않지요. 나랏일이나 남을 보살피는 일 같은, 다른 사람의 일이면 태연하게 억지도 쓰시지만요."

"그래서 적을 만드시게 되는 겁니다."

주인은 몹시 즐거운 듯이 말했다.

그러나 만지로 노인은, 그렇습니다, 하고 차분하게 말을 받았다.

"가쓰 선생님을 나쁘게 말하는 사람도 많이 있겠지요. 하지만 나는 그분은 훌륭한 분이라고 생각합니다. 뭐, 후쿠자와 유키치 선생님 같은 분도, 가쓰는 참을성이 부족하다, 무사의 근성이 없다고 말씀하셨다고 하지만——그것도 지당한 말씀이겠지만, 나는 본래 무사가 아니니 가쓰 선생님의 마음은 잘 알 수 있다오. 그것이 억지로 태연한 척하는 거라면, 그분은 평생 태연한 척하며 살아오신 겁니다."

그건 압니다, 하고 주인은 대답했다.

"에도인의 기질입니다. 에도 사람이라는 말은 시정 사람에게만 한정된 말은 아닌 모양이지요."

"예. 뭐, 그렇겠지요. 아버님이신 무스이[夢酔] 님께 물려받은 기질이라고 들었습니다."

무스이 님은 에도 사람이라기보다 전대미문의 분이었던 것 같습니다만, 하고 주인은 더욱 즐거운 듯이 말했다.

그때 시호루가 차를 가져왔다. 김이 피어오르고 있는 것을 보면 정말로 뜨거울 것이다. 노인은 황감하다며 기뻐했지만, 입구의 남자는 감사 인사를 한 후, 정중하게 사양하겠습니다, 라고 말하며 차를 돌려주었다. 아이는 곤란해 했지만, 주인이 손님한테 강요해서는 안 된다고 말했기 때문에 그대로 물러났다.

후우후우 불어 차를 식히고 한 모금 홀짝이듯이 마신 후에 만지로 노인은 피어오르는 김 때문에 흐려 보이는 얼굴로, 가쓰 선생님은 지난 2월에 아드님을 잃으셨습니다——하고 말했다.

그랬던가.

여기에서 만났을 때는 그런 분위기는 느껴지지 않았다.

그러나 주인 쪽은 아무래도 알고 있었던 모양인지, 젊은 나이라고 하시던데 안 된 일입니다, 하고 말했다.

"아니, 그 심중은 헤아리고도 남음이 있습니다. 물론 참으로 깊이 슬퍼하고 계시겠지요. 하지만 가쓰 선생님은 그런 것은 전혀 내색도 하지 않으십니다. 그것도 참고 계시는 것이겠지요. 그런 것까지 참을 필요는 없다고 생각하는데."

"개인적인 일은 다른 사람에게 말씀하시지 않는 분입니다. 말씀하신 대로 억지로 태연한 척하시는 거겠지요."

"손해를 보고 계시는 것 같은데——."

"알면서 손해를 자청하는 듯한 부분은 있겠지요. 쇼군 가에 충성을 다하고 의리를 지키기 위해서, 쇼군께 미움을 받을 만한 일을 솔선해서 하시니까요. 그 결과, 실제로 소외당하고 마는 것입니다. 비판도 오해도 달게 받아들이고, 변명은 일절 하지 않으시지요. 떳떳하다면 떳떳하지만——수지는 맞지 않습니다. 하지만 적은 많은 편이 재미있어서 좋다는 둥 큰소리를 치시는 겁니다, 그 어르신은."

"나랏일에 분주하셨고, 인생을 걸고 큰일을 이루셨는데, 신정부도 옛 막부의 신하마저도 색안경을 끼고 보는 꼴이니, 내심은 어떠셨을지——."

"글쎄요."

어떠셨을까요, 하고 조당 주인은 시치미를 뗐다.

"뭐, 저 같은 사람은 헤아릴 수 없는 처지이겠습니다만, 막부의 중추에 있으면서도 스스로 막부의 막을 내리신 것이니 당연히 각오는 있으셨겠지요. 주군을 옥좌에서 끌어내림으로써 주군을 지키자는 생각은 보통 하지 않습니다. 그분에게는 그것이 바로 의리였겠지만, 밖에서 보자면 불의로 보이지요."

"불의라고요 ── 하지만 가쓰 선생님이 계시지 않았다면 도쿠가와 가문이 존속할 수 있었을지 어떨지는 알 수 없고, 에도 또한 잿더미가 되었을지도 모릅니다. 누군가가 막을 내리지 않으면 전쟁은 끝나지 않으니까요."

"예. 하지만 마찬가지로, 시마즈[島津][183]에는 시마즈의, 모리[毛利]에는 모리의 의리가 있었습니다. 아이즈[会津]에도 당연히 있었겠지요. 그것은 모두 이치에 맞는 의(義)의 길이었을 겁니다."

"같은 의(義)라도 싸움은 일어나는지요? 아니, 나는 의(義)도 충(忠)도 없는 어부 나부랭이니까요. 예(礼)니 효(孝)니 하는 것은 그나마 이해가 갑니다만 ──."

듣고 있으니 조금 부끄러워졌다.

무가 출신인데도 의도 충도 잘 모르는 내가 말이다. 깊이 생각한 적도 없다. 예도 효도 모를지도 모른다. 주자학을 배운 적도 없다. 논어도 제대로 배우지 않았다.

"의라는 것은 어디에선가 구분을 짓지 않으면 성립하지 않는 법입니다, 나카하마 님."

주인은 그렇게 말했다.

---

183) 사쓰마 번주의 성.

"구분을 짓다, 니."

"예를 들어 끝까지 주인을 섬기는 것을 의라고, 간단하게 생각해 보십시오."

"뭐, 그것은 알기 쉽소만."

"주인이 오른쪽으로 가라고 하셨어요. 그렇다면 오른쪽으로 가는 것이 의. 하지만 그 주인 자신이 누군가를 섬기고 있다면 어떨까요. 그리고 그 주인의 주인은 왼쪽으로 가라고 하시는 겁니다."

"흐음 ──."

"내 주인은, 주인의 명령을 따르지 않은 것이 됩니다. 주인 자신은 불의(不義)를 저지르고 있는 것이 되겠지요. 불의한 주인의 말에 따르는 것은 과연 의일까요, 불의일까요."

"글쎄요, 그건 어렵군요."

나카하마 만지로는 옅은 눈썹을 찌푸렸다.

"주군에게 의견을 말하는 것이 의일지 ── 아니, 아니, 그게 아니군요. 오른쪽인지 왼쪽인지, 어느 쪽이 옳은지 알아보고 그것으로 결정하는 것이 올바른 길은 아닐까요."

"주인과 그 주인을 저울에 단다 ── 는 뜻이 되는데요."

"아니, 그렇긴 하지만 옳은 것은 옳고, 틀린 것은 틀린 것이 아닙니까. 옳은 것을 따르는 것이 의, 정의가 길이라고 생각하오만. 미국에도 의는 있지만, 그것은 정의입니다. 정의는 흔들리지 않는 것입니다."

정의입니까, 하고 조당 주인은 말하더니, 그것은 흔들리지 않는 것이로군요, 하고 말을 이었다.

"흔들리지 않는 것이 아닐 ── 까요."

"적어도 제게는, 그것이 정말로 옳은 길인지 아닌지 판단할 자신이 없습니다. 믿을 수는 있겠지만 믿는 것이 곧 옳은 것이라는 보장은 없습니다. 사람은 틀릴 수 있지 않습니까."

그렇지요, 하며 노인도 생각에 잠겼다.

"저는 미국에 가 본 적도 없고, 그 나라의 사정에 밝지 않으니 가볍게 판단할 수는 없지만, 자유의 나라인 미국에는 비교적 큰 구분밖에 없지 않을까 하고 상상합니다. 이주한 사람들, 그리고 원래부터 살고 있던 사람들——."

노예도 있습니다, 하고 나카하마 노인은 말했다.

"다른 나라에서 끌려온 사람들이 사고 팔리고 있지요."

"그렇군요. 그것은 구(舊)막부 시대에서 말하는 대백성과 소작인, 대상인과 고용살이 일꾼 같은 관계일까요."

"뭐, 그렇습니다. 다만 인종이 달라서 한눈에 알 수 있지요. 저도 경멸당했습니다. 피부색과 눈 색깔이 다르다고요."

"그런 차별은 심각한 것일 줄 압니다만——그런 계층이 있어도 정의는 하나인 것이로군요."

하나겠지요, 하고 노인은 말했다.

"뭐, 그렇게 믿고 있을 뿐인지도 모르겠습니다만."

그렇다면 하나겠지요, 하고 주인은 말했다.

"그 나라는 아직 생긴 지 얼마 되지 않았습니다. 그러니 구분이 확실한 것입니다. 옳은 것도 흔들림 없는 것처럼 생각되고요. 백성들은 그것을 믿고 나아가면 돼요. 그렇게 하면 바라는 것을 손에 넣을 수 있지요——."

예, 예, 하고 노인은 고개를 끄덕였다.

"자유나 꿈, 그런 바람은 불고 있겠지요. 인종이 다른 이 나도, 물론 편하지는 않았지만, 그래도 어떻게든 생계는 꾸릴 수 있었어요. 그뿐만 아니라 나름대로 돈도 벌 수 있었습니다. 그래서 돌아올 수도 있었지요."

고생도 많으셨을 줄 압니다, 하고 주인은 공손하게 말했다.

"하지만 나카하마 님의 이야기만 듣고서는——인종차별 문제도 머지않아 해소되어 갈 것 같은 기분도 듭니다. 그것은 매우 뿌리가 깊은 것일 테니, 시간은 오래 걸릴지도 모르겠습니다만——."

"그럴까요. 뭐, 그럴지도 모르지만, 그렇다면 이 나라도 똑같이 되지 않았을까 싶군요. 그야말로 피부색이 다른 것도 아니고——."

"이 나라에는."

흔들림 없는 정의가 몇 개나 있었습니다, 하고 주인은 말했다.

"신분이나 계급의 차이만이 아니었습니다. 이 나라에는 집안이 있어요. 번이 있어요. 막부가 있어요. 조정이 있어요. 그것들이 자아내어 온 긴 역사가 있어요. 그것들을 일단 못 쓰게 만들어 버릴 수 있었다면——이야기는 더 간단했겠지만, 웬걸 그렇게 간단한 일은 아닙니다. 그 구분의 수만큼 의는 있고, 의를 따른다면 양립할 수 없는 사태도 생기고 마는 것입니다."

"그것은."

"시마즈의 의와 도쿠가와의 의는 같은 의이지만 시마즈와 도쿠가와는 다른 쪽을 향하고 있었습니다. 쇼군 가를 주군으로 삼는다면 시마즈는 불의가 되겠지요. 하지만 사쓰마 번 안에서 시마즈 공을 세우는 것은 바로 의입니다. 하지만 막부 위에 천자를 둔다면 어떻게 될까요."

"오오, 아까 그 이야기로군요."

"어렵다고 하셨지요."

어렵군요, 확실히 어려워, 하고 말하며 만지로 노인은 다시 미간을 찌푸렸다.

"아래로 가면 갈수록 어려워져요."

"그래요. 시마즈 번이 천자에게 의를 보인 것이라면, 반대를 향하고 있는 도쿠가와야말로 불의가 되고 마는 것입니다. 모든 것은 그런 이치입니다. 조슈(長州)는 그래서 깨진 것입니다. 도쿠가와도 깨졌지요. 거기에 양이(攘夷)니 개국(開國)이니 하는 것을 얽으니, 이야기가 복잡해지는 것입니다."

그렇군요, 그렇군요, 하고 만지로 노인은 말했다.

"시마즈 공을 도쿠가와의 가신으로 보느냐, 양쪽 모두를 천자의 가신으로 보느냐에 따라서 같은 의가 정반대를 향하고 만다, 는 뜻입니까."

"예. 반대를 향하고 있었다고 해도 본래는 같은 의입니다. 도쿠가와 문장 위에 비단 깃발을 쳐듦으로써 의가 불의로, 충이 불충으로 바뀌고 말 때도 있어요. 관군과 도적은 절대적인 평가가 아니라 꼭대기에 무엇을 얹어놓느냐에 따라 크게 변하고 마는 것이 —— 아닐까요."

그렇군요, 하며 노인은 차를 무릎 위에 올려놓고 한 번 위를 올려다보더니 등 뒤의 남자에게 신경을 썼다.

"외람되지만 가쓰 선생님의 고생은 바로 거기에 기인하는 것일 거라고, 저는 생각합니다. 천자도, 도쿠가와도 받들어야 하지요. 시마즈도 모리도 받들어야 하고요. 모두 의입니다. 불의는 없어요."

분명히 가늘게 쪼개어 가다 보면 모두 의에 의해 이루어진 일이 될지도 모른다고는 생각한다. 적어도 일부러 불의를 저지를 생각으로 행동하고 있었던 사람은 없었을 것이다.

"모두 의라면, 전부 받들어 버려라—— 라는 것이 그분의 방식이 겠지요. 그러기 위해서 잘라내도 좋은 것은 싹둑 잘라내고요. 받들 것은 받든 채, 잘라도 되는 것은 자르고, 그리고 다시 짜나가는 것입니다. 가쓰 선생님은 수많은 의를, 한 틀 더 큰 나라라는 구분 안에 다시 두고 새로 조립하려고 하신 것이 아닐까요."

"그것은—— 잘 알겠습니다."

"한편 후쿠자와 유키치 선생님은 저쪽도 이쪽도 받들 것은 없다고 판단하셨어요. 전부 받들지 않으면 된다고 생각하신 것이 아니겠습니까."

"전부 받들지 않는다니."

"예, 아까 말씀드린 것처럼 일단 전부 못쓰게 하자고—— 그렇게 생각하신 것 같기도 합니다. 그렇지, 후쿠자와 선생은 저서 '학문의 권장'에서 미국의 독립 선언을 인용하셨지 않습니까."

"그렇습니까?"

만지로 노인은 눈을 약간 크게 떴다.

"예. 하늘은 사람 위에 사람을 만들지 않았고 사람 밑에 사람을 만들지 않았다고 한다, 라는 글귀 말입니다. '서양 사정/제1편 · 2권'에서는 '1776년 7월 4일 미국 13주 독립 격문'으로 전문을 인용하셨지요."

"네, 네, 그것은 알고 있습니다."

하며 노인은 무릎을 쳤다.

"그것은 내가 번주의 명(命)을 받고 상하이로 건너가 있었을 때이니 —— 1866년에 출판된 책이었던가요."

그렇습니다, 하고 주인은 대답했다.

"대정봉환(大政奉還)[184] 전에 쓰인 책입니다."

"그렇게 됩니까."

"후쿠자와 선생님은 조슈 정벌 때에도 존왕양이는 민심을 현혹하는 단순한 구실이라고, 딱 잘라 말씀하셨어요. 인륜의 근본은 부부관계에 있다고 하시면서, 부인의 지위 향상에도 의욕적이십니다. 평등론자에게는 사람을 받드는 의는 무의미해집니다. 받들어야 하는 것은 나라이고 사상이겠지요. 정치는 그것을 움직이는 장치에 지나지 않습니다. 그렇기 때문에 그분은 누구도 모시지 않고 지금도 재야에 계시지요."

"그렇군요."

당신은 무엇이든 알고 있구려, 하고 만지로 노인은 감탄한 듯이 말했다. 조당 주인은 손을 세차게 좌우로 저었다.

"아뇨, 아뇨. 저는 책에 빠져 어리석은 생각만 할 뿐인, 속세를 버린 사람입니다. 세상에는 무엇 하나 도움이 되지 않습니다. 그렇지요, 다카토 님."

"아니."

도움이 되지 않는 것은 오히려 이쪽이다.

"뭐, 가쓰 선생님과 후쿠자와 선생님은 등을 맞대고 계시겠지만, 맞서고 계셨던 대상은 같다고 생각합니다. 아니, 그런 의미로는 메이지 유신의 공로자는 모두 그랬을지도 모르려나요."

---

184) 1867년 11월, 에도 막부의 쇼군이 정권을 천황에게 반환한 일.

"그 말씀이 옳겠지요."

하고 노인은 말한다.

"아니, 아니, 분명히 같은 쪽을 향하고 있어도 무엇을 받드느냐에 따라 서로 용납할 수 없는 사태가 일어나 버리는 법이지요. 사쓰마의 사이고 씨도 가마지로 군도, 똑같이 새로운 시대를 만들려는 생각이었을 테고, 뜻은 똑같이 높았을 거라고 생각합니다. 하지만 결국은 많은 사람들을 죽게 하고 만 것이겠지요."

"예."

세이난 전쟁도 하코다테 전쟁도, 많은 희생자를 내었다.

아니, 그렇게 따지자면 조금 전 장난감가게를 지나쳤을 때 이 노인이 말했던 대로 메이지 유신 자체가 많은 시체의 산 위에 이루어진 것이다.

지금 나처럼 도움도 안 되는 자가 아무것도 하지 않고 살아갈 수 있는 것도 에도 내에서 결정적인 싸움이 일어나지 않았기 때문——이라고 말할 수도 있을지 모른다. 에도가 전쟁터가 되었다면 아무리 어리다고는 해도 막부 신하의 적자, 도망치지도 못했을 것이다. 전쟁에 졌다면 다른 번의 번사 가족들처럼 어떠한 처분이든 받았을 것이다. 그렇다면 가쓰에게 감사해야 할지도 모른다고 생각한다.

"가쓰 선생님은 그게 분했던 게 아닐까 싶습니다. 지금 당신의 이야기를 듣고, 나는 더욱더 그렇게 생각하게 되었어요. 사이고 씨의 마음도, 가마지로 군의 생각도, 가쓰 선생님은 아플 정도로 이해할 수 있었던 것이 아니겠습니까. 하지만 각자의 의를 관철하고, 도리를 내세우면——사람이 죽게 되지요."

"예. 실제로 죽었습니다."

"그렇습니다. 어쨌든, 무사든 민초든, 도쿠가와든 삿초든, 사람이 죽을 만한 일은 그만둬라, 사람은 살리라고, 가쓰 선생님은 계속 그런 말을 해 오신 분일 거라고, 저는 생각합니다."

"뭐, 그것을 두고 겁쟁이라고 말하는 사람도 있겠지요. 마지막 한 명의 병사까지 싸운다, 화살이 떨어지고 칼이 부러져도 저항한다, 도리를 내세운다, 그것이 무사다, 그런 기개는 이 메이지 시대에도 아직 뿌리 깊게 남아 있을 테니까요."

예에, 그렇겠지요, 라고 말하며 노인은 슬픈 듯한 눈을 했다.

"그렇습니다. 그건 본래 무가의 이치이겠지만——사민이 평등해 지고 나서는 그 무가의 이치가 평민에게도 적용된——그런 감은 있지요. 그건 좀 그렇지 않은가 하는 생각은 듭니다. 도리를 내세우기 위해서 싸우지 않는다거나, 짐으로써 이긴다는 방식은 현명한 방법 이라고는 생각하지만, 무사님은 이해하기 힘든 것일지도 모릅니다."

일본인은, 특히 무사는 죽고 싶어 하니까요——하고 만지로 노인 은 한숨을 쉬듯이 말한다.

"내 생각에는 그쪽이 더 비겁한 것 같소. 뭐, 대놓고 말할 수는 없는 일입니다만. 죽어 버리면 편하니 말이오."

구사일생을 얻은 남자의 말이다. 그렇기 때문에 그 말은 무겁게 느껴졌다.

"죽어서 내세울 도리도, 죽여서 내세울 도리도 없습니다. 아니, 아니, 있어서는 안 되오. 그러면 도리에는 맞지 않습니다. 그렇게 통하는 도리는 틀린 도리라고 생각하거든요. 사람은 살아 있어야 사 람입니다. 살고, 고생해 가며 내세우고, 그래서 통한다면 그것은 옳은 도리지요. 아닙니까?"

맞습니다, 하고 조당 주인은 말했다.

"그래서 나는 하코다테 전쟁 때도 가마지로 군――아니, 그렇게 불러서는 안 되겠지요. 에노모토 님이나 오토리 케이스케[大鳥圭介] 님이 살아서 돌아오셨을 때는 안도했습니다. 나라를 어지럽힌 역적이라는 오명을 입고도 죽지 않고, 감옥에 갇혀도 부끄러워하지 않고, 그런 자세는 옳다고 생각하는데 말이오."

"옳겠지요. 두 분 다 특사를 받아 지금은 요직에 앉아 계시고요. 그야말로 나랏일에 관여하시면서 새로운 시대를 만들기 위해 동분서주하고 계시지 않습니까. 하코다테에서 할복하셨다면 그럴 수는 없었겠지요."

오토리 님도 나카하마 님의 제자셨군요, 하고 주인은 물었다.

"그렇습니다. 뭐, 제자라고 으스댈 수 있을 만한 사이는 아닙니다. 영어를 가르쳤을 뿐이니까요."

노인은 머리를 긁적였다.

"하지만――오토리 님은 어떨지 몰라도, 후쿠자와 선생님은 그 에노모토 님까지 비난의 대상으로 삼으시며, 가쓰 선생님처럼 참을성이 부족하다고 비판하지 않으셨습니까."

"그것을 어떻게 아십니까, 주인장."

만지로 노인은 의아한 듯이 말했다.

읽었습니다, 하고 주인은 대답했다.

"어느 곳에서 사본을 볼 기회를 얻었습니다. 그것은 '억지로 태연한 척하는 것에 관한 이야기'였던가요."

"그런 제목이었습니다."

만지로 노인은 크게 고개를 끄덕였다.

"뭐——나는 억지로 태연한 척하는 것이 좋은 일이라고도 생각하지 않습니다. 나 자신도, 물론 고생은 했지만 무언가를 참은 기억은 없소. 오히려 참지 않았기 때문에 고생했지요. 조국으로 돌아가고 싶다는 마음을 누르고 태연한 척했다면, 이 나라 땅은 밟을 수 없었을 겁니다. 억지로 태연한 척 버티고 있었다면, 뭐 유복해지기는 했을지도 모르지. 하지만 이국땅에서 출세하는 것보다 조국으로 돌아오고 싶었습니다. 하지만 그런 사고방식도 있을 거라고는 생각합니다. 죽은 병사들의 심중을 헤아리면, 싸우던 적을 모시는 것은 좀 그렇지 않은가 하는——그것도 인정(人情)이겠지만 말이오."

에노모토 님은 적을 모신 것이 아니겠지요, 하고 주인은 말했다.

"에노모토 님은 천자께 활을 당긴 것도, 신정부에 칼을 들이댄 것도 아니에요. 옛 막부의 신하들을 이끌고 신천지에 다른 정부를 만들려고 하신 것이지 않습니까."

"그게 불경이 된 거겠지요. 신정부의 입장에서 보자면 도쿠가와의 잔당일 뿐이라오. 그래서 조정의 적으로 간주한 것이겠지요."

"예. 싸우는 동안에는 적과 아군입니다. 하지만 전쟁은 이미 끝났습니다."

에노모토 다케아키가 에조치[蝦夷地][185]에 세운 에조 공화국은 다섯 달 만에 소멸했다고 들었다.

"후쿠자와 선생님은 분명히 에노모토 님의 처신에 대해서는 비판적이시지만, 그분의 구명 탄원에는 모든 힘을 다하셨다고 들었습니다. 능력과 재능은 높이 사셨던 겁니다. 그러니 빙 둘러서 바보 같은

---

185) 일본인이 아이누의 거주지를 가리켜 사용한 말로, 에도 시대에 사용되었다. 오시마[渡島] 반도 주변을 제외한 현재의 홋카이도를 중심으로 가라후토[樺太]와 치시마[千島] 열도를 포함한 지방을 말한다.

짓을 했다고 말씀하시고 싶었던 게 아닐까요. 어쨌거나 에노모토 님은 많은 병사를 죽게 했으니까요 ──."

아아, 그렇군요, 하고 노인은 말했다.

"가쓰 선생님도, 가령 우에노야마 전투[186]는 막을 수 없었던 셈이고 개성(開城)한 이후로도 전투는 끈질기게 계속되었어요. 그것을 막을 수는 없었습니다. 도쿠가와 가문은 구할 수 있었지만 많은 사람이 죽었지요. 후쿠자와 선생님의 입국론(立國論)에 기초해서 생각해 보면 가쓰 선생님의 행위는 높이 평가되어야 할 테고, 사실 그 점은 칭찬하고 계십니다. 그 후에 억지로 태연한 척하는 오기가 부족하다는 말씀이시겠지요. 큰소리를 치려면 해내라고 ── 후쿠자와 선생님 입장에서는 그런 마음이었던 것이 아닐까요."

"해내라, 고요."

"생각건대, 후쿠자와 선생님도 사람이 죽는 것을 참을 수 없었던 것이겠지요."

"아아."

"가쓰 선생님은 항상 산 사람을 우선하십니다. 죽어 버린 사람은 돌아오지 않는다고 냉정하게 딱 잘라 생각하고, 눈물을 삼키면서도 잘라내시지요. 죽은 사람을 애도하는 마음까지도 잘라내고, 남은 사람을 살리려고 하십니다. 한편 후쿠자와 선생님은 죽은 사람을 애도하고, 사람의 죽음을 깊이 슬퍼하시고요. 그러니 죽지 마라, 죽이지 마라, 사망자를 내지 않을 방법을 짜내라고 말씀하시는 것입니다.

---

186) 무신 전쟁이 일어났을 때 에도는 사이고 다카모리와 가쓰 가이슈의 회담으로 무혈 개성이 이루어졌고, 에도는 전쟁을 겪지 않아도 되었다. 그러나 '싸우지도 않고 항복했다'며 불만을 가진 사람들도 있었는데, 그런 사람들이 모인 곳이 우에노야마 산이었으며 그 중심에 있었던 것이 창의대(彰義隊)였다. 신정부군을 이끌고 이들을 소탕한 자는 오무라 마스지로라는 인물이었는데, 막부의 신하로 구성되어 있던 창의대는 하루 만에 전멸했다.

뭐, 생사에 관해서만 말하자면 가쓰 선생님은 현실주의자이고 후쿠자와 선생님은 이상주의자——라는 뜻이 되려나요."

어쨌거나 사람이 죽는 것을 우려하고 계시는 것이겠지요, 하고 주인은 말한다.

"후쿠자와 님이 줄곧 재야에 계시는 것도, 인재 육성에 모든 힘을 쏟으시는 것도, 자신의 분수를 잘 알고 있기 때문이 아닐까 하고, 저는 이해하고 있습니다. 할 수 있는 일을 할 수 있는 범위에서 해라, 할 수 없다면 호언장담을 하지 마라, 할 수 있다고 말해놓고 해내지 못했다면 그때는 으스대지 말고 제대로 보상을 하라고——뭐, 그 글은 그런 뜻이 아닐까 싶군요."

"예에."

뭐 그렇게 생각하면 납득도 가는구려, 하며 노인은 다시 무릎을 쳤다.

"아니, 가쓰 선생님도 후쿠자와 선생님도 간린마루 호에서 동행한 사이인데, 나한테는 두 분 다 중요한 분이니까요."

히카와의 두목님은 알고 계십니다, 하고 말하며 조당 주인은 미소를 지었다.

"뭐, 가쓰 야스요시도 후쿠자와 유키치도, 둘 다 보통 방법으로는 대할 수 없는 재인(才人)이지요. 서로 속마음을 잘 알면서 주고받고 있는 것이라고 생각하는데요."

"예에. 그럴지도 모릅니다."

양쪽 모두 평범한 사람으로서는 헤아릴 수 없는 깊은 연극을 하고 있겠지요, 하고 주인이 약간 장난스러운 말투로 말하자 나카하마 만지로 노인은 겨우 웃는 얼굴을 되찾았다.

"그렇다면 나도 시시한 일로 마음 아파한 것이 되는구려. 생각해 보면 가쓰 선생님도 웃고 계셨었는데. 뭐, 그것도 억지로 태연한 척하는 것이 아닐까 하고, 쓸데없는 걱정을 하고 말았습니다. 이거, 이거 ──."

노인은 거기에서 진지한 얼굴로 돌아왔다.

"혹시 주인장, 후쿠자와 선생님의 '억지로 태연한 척하는 것에 관한 이야기'는, 사본이 아니라 가쓰 선생님에게 보내진 초고 자체를 보신 것이 아닌지요."

그것은 말씀드릴 수 없습니다, 하고 말하며 주인은 웃었다.

"그런데 ── 그 비뚤어진 히카와의 어르신과 나카하마 님, 저기에 계시는 분은 어떤 관계이신지요."

조당 주인은 시선으로 입구에 있는 남자를 가리켰다.

"그것이 말이지요. 저자는."

산 채로 죽은 사람입니다, 하고 노인은 말했다.

"호오."

"저자의 이름은 ──."

"이름은 없습니다."

남자는 노인의 말을 가로막았다.

"27년 전에 잃었소. 그 후로 이름을 댄 적은 없습니다."

"나나시노 곤베에[名無しの権兵衛][187] 님이십니까."

"죽은 사람에게 이름은 필요 없습니다."

그렇다.

---

187) '이름을 알 수 없는 사람'이나 '이름이 밝혀지지 않은 사람'을 가리켜 사용되는 속어, 가명.

이 남자는——.

뱀장어집에서도 죽은 사람이라고 말했었다.

실제로 살아서 눈앞에 있으니 죽은 사람일 리는 없지만, 아무래도 이 남자의 행동거지에는 불길함이라고 할까, 어떤 처절함이 따라다닌다.

이노우에 엔료 박사의 요괴학을 끄집어낼 필요까지도 없이, 이 세상에 유령이 있다고 생각한 적은 한 번도 없다. 하지만 만일 유령이 있다면 구사조시나 연극에 나오는 것 같은 것이 아닐 거라고는 생각한다. 수의 차림으로 나타날 거라고도 생각하지 않고, 그림에 그려져 있는 것처럼 옅게 비쳐 보이지도 않을 것이다. 밤에만 나올 거라는 보장도 없다. 만일, 만일 진짜 유령이 존재한다면 그 유령은 이런 모습이 아닐까——.

그런, 어리석은 생각이 떠오른다.

남자 주위의 어둠에 빨려 들어가고 말 것만 같아서 얼굴을 돌렸다.

얼굴을 돌린 곳에는 노인이 있다.

약한 주황색 불빛에, 만지로 노인의 얼굴이 비추어지고 있었다. 그전까지와 다름없는 온화한 표정이기는 했지만 약간 슬퍼 보였다.

"사람은 힘들 때 견디고, 견디지 못하면 불평을 늘어놓고 약한 소리를 하고, 슬프면 울지요. 때로는 도망치고, 궁지에 몰리면 죽음을 선택하는 사람도 있습니다. 하지만 이 남자는 그 모든 것을 포기하고 말았소. 울지도 소리치지도 않습니다. 나는 이런 존재 방식은 없을 거라고 생각합니다."

노인의 말투는 이야기하는 사이에 점점 가라앉은 것으로 변해 가고 있다.

"이게 무작정 죽고 싶어 하는 무사라면 말릴 수도 있을 겁니다. 타이를 수도 있고요. 고쳐줄 수도 없는 것은 아니지요. 하지만 이 남자는 죽고 싶어 하지도 않소."

이미 죽었기 때문입니다, 하고 노인은 말했다.

"나는 어떻게 해 줄 수도 없습니다. 이걸 보고 있으면 너무 괴로워서 견딜 수가 없어집니다. 살게 해 주고 싶다는 생각이 강하게 듭니다. 실제로 살아 있으니까 말이오. 그래서."

나는 가쓰 선생님께 상의했습니다, 하고 노인은 말했다.

"왜——그분께."

"아니, 그건 주인장의 말씀대로 그분은 사람을 살리는 것, 살아 있는 사람이 사는 것을 최우선으로 생각하는 분이라고, 나는 생각했기 때문입니다. 게다가."

게다가——하고 주인이 되묻는다. 이 남자하고는 본래 가쓰 선생님의 주선으로 알게 된 사이거든, 하고 만지로 노인은 말했다. 분명히 뱀장어집에서도 그렇게 말했었다.

"가쓰 님이——맺어주신 인연이군요."

"네. 그렇지요, 그것은 벌써 꽤 전의 일——내가 사쓰마에서 이곳으로 돌아온 후의 일이니 게이오[慶応] 무렵——1867년이었던가. 그렇다면 벌써 이십여 년이나 알고 지낸 사이라는 게 되려나요."

"그러면——나카하마 님은 이분이 돌아가시고 나서부터 알고 지낸 사이, 라는 뜻이 되는지요?"

만지로 노인은 음, 하며 침묵했다.

"이분이 목숨을 잃은 것은 27년 전이라고 하셨습니다. 1867년에 처음 만나셨다면, 그것은 이분이 돌아가신 후라는 뜻이 되겠지요."

"네. 뭐——."

그렇게 됩니다, 하고 노인은 대답했다.

"처음 만나고 나서, 그 이듬해에는 막부가 와해되었습니다. 와해된 후에는 나도 미국에 건너갔고, 건강을 상하기도 했기 때문에 이 자의 행방도 모르게 되어 버렸고, 찾을 방법도 없어 소원하게 지내고 있었는데—— 일전에 우연히 재회하게 되었지요."

"그렇습니까."

주인은 보기 드물게 미간에 주름을 짓더니, 소리도 없이 일어서서 몇 발짝 앞으로 나갔다.

"어디에서 재회하셨는지요."

"예에. 우에노 부근에서, 걸인 같은 풍채로 앉아 있는 것을 발견했습니다. 살아 있었느냐고 말을 걸었지만, 보시다시피 이래서 말이오. 뭐, 이자는 제 목숨을 구해준 적이 있으니 이대로 둘 수는 없다 싶어서 집으로 데려왔습니다."

"이분이 목숨을—— 구해주신 적이 있습니까."

"네. 무신 전쟁 무렵에는 이래저래 위험하지 않았습니까. 뭐라고 할까, 살기가 가득했지요. 양이파의 입장에서 보자면 서양에 갔다가 돌아온 어부 따위가 잘난 척하는 것은 언어도단. 몇 번이나 습격을 받았습니다."

"아아, 천벌이라는 것 말입니까."

나는 무심코 말해 버렸다.

그러자 잠자코 있던 남자가 갑자기, 천벌이 아니오, 하고 큰 소리로 말했다.

"그, 그런 것은 천벌이 아니오. 아니오. 결단코 아니오."

뭐, 아니겠지요, 하고 주인은 말했다.

남자는 주인에게 얼굴을 향했다.

"그건 그냥 살인입니다."

"살인——."

"예. 아까 나카하마 님이 말씀하셨다시피, 죽어서 내세울 이치도, 죽여서 내세울 이치도 없소. 아무리 대의명분이 있다 해도 살인은 살인입니다. 살인에는 이치도, 의도, 충도, 아무것도 없습니다. 목숨을 빼앗는다는 야만적인 행위 앞에는 어떤 이치도 통하지 않소. 그건 그냥 폭력, 범죄입니다."

남자는 강하게 이를 악물고 허공을 노려보았다.

"천벌이라는 것은, 본래는 하늘——신불(神佛)처럼 사람을 초월한 존재 대신 죄인에게 벌을 내린다는 뜻입니다. 이것은 허울 좋은 책임 회피입니다. 자신이 저지른 죄, 이제부터 저지를 죄를 하늘 탓으로 돌리고 있을 뿐——입니다. 그럼."

하늘이란 무엇입니까, 하고 주인은 남자에게 물었다.

"그것은."

"신입니까? 부처입니까? 아미타여래가 양이를 부르짖을까요? 마을을 수호하는 신이 존왕을 가르칠까요? 예수교의 천주님이 왕정복고를 명령할까요? 그런 일은 있을 수 없습니다. 만일 그런 일이 있다고 해도 신불이 사람을 죽이라고 말씀하실까요? 저놈을 죽이라고 신탁이 내리겠습니까? 그런 야만적인 신탁은 들은 적이 없습니다. 그렇다면."

하늘이란 무엇입니까, 다카토 님——하고 주인은 이쪽을 향해 말했다.

갑작스러웠기 때문에 나는 숨을 삼키며 굳어지고 말았다.

"아니, 그것은."

횡설수설이다.

이제 와서 경솔한 소리를 했다고 후회해도 소용없다.

"그것은——."

"천자입니다."

그렇게, 주인은 말했다.

남자는 으윽, 하고 신음했다.

"메이지 유신 때, 천벌을 외친 자들은 주로 존왕양이파 놈들이었습니다. 천자를 정점으로 받드는 것이 정의, 오랑캐를 치는 것이 정의라는 자들입니다. 하지만 이것은 어떨까요. 천자가 그런 조칙을 내리셨을 거라고는——제게는 도저히 생각되지 않습니다. 설령 그런 명령을 내리셨다고 해도, 어떻게 일개 낭사(浪士)[188]가 그것을 알 수 있었을까요."

그렇게 말하더니, 주인은 그렇지요, 하고 말하며 한 발짝 앞으로 나섰다.

"뭐, 그들은 그것이 의라고, 그렇게 말해 버리면 그뿐. 하지만 그런 의는 없어요."

"아까 하신 이야기로 말하자면."

구분이 다르다는 뜻인지요, 하고 만지로 노인이 말한다.

"뭐, 구분은 다르겠지요. 하지만 온 나라에서 흉한 칼을 휘두르고 있던 자들의, 대체 몇 할이 천자에 대한 의를 신념으로 갖고 있었을까요. 애초에 의란 무엇인지를 깊이 생각한 사람이 있기는 했을까요.

---

188) 섬길 영주가 없어 실업자가 된 무사.

번사(藩士)의 경우는 다릅니다. 조슈든 사쓰마든 우선 번주에 대한 의라는 것이 엄연히 있지요. 그리고 막부의 신하들에게는 쇼군 가에 대한 의가 있었어요. 그것은 뼛속 깊이 알고 있습니다. 그것을 바탕으로 천자에 대해서 어떻게 행동하는 것이 의가 되는지를, 역시 생각하지 않을 수 없지요. 이것은 어려운 문제입니다. 그래서 의견도 갈렸어요. 가쓰 님은 미움받을 것을 알면서도 도쿠가와 가문에 의견을 말씀하셨지요. 사이고 님도 시마즈 공에게 간언을 올렸고요. 조슈는 둘로 나뉘었습니다. 당연한 일입니다. 번을 생각하고 나라를 생각한다면 이것은 쉽게 결정할 수 있는 일이 아니에요. 하지만 주인이 없는 낭사에게는, 그것이 없지요."

그냥 무뢰한 놈들입니다, 하고 주인은 말한다.

"자기 혼자만의 욕심에 사로잡힌 폭도도 많았어요. 금품을 노린 노상강도도, 모실 주인을 찾지 못해 밥줄이 끊긴 낭사도, 천벌을 외치면 대의명분은 설 거라고."

그렇게 생각하고 있었을 뿐입니다 —— 하고 주인은 남자 쪽을 향해, 마치 도발하듯이 말했다.

"그냥 살인입니다. 그런 놈들의 변명에 이용되다니, 천자께도 큰 폐가 되었을 겁니다. 그것이야말로 불충. 불경. 불의입니다."

"아, 아니 ——."

남자는 뭔가 말하려다가 말았다.

"여기 계시는 나카하마 님은 보시다시피 온화한 분이십니다. 하지만 나카하마 님이 하신 그 고생은 다른 사람이 헤아리기 힘든 것이었습니다. 하신 체험도, 다른 어떤 것과도 바꿀 수 없는 귀중한 것. 나카하마 님은 그런 자신의 고생과 체험을 이 나라를 위해서 활용하고자 온 힘을 쏟으신 분입니다. 그런 분을 왜 베어야 합니까? 이 나카하마 님을 죽이면 천자를 정점으로 모시는 이상적인 새 국가가 생겨난다는 것일까요? 아니면 이 나카하마 님이 돌아가시면 천자가 기뻐하실까요? 그런 일은 결코 없어요. 존 만지로를 죽여도 개국의 기운이 수그러들 리도 없고요. 나라와 시대를 움직이는 것은 한 개인이 아닙니다. 그런 것은 어린아이라도 아는 것이겠지요. 그것을 모른다고 한다면, 그건 그냥 바보입니다. 하물며 천벌이라고 부르짖다니 불손하기 짝이 없다——."

그런 뜻이지요, 나나시노 곤베에 님, 하고 주인은 갑자기 정중하게 말했다.

"아니——."

"아니—— 무엇인지요. 향사와 낭사 중에도 제대로 생각하고, 이상과 이념을 갖고 행동하던 자도 있었다—— 고 말씀하시고 싶으신 것인지요."

남자는 다시 고개를 숙였다.

"분명히—— 그런 높은 뜻을 가진 무리도 있었겠지요."

주인은 또 앞으로 나섰다.

"천하는 만민의 천하가 아니다, 천하는 한 사람의 천하다——."

요시다 쇼인(吉田松陰)[189] 님의 말입니다, 하고 주인은 말했다.

"후세 사람들에게도 큰 영향을 주었지요. 표면적으로는 불평등한 말로 들리지만, 그렇지 않습니다. 천자 단 한 명만을 위로 모시고, 그 외에는 모두 평등하다는 뜻이겠지요. 가장 신분이 낮은 사람도,

---

189) 일본의 무사(조슈 번의 번사), 사상가, 교육자, 병법학자, 지역연구가. 일반적으로 메이지 유신의 정신적 지도자·이론가로 알려져 있다.

민초도, 모두 평등하다. 쓸데없는 것은 없어지니 의도 지키기 쉽지요. 어떤 의미로 이 메이지 시대는 그런 구조가 되었습니다. 그게 옳은 것인지 틀린 것인지는 제쳐 두더라도 그런 사고방식은 있을 테고, 그렇게 생각하는 사람이 있어도 이상하지는 않지요."

다만──하고 조당 주인은 뜸을 들였다.

"어쨌든 그건 구막부 시대 국가의 존재와는 결코 맞지 않는 사고방식입니다."

"그렇습니까. 천자는 줄곧 계셨지 않습니까."

"예. 하지만 쇼군도 계셨지요."

"공(公)과 무(武)를──따로 생각할 수는 없소?"

나라는 하나니까요, 하고 주인은 말했다.

"이 천하가 한 사람의 천하라고 한다면, 그 한 사람은 어느 쪽일까. 그게 천자라면 쇼군이고 다이묘고 없지요──아니, 무사고 백성이고 없다는 뜻이 되고 말겠지요. 쇼군을 받든다고 해도 마찬가지. 사농공상의 틀을 없앤다는 뜻이니까요. 막번체제(幕藩体制)도 무효가 되니, 이것은 좋지 않지요. 어차피 막부에 있어서 편리하지 못한 사상이라는 것만은 틀림없어요."

구조가 다른 것입니다, 하고 주인은 말했다.

"그렇기 때문에 그쪽이 옳다고 생각하는 사람들에 의해 개혁을 하자는 기운이 일어난 것이겠지요. 이 경우, 공무합체(公武合体) 같은 방식도 바람직한 것은 아닐 테고, 도쿠가와 가문 자체가 물러나지 않는 한은 없애 버릴 수밖에 없게 됩니다. 그래서 막부를 쓰러뜨린다는 사고방식도 생겨난 겁니다."

그렇겠지요, 하고 만지로 노인이 말했다.

"나는 어려운 것은 모르지만, 높은 선생님들이 말씀하시는 것은 전부 옳다고 느끼고 맙니다. 아니, 옳겠지요. 잘 듣고 잘 생각하면, 실은 크게 틀리지는 않고, 목적하는 곳은 같기도 하지요. 그럼 왜 서로 손을 잡을 수는 없는가, 함께 싸울 수는 없었다고 해도 왜 서로 노려보아야 하는가, 아니, 왜 서로 죽여야 하는지를 잘 알 수가 없었다오. 뭐, 어부 출신에 미국에서 온 나 같은 놈은 어차피 이해할 수 없는 일일 거라고, 그렇게도 생각했습니다. 근왕(勤王)과 좌막(佐幕)[190]이 양립할 수 없는 것은 알겠지만, 양이(攘夷)가 되면 아직도 잘 이해가 안 됩니다."

다른 나라에는 또 다른 의가 있기 때문입니다, 하고 주인은 말했다.

"같은 의를 갖고 있어도 충돌하니, 전혀 다른 의를 갖고 있다면 그냥 배척할 수밖에 없게 되는 것이겠지요. 천자를 정점으로 받듦으로써 나라는 하나가 된다고 치고, 그러면 러시아도 미국도 똑같이 천자를 공경하느냐 하면, 그것은 무리한 이야기입니다. 요시다 쇼인 선생님이 말하는 천하란 어디까지나 이 나라라는 구분이지, 세계라는 뜻이 아니니까요."

"천하가 넓어지고 말았다는 뜻인지요? 아아 —— 또 구분이 달라지고 만다는 뜻이 되는 겁니까."

"예, 그렇습니다. 개국론자에게 막부의 구태의연한 방식은 도저히 그 새로운 구분을 견딜 수 있을 것처럼 보이지 않았겠지요. 가쓰 선생님도 그랬어요. 그렇다면 이제 대정봉환하여 나라를 새로 만들 수밖에 없지요. 뭐, 가쓰 선생님은 그래도 큰 은혜를 입은 도쿠가와 가문

---

190) 에도 시대 말기, 막부를 무너뜨리고 왕정으로 복귀하자는 세력에 대항하여 막부를 지지하고 도운 일, 또는 그 일파.

은 남기고 싶었고, 그래서 그 고생을 하신 거라고 생각하지만——
한편으로 천자를 정점으로 받드는 새로운 국가를 만든다는 부분에만
주목한다면 양이를 추진한 쪽이 이치에 맞아요. 하지만 역시 막부
는."

필요 없습니다, 하고 주인은 말했다.

"전혀 다른 목표를 내걸고 있는데, 같은 것을 목표로 하게 됩니다.
개국론자도 양이론자도, 막부를 없애는 것이 상책이라는 점에서는
동지가 되겠지요. 마찬가지로, 같은 이상을 목표로 하고 있는데도
정반대의 일을 하고 마는 경우도 있어요. 이런 비뚤어짐이야말로 본
질을 놓치게 하는 것입니다. 거기에 개인적인 원한과 공분(公憤), 이해
득실과 권익까지 얽히고요. 그것들을 정확하게 나누어 이성적으로
판단하지 않으면, 과연 자신이 무엇을 하고 있는지조차 알 수 없게
되고 맙니다."

정열이 강하면 강할수록——하고 주인은 강한 말투로 말했다.

"감정에 휩쓸리고, 격정에 사로잡혀 있다 보면 설령 정론을 펼치고
있다 하더라도 길을 잘못 들게 될 수 있습니다. 특히 시대가 크게
변하려고 할 때에는."

"길을——잘못 든다고요."

"네."

살인이라니 당치도 않습니다, 하고 주인은 내뱉듯이 말했다.

"의견이 통하지 않는다고 해서 목소리를 거칠게 하고 주먹을 휘두
르고, 심지어 다른 사람의 목숨까지 빼앗다니 하수의 하수지요."

평소에는 온화한 주인의 말투가 전에 없이 격렬하다. 힐끗 쳐다보
니 입구의 유령은 고개를 숙인 채 약간 떨고 있는 것 같았다.

"한때 가쓰 선생님 문하에 계셨던 도사 출신의 사카모토 료마[坂本竜馬][191] 님은 막부가 불필요하다는 생각이시기는 했을지도 모르지만, 제 눈에는 도저히 양이론자로는 보이지 않습니다. 하지만 같은 도사 출신이라도 다케치 즈이잔[武市瑞山][192] 님은 요시다 쇼인 님의 영향을 강하게 받으셨다고 들었습니다."

"그, 그대는——."

남자가 얼굴을 들고 눈을 부릅떴다.

"이 두 분이 관련되어 있었던 도사근왕당[土佐勤王党]도, 본래는 그런 사상 아래에서 결성된 무리였다고 들었습니다. 도사근왕당은 결과적으로 존왕양이를 내걸었지요."

"그대는, 대체——."

대체 누구냐고 남자는 말했다.

책방 주인입니다, 하고 주인은 대답했다.

"책방——."

"예. 저는 서책을 탐독할 뿐, 세상에 무익한 쓸모없는 자입니다. 자, 그럼 거기 계시는 곤베에 님은—— 누구십니까."

"나는—— 그러니까 죽은 사람이오."

---

191) 1836~1867. 에도 시대 말기의 지사(志士), 도사 번의 향사(郷士). 유복한 상가에서 태어났으며, 탈번 후에는 지사로 활동했고 무역회사와 정치조직을 겸한 가메야마샤추[亀山社中](후의 가이엔타이[海援隊])를 결성했다. 삿초 동맹을 알선하였고 대정봉환이 이루어지도록 힘쓰는 등, 막부를 쓰러뜨리는 것과 메이지 유신에 영향을 주었다. 대정봉환이 성립한 지 한 달 후에 오미야 사건[近江屋事件]으로 암살되었다. 일본인이 가장 사랑하는 역사적 인물 중 한 명.
192) 1829~1865. 일본의 지사, 무사. 사카모토 료마와 마찬가지로 도사 번 출신의 향사이며 두 사람은 먼 친척에 해당한다. 뛰어난 검술가로, 흑선이 내항한 이후 일본의 상황에 동요를 느끼고 양이와 근왕을 내건 도사근왕당[土佐勤王党]을 결성하였다. 한때는 번의 여론을 주도하며 존왕양이운동의 중심적 역할을 하였으나 정변으로 정국이 일변하면서 전 번주에 의해 투옥되어 1년 8개월 20일 동안 옥중 투쟁을 하다가 할복을 명령받고 사망하였으며, 그의 죽음으로 도사근왕당은 괴멸했다.

"예. 27년 전에 돌아가셨다지요."

남자는 대답하지 않았다.

"분명히 죽으면 이름은 필요 없을 겁니다. 하지만 불제자라면 계명 (戒名)이 주어질 테고, 그렇지 않더라도 시호는 받는 법. 당신은——그렇지, 요시후루 님이 아니십니까."

남자는 긴장했다.

"그, 그대는."

"어림짐작입니다. 뭐, 그럴 리는 없겠지만요. 그분은 참수되어 효시되었을 터."

참수.

효시.

누구일까.

누구일까, 이 남자는.

"주인장, 이분은 누구십니까."

나는 참을 수 없게 되고 말았다.

뱀장어집 앞에서 보았을 때부터 줄곧, 이 남자는 내게 불안을 던져 온다. 생각해 보면 만지로 노인도 소개해 주지는 않았다. 유령이 아니라면 대체 누구일까.

"본인이 말씀하시는 대로, 죽은 사람이겠지요."

주인은 억양 없이 대답했다.

"자, 장난치지 마십시오. 이제 와서 유령이라도 된단 말입니까. 나카하마 선생님도 한 마디도 하시지 않고. 나만 모른다는 겁니까."

"장난치는 게 아닙니다, 다카토 님. 제 어림짐작이 맞는다면, 그분은 이미 돌아가셨어요. 그게 맞는지요."

"나는—— 나는 죽었습니다."

남자는 그대로 무너지듯이 그 자리에 주저앉았다.

"나는, 하수 중 하수요. 길을 잘못 들었소. 몇 번이나, 몇 번이나 잘못 들었소. 이 세상에 살아 있어서는 안 되는 악인이오. 하지만 그렇다고 해서, 목숨을 끊는다고 해서 무엇을 보상할 수 있는 것도 아닙니다. 한 번 죽은 자가 두 번 죽어도 아무것도 달라지지 않지요. 목숨을 죽은 사람에게 돌려줄 수도 없습니다. 이제 와서, 어떻게 할 수도 없소."

"이——."

꼴입니다, 하고 만지로 노인은 말했다.

"이 남자는 산 채로 죽은 것입니다. 사는 것이 괴로운 것이 아니라. 하지만 죽을 수도 없지요. 주인장, 당신의 어림짐작은 맞았을 겁니다. 이 남자는."

오카다 이조[岡田以蔵][193]입니다, 하고 존 만지로는 말했다.

"오카다—— 이조."

들어본 적은 있었다.

"그건——."

"오노파[小野派] 일도류(一刀流), 경심명지류(鏡心明智流), 직지류(直指流)[194]를 수련하신, 도사근왕당의 일원, 천벌의 명인으로 이름을 날렸고, 이윽고 포박되어 처형된—— 오카다 이조 님의."

유령이지요, 하고 주인은 말했다.

유령—— 일까.

---

193) 1838~1865. 에도 막부 말기 도사의 향사, 지사. 시호는 宜振인데 읽는 방법에 대해서는 '요시후루'라는 설 외에 '다카노부', '노부타쓰'라는 등의 설이 있다.
194) 모두 일본 검술의 유파 이름.

참수된 도사 천벌의 명인 오카다 이조의 유령——이라는 것일까.

"아니, 하지만 그건——."

참수되어 효시된 사람이 이 세상에 있을 리가 없다.

있을 수 없는 일이다.

나는 있을 수 없는 일이 아니냐고 말했다.

"예. 보통은——보통은 있을 수 없는 일이겠지요. 그렇다면 누군가가——무언가를 하셨다는 뜻이 되는 걸까요, 나카하마 님."

"나도 자세한 것은 모릅니다."

하고 만지로 노인은 대답했다.

"이 이조 씨가 사라지고 나서, 신경이 쓰여 조사도 해 보았지만 아무래도 납득이 가지 않더이다."

"납득이 가지 않았다고요?"

"가지 않지요. 오카다 이조는 교토에서 포박되어 추방, 도사로 호송되었고 고문을 받아 자백, 그 때문에 도사근왕당은 모조리 붙잡혔고 다케치 즈이잔도 할복, 괴멸했다——고 되어 있습니다. 그 이외의 것은 아무것도 알 수 없소. 사람들에게 물어보아도 아무도 모르고, 아무것도 적혀 있지 않습니다. 도사 사람들에게 물어보아도, 모두 오카다 이조는 고문을 이기지 못해 동지를 판 비열한이라는 악평이 들려올 뿐이고 말이오. 뭐, 이렇게 재회해서 본인에게 물어보아도 아무 말도 하지 않습니다. 입을 다물고 침묵할 뿐이지요. 그래서 알수가 없습니다. 다만."

이렇게 살아 있습니다, 하고 나카하마 노인은 지팡이 끝으로 남자를 가리켰다.

"어떤가, 이조 씨. 이제 슬슬 이야기해 주지 않겠나?"

주저앉아 있던 남자——오카다 이조는 눈을 감고 몇 번인가 몸을 떨더니, 천천히 눈을 떴다.

"나는, 도사로 호송되지는 않았소."

이조는 그렇게 말했다.

"나는——붙잡힌 게 아니오. 자수했소."

"그랬나?"

만지로 노인은 엉거주춤 일어났다.

"그런 기록은 어디에도 없던데."

어떻게 기록되어 있는지 나는 모르오, 하고 이조는 말했다.

"왜 자수를."

"아까, 그 사람이 말한 대로요. 자신이 무슨 짓을 하고 있는 것인지, 무엇을 하고 싶은 것인지 알 수 없게 되었습니다. 다케치 씨의 말은 지당하고, 옳다고 생각했소. 아니, 강하게 믿었소. 그게 의라고 믿고 옳다고 믿었소. 하지만——천벌이라며 사람을 베는 것에 대해서는, 의미가 있는 일인지 없는 일인지 알 수가 없었소."

이조는 천천히 일어섰다.

"세상 사람들은 뭐라고 말하고 있는지 모르겠지만, 그 무렵에는 모두 조금 미쳐 있었던 것이 아닌가 하고 나는 생각하오. 어쨌거나 천벌을 내린다고 하면 사쓰마니 구루메[久留米][195]니 하는 곳의 놈들이

---

195) 구루메 번은 현재의 후쿠오카 현 남서부 구루메 시에 번청을 두었던 번이다. 1620년부터 막부 말까지 아리마[有馬] 가문이 번주를 맡았으며, 막부 말에는 11대 아리마 요리시게가 번주로 있었다. 격렬한 권력투쟁 속에서 1852년, 번내의 존왕양이파가 실각하면서 큰 탄압을 받게 되지만 1868년에는 대정봉환이 일어나면서 존왕양이파가 복권, 좌막파의 수뇌를 배제, 숙청하고 무신 전쟁이 시작되자 신정부군 측으로 참전했다. 그러나 메이지 정부의 '개국화친' 노선에 불만을 가진 구루메 번의 양이파 정권은 1871년에 일어난 쿠데타 미수 사건에 관여하는 바람에 메이지 정부의 명령을 받은 구마모토 번에 의해 점령되고 만다.

줄줄이 모여들어 나도 하겠다, 내가 죽이게 해 달라고 저마다 말하는 거요. 어쩔 수 없이 하는 거라면 모를까 살인이 하고 싶다는 것은 미친 짓이지요. 그건 이상하다고, 누구나 생각할 게 아니오? 하지만 그렇게 생각하지 않는 자가 더 많았소."

"자네가 베었던 게 아니라는 건가?"

"혼자서 한 적은 한 번도 없습니다."

이조는 얼굴을 비스듬히 아래로 향했다.

"상대를 고르는 것도 합의제로, 함께 이야기해서 정했습니다. 제 주위에는 대의를 위해 사람을 죽이고 싶다는 놈들이 많이 있었지요."

"모두, 죽이기를 바라고 있었던 건가."

"아니——그렇지 않습니다. 처음에는 죽일 생각은 아니었습니다. 처음에 죽인 자는 번의 시타요코메[下横目][196]인데, 이자는 요시다 도요[吉田東洋][197]의 암살을 조사하던 사내입니다. 암살한 것은 도사근왕당이고, 우리는 조사하는 것을 멈추게 하라는 명령을 받은 것이었지요. 속여서 꼬여내고, 붙잡아서 고문했습니다. 하지만 고문이 지나쳐서, 그만 죽이고 만 것입니다. 천벌이 아니었소."

사람을 죽이고——.

"사람을 죽이고 잘했다는 말을 들었소. 생각할 수 없는 일이지요. 천벌이라고 했지만, 곰곰이 생각해 보면 메아카시[目明][198]니, 막부와

---

196) 요코메의 조수 역할. 요코메는 메쓰케[目付]를 가리키는 말로, 무사의 위법을 감찰하던 관직이다.

197) 1816~1862. 에도 시대 말기 도사 번의 번사, 무사. 문벌 타파, 군제 개혁, 개국무역 등 부국강병을 목적으로 한 개혁을 수행하였으며, 이러한 혁신적인 개혁 때문에 보수적인 문벌 세력이나 존왕양이를 주장하는 도사근왕당과는 정치적으로 대립하는 결과가 되어 1862년, 향년 47세의 나이로 도사근왕당에 의해 암살되었다.

198) 에도 시대에 하급 관리인 요리키나 도신에게 사적으로 고용되어 범죄인의 수사나 체포를 돕던 사람.

의 내통자니, 하며 방해되는 놈들을 없앴을 뿐이오. 큰 눈으로 보면 옳은 활동에 방해되는 적이라는 것이 될지도 모르지만, 요는 붙잡히기 싫었을 뿐인지도 모르지요. 그건 그 무렵부터 그렇게 생각하고 있었소. 뭐, 나중에 갖다 붙이는 말이야 무엇이든 할 수 있겠지만."

거짓말이 아니라고 이조는 말했다.

"하지만 세 명을 죽인 후에는, 그냥 마음에 안 드는 놈은 죽이라는 느낌이 되어 갔소. 주변을 둘러보고 눈독을 들이고, 단 한 명에게 다섯 명, 열 명이 덤벼드는 거요. 처음부터 상대 쪽이 나쁘다고 단정하고 있었으니, 비겁하다고도 생각지 않았지요. 그래도."

처음에는 뭔가 마음에 있었다고, 이조는 말했다.

"점점 당연해지고 말았던 겁니다. 다음은 내가 하겠다, 다음은 내가 하겠다, 하고 모두 말했소. 그렇게 사람을 죽이고 싶은 거냐고, 그렇게 생각했지요."

미쳤다고 이조가 말하자, 만지로 노인도 미쳤군, 하고 대꾸했다.

"그래서 자네는 어땠나. 똑같이 미쳐 있었나?"

"아니 ── 나는 점점 흥이 식어 갔던 것 같습니다. 흥이 식었기 때문에 냉정하게 움직일 수 있었지요. 마지막 숨통을 끊는다거나 시신을 눈에 띄는 곳에 묶어놓는다거나 도망칠 길을 확보한다거나, 그런 일은 내가 했소. 천벌의 명인이라는 것은 그런 의미이지, 내가 강하다거나 내가 베었다는 뜻은 아니오."

"그렇군요."

주인은 고개를 끄덕였다.

"납득했습니다."

이조는 싫은 듯이 얼굴을 돌렸다.

"본의가 아닌 별명입니다. 어느 날, 나는 더 이상 참을 수 없게 되어——결국은 번을 벗어났소. 생각이 바뀐 것은 아니어서 잠시는 조슈 번의 동지 신세를 지고 있었지요. 하지만 조슈 놈들도 결국 별로 다른 것이 없었습니다. 그러다가 근왕당도 왠지 고삐가 느슨해지고, 나는 진심으로 이해할 수 없게 되어 술을 퍼마시고 망가져 버렸소. 살인을 하지 못하는 나는 더 이상 쓸모가 없다는 느낌이었지요. 자포자기해 있는 나를, 사카모토 씨가 데려가 주었소."

"사카모토——료마 씨 말인가."

"그렇습니다. 그래서 나는 가쓰 선생님께 가게 되었던 것입니다. 사카모토 씨는 내가 뭐가 뭔지 모르게 된 이유를 조금 이해해 준 거라고 생각했소. 그래서 순순히 그 말에 따라 가쓰 선생님의 호위를 하게 되었는데——."

선생님께서 무슨 말이라도 하시던가요, 하고 주인이 묻자, 아무 말도 하지 않았다고 이조는 대답했다.

"하지만 뭔가 다른 사람이라고는 생각했습니다. 그래서 필사적으로 지켰소. 죽이는 게 아니라 지키는 거라고 생각하니, 조금 나은 기분도 들더군요. 하지만."

"습격을 받았——습니까."

주인이 묻자 이조는 한순간 짐승 같은 눈빛을 보였다.

"아아, 그렇소. 나는 얼마 전까지 습격하는 쪽이었기 때문에 금세 알았소. 그래서 즉시 응전했고, 한 사람을."

베었다.

"자신의 의지, 자신의 판단으로 사람을 벤 것은 그때가 처음이고 ——그리고 아마 마지막일 겁니다."

그런가.

이것은 의외라고 할 수밖에 없을 것이다. 도대체가 천벌의 명인 입에서 나온 말이라고는 생각할 수 없다.

행위 자체의 시비는 어찌 되었든, 천벌이라고 불렸던 살인 행위는 강한 신념을 갖고 이루어진 것이 아니었단 말인가. 실행자의 의지가 아니었다는 뜻일까.

"습격해 온 자객은 삼인조였소. 나머지 두 명을 베려고 했더니 가쓰 선생님이 엄하게 말리시더군. 죽이지 말라고 고함치셨소. 살인 같은 것을 즐기지 마라, 그런 짓을 할 거면 당장 칼을 버리라고 일갈하셨소. 그 사이에 두 사람은 도망치고 말았소. 나는."

몹시 놀랐다고 이조는 말했다.

"왜입니까."

주인은 물었다. 알 수 없게 되었기 때문이라고 이조는 대답했다.

"죽이면 칭찬을 받았는데, 지켰더니 야단을 맞았소. 그런 이상한 일은 없지요. 그래서 나는 이렇게 말했소. 내가 베지 않았다면 선생님 의 목이 날아갔을 거라고. 가쓰 선생님은, 그건 옳은 말이라고 하셨 소. 그리고 나를 지켜준 것은 고맙지만 나 때문에 자네가 사람을 죽이 는 것은 견딜 수 없다고, 이렇게 말씀하셨소. 그래서."

나는 이제 아무것도 할 수 없게 되었다고 이조는 말했다.

"그래서 그대로 가쓰 선생님의 곁을 떠났습니다. 그 후, 사카모토 씨를 만나기도 했지만 아무래도 이해가 가지 않았소. 하는 말은 알겠 지만, 그것이 옳은지 어떤지는 알 수 없었지요. 나는 아무것도 알 수가 없었소. 알 수 없으니 아무것도 할 수 없지. 그대로 떠돌이가 되어, 생각했소. 생각하다가."

자수한 거라고 천벌의 명인은 말했다.

"우선 교토까지 갔소. 교토에서 죽였으니 교토에서 자수하자고 생각한 것이지요. 관청까지 가서 이러이러 저러저러하다고 이야기했소. 그랬더니."

"어떻게 —— 되었습니까?"

"감옥방 같은 곳에 들여보내더니, 얼굴을 가린 몇 사람이 나를 살펴보러 왔소. 지금 생각하면 얼굴을 확인했던 것이겠지요. 이윽고 다른 곳으로 안내하더니 상세히 이야기를 묻더군요. 나는 아무것도 숨기지 않고 이야기했소."

고문은 당하지 않았느냐고 만지로 노인이 묻자, 그런 것은 없었습니다, 하고 이조는 대답했다.

"자네, 고문을 견디다 못해 자백했다는 평판이었는데. 그래서 자네는 배신자 취급을 받고 있는 걸세."

"배신자라면 배신자입니다."

하고 이조는 말했다.

"나는 내 의지로 이야기한 겁니다. 고문을 받고 이야기하는 것보다 더 나쁘지요. 하지만 나카하마 선생님, 나는 —— 다케치 씨를 배신할 생각은 없었습니다. 그때도 존경하고 있었지요. 다만."

살인은 안 된다고 생각했습니다, 하고 이조는 말했다.

"고매한 사상과 사람을 괴롭히다가 죽이는 일은 함께 갈 수 없는 것이오. 이상을 이루는 것과 암살도 마찬가지지요. 그래서 멈춰 주기를 바랐소. 이대로 가면."

모두 죽을 거라고 생각했습니다 —— 라고, 살인의 명인이라고 불리던 남자는 그렇게 말했다.

"내가 말한 내용은 모두 자세히 공책에 기록되었소. 두 달이었는지 석 달이었는지 몇 번이나 확인해 가면서, 묻고 쓰기가 계속되었지요. 겨우 틀림없다는 결론이 나와서, 나는 안도했소. 그리고 부탁했소. 남을 해친 사람은 벌을 받아도 어쩔 수 없지만 도사근왕당은, 다케치 즈시잔은 결코 나쁜 사람이 아니다. 나는 참수든 책형이든 당해도 상관없지만 다케치 선생님은 용서해 달라고 부탁했소. 땅바닥에 머리를 비비며 진심으로 부탁했소. 알았다고 하기에, 안부를 전해 달라고 말했소. 나는 그 자리에서 죽임을 당할 거라고 각오했지요. 그런데."

"살려주겠다——고 한 겁니까."

"아무 말도 하지 않았소. 그대로 얼굴이 가려진 채 호송 가마에 태워져, 어딘가로 옮겨졌소. 내려진 곳은 에도였지요. 에도에서, 나는 해방되고 말았소."

"그건 또 왜인가?"

만지로 노인이 놀란 듯이 물었다. 당연하다. 하지만 이조는 모릅니다, 라고 대답했다.

"가장 이해할 수 없었던 것은 나였소. 어떻게 하면 좋을지, 어떻게 해야 할지, 이제 아무것도 알 수 없었습니다."

언제의 일입니까, 하고 주인이 묻자, 아직 게이오[慶応]는 되지 않았을 때라고 생각한다고, 이조는 대답했다.

"기록에 따르면 당신이 교토에서 포박된 것은 1864년 초여름. 그렇다면 에도에서 당신이 해방된 것은 딱 그 무렵——이라는 뜻이 되겠군요."

이조는 모른다고 대답했다.

"한동안은 걸식하며 살았소. 그러다가 죽을 거라고 생각했는데, 죽지 않았소. 교토나 도사가 어떻게 되었는지, 자세히 알 수도 없었소. 그리고 있다가 풍문으로 가쓰 선생님이 에도에 돌아와 있다고 들었소."

"제2차 조슈 정벌의 미야지마 담판 후의 일일까요. 1866년 —— 당신은 이미 죽었습니다."

"맞소. 나는 죽었던 모양이더군요. 그것도 몰랐소. 하지만 나는, 어쨌든 가쓰 선생님을 만나야겠다고 생각했소. 군함의 부교가 걸인을 만나 주실까 하는 생각도 했지만, 문 앞에서 면회를 신청했더니 곧장 만나 주셨소."

"그분이라면 망설이지 않고 만나셨겠지요."

하고 주인은 말했다.

"게다가 그때 가쓰 님은 부교직을 그만두셨을 겁니다."

"어떤지, 나는 모르오. 다만 가쓰 선생님은 매우 놀라셨소. 그리고 나는, 내가 도사로 보내져 처형된 일이나 도사근왕당이 일망타진되고 모조리 괴멸했다는 것을, 가쓰 선생님께 들어서 알게 되었소."

다케치 선생님도 할복하셨더군요, 하고 이조는 떨리는 목소리로 말했다.

"그것은 대체 무엇이었단 말이오. 나는 살려달라고 부탁했소. 그것을 위해서 자수한 거요. 그런데 나 때문에 모두 죽었소. 모두, 죽임을 당하고 말았소. 천벌을 내리고 있었던 것은 도사근왕당만이 아니오. 근왕당이라서 나쁜 것도 아니오. 나빠서 죽이고 있었던 것도 아니지 않소."

그렇지 않습니다, 하고 주인은 말했다.

"나는——나만 어째서 살아 있는 거요? 목이 베였어야 하는데. 그렇다면 베어 달라고, 그렇게, 가쓰 선생님께 말했습니다."

"뭐라고 하시던가요."

"죽은 사람을 벨 칼은 갖고 있지 않다고."

"그렇군요. 그건 아마 당신의 자백을 근거로, 누군가가 누군가에게 유리한 그림을 그렸다——는 뜻이 아닐까요."

"하지만 나를 살려준 의미는 모르겠소."

"고문을 견디다 못해 자백했다는 모양새로 하는 편이 그 누군가에게 유리했다는 뜻이겠지요. 하지만 이미 모든 것을 자백한 당신을 나무라도 소용이 없으니, 가짜를 내세워 연극을 했다고 생각할 수밖에 없겠지요."

"나 대신 참수된 사람이 있다는 뜻이오?"

"그렇게 되나요."

이조는 힘없이 어깨를 늘어뜨렸다.

"내게 이름을 버리라고 말한 분은 가쓰 선생님이오. 오카다 이조를 버리라고 했소. 그야 그럴 거라고 생각했지요. 죽은 사람에게 이름 같은 것은 필요 없소. 그래서 순순히 그 말을 따랐고, 한동안은 가쓰 선생님께 신세를 지고 있었소. 그 무렵이었지요. 나카하마 선생님의 호위를 맡으라는 분부를 받은 것은."

그런 것이었나, 하고 만지로 노인은 괴로운 듯이 말했다.

"가쓰 선생님이 왜 내게 나카하마 선생님의 호위를 시키려고 하신 것인지, 그 마음은 헤아릴 수 없소. 나는 그 무렵에는 이미 빈껍데기 같은 존재였소. 아무것도 생각하지 않았지요. 그래서——습격해 온 놈들을 반사적으로 베고 말았소."

또 베고 만 것이오, 하며 이조는 울었다.

"반사적으로 칼을 뽑고, 생각하기도 전에 베고 있었소. 어째서 죽여 버린 것일까. 어떻게 해도 죽이고 마는 것이오. 그렇게."

죽이지 말라고 하셨는데 —— 하고 쥐어짜 내듯이 말하며, 이조는 울었다. 통곡이라는 것은 이런 걸 거라고 생각했다.

"아무것도."

아무것도 몰랐네, 미안하네, 하고 말하며 만지로 노인은 일어서서 머리를 숙였다.

"이렇게 사과하겠네."

"선생님이 사과하실 이유는 없습니다. 제 업입니다. 내가 잘못한 겁니다. 나는 어떻게 해야 좋을지 알 수 없어서, 바보가 되어서, 사람을 그만두기로 했소. 나카하마 선생님이 에도를 떠나신 후로는 절에 가서 부처님의 가르침을 들으며 열심히 생각했소. 하지만 구원은 전혀 없었소. 깨달음도 얻지 못했소. 당연한 일이지요. 살생해서는 안 된다는 계율을 처음부터 깼으니. 죗값을 치를 수는 없는 일이오. 나는 죽은 사람이오. 죽은 사람이지만, 스님의 이야기를 아무리 들어도 성불할 수는 없소. 나는 헤맬 뿐인."

유령이라고, 이조는 말했다.

"이조 씨."

조당 주인은 온화한 말투로 죽은 사람을 불렀다.

"당신은 중요한 것을 잊고 계십니다."

"중요한 것 ——."

"가쓰 선생님이 당신에게 이름을 버리라고 말씀하신 것은 당신이 죽은 사람이기 때문이 아닙니다."

"아니, 하지만."

"조금 전 나카하마 님과 제가 한 이야기를 들으셨지요. 가쓰 선생님은."

죽은 사람에게는 흥미가 없습니다, 하고 조당 주인은 말했다.

"흥미가—— 없다고?"

"그분은 살리는 것이 아니면 흥미가 없습니다. 죽으면 끝이라고 생각하시지요. 그렇다면 죽은 사람에게 할 말은 없으실 겁니다. 아시겠습니까, 이름을 버리고 실리를 취한다, 이것이 항상 그분의 방식. 그러니 당신도 이름을 버리고 살라고—— 가쓰 가이슈는 그렇게 말한 것입니다."

"살라——고."

"네. 참수된 사람이 어정거리고 있으면, 목을 벤 도사 번의 면목이 서지 않지요. 도사 번에 당신을 넘겨준 것으로 되어 있는 막부의 면목도 서지 않고요. 아니, 당신이 살아 있다는 것을 알면 반드시 자객이 습격해 올 것입니다. 어쨌거나 당신은 유명한 배신자. 저쪽도 이쪽도 다 면목을 세워주면서 당신이 죽지 않고 살려면, 오카다 이조라는 인간이 아니게 될 수밖에 없어요. 그래서 이름을 버려라, 오카다 이조의 인생을 버리라고—— 가쓰 선생님은 그렇게 말씀하신 것이 틀림없습니다."

"살아라—— 내게 살라고."

그야 그렇겠지, 하고 만지로 노인도 말했다.

"가쓰 선생님은 그런 분일세. 죽은 사람에 대한 마음은 억지로 태연한 척해서라도 끊어내지만, 살아 있는 사람한테 죽으라고 하지는 않네. 살 수 있다면 어떻게 해서라도 살라고 하지."

"하지만, 나는——."

"오카다 님. 당신은 틀렸습니다. 살라는 말을 듣고, 죽었어요. 스스로 자신을 죽이고 말았습니다. 부처님의 가르침은 죽은 사람을 공양하기 위해서 있는 것이 아니고 산 사람을 위해서 이루어지는 것입니다. 그렇다면 당신은 불법(佛法)으로 구원될 수는 없지요——."

자, 당신은 어떤 책을 원하십니까, 하고 주인은 말했다.

"나는——."

"그래요. 당신에게는 우선 알아 두어야 하는 것이 있군요."

주인은 그렇게 말하더니 계산대로 돌아가, 재래식 장정의 책을 몇 권 집어 들고 남자 앞에 섰다.

얇지만 십여 권은 되었다.

"1826년에 출판된 책입니다. 열네 권입니다. '중정 해체신서(重訂 解體新書)'라고 하지요."

"해체신서——."

만지로 노인이 높은 목소리로 말했다.

"그건, 혹시 'Anatomische Tabellen'입니까?"

"예. 통칭 '타헬 아나토미아', 스기타 겐파쿠(杉田玄白)가 번역한 '해체신서'를, 그의 제자인 오쓰키 겐타쿠(大槻玄沢)가 새로 번역한 것입니다. 원래의 책은 오역도 많고, 도판도 목판이라 지저분했지만——."

"아니, 아니, 그런 것을—— 왜."

"오카다 님. 당신은 사람이 왜 살아 있는지를 알아야 합니다."

주인은 그렇게 말했다.

"고매한 사상을 갖는 것도 좋겠지요. 의도 충도 예도 효도, 정치도 물론 중요합니다. 어떻게 살 것인가, 무엇을 이룰 것인가 고민하고, 생각하는 것도 중요한 일이겠지요. 하지만 그 이전에, 숨을 들이쉬고 내쉬고, 음식을 먹고 똥을 싸고, 피를 순환시키기 때문에 사람은 이렇게 살아 있는 것입니다."

주인은 책을 펼쳤다.

"칼로 베면 왜 죽는 것인가. 목을 조르면 왜 죽는 것인가. 그것을 당신은 알아야 합니다. 그렇게 하면, 자신이 무엇을 했는지를 아시게 될 겁니다. 모든 것은."

거기에서부터, 하고 조당 주인은 말했다.

"거기에서부터."

"그것을 알면, 당신은 자신이 살아 있는 것을 확인할 수 있을 겁니다. 살아 있다면 해야 할 일도 자연스럽게 알 수 있겠지요. 당신의 인생은 거기에서부터 시작되는 것입니다."

"사겠습니다."

라고 나카하마 만지로는 말했다.

책을 공손하게 받아든 오카다 이조는 더 이상 그렇게 검게 보이지는 않았다.

그 남자가 오카다 이조 본인이었는지, 아니면 오카다 이조의 이름을 사칭한 다른 사람이었는지, 아니면 그저 광인(狂人)이었는지 —— 그것은 알 길도 없다.

다만 나카하마 만지로에게 아주 잠깐, 꽤 숙련된 호위가 붙어 있었던 것은 사실이었던 모양이다.

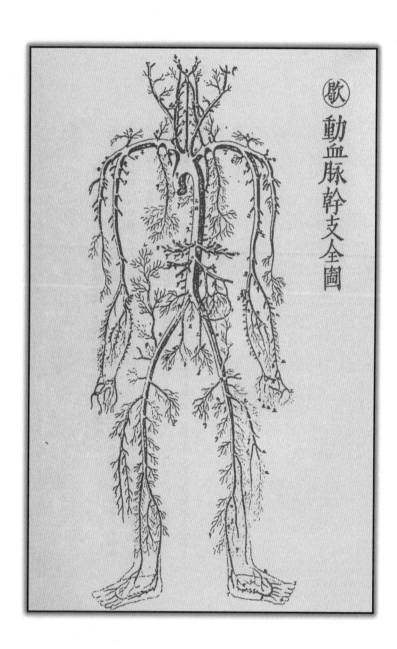

動血脈幹支全圖

자신의 생전묘(生前墓)[199]를 시찰하러 간 만지로는 이인조 자객의 습격을 받았다. 그때 자객을 베고 만지로를 지킨 사람이 오카다 이조라고, 만지로는 집안사람들에게 이야기했다고 한다. 그때 이조는, 덤벼든 두 명 외에 복병 두 명이 더 숨어 있는 것을 순식간에 간파하고, 멋지게 만지로의 목숨을 지켰다고 한다.

다만 만지로의 생전묘 시찰이 이루어진 것은 1868년의 일이고, 그렇다면 그것은 기록상 오카다 이조가 처형된 후의 일이라는 뜻이 된다. 그것이 만지로의 착각인지, 아니면 기록상의 오류인지, 동명이인이 존재했던 것인지는 알 수 없다.

만지로를 지킨 남자가 그 후 어떻게 살았는지는——.

아무도 모른다.

---

199) 죽기 전에 미리 지어 놓는 무덤.

다섯 번째 탐서 · 궐여

闕如

書樓弔堂 破曉

궐여 闕如

벚꽃이 지고 나니 집 생각이 나, 나는 기오이초에 있는 집으로 돌아가서 열흘쯤 지내다가 돌아왔다.

가족들은 처음에는 놀라고, 다음에는 환대하고, 이윽고 원망의 말을 하고, 종내에는 꾸중을 했다.

여자들의 심기가 어디로 튈지 모르게 되고 나니 도무지 편안하지가 않아, 참으로 죽을 맛이었다.

누워도 앉아도 빈정댄다. 나는 질타 듣기 위해서 집으로 돌아온 것이 아니라는 생각이 들어 아침 식사 전에 일찌감치 빠져나왔다.

불평을 듣는 것이라면 그나마 괜찮지만, 꾸중을 들어서는 편히 쉴 수가 없다.

애초에 내가 잘못했다는 것은 처음부터 알고 있던 일이다. 알고 있는 것을 장황하게 설교해 와도 개선할 방법이 없다.

그뿐만 아니라 항변도 할 수 없다. 아무 이유도 없이 집을 비우고, 일도 하지 않고 은거하고 있는 쓸모없는 놈에게는 입은 있어도 할 말이라고는 하나도 없는 것이다.

원인이 명백하고 개선의 여지도 없으며 항변도 할 수 없다면, 잔소리는 고통일 뿐이다. 개에게 꼬리가 있는 것이 마음에 들지 않는다고 불평을 늘어놓아서는 개도 곤란할 뿐이다. 꼬리가 있는 것은 당연하고, 눈에 거슬린다고 꾸짖어도 있는 것은 있다.

개, 이 녀석, 꼬리가 있다니 발칙하기 짝이 없구나, 하고 욕을 먹어도 개는 아무것도 할 수 없다. 복종과 친애의 정을 담아 꼬리를 흔들면 흔들수록 한층 더 멀리하게 된다. 이래서는 흔들어 봐야 손해다. 코웃음을 치든 고개를 수그리든 꼬리는 있는 것이다.

꼬리를 자르고 개가 아니게 되는 수밖에 길은 없다.

그러나 잘못한 것은 나이니, 이것은 어쩔 수 없는 일이다. 여자들의 마음도 이해가 가고, 지금은 꼬리를 말고 도망치는 것이 상책이다 싶어 삼십육계를 결심한 것이다.

집에 열흘이나 있었던 것이 잘못이다. 처음 사흘 정도는 여자들도 매우 기뻐했다. 나는 어린 딸을 보며 만면에 웃음을 지었고, 오랜만에 맛보는 음식에 입맛을 다시고, 잘 말린 손님용 이불에서 잠을 청하는 등, 극진한 대접을 받았다. 마시지도 못하는 술까지 실컷 얻어 마시고, 역시 집은 좋구나 하고 생각했던 것이다.

나흘째쯤부터 분위기가 달라졌다. 평판이 나쁘니 어쩌니 하며 어머니가 쓴소리하시기 시작하고, 아내도 아내대로 집안을 제대로 꾸리지 못하기 때문에 남편이 집에 들르지 않는다는 소문이 나서 바깥을 다닐 수가 없다고 한다.

고생하게 해서 미안하다고 위로하거나 달랬지만, 그러다가 겨우 깨달았다.

전부 내 탓이었다. 불평의 원흉에게 위로를 받은들 기쁘지 않을 것이다.

깨달았을 때에는 이미 늦어서, 엿새째에는 어머니의 불벼락이 떨어졌다.

어머니는 하타모토의 아내이니 썩어도 준치, 상당히 경지에 다다른 꾸중이라고 마치 남의 일처럼 감탄하고 있었지만, 물론 남의 일은 아니다.

막부가 와해되었다고는 해도 다카토 가는 미카와[三河] 이래로 직참(直參)[200] 하타모토, 너는 우리 집안의 대를 끊을 셈이냐며 나무라고, 아내는 아내대로 제가 그렇게 마음에 드시지 않는다면 차라리 이혼해 달라는 말을 꺼낸다.

그때부터는 울고 고함치고의 반복, 대체 이제부터 어떻게 할 생각이냐고 장래에 대해 꼬치꼬치 물어대니 그저 질릴 뿐.

아무 생각도 없으니, 대답하고 싶어도 대답할 수가 없다.

회사는 해산해서 직업도 없고, 도움이 될 만한 재주도 없고, 세상에 도움이 될 만한 재능도, 도움이 되려는 기개도 전혀 갖고 있지 않다. 출세는 고사하고 입신도 제대로 못 할 판이다.

그저 머리를 숙이고 욕만 듣고 있는 아버지의 모습을 아이에게 보이는 것은 차마 못 할 짓이다. 그러나 설령 잘못했다 하더라도 괴로운 일을 당하더라도, 남자가 하는 일에 참견하지 마라, 불평하지 말고 참으라고 대꾸하는 횡포와도 나는 거리가 멀다.

---

200) 에도 막부에서 쇼군 직속의 무사.

미안하다 미안하다, 마음이 정리될 때까지 가만히 기다려 달라고 말할 뿐.

발뺌이다. 여자들도 그것이 발뺌이라는 것을 금세 알 수 있으니 더욱 나무란다.

나는 더는 당해내지 못하겠다고 생각했다.

말만 그런 것이 아니라 도망쳐 나왔다는 꼬락서니다. 후회는 하지 않지만, 마음은 복잡하다. 이렇게 되고 보니 그 환대는 대체 무엇이었나 하는 생각이 들지 않는 것도 아니지만, 생각해 보면 남편이 집으로 돌아왔는데 놀라거나 환대하거나 하는 것이 애초에 이상한 일이다. 놀랄 만큼 집을 비우고 있었던 것이니, 처음부터 나무라는 것이 당연하다.

열흘 전에는 어린아이 같은 외로움을 느끼고 있었을 뿐이었지만, 지금은 더욱 풀이 죽고 갓난아기처럼 불안하다.

왜인지는 모르겠지만 은거하고 있는 집으로 곧장 돌아가는 것도 꺼려지고, 그렇다고 해서 갈 곳도 없다.

이렇게 되니 실 끊어진 연 같은 신세다. 마음 편하기는 하지만 땅에 발을 붙이고 있지 못한 것 같은 불안함이 든다. 이런 심정은 쾌감이 아니라 불안일 뿐이다. 자신이 누구인지 알 수 없게 된다.

별수 없이 니혼바시로 나가 마루젠에 들렀다.

책이라도 보고 있으면 조금은 기분이 나아지려나 하는, 전혀 근거 없는 생각으로 한 행동이다.

아직 시간이 일러서 가게를 연 지도 얼마 되지 않았을 것이다. 손님은 거의 없었다.

서책을 좋아해서 몇 번이나 왔지만, 나는 결코 좋은 손님은 아니다.

작년 여름 전에 처음으로 책을 샀고, 그 후로 네다섯 번 드나들었을 뿐이다.

일 년에 네다섯 번이니 단골이라고 부를 정도의 손님은 아니고, 오면 책을 사는 것도 아니니 훌륭한 손님인 것도 아니다. 그래도 사환의 얼굴도 익혔고 상대 쪽도 나를 기억해 준 것 같다.

읽고 싶은 책은 조당에서 조달할 수 있기에 특별히 갖고 싶은 책도 없다. 여기에서 산다면 갓 찍혀 나온 신본(新本)이나, 입하된 지 얼마 안 된 양서 정도밖에 없다. 양서 같은 것은 사도 바라만 볼 뿐이니 가게에 들어가기도 전부터 구경만 하려는 태세다.

포렴을 걷고 들어가 싱숭생숭한 마음으로 평대를 삐딱하게 보고 있자니, 사환이 다가왔다.

아니, 아니, 사환으로 고용살이하고 있는 것은 아닐 테니 점원이라고 해야 한다. 그것은 올 때마다 생각한다.

이 점원은 아마 야마다라는 이름으로, 처음에 신문체의 소설을 권해 준 청년일 것이다.

"아니, 이거 다카토 님, 잘 오셨습니다. 뭔가 찾으시는 책이 있으십니까?"

실수 없는 대응은 역시 사환이 아니라 점원이다.

"아니, 지나가던 길에 들렀을 뿐이지 제대로 된 손님은 아니니, 신경 쓸 것 없네."

지나가던 것은 아니니 거짓말이다. 하지만 제대로 된 손님이 아닌 것만은 사실이다.

무슨 말씀이십니까, 하며 야마다는 마음에도 없는 말을 했다.

"아니, 사실을 말씀드리면 오시기를 기다리고 있었습니다."

"나를 말인가? 그거 이해가 안 가는 이야기로군. 나를 필요로 하는 사람이라곤 세상천지에 아무도 없을 텐데. 변덕이 일어 집으로 돌아가도 바늘방석일세."

"이런, 본가로 돌아가셨습니까?"

야마다는 곤란한 듯한 얼굴을 했다.

"왜 그러나. 내가 본가로 돌아가면 안 될 이유라도 있나?"

"아니, 아니, 그런 것은 아니지만, 그러면 그, 지금 사시는 집은 빼신 겁니까?"

"아니, 그렇지는 않네. 지금부터 그 집으로 돌아가려는 참이네."

아무래도 분위기가 이상하다.

애초에 마루젠의 점원에게 내 일신상의 사정을 이야기한 기억은 없다.

"자네는 어째서 그런 사정을 알고 있는 건가? 누군가에게 무슨 말이라도 들었나?"

"예에."

물으니, 그는 요쓰야에 있는 오노즈카 서점의 다메조에게 들었다고 자백했다.

"다메조라. 쓸데없는 말을 떠들고 다니는 놈이로군. 뭐 별로 숨기고 있는 것은 아니지만, 그렇다고 해도 남의 사정을 떠벌떠벌 이야기하다니 곤란한 사람이야."

"아니, 아니, 그렇지 않습니다. 실은 말이지요, 도쿄도[東京堂] 쪽에서 저희 서점 쪽으로 문의가 있었습니다."

"도쿄도라니 그게 어디 사는 누군가?"

혼고에 있는 중개업 회사입니다, 하고 야마다는 대답했다.

"중개업 회사라는 것은 모르는데. 중개업이라는 건 뭔가, 어떤 회사인가?"

"예에, 서적을 중개하는 회사입니다."

"그게 뭔가, 사환이 여기저기 뛰어다니며 책을 사 오는——그 중개를 말하는 건가?"

이전에 그 다메조가 그런 말을 했었다.

다른 서점에서 찍은 책을 손님이 사고 싶어 할 때도 있기 때문에, 그럴 때는 조달해 와야 하니 큰일이라는 이야기였다.

"예에, 도쿄도는 본래 저희와 똑같은 소매업을 하고 있었지만, 곧 중개업과 출판도 시작하게 된 곳이지요. 원래는 저기 3번가의 하쿠분칸[博文館]의——."

잠깐, 잠깐, 하고 그의 말을 막는다.

"자세한 사정은 내게 알려주어도 소용이 없네. 그러니까 책을 모으거나 배포하거나 하는 전문 부문이 있는 책방이라는 뜻이겠지. 그런 곳에서 왜 나한테 용무가 있단 말인가? 그리고 그것을 어째서 마루젠에 문의한 것인지 모르겠군."

"아니, 아니, 그건 그, 오자키 선생님이."

"오자키라니——."

오자키 고요를 말하는 것이리라.

"아니, 아니, 더더욱 모르겠군. 나는 오자키 고요 선생님과는 아무런 인연도 없네. 물론 나는 여기에서 추천해 주기에 책을 사서 읽었고, 알고는 있지만, 그쪽은 고명한 소설가고 이쪽은 그냥 일개 독자일세. 내가 편지라도 한 통 적어 보내려고 문의하는 거라면 모를까."

하타케노 이모노스케 님입니다, 하고 야마다는 말했다.

"그건——으음, 여기에서 만난."

"예에. 오자키 선생님의 문하생이신, 이즈미 교타로 님이지요."

"아니, 잠깐. 그는——."

"하타케노 이모노스케라는 필명으로 지방 신문에 소설을 연재하고 계시는 모양입니다."

"그 이름으로 말인가?"

"예에, 그렇게 들었습니다. 어찌 된 셈일까요, 본명이 훨씬 더 잘 알려져 있는 것 같은데 뭔가 생각하는 바가 있으셨던 걸까요."

아무래도 거북한 기분이 들었다.

그를 그렇게 부른 자는 다름 아닌 바로 나다. 참으로 촌스러운 이름이다. 하지만 그런 헛소리를 필명으로 삼으려는 생각은 아무도 하지 않을 것이다.

"그래서——뭐, 가늘고 가는 인연은 있는 것 같지만, 그렇다고 오자키 선생님이 나를 찾는다는 것은 이해가 안 가네."

"예에. 복잡하지요."

그것은 내가 할 말이다.

"으음, 그러니까 에미 스이인[江見水蔭] 선생님이 여신 고스이샤[江水社]의 일원——뭐, 제자지요. 그 제자분 중에 다야마 가타이[田山花袋] 씨라는 분이 계시는데요."

둘 다 모르는 사람이다.

"에미 선생님은 오자키 선생님이 만드신 겐유샤[硯友社]에 참가하고 계신 선생님이고, 다야마 씨도 원래는 오자키 선생님의 문하생입니다. 그리고 그런 인연이 있다 보니 다야마 씨는 그 이즈미 씨와도 교류가 있어서 말이지요."

"뭐, 있겠지."

"처음으로 신문 연재를 하실 때, 이야기도 나누신 모양이에요. 어쨌거나 이즈미 씨의 처녀소설이라는 것이 될 테니 말입니다."

"뭐, 이야기 정도는 하겠지."

"그리고 무엇을 어떻게 이야기하신 것인지는 모르겠지만, 그 이야기가 에미 선생님의 귀에 들어갔습니다."

"어떤 이야기 말인가?"

그건 모릅니다, 하며 야마다는 쓴웃음을 지었다.

"모르나?"

그 자리에 있었던 것이 아니니까요, 하고 야마다는 말했다. 그것도 그렇다.

"그, 에미 스이인 선생님께 겐유샤에 들어오라고 권한 사람이 말이지요——아아, 다카토 나리는 하쿠분칸에서 나온 '소년문학'이라는 총서를 모르십니까?"

"아니, 모르네. 나는 소년이 아니니까. 그건 아이들이나 읽는 것 아닌가."

아니, 아니, 그렇게 우습게 볼 것이 아닙니다, 하고 말하며 야마다는 눈썹을 찌푸렸다.

"제 사견이지만, 어른이 읽어도 재미있는 것은 재미있어요. 어른용이니 아이용이니 하는, 그런 획일적인 생각을 해서는 안 된다고 생각합니다. 건방진 말로 들리겠지만, 문학이니 뭐니 하면서 으스대는 것은 아무래도 그."

비위에 거슬린다고 말하더니, 뭐 제 입으로 이런 말씀을 드릴 수는 없지요, 하며 야마다는 다시 쓴웃음을 지었다.

"뭐, 나도 본래는 에도 취향일세. 소설은 게사쿠 정도나 읽던 사람이니 문학을 알 리가 없지. 그래서 너무 점잔 빼는 것은 좋아하지 않는다네."

"예. 그 점에서 겐유샤의 선생님들은 소설은 오락이라고 선뜻 말씀하시고, 또 복고적이기도 하지 않습니까. 하지만 그냥 예전 막부 시대로 돌아가고 싶은 것이 아니기에, 새롭게 당세풍으로 글을 쓰고 계시지요."

"뭐, 새롭기는 하지."

하고 말했다.

이것은 진심이다.

신문체에 익숙해지고 나니 왠지 문장에 공을 들이지 않으면 재미없는 듯한 기분이 들고 만다.

"그것은 그, 뭐라고 하던가. 나는 후타바테이 같은 것은 아직 좀 불편하네만. 그게 뭐더라, 언문일치인가."

"뭐, 하세가와 선생님의 경우는 또 조금 다르겠지만요. 그래도 문체에 공은 들이시겠지요."[201]

"그렇지."

처음에는 매우 당혹스러웠지만, 지금은 오히려 구태의연한 문어문(文語文)이 더 읽기 힘들게 느껴질 때가 있다. 고문(古文)이 진부한 것은 어쩔 수 없는 일이지만 의고문(擬古文)이라도 지금 쓰인 것은 새롭게 여겨지니 이상한 일이다.

"문학이니까요."

하고 야마다는 말했다.

---

201) 후타바테이 시메이의 본명은 하세가와 다쓰노스케.

"뭐, 무겁다 가볍다로 판단할 수는 없겠지요. 마찬가지로 누구를 향해 쓰인 책이든, 재미있으면 재미있는 겁니다. 필치는 상관없다고 저는 생각합니다. 이런, 삼천포로 빠지고 말았군요 —— 그 총서 '소년문학'의 1편으로, 재작년에 '고가네마루'라는 작품을 출판하셔서 좋은 평판을 얻은, 이와야 사자나미[巖谷小波] 선생님이."

"어이, 이보게."

그렇게 차례차례 이름이 나와도 당혹스러울 뿐이다.

"아무도."

"이와야 사자나미 선생님 말입니다. 모르십니까? 그분이 에미 선생님을 겐유샤에 ——."

"아니, 작가에게는 흥미가 없네."

"그러십니까. 그럼 그렇지, 귀족원 의원인 이와야 오사무 님의 삼남이라고 말씀드리는 게 좋으려나요. 본명은 스에오 님이시던가."

"귀족원 의원 이와야 님이라면, 유명한 서예가인 이와야 이치로쿠[巖谷一六] 님을 말하는 게 아닌가? 그분의 자제가 소설가이신가?"

그렇습니다, 하고 야마다는 말했다.

"그 왜, 이전에 다카토 님이 사 가신 '가라쿠타 문고'에도 글을 쓰셨던 것으로 기억하는데요. 이와야 선생님도 겐유샤의 동료니까요."

그러고 보니 사자나미라는 이름은 기억에 있다.

"아아, 으음, 그렇지, 아주 감상적인 연애물이 아니었나? 사자나미라는 필명이기에 혹시 여류 작가인가 하고 의심한 기억이 있네만 —— 그분이 이와야[巖谷]라는 위압적인 성이었나."

그겁니다, 그거, 하고 야마다는 말했다.

서점 점원인 만큼 책을 많이 읽는 모양이다.

"그 이와야 선생님——아니, 아니, 서예가 이와야 의원님이 아니라 자제분 쪽 말인데, 그분이 말이지요, 요번에 하쿠분칸과 뭔가 새로운 일을 하신다고 하더군요. 그래서 그것을 상의하던 중, 에미 선생님께 그 이야기를 듣고."

"그 이야기라는 것은 어떤 이야기인가?"

"아니, 이즈미 씨가 다야마 씨에게 이야기하고 에미 선생님이 얼핏 들으신 이야기 말입니다. 그래서 이와야 선생님은 오자키 선생님께 여쭈어 보았다고."

"어, 어째서? 왜 그렇게 되는 건가?"

"아니, 어째서라니요, 오자키 선생님도 이와야 선생님도 동료니까요. 이즈미 씨의 신문 연재를 중개해 주신 분도 이와야 선생님인 모양이고요."

"중개라니."

"글쎄요, 연재를 부탁받았지만 바빠서 쓸 수 없어서 대신 신인 작가를 소개했다——는 것이 아닐까요. 저는 일개 서점 점원이라 그런 사정은 모릅니다."

"뭐, 좋네. 그렇다고 치더라도 오자키 선생님은 나 같은 건 모르실 게 아닌가."

"모르시겠지요."

그럼 뭐란 말인가.

"그렇고말고. 생각할 것까지도 없이 알 리가 없지 않은가. 그렇다고 할까——어째서 이즈미 군에게 묻지 않은 것일까. 이야기가 커지기만 하지 않는가."

"나리."

"왜."

"나리는 이즈미 씨를 어딘가로 데려가셨지요. 그곳의 소재지를 이즈미 씨에게 제대로 가르쳐주셨습니까? 그 이전에 나리의 집도 가르쳐주지 않으신 게 아닙니까?"

"아아."

생각해 보면——그에게는 아무것도 가르쳐주지 않았다. 나는 그를 인력거에 태워 조당에 데려갔고, 대기시켜 둔 인력거에 태워 돌려보냈던 것이다. 그 신경질적인 청년은 내가 자신을 어디로 데려갔는지도 모르고 있었을지도 모른다.

"뭐, 가르쳐줄 필요는 없지 않을까 하고 생각했거든. 인력거로 데려갔다가 인력거로 돌려보냈네."

그렇겠지요, 하고 야마다는 말했다.

지금까지 알아차리지 못했지만, 이 점원은 먼지떨이를 들고 있다. 먼지라도 털고 있었던 것일까.

"그래서 말이지요, 오자키 선생님이 이즈미 씨에게 묻고, 사정을 들으시고 나서, 우리 손님이 관련되어 있다고——이렇게 말하면 뭔가 나쁜 일이나 만행 같지만, 기분 나빠하지 마십시오. 뭐, 그렇게 된 겁니다. 그래서 더 이상 오자키 선생님을 번거롭게 해 드릴 필요는 없다며 이와야 선생님은 이야기를 접으시고, 하쿠분칸을 통해서 하쿠분칸의 중개업 회사인 도쿄도가 글자 그대로 중개를 하게 되었고, 그리고 우리 가게로 이야기가 들어와서 제가 맡게 되었다는 것이지요——하지만 저는 다카토 님이 사시는 곳을 모르니까요, 그래서."

"오노즈카에 이야기가 가게 되었고, 다메조가 자백했다는 건가? 이거, 멀리도 돌아왔군."

아까도 복잡한 이야기라고 말씀드렸지 않습니까, 하며 야마다는 머리를 긁적였다.

"뭐, 정리하자면 이즈미 씨에게서 다야마 씨, 다야마 씨에게서 에미 선생님, 에미 선생님에서 이와야 선생님께 이야기가 가게 되었고, 이와야 선생님에게서 오자키 선생님, 그리고 이즈미 씨에게 되돌아왔고 그것을 받은 이와야 선생님에게서 하쿠분칸, 도쿄도를 경유해서 이 마루젠으로 이야기가 들어와——."

이 야마다를 거쳐 오노즈카 서점, 그리고 다메조에 이르렀다는 것인가.

나는 그런 것을 굳이 정리하지 않아도 되지 않느냐고 말했다. 경로는 아무래도 상관없다.

"그래서, 대체 뭔가."

"예에, 다메조 씨의 이야기로는 다카토 나리는 병에 걸려 요양을 하느라 본가에는 계시지 않는다고 하고, 지금 사시는 곳에는 가 본 적이 없지만 대략적인 장소는 안다고——."

편찮으셨습니까, 하며 야마다는 거기에서 눈을 휘둥그렇게 떴다.

"이제 와서 편찮으셨냐니 뭘 그런 걸 묻나. 그런 것은 이미 나았네. 다만, 그냥——."

나는 왜 집에 돌아가지 않는 것일까.

아직 거기에 있네, 하고 대답했다.

"뭐, 결국 뭐가 뭔지 모르겠지만 내가 있는 곳을 그, 중개업 회사 사람에게 가르쳐주었다는 건가?"

그렇습니다, 하며 야마다는 머리를 숙였다.

"꼭 좀 연락을 취하고 싶다고 해서요."

"으음."

누가——라는 것이 문제일 것이다.

도중에 하도 많은 사람이 등장해서 잘 이해할 수가 없었다.

반환 지점은 이와야 선생님이지요, 하고 야마다는 말했다.

"이와야 의원님의 자제분이——나 따위에게 무슨 용무가 있단 말인가? 뭐, 이렇게 말하면 그렇지만 나는 아마 이 메이지 시대에 가장 도움이 되지 않는 얼간이일 거라는 자각이 있네. 소리 높여 시대를 이야기하지도, 능숙하게 세상을 살아가지도 못하지. 붉은 것을 희다고 말하는 것을 들으면 그런가 하네. 붉다고 생각하더라도 입을 다물어 버리지. 자유도 민권도 없지만, 애국심도 없네. 매일 멍하니, 살금살금 음지를 걸어 다니기나 하는, 속세를 버린 사람일세."

예에, 하며 야마다는 대꾸하기 어려운 듯이 붙임성 있는 웃음을 띠었다.

뭐, 그렇지요, 라고는 말할 수 없을 것이다. 한편, 그렇지 않습니다, 라고 안심시키기 위한 말을 해 봐야 썰렁해질 뿐이다.

"자네도 요령이 없군."

"죄송합니다."

"나 따위에게."

사과할 것은 없네, 하고 말했다.

아무래도 집을 빠져나온 후로 자학적인 기분에 빠져 있는 것 같다. 요령이 없는 것은 내 쪽이다.

나는 정말로 구경만 하고 가게를 나왔다.

가게 앞에서 길게 수다만 떨고 아무것도 사지 않으니, 정말로 폐가 되는 손님이다. 스스로 자신에게 화가 난다.

그런 꼴이다 보니 책을 고를 수 있을 리도 없다.

나는 더욱 풀이 죽어서, 들르지 말 걸 그랬다고 생각하며 귀갓길에 올랐다.

그래도 어딘가 뒤가 켕겨서 어슬렁어슬렁 돌아다녔고, 돌아다니다 보니 하쿠분칸인지 뭔지를 발견하고 말았다.

들여다보니 소매부(小賣部)가 있다.

신경이 쓰여서 가게 안으로 들어가, 그 사자나미라는 사람의 책을 찾았다.

찾아볼 것까지도 없이 쌓여 있었지만, 작자명은 사자나미 산진[漣山人]으로 되어 있었다. 전통 종이에 색판으로 인쇄된 미려(美麗)한 책이다. 집어 들어 보니 감촉도 좋다. 표지를 펼쳐 보니 마주 보는 두 면에 삽화가 있는데, 이것도 아름다웠다.

좋은 책이라고 생각했다.

아이들을 위한 책이라서 그런가 하고 생각하며 페이지를 넘겨보니, 글씨는 나름대로 크지만 문어문(文語文)이다.

아이용인 것 같지도 않다.

한동안 넋을 잃고 들여다보다가, 이렇게 되면 사야겠다고 결심하고 대충 둘러보니 같은 작가의 '당세소년기질(當世少年氣質)'이라는 책도 진열되어 있었다. 같은 총서인 것 같았다.

쓰보우치 쇼요의 '당세서생기질'은 나도 읽었기 때문에, 그 책과 상관이 있는 거냐고 물으니 상관없다는 대답이었다. 물어보니 작년 1월에 출판된 것으로, 많이 팔렸다고 한다.

또 한 권 '서중휴면(暑中休眠)'이라는 것도 나와 있는 모양이지만 공교롭게도 품절이라고 한다.

지금 재판을 찍고 있는 중입니다, 라고 점원이 말했다. 재판이라는 것은 책을 더 찍고 있다는 뜻이냐고 물으니, '고가네마루'는 벌써 몇 번이나 더 찍었다고 한다. 대단하다.

책의 방식도 바뀌었구나 하는 생각이 들었다.

두 권을 샀다.

24전을 치렀다.

아름다운 책을 산 탓인지, 다소 기분이 편해졌다.

시시한 일로 기분이 바뀌는 법이다. 장난감을 받은 어린아이 같다.

드디어 집에 돌아갈 마음이 들었다.

그러나 내가 빌려 살고 있는 집으로는 돌아가지 않고, 곧장 신세 지고 있는 백성의 집으로 향했다. 한동안 집을 비울 거라고만 말하고 나왔기 때문에, 걱정하고 있을지도 모른다고 생각했던 것이다.

열흘이나 집을 비웠다.

걱정하고 있지는 않더라도 폐는 끼쳤을 것이다.

식모 일을 부탁하고 있으니, 언제 돌아오는지 모른다는 것은 곤란할 일일 것이다. 청소나 빨래는 그렇다 치더라도 식사를 준비하려면 미리 알아야 할 것이다. 편지라도 보내면 좋았겠지만, 거기까지 신경을 쓰지 못했다.

멍청하니 있었던 것이다.

처마 앞에 서서 부르니, 옆쪽에서 아저씨가 느릿느릿 나왔다.

모사쿠라는 오십 줄의 마음씨 좋은 남자다. 아이고, 주인님, 돌아오셨습니까, 하고 모사쿠는 뺨을 주름투성이로 만들며 웃었다.

"주인님이라고 부르지 말게. 아니, 미안하게 되었네. 열흘이나 집을 비웠군."

"열흘이나 지났습니까? 뭐, 주인님이 사과하실 것은 없습니다. 저희는 불편할 것도 없으니까요."

"하지만 아낙은 곤란할 테지."

"뭐, 곤란하려나요. 그 여편네는 데퉁스러운 여자라 밥도 따로 나눠 만들고 있는 것은 아닙니다. 주인님 몫을 더 만들고, 그건 예쁘게 담아야 한다, 그냥 그뿐이지요. 주인님이 안 계시면 전부 자기가 먹어 버립니다."

"자기가? 자네는."

"저 같은 것한테는 나눠주지 않아요."

하며 모사쿠는 손을 저었다.

"전부 자기가 먹어 버립니다. 그러니 주인님이 집을 비우시면 집을 비우시는 만큼 우리 마누라가 살찐다는 것뿐이랍니다. 하지만 우리도 다달이 수고비를 받고 있으니, 그만큼 돌려드려야 하려나요?"

"아니, 그런 걱정은 하지 말게."

폐도 끼치지 않은 모양이고 걱정하고 있지도 않았던 모양이다.

아니 그게 주인님, 하고 모사쿠는 갑자기 심각한 얼굴이 되었다.

"그러니까 주인님이라고 부르지 말라니까."

"그럼 도련님인가요?"

"그렇게 어리지 않네. 자네 마누라는 나리라고 부르더군. 뒤에서는 뭐라고 부르는지 모르겠네만."

빈집 나리라고 말하고 있습니다, 하고 모사쿠는 말했다.

"그래, 무슨 일인가?"

"여기 서서 말씀드리기도 뭣한데요. 안으로 들어오시겠습니까. 누추하지만. 저는 백성이니까요. 차라도 한잔 하시겠습니까."

"아니, 아마 아무리 어지럽혀져 있어도 내 빈집보다 깨끗할 테지. 오늘은 계속 서서 이야기하기만 했으니, 잠깐 실례하겠네."

입구를 들어서니 봉당도 넓고 천장도 높다. 내가 빌린 집이 훨씬 더 작아서 약간 놀랐다. 내 본가는 무가 저택이니 좁지는 않지만, 구조가 전혀 다르다.

대들보까지의 거리가 묘한 위압감을 준다.

무엇일까. 거기까지 이르는 공간에는 생활에 겹쳐 쌓인 것이 빼곡하게 들어차 있다가 내게 덮쳐드는 듯한 착각이 느껴지는 것이었다.

안으로 드시지요, 하고 모사쿠가 말해서, 나는 여기면 되었다고 말하며 마룻귀틀에 걸터앉았다.

모사쿠는 오토요, 오토요, 하고 아내를 불렀다.

"거기서 덜덜 떨고 있지만 말고, 다카토 주인님이 오셨으니 차라도 좀 내게."

쥐 죽은 듯 조용하다.

이 집의 아낙은, 말하고 싶지는 않지만 꽤나 활달한 부인이다. 입도 걸고 잘 웃는다. 사람은 좋지만, 솔직히 말하자면 시끄럽다.

"무슨 일인가. 안주인이 편찮으신가?"

"당치도 않아요. 그 여편네가 얼마나 튼튼한 여자인데요. 시집온 지 삼십 년 가까이 되도록, 감기도 걸리지 않았고 배탈도 나지 않았습니다. 아이를 낳고도 며칠만 지나면 밭에 나갔고요. 아무렇지도 않아요. 너무 튼튼해서, 돌아가신 할머니가 깜짝 놀라곤 했지요. 할머니도 튼튼한 편이었지만, 저 튼튼함은 보통이 아니다, 소라도 섞여 있는 게 아니냐고 하면서 어이없어하곤 했어요. 이 집에서는 제가 제일 약합니다."

"그런가? 튼튼한 것은 매우 좋은 일이네만——그렇다면 덜덜 떤다는 건 무슨 소리인가?"

그게 말이지요, 하며 모사쿠는 얼굴을 가까이했다.

"뭐, 주인님께 이런 상의를 드리는 것도 엉뚱한 일이지만, 어쨌거나 저는 배운 것이 없거든요. 게다가, 뭐."

모사쿠는 힐끔힐끔 차분하지 못하게 집안을 둘러보았다.

"이렇게 높은 분과 직접 이야기를 했다간, 옛날 같았으면 베여 죽었겠지요."

나는 그런 바보 같은 소리 말라고 타일렀다.

"사민이 평등한 세상일세. 사람을 차별한다면, 그것은 신분이 아니라 어떻게 사느냐로 차별해야 할 테지. 그렇다면 그렇게 이마에 땀을 흘리며 일하고, 착실하게 생활하고 있는 자네 쪽이 훨씬 위일세."

"저는 밭일을 할 뿐인데요. 씨를 뿌려도 밭을 갈아도 소출은 적고, 나라를 위해서는 도움이 되지 않습니다만."

"무슨 소리인가. 나라를 위해서 큰 도움이 되고 있네. 나라라는 것은 한 사람 한 사람이 지탱하고 있는 것일세. 무든 우엉이든, 그 한 사람 한 사람의 배에 들어가지 않나. 즉 자네의 땀이 나라의 영양이 되는 것일세. 참으로 훌륭한 일이지."

"그럴까요?"

그런 것은 생각한 적도 없습니다, 하며 모사쿠는 마루방에 책상다리를 하고 앉았다.

"뭐, 실은 고양이를 얻어왔거든요. 쥐가 너무 많아서요. 감자를 갉아 먹고, 끌고 갈 뿐만 아니라 기둥까지 갉아요. 그래서 한 마리 얻어 왔습니다. 고양이를요."

"그거 좋은 일 아닌가."

"그게 좋지가 않습니다."

모사쿠는 더욱 얼굴을 앞으로 내밀었다.

"무서워한단 말입니다. 마누라가."

"무엇을. 고양이를 말인가?"

"그, 제 친척이 요시와라[202]에서 방을 빌려주는 일을 하고 있는데요. 유곽에 고양이는 따라붙는 법이지요. 있단 말입니다, 고양이가. 그 친척이 한 마리 주겠다고 해서 얻어오기로 했지요. 거기까지는 좋았는데, 아무래도 그 방에서 소동이 있었던 모양입니다."

"무슨 일인가? 칼부림이라도 있었나?"

"아니, 그 친척 놈이 새로 들어온 여자한테 홀딱 반해서 그야말로 끔찍하게 위해 준 모양인데, 이러면 반드시 마누라는 질투의 불을 태우게 되지 않습니까."

"아아."

나는 색사와는 인연이 없다.

질투니 아내 자랑이니, 그런 것은 느끼지도 않고 말할 생각도 들지 않는다.

"그런데 주인님, 질투라면 괜찮지만 정말로 태워 버렸다는 겁니다. 질투의 불길로 불이 나고 말았어요. 그 마누라가 울적해 하던 끝에 미치광이가 되어, 죽네사네하면서 큰 소동을 벌인 끝에 자기 집에 불을 질렀는데, 매우 큰 화재였단 말이지요. 불에 타 죽고 말았어요. 지난달의 일입니다."

---

202) 에도에 있었던 유곽. 1617년 시내 각지에 흩어져 있던 유녀들을 니혼바시 후키야초에 모아놓은 것이 시작이었다. 매춘방지법에 의해 폐지되었다.

"그거 큰일이었군. 농담으로 끝낼 이야기가 아니로군."

"전혀 끝나지도 않았습니다. 그래서 반종(半鐘)[203]이 짤랑짤랑 울리고 있던 바로 그때, 남편은 젊은 아가씨와."

"함께 있었단 말이로군."

있었어요, 있었어요, 하며 모사쿠는 몸을 뒤로 물렸다.

"뭐, 무엇을 하고 있었는지는 모르겠지만, 어차피 술을 퍼마시고 있었겠지요, 제 생각에. 마누라가 난리를 치고 불까지 지른 끝에 죽고 말았는데, 남편은 아무것도 모르고 미세[見世][204]에 가서, 여자 방에 틀어박혀 다정하게 이야기를 주고받고 있었던 겁니다. 그래서 —— 그래서 말이지요, 문제는 그 후인데요. 아니나 다를까, 나왔어요."

"뭐가."

이거 말입니다, 이거, 하며 모사쿠는 양손을 축 늘어뜨렸다.

처음에는 뭔가 했지만, 이것은 유령 흉내다.

"유령 —— 이란 말인가?"

"그렇게 부르나요? 어쨌거나 아는 것이 없어 놔서. 귀신 말입니다, 귀신. 머리를 풀어헤치고 무서운 얼굴을 한, 마누라의 귀신이 나와서 복도를 비실비실 걸어 다니는 거예요. 남편은 다리가 풀렸지요."

"유령이라니."

여러 가지로 —— 생각하는 바는 있다.

"뭐, 그건 좋네만, 그것과 그 얻어온 고양이와 안주인의 상태가 대체 무슨 관계인지를 모르겠군."

자, 자, 들어 보십시오, 하고 모사쿠는 말했다.

---

203) 망루 등에 매달아 놓은 작은 종. 화재, 홍수, 도둑 등 비상시에 울렸다.
204) 에도 시대 유곽에서 창녀가 지나가는 손님을 불러들이기 위한, 격자 창살을 한 방.

"그 남편이 반해 있던 여자의 이름은 오마메라고 하는데, 아직 열예닐곱 살밖에 안 된 여자였습니다. 귀신은 남편이 아니라, 어찌 된 셈인지 이 오마메를 저주했단 말이지요. 그 후로 밤이면 밤마다 나타나서 복도를 비실비실 걸어, 오마메의 방에 이렇게, 슥 들어가곤 했어요. 그 귀신이."

"호오."

"그 모습을 본 사람이 한두 명이 아니라고 하니, 창기도 무서워서 제정신이 아니었지요. 측간에도 갈 수 없을 지경이었습니다. 그러다 보니 손님은 찾아오지도 않았고요. 오마메도 마음에 병을 얻어, 이윽고 자리에 눕고 말았지요. 그리고 이것은 더 견딜 수 없다며 그만두게 해 달라고 청했다고 합니다. 뭐 계약 기간이니 뭐니 하는 것도 있고, 반해 있기도 했으니 제 친척도 곤란했던 모양이지만, 결국은 미세에서 내보내고 말았습니다. 그리고 요컨대 제가 얻어온 고양이라는 것이 그 오마메가."

키우던 고양이입니다, 하고 모사쿠는 말했다.

"아아. 하지만 그건 상관없지 않은가?"

"저도 그렇게 생각합니다. 하지만 마누라는 그렇게 생각하지 않아요. 귀신이 고양이에 들러붙어 왔다고 생각하는 모양입니다. 뭔가 기척이 느껴진다는 둥 한기가 든다는 둥, 이러니저러니 하면서 바람만 불어도 벌벌 떨고, 문만 덜컹거려도 이불을 뒤집어쓰고 마는 지경입니다. 어떻습니까, 주인님."

"뭐가 말인가."

"귀신이라는 것은 있는 겁니까."

하고 모사쿠는 온순한 얼굴로 물었다.

“아니——.”

보았다고 말하는 사람은 있다. 있었으면 좋겠다고 생각하는 사람도 있다. 하지만——.

미신일세, 라고 대답했다.

“미신이라는 게 뭡니까?”

“아니, 없다는 뜻일세. 있다고 생각하고 싶은 사람은 있지만, 뭐, 그게 신심이나 진심에서 나온 결과라면 그것은 그것대로 상관없을 거라고 생각하네만. 그런 것이 없더라도 그저 두려워만 하는 것은 안 될 일이라는 뜻일세.”

이것은 이노우에 엔료 선생님이 했던 말을 그대로 한 것에 지나지 않는다.

“안 됩니까?”

“뭐, 문명인으로서는 안 되지.”

“그렇습니까. 아니, 뒷집의 긴조와 그 집 할머니도 젊은 시절에 대나무 숲에서 귀신을 보았다고 하고, 이발소의 사부로는 재작년에 저 앞 절의 묘지에서 도깨비불을 보았다며 거품을 물던데요. 둥실둥실 떠 있었답니다.”

“뭐, 그런 것이 전혀 없다고는 하지 않겠지만 그런 이야기의 9할, 아니, 9할 9푼은 잘못 본 것이거나 착각이거나 장난일세. 그렇지 않더라도 뭔가 이유는 따로 있겠지. 그러니 아무것도 생각하지 않고 대뜸 그런 말을 믿는 것이 미신이라고—— 높으신 선생님도 말씀하셨네.”

그런 건가요, 하며 고개를 끄덕이고 모사쿠는 감탄하더니, 몸을 뒤로 크게 젖히며 어이, 지금 들었지, 오토요, 요물은 없다잖아, 하고 큰 소리로 외쳤다.

달그락,

하고 소리가 났을 뿐이었다.

보니 방에 대바구니가 있고, 안에 지친 고양이가 앉아 있었다.

"뭐야. 대답도 않는 건가. 도대체가 차도 내 오지 않고. 어제 고양이가 오고 나서부터 만사가 이런 꼴입니다. 밥도 제대로 짓지 않으니 큰일입니다."

"그건 나도 곤란하군."

돌아온 순간 밥이 없다는 것도 별로 기쁘지 않다.

"마누라가 너무 무서워해 저 바구니에서 꺼내지도 못하고 있습니다. 고양이도 불쌍하지요."

확실히 갑갑해 보인다.

"하지만 고양이는 고양이 아닌가. 그 유령이 이 집에 나왔다는 것은 아니겠지."

그런 것은 나오지 않습니다, 하고 모사쿠는 기분 나쁘다는 듯이 대답했다.

"하지만 마누라가 무서워하는 것도 무리는 아니지요. 아까 그 이야기는 제 친척의 이야기일 뿐만 아니라 신문에 실리기까지 했으니까요. 야마토 신문인가 그렇다던데, 저도 마누라도 글을 읽을 줄 모르지만, 저 앞 절의 스님이 읽었다고 하더군요. 뭐, 신문에 실렸다면 사실이겠지요."

"그렇지는 않네. 그야 소동은 있었겠지만, 가와라방이라는 것은 에도 시대부터 재미로 쓰는 것이 보통이었다네."

"그럼 거짓말인가요? 그 땡중, 엉터리 소리를 지껄이다니. 원망해야겠군요."

"거짓말이라고는 하지 않겠지만 여기저기 살이 붙은 것일 테니 신경 쓸 것은 없네. 그렇지, 마음에 꺼림칙한 데가 있으면 버드나무도 억새풀도 유령으로 보이는 법이 아니겠는가."

그런 거냐고 말하며 모사쿠는 팔짱을 꼈다.

"하기야 제 친척은 상당히 꺼림칙했을 테지요. 나쁜 짓은 하지 않았지만, 색사에 관해서는 변명을 할 수가 없으니까요."

"상대인——그, 오마메 씨인가. 그 사람도 마찬가지일세. 자기 때문에 안주인이 불타 죽었다고 하면 평정을 지킬 수는 없었겠지. 그래서 그런 환상이 보인 걸세. 하지만 그것은 애초에 자네들하고는 상관없는 일일 텐데."

"뭐, 친척이니까요. 제 사촌입니다."

"그래도 남편의 방탕함과는 상관이 없지 않나. 설사, 설사 유령이 있다고 해도 자네들에게 원한을 가질 이유가 없네."

"그야 없지요."

하고 모사쿠는 말한다.

"그러니까 저건 그냥 고양이일세. 그러니 바구니에서 꺼내주지 않으면, 쥐도 잡지 못할 테고 고양이도 불쌍하지."

그때까지 의욕 없는 태도로 얼굴을 씻고 있던 고양이는 모기가 우는 듯한 목소리로 야옹 하고 한 번 울었다.

"저도 그렇게 생각하는데 말이지요. 그래서 말인데요, 주인님. 저 고양이를 잠깐 맡아주실 수 없겠습니까."

"맡아 달라고?"

버리는 것은 내키지 않는다며 아저씨는 고개를 기울인다.

그건 그렇겠지만.

"하지만 이보게. 그럼 안주인이 내 집에 오지 않을 걸세. 그건 그것대로 곤란한데."

주인님의 시중은 확실하게 들겠습니다, 하고 모사쿠는 말하며 고양이를 보았다.

"저 고양이가 없어지면 여편네는 밥도 짓고 빨래도 할 거예요. 청소 정도는 제가 하지요. 뭐, 데려갈 사람을 찾을 때까지 잠깐이면 됩니다. 좀 참아 주시면 안 되겠습니까. 혹시 주인님은 고양이를 싫어하십니까?"

"아니, 뭐, 싫은 것은 아니지만 좋아하지도 않네. 흥미가 없다고 할까, 생물을 키워본 적이 없어."

고양이는 눈을 가늘게 뜨고 바쁘게 뒷다리로 귀를 긁고 있다.

"내가 키울 수 있을까?"

"밥만 주면 됩니다. 준비해 드리겠습니다."

"아니, 그렇게 간단한 일이 아니잖나. 똥오줌도 쌀 텐데."

그런 것은 다른 곳에서 합니다, 하며 아저씨는 웃었다.

"바구니 밑바닥에 깔려 있는 것이 전 주인의 방석인데요. 저 고양이는 거기에서 자곤 했어요. 그래서 둥지가 된 모양이지요."

"둥지. 고양이에게도 둥지가 있나?"

"개든 고양이든 짐승이라면 대개는 둥지가 있지요. 뭐, 그러니까 저 울짱을 올려 두면 알아서 밖으로 나가, 좋아하는 곳에 가서 똥이든 뭐든 눌 겁니다. 뭐, 문지방을 멋대로 타고 넘는 것은 고양이, 멍청이, 땡중이라고 하지 않습니까.[205] 어디든 갈 겁니다. 하지만 반드시 저

---

205) '고양이, 멍청이, 땡중'은 '주인 옆에 앉는 것은 고양이나 멍청이나 땡중 정도'라는 뜻의 속담으로, 보통 자리에 앉을 때는 너무 상석에 앉아서는 안 된다는 뜻이다.

바구니로 돌아와서 잡니다. 고양이는 잠을 많이 자고, 잘 때는 저기에서 자지요."

그런가.

우리 같은 방.

누군가가 가져다주는 밥.

딱히 묶여 있는 것은 아니지만, 어디를 가든 결국 그곳으로 돌아오고 만다. 그리고 돌아오면 돌아온 대로 잠만 잘 뿐이다.

── 뭐람.

나와 똑같지 않은가.

하는 일이라곤 없는 생물이다.

나는 맡아 주겠다고 대답했다. 그럼 옮겨다 드리겠습니다, 라고 말한 후 아저씨는 한층 더 큰 목소리로, 어이, 고양이는 데려갈 테니 이제 무서워할 것 없어, 하고 안쪽을 향해 고함쳤다.

참으로──.

일이 묘하게 되고 말았다.

한적한 집 안은 열흘 전과 하나도 달라지지 않았다. 내가 집을 비운 동안에도 청소를 해 주었던 모양이다. 먼지 하나 없다.

아니 먼지는 많았다.

아저씨가 돌아가고 나자 나는 몹시 피로했다.

아동용의 아름다운 책 두 권과──.

바구니 안의 고양이.

고양이는 둥글게 몸을 웅크리고 자고 있다.

이런, 이런, 하며 아저씨가 말했던 대로 울짱을 열었다. 열면 밖으로 나오지 않을까 하고 긴장하고 있었지만, 전혀 나오지 않는다.

여전히 기분 좋은 듯이 쿨쿨 자고 있다.

점심때는 이미 지났고, 저녁 식사까지는 시간이 있다.

이제 와서 외출할 기력은 없어 점심밥은 포기하고 사 온 책을 읽기로 했다.

1편이라고 되어 있었기에 '고가네마루'부터 읽기로 했다. 책은 많이 있다. 가재도구라곤 책뿐이다. 게다가 평소 조당 같은 곳에 다니며 질릴 정도로 서책을 보곤 한다. 그런데도 이렇게 책이 아름다운 것이라고 생각한 적은 없었다. 새롭기 때문일까.

아니, 책을 물건으로서 보지 않았기 때문일 것이다. 이 책은 물체로서, 잘 만들어져 있다.

삽화를 보고, 막상 본문을 읽으려고 페이지를 넘겨보니 왠지 문장이 딱딱하다. 어린이용이라고는 도저히 생각되지 않는다.

읽어 나가면서도 그런 생각은 들지 않는다.

생각지도 못한 일인데, 서문을 기고한 사람은 바로 모리 오가이[森鷗外][206]였다. 물론 자세히는 모르지만 군의관이기도 하고 번역도 종종 하고, 매우 어려운 말을 하는 똑똑한 사람이라고 들었다. 조당 주인이 추천해 주어서 '국민의 친구'에 게재된 '무희'라는 단편만 읽었다. 전아(典雅)한 문체로 기술되어 있었지만 무대는 독일이었고, 게다가 일본인과 이국인의 연애가 그려져 있었다.

---

206) 1862~1922. 메이지·다이쇼 시대의 소설가, 평론가, 번역가, 육군 군의관, 관료. 본명은 모리 린타로[森林太郎]. 시마네 현 출신으로 도쿄 대학 의학부를 졸업하고 육군 군의관이 되어 육군성 파견 유학생으로 독일에서 4년을 지냈다. 일본으로 귀국한 후 소설가 및 번역가로 활동하면서 동인들과 함께 문예잡지 '시가라미조시[しがらみ草紙]'를 창간하기도 했다. 청일전쟁에 출정하는 등 잠시 창작활동에서 멀어지기도 했지만 '스바루'가 창간된 후 다시 작가로서 활발한 활동을 보였다. 만년에는 궁내성 소관의 박물관인 제실박물관[帝室博物館](현재의 도쿄 국립박물관·나라 국립박물관·교토 국립박물관 등) 총장과 제국미술원(현재의 일본예술원) 초대 원장 등도 역임했다.

상당히 허를 찔렸다.

마침 신문체에 익숙해지기 시작한 무렵에 읽었기 때문에 약간 읽기 어려웠던 것도 있었을 것이다.

다만 생각할 것까지도 없이 격조 높은 미문(美文)이어서 중반부터는 술술 읽혔다.

다 읽고 나서 생각한 것은 같은 내용을 쓰보우치 쇼요의 문체로 썼다면 인상이 상당히 달라졌을 거라는 것이었다.

조당 주인의 이야기로는 오가이는 쇼요와 문체를 둘러싸고 크게 논쟁을 벌이고 있다고 한다.

아무래도 의외다.

사자나미 산진의 글도 단정한 문어문으로, 도저히 어린이용이라고는 생각되지 않았다. 다만 내용은 개가 원수를 갚는 이야기다. 호랑이니 여우니 하는 금수들만이 활약하는 황당무계한 이야기로, 내용은 분명히 어린이용이다.

읽어 나가다 보니 어린이용이라는 사실을 완전히 잊고 빠져들어, 눈 깜짝할 사이에 다 읽고 말았다.

옛날에 읽었던 합권(合卷)이나 아카혼 등을 떠올린다. 문체 하나로 이렇게까지 읽는 맛이 달라지는 것인가 하고 감탄했다.

이어서 '당세소년기질'을 읽었다.

이쪽은 어린이용이라기보다 어린이가 주인공인 이야기였다. 이것도 지금까지 읽은 적이 없는 것이었는데, 단숨에 읽고 말았다. 읽고 말았지만, 왠지 뭔가 부족한 듯한 기분이 들었다.

대체 무엇이 부족한 것일까 하고 얼굴을 들어 보니 울짱을 올려 둔 바구니 입구에서 고양이가 얼굴을 내밀고 이쪽을 보고 있다.

내가 마주 보니 고양이는 왠지 슬금슬금 바구니 안으로 돌아가 버렸다. 나오려고 하는 것을 도로 밀어 넣은 듯한 꼴이 되고 말았지만, 그럴 생각은 털끝만큼도 없었다.

그냥 고양이의 변덕이겠지만.

역시 부족하다.

고양이를 보면서 생각한다. '당세소년기질'의 독후감과 지금의 나 ——나의 이 생활은 동질이다.

비슷한 것이 빠져 있는 듯하다는 느낌이 든다.

나는 잠시 멍하니 고양이를 바라보았다.

유령의 저주를 받은 창기가 키우던 고양이다.

죽은 후에도 대단한 재앙을 가져오는——아니, 자기 목숨을 끊으면서까지 타오르려고 하는——그렇게까지 강한 정념이라는 것이, 우선 이해가 안 된다.

그렇게까지 강하게 사람을 좋아하거나 싫어할 수 있을까. 집념이라고 할까 원념이라고 할까, 살아가는 힘 같은 것일까, 그런 것이 나에게는 부족한 것일까. 그런 기분도 든다.

소년소설을 읽고 이런 생각을 하는 것 자체가 어딘가 빗나간 것일 거라고, 그런 생각을 했다.

멍하니 있는 동안에 고양이는 어디론가 가 버린 모양이다. 전혀 알아채지 못했다.

기척도 전혀 없다.

역시 마성의 존재인 것일까 하고, 말도 안 되는 생각을 하고 있자니 누군가가 문을 두드렸다.

계십니까, 계십니까, 라고 말하고 있다.

모사쿠의 목소리는 아니다. 하기야 모사쿠라면 계십니까, 라는 말은 하지 않고, 말하더라도 그때는 이미 문을 열고 있다. 그의 아내는 말도 없이 들어와서 대뜸 웃거나 하기 때문에 곤란하다.

그러나 이 집을 찾아올 사람이 있을 리도 없다. 내가 어디에 있는지는 아무한테도 가르쳐주지 않았다. 아무리 나라도 가족에게는 가르쳐주었지만, 당연히 가족이 찾아온 적이라곤 없다.

혹시 집에서 사람을 보내 나를 집으로 데려가려고 하기라도 하는 것일까 하고 긴장했지만, 그럴 리도 없을 거라고 다시 생각했다.

"다카토 님 댁이 여기 맞는지요."

가족의 짓이라면 이런 말은 하지 않을 것이다.

천천히 몸을 일으켜 문을 열자, 잘 차려입은 젊은이가 불안한 듯이 서 있었다.

갸름한 얼굴의 사람 좋아 보이는 청년으로, 야위었는데도 탄탄해 보이는 것은 자세가 좋기 때문일 것이다. 그래도 불안한 듯 느껴지는 것은 표정 때문이다. 귀가 크고, 눈은 둥글고, 생김새만은 동안 축에 든다. 밑바탕은 청년이니, 그 어울리지 않는 느낌이 아무래도 허약한 인상을 불러일으키는 것이다.

입고 있는 옷은 고급스러워 보이고, 하오리에는 주름 하나 없다. 짚신도 맞춘 것 같고, 버선도 질이 좋은 것이다.

값을 품평하고 있자니 청년이 다카토 님이십니까, 하고 다시 물었다. 나는 허둥지둥 그렇습니다, 하고 대답한다.

"다카토는 접니다만."

"그런가요. 이야, 다행입니다. 갑자기 찾아와서 실례했습니다. 저는 이와야라고 합니다."

"이, 이와야——혹시 이와야 사자나미 선생님이십니까?"

"저를 아십니까?"

"알고 자시고, 조금 전에 작품을 읽은 참입니다."

몇 시간 전까지는 몰랐다고 말할 수도 없다. 게다가 조금 전까지 읽고 있었던 것은 사실이고, 그것도 재미있게 읽었다.

부끄러울 따름입니다, 하고 이와야 사자나미는 말했다. 아직—— 스무 살이 지난 정도일까. 소년과 청년이 뒤섞인 듯한 불가사의한 풍모다. 그러면서도 품격만은 있다.

좋은 집안에서 자랐을 것이다.

"아니, 아이들을 위한 작품이라고 들었는데 저 같은 사람도 충분히 즐거웠습니다."

이와야 청년은 약간 고개를 숙이고는 뭐라고 형용하기 힘든 표정을 지었다.

"아니, 그런데 그——."

"아, 실은 오자키 고요 선생님의 문하생인 이즈미 군이라는——."

알고 있습니다, 하고 대답했다.

그 복잡한 이야기를 또 듣는 것도 못 참을 노릇이다. 이야기하는 사람도 힘들 것이다.

"사실을 말씀드리면 아까 마루젠에서 모든 이야기를 들었습니다. 그 후 하쿠분칸에 들러서 선생님의 작품을 구입한 것이지요. 하지만 모든 이야기를 들었어도 선생님이 저 같은 사람한테 무슨 용무가 있으신 것인지는 모르겠습니다. 이것은 전혀 짐작이 가지 않는군요."

"예에."

청년 문사는 머리를 긁적였다.

"아——선생님이 와 주셨는데 현관 앞에서 이러는 것도 실례겠군요. 누추한 집이라 차 한 잔 내지 못하겠지만, 적어도 안으로 들어와 주시지 않겠습니까."

내가 권하자 청년 문사는 황송합니다, 라고 말하며 순순히 따랐다.

차를 낼 수 없다는 말은 정말이다. 이 황량한 집에 귀족원 의원의 자제를 혼자서 기다리게 해 두고 모사쿠의 집에 차를 부탁하러 가는 것도 이상한 모양새다.

청소가 잘 되어 있는 것만이 다행이었다.

"그래서——무슨 용무이신지요?"

이와야 사자나미는 바른 자세로 앉아 다시 머리를 긁적였다.

"아니——뭐, 그, 애초에 건너들은 이야기라 대단히 수상한 이야기입니다. 그러니 엉뚱한 말씀을 드리고 있는 것이라면 용서해 주십시오. 이건 다른 사람에게 전해 들은 이야기인데——이즈미 군이 이 세상의 것이라고는 생각할 수 없는, 훌륭한 물건들을 갖추어 놓은, 없는 책이 없는 서점——에 갔다나 뭐라나."

"아아."

목적은 조당인 것이다.

알아채고 나니 지극히 당연한 것이, 이 도움이 안 되는 종자에게 조금이라도 이용 가치가 있다면 그 기묘한 가게에 허물없이 드나드는 몇 안 되는 단골 중 한 명이라는 것뿐일 것이다.

"뭐, 없는 책이 없다는 것은 다소 과장일지도 모르지만——아니."

그렇지도 않을지도 모른다.

나는 뭐, 그렇겠지요, 라고 말했다.

"역시 있는 것인지요. 그런 장소가. 이즈미 군은 그곳에."

"예, 갔습니다. 제가 억지로 데려갔지요. 사소한 인연이 있어서요."

사실이었냐고 문사는 중얼거린다.

그러나 조당이 목적이라면, 그야말로 다메조에게 묻는 것이 빨랐을 것이다.

본래 없는 책을 조달하기 위해 조당에 다니고 있었던 사람은 바로 다메조다. 다메조가 없었다면 나는 그 가게의 존재 자체를 알 길도 없었다.

아니, 다메조 같은 사환 나부랭이가 알고 있으니, 조당이라는 이름은 업계에서는 유명할지도 모르고, 그렇다면 같은 업종인 도쿄도에서도 하쿠분칸에서도 알고 있는 사람은 더 많이 있었을 것이다. 마루젠의 야마다도 알고 있었을지도 모른다.

아마, 이는 모두 이야기가 멋대로 여기저기 돌아다닌 결과일 것이다. 이즈미 교타로가 조당의 이름을 꺼내기만 했다면, 다카토라는 어디 굴러먹던 말 뼈다귀인지 모를 인간을 찾아다닐 필요도 없었을 것이라는 뜻이다.

그러나 이즈미를 탓할 수는 없다.

내가 제대로 가르쳐주지 않았으니까.

"이즈미 군은 성실한 성격이고 결코 거짓말을 할 사람은 아니니 신용은 하고 있었지만, 전해 들은 이야기이기도 하고, 사람을 거칠 때마다 이야기가 과장되고 마는 일도 있으니 절반만 사실이라고 생각하면 되겠다고는 생각하고 있었습니다."

이 청년이 어느 정도의 가게를 그리고 있는지는 알 길도 없지만, 보통의 상상이라면 그 상상을 뛰어넘을 거라고 생각한다. 그런 가게는 그곳 외에는 없을 것이다.

"글쎄요. 그것에 관해 이즈미 씨는 대체 어떻게 말씀하신 겁니까?"

"각오를 얻었다고 말한 모양입니다."

"각오라고요?"

"아니, 사실을 말하면 저는 그 일에 대해서 이즈미 군과 직접 이야기하지는 않았습니다. 당시 그는 신문소설을 쓰느라 바빴으니까요. 그 작품이 처녀작이 되는 셈이니, 온 힘을 다해 집중해 주어야 할 거라고 생각하고 조금이나마 배려를 한 것입니다. 들려오는 평판도 제 귀에 들어오지 않도록 노력하고 있습니다. 만나면 이야기해 버릴 테니까요——."

"평판도요?"

"예. 뭐, 글쟁이라는 것도 불운한 존재라서요, 좋은 평판이 귀에 들어오면 우쭐대고 악평이 퍼지면 소금에 절인 채소처럼 축 처지고, 그런 기분이 작품을 일그러뜨리고 말지도 모릅니다. 마음이 강한 분은 아무렇지도 않을지도 모르지만 그는 섬세하고, 어쨌거나 첫 소설이니까요——."

과연 그런 것인가 하고 생각한다.

"하쿠분칸에서 그 이야기를 얼핏 듣고, 마음이 강하게 끌렸습니다. 그렇게 되니 사실 여부를 알고 싶어 견딜 수가 없어서, 혹시 오자키 선생님이라면 뭔가 알고 계실까 하고 여쭈어보았던 것입니다. 다카토 님밖에 모르는 가게라고 하더군요."

그것은 틀렸다.

"그렇게 특수한 곳은 아닙니다. 다소 알기 어려운 곳에 있고, 장사할 마음이 전혀 없다 보니 아는 사람이 적다는 것뿐이지요. 뭐, 다소 기묘하기는 합니다만."

"사실이군요."

눈이 빛나고 있다.

"참으로 무례한 부탁이겠지만, 다카토 님. 저를——그 서점에 데려가 주시면 안 되겠습니까. 아니, 지금 당장이라는 것은 아니고 다카토 님의 사정에 맞추겠습니다."

"이거 황송하군요."

쉬운 일이다.

"저는 일도 하지 않고 은거하고 있는 발칙한 신분이라서요. 아침해가 뜨고 나서 저녁에 해가 질 때까지, 날이면 날마다 한가한 시간밖에 없는 사람입니다. 세상에 도움이라곤 전혀 되지 않는 얼간이고요. 이와야 선생님이 원하신다면 당장 그 명에 따르는 것이 조금이나마 세상에 도움이 되는 일이겠지요. 그러니 지금 당장에라도 상관없습니다만——."

"당장이요? 정말입니까?"

청년의 엉덩이가 들썩인다.

어지간히 가고 싶은 모양이다.

그러나 들어오자마자 곧 나가자고 하는 것도 거북한 일이다. 이럴 때 차라도 낼 수 있다면 어색한 시간을 모면할 수 있겠지만, 공교롭게도 아무것도 없었다.

작가를 앞에 두고 멋대로 감상을 늘어놓는 것도 좀 그런가 하고 생각하니 별로 화제도 없고, 어색해지지 않을까 하고 생각하고 있는데 청년 문사는 집을 둘러보며 의외의 말을 했다.

"이거, 좋은 분위기로군요. 이곳에서 혼자 사십니까?"

"산다고 할까요——그, 가족이 사는 집은 따로 있습니다."

"아니, 실례되는 말씀을 드린 것이라면 용서해 주시기 바랍니다. 동경한다고는 말씀드리지 않겠지만 부러운 기분은 듭니다. 불편한 점도 있으실 테니 편한 생활이라는 것은 아니겠지만——."

"불편은 없습니다. 편하기도 하고요."

다만.

제게는 무리일지도 모릅니다, 하고 이와야 사자나미는 말했다.

"무리——라고요?"

"예. 뭐랄까요. 이렇게, 이런 생활에 큰 동경은 갖고 있지만 동시에 두려움도 있습니다. 뭔가 부족한 것 같은 기분이 들면 더 버틸 수 없을지도 모르겠군요."

"아아."

그것은 아까 느끼고 있던 것이다.

"사람과 사람의 거리라는 것은 가까우면 무겁게 덮쳐오고, 멀면 불안해지는 법이겠지요. 세상과 뚝 떨어져서 사는 것은——동경하기도 하지만, 어렵습니다."

아직 젊으실 텐데요, 라고 말하자 젊기 때문입니다, 하고 청년은 대답했다.

"아무래도 요즘은 그런 생각이 듭니다. 저는 아직 어린아이가 아닐까 하고——."

"어린아이라고요?"

"예. 물론 이 덩치에 어린아이라고 말하는 것은 기이하게 여겨지겠지만, 내면이 자라지 않은 것이거나 자라는 것을 거부하고 있는 것이거나, 아니면 어린 시절로 돌아가고 싶다고 생각하고 있는 것인지도 모릅니다. 그런 기분이 듭니다."

"어린아이 —— 라고요?"

나는 딸의 천진한 얼굴을 떠올렸다.

몹시 사랑스러워지고, 동시에 왠지 무서워지기도 했다. 보고 싶고, 안아주고 싶고, 귀여워해 주고 싶다.

하지만 이렇게, 이 황량한 집에 딸이 있는 장면을 상상하기는 싫었다. 왠지 불편해진다. 이곳에 가족을 들일 수는 없다. 이곳은 가족이 없는 세계다.

부족한 것은 그 부분인 것일까.

"저는 —— 이런 말씀을 제 입으로 드리면 어떻게 말해도 자랑처럼 들리겠지만 —— 좋은 가정에서 자랐습니다. 할아버지도 아버지도 사회에서는 훌륭한 분이고, 저한테도 의사가 되기를 바라셨지요. 어릴 때는 그럴 생각이었던 것 같기도 하지만, 아니, 아무 생각도 없었습니다. 다만 그 풍요로운 환경을 아무 생각 없이 수용하고 있었을 뿐인 것 같습니다."

나는, 어린아이는 모두 그렇지요, 라고 말했다.

"그렇겠지요. 하지만 저는 결국 의사가 되는 것을 거부하고 말았습니다. 부모님의 기대에는 응하지 않았습니다. 응할 수 없었던 것이 아니라 응하지 않은 것입니다."

"문학의 길을 선택하셨군요."

"문학 —— 이라고요."

잘 모르겠습니다, 하고 청년 문사는 대답했다.

그리고 서궤 위의 책으로 시선을 보냈다. 다름 아닌 이 청년이 쓴 책이다.

"저어 ——."

내가 뭔가 말하려고 했을 때, 안쪽에서 달그락 소리가 났다. 어라, 하며 돌아보니 고양이였다.

그 순간 이와야 사자나미는 말을 멈추고 단정한 얼굴을 약간 경련시켰다.

"왜 그러십니까."

"아니, 고양이는——."

고양이는 사람의 분위기를 살피듯이 한 번 멈추었다가 천천히 바구니로 들어갔다.

"고양이가 왜요?"

"키우시는 겁니까?"

"아니, 맡아주고 있을 뿐입니다. 저는 생물은 아무래도——."

청년은 얼굴을 약간 기울이고 엉거주춤 일어섰다.

고양이를.

싫어하는구나, 하고 순간 생각했다.

왠지 그 기분을 아주 잘 알 것 같다.

"아니, 저도 맡을 때 좀 망설였습니다. 불편하다고 할 정도도 아니지만 뭐라고 할까요——."

"저도 고양이는 그다지 편하지는 않습니다."

역시 그런 것이다.

"그럼 그만 가시지요."

마침 결단을 내리기 좋은 때라는 듯이 일어서서 조당으로 가기로 했다.

그곳은 가깝습니까, 하고 묻기에 가깝다고 대답했다.

"뭐, 걸어가도 겨우 6정[207] 정도입니다. 멀지는 않습니다."

나는 문단속을 하고, 모사쿠의 집에 저녁 식사 때까지는 돌아올 거라고 일러두고 나서 언덕을 내려갔다.

가는 길에 모리 오가이의 서문을 받느라 고생했다는 이야기를 들었다. 매일 찾아가 부탁했기 때문에 종내에는 본인보다 자당 쪽에서 그를 잘 기억하게 되었다고 한다.

그러는 사이에 옆길에 다다른다. 싸리를 바라보며 오솔길을 나아간다.

이와야 사자나미는 자세를 무너뜨리지 않고 시원스럽게 걷는다.

좋은 집안에서 잘 자란 사람을 보고 있으면 기분이 좋아진다.

이윽고——.

기묘한 건물이 보이기 시작한다.

당연히 그것이 서점이라고는 아무도 생각하지 않는다.

생각하고 생각하지 않고를 따지기 이전에, 어찌 된 셈인지 건물이라는 것조차 알아차리지 못하는 것이다. 숲이나 나무, 그런 자연물에 녹아들어 버리는 것인지, 비교할 것이 없어서 건물이라고도 생각하지 않는 것인지, 커다랗고 기묘한 모양을 한 건물이기는 하지만 왠지 보지 못하고 지나치고 만다.

"여깁니다."

하고 말하자 청년은 어디 말입니까, 하고 물었다.

"이, 육지 등대 같은."

"아아, 여기입니까?"

갑자기 청년 문사의 표정이 밝아졌다. 어린아이 같은 눈동자에는 그야말로 희색 같은 것이 깃들어 있다.

---

207) 1정은 약 109.1m.

이와야 사자나미는 한 번 올려다보고는 가볍게 입구까지 달려가, 발에 붙어 있는 종이를 보고는 멈추어 섰다.

"조(帛)——라고 적혀 있는데요."

"예. 그게 가게 이름입니다."

"조당이라고 합니다."

드르륵 하고 문이 열리고 희고 갸름한 얼굴의 시호루가 얼굴을 내밀었다.

"어서 오십시오. 책이 필요하십니까?"

그렇게 붙임성 좋게 말하고 나서, 아이는 문사 옆에서 얼굴을 내밀더니, 어라 다카토 나리, 무엇을 하고 계십니까, 하고 말했다.

"무엇이라니, 이분을 안내해 오지 않았느냐. 무례한 아이로구나. 이분은 소설가 이와야 사자나미 선생님이란다."

"이런, 이거, 이거, 잘 오셨습니다. 그럼 '고가네마루'의 사자나미 산진 선생님이시군요."

저는 그 책을 정말 좋아합니다, 하고 시호루는 마치 보통의 어린아이 같은 말투로 말했다.

그래, 고맙구나, 하고 청년은 아무런 이상할 것도 없다는 듯이 감사인사를 했지만, 아무리 좋은 눈으로 보아도 시호루는 그 책을 술술 읽고 이해할 수 있을 만한 나이로는 보이지 않는다.

미동의 권유를 받은 청년은 책의 마굴에 발을 들여놓았고, 발을 들여놓은 순간 얼굴을 빛내며 폴짝폴짝 뛰기라도 할 것처럼 벽면을 에워싸고 있는 서가(書架)에 달라붙었다.

아까 덩치 큰 어린아이라고 본인이 말했었는데, 그 말대로의 모습이다.

왠지 몸에 두르고 있던 불안한 듯한 인상은 완전히 사라져 버리고 허약한 느낌도 지워졌다. 하지만 동시에 늠름함도 느껴지지 않게 되었다.

솔직하게 흥분하고 있는 것처럼 보였다.

"굉장합니다. 이건 굉장해요. 이런 멋진 곳이 있다니."

청년 문사는 무언가를 떨쳐내 버린 듯 선반에서 선반으로 옮겨가며 끊임없이 책을 보고 있다.

"마치 축제 때 선 장 같습니다."

얼마나 매혹적인지요, 하고 청년은 중얼거렸다.

지금까지 그가 했던 어떤 말보다도 솔직한 진정을 토로하는 것처럼 들렸다.

문을 닫으면 누각 안에는 천창에서 비쳐드는 약한 햇빛과 동일한 간격으로 늘어서 있는 촛불의 불빛만 남게 된다. 청년 문사는 깜박이는 불빛을 뺨에 받으며, 정말로 제례 전날의 노점을 구경하는 어린아이 같아졌다.

이와야 선생님 —— 하고 엄숙한 목소리가 들렸다.

언제 나타난 것인지, 아니면 처음부터 있었는지, 조당의 주인이 계산대 앞에 서 있었다.

"아아, 죄송합니다. 저도 모르게 흥분하고 말았군요. 저어."

"제가 이 가게의 주인입니다. 그런데 —— 다카토 님이 겐유샤의 선생님과 아는 사이인 줄은 몰랐군요."

"아니, 그."

이것은 멋진 경관입니다, 라고 말하는 흥분한 듯한 이와야 사자나미의 목소리가 아무래도 상관없는 내 설명을 방해한다.

"아니, 역시 이런 기분을 나타내는 데 어울리는 어휘라는 것은 그다지 많지 않은 법이지요. 멋지다, 멋지다고만 하니 정말로 어린아이 같군요. 부끄럽습니다."

"아니, 아니, 칭찬해 주시니 싫은 기분은 들지 않습니다. 다만 후학에게 말씀해 주십시오. 이 가게의 어디가 마음에 드셨는지요?"

"네."

청년은 천장이 뚫려 있는 이층 언저리를 바라보고, 그러고 나서 우선 수입니다, 라고 말했다.

"수──라고요."

"예. 저는, 뭐라고 할까요, 모아놓는 것을 좋아하는 성격입니다. 묘한 말이지만 많은 물건을──아니, 물건이 아니군요. 물건이라고 할까."

"수집벽이 있으십니까."

"아니, 수집은 아니지요. 갖추어 놓는 것을 좋아한다고 할까요."

부족한 것이 메워지는 듯한 쾌감이 있습니다, 하고 이와야 사자나미는 말했다.

──부족한 것이.

"어린아이 같지요. 다만 현실적으로 물건을 모으거나 늘어놓아 장식하지는 않습니다. 그저, 예를 들어 면학을 보더라도 입신을 하려고 한다거나 무언가를 이루려고 한다거나, 그런 일반적인 향학심으로 임하고 있었던 것은 아닌 듯한 기분이 듭니다. 무언가를 아는 것이 즐겁다, 지식을 모아 갖추어 나가는 것이 즐겁다, 그런 것이었던 것 같습니다."

"그렇군요."

하고 주인은 말하며 의자를 권했다.

사자나미는 주인이 권하는 대로 그 의자에 걸터앉았다.

주인은 보기 드물게 싱글벙글 웃는 표정을 지으며,

"다카토 님도 앉으십시오."

하고 말했다.

"그렇다 보니 저는 의사는 될 수 없다고 생각했습니다."

"아마 이와야 가는 오미 미나쿠치[近江水口] 번[208]의 번의(藩醫) 집안이셨지요."

"가업은 의사가 맞습니다."

하고 청년은 대답했다.

"하지만 아버지는 태정관[太政官][209]에서 일하시고, 서예가이기도 하시고, 한시도 잘 지으십니다. 할머니는 황족을 모시던 우필(右筆)[210]이었기 때문에 노(能)나 와카[和歌][211], 요곡(謠曲) 등의 기초를 가르쳐 주셨습니다. 하지만 제게는 한시를 짓는 법도 노나 교겐[狂言]도, 그리고 독일어도 의학도, 어느 것이나 동질의 지식에 지나지 않았습니다. 배우는 것은 싫지 않지만——."

의사가 될 마음은 들지 않았습니다, 하고 좋은 집안에서 태어난 청년은 말했다.

"그래서 학교도 그만두었습니다."

"독일학 협회 학교에 재적하고 계셨습니까?"

---

208) 오미[近江]는 지금의 시가 현을 가리키는 옛 지명. 미나쿠치 번은 오미 지방의 미나쿠치 일대(현재의 고카시甲賀市)를 다스렸던 번이다.

209) 메이지 전기의 최고 관청. 지금의 내각에 해당한다.

210) 문서와 기록을 맡던 직책.

211) 일본 고유의 정형시. 주로 단가(短歌)를 말하며, 5·7·5·7·7의 5구 31음으로 이루어져 있다.

"예. 대체 뭐가 부족해서 그러느냐는 말을 들었습니다. 물론 아무것도 부족한 것은 없었습니다. 저는 아마 누구보다도 만족하고 있었을 겁니다. 집안은 유복하고, 가문도 좋으니 불평을 한다면 벌을 받겠지요. 실제로 그런 의미로의 불평불만은 전혀 없었습니다. 다만 그런 성실한 지식과 성실한 방식만으로는."

"부족하셨습니까."

주인은 물었다.

"부족하다—— 결함이 있었다고는 생각하지 않지만 그래요, 더 늘리고 싶다는 욕구가 채워지지 않았다고 말할 수밖에 없겠군요."

"더 늘리고 싶다—— 고요."

"예. 노와 교겐, 하이쿠에 와카, 어느 것도 싫지는 않습니다. 하지만 저는 비속한 구경거리에도 똑같이 끌립니다. 독일어는 어릴 때부터 배웠기 때문에 좋지도 싫지도 않지만, 동시에 가건물 극장의 사이몬카타리[祭文語リ]²¹²)와 낭곡(浪曲)²¹³)에도 저는 매료되어 있었어요."

여기에는 양쪽 다 있지 않습니까, 하고 이와야 사자나미는 정말로 즐거운 듯이 말했다.

"무엇이든지 있지요. 다 갖추어져 있습니다. 이곳에는 의학서가 진열되어 있고 저쪽에는 게사쿠 책이 쌓여 있어요. 배우 그림도 있고 동판화도 있고요. 박물(博物)이란 바로 이런 것이 아니겠습니까. 성인과 속인, 존귀함과 비천함이 같은 열에 모여 있습니다. 게다가 혼돈스럽지도 않고요. 질서정연하게 진열되어 있지요. 이것은——."

---

212) 에도 시대에 석장이나 소라고둥 등을 울리면서 노래를 부르며 구걸하고 다니던 사람. 또는 그런 직업.
213) '나니와부시'의 다른 이름. 대중 예능의 일종으로 샤미센 반주에 맞추어 주로 의리·인정을 주제로 하는 창.

서책이니 가능한 일입니다, 하고 주인은 말했다.

"어떤 것이든, 문자로 만들고 나면 같은 위치이니까요. 성인과 속인, 존귀함과 비천함뿐만 아니라 허도 실도 없지요. 구분은 없습니다. 다만 이곳에 있는 박물은 모두 죽었습니다만."

"그럴까요."

예, 죽었습니다, 하고 주인은 말한다.

그렇기 때문에 이 가게는 조당이라고 하는 것이다.

"읽히지 않으면 죽은 것입니다. 이 모습은 그냥 목록에 지나지 않습니다. 이곳은 서책이라는 묘비가 늘어서 있는 무덤입니다."

"읽으면——."

유령이 나타난다고 주인은 말했었던 것 같다. 과거의, 지식의 유령이다.

묘지가 아닙니다, 하고 사자나미는 말했다.

"이렇게 마음이 뛰는, 매혹적인 묘지가 어디 있습니까. 아니, 묘지라고 한다면 묘지라도 상관없습니다. 여기가 묘지라면 저는 묘지기가 되고 싶군요. 주인장, 당신은 안 그렇습니까?"

"저는 공양하고 싶다고 생각하고 있습니다."

"공양——이라고요?"

"어울리는 독자와 서책을 만나게 해 주는 것이 공양이라고 이해하고 있습니다. 책은 평생에 한 권만 있으면 됩니다. 그 사람의 그 한 권과 그 책의 그 한 사람을 만나게 해 주기 위해서, 저는 이 가게를 하고 있습니다."

"한 권이라고요?"

"네. 그래서 여쭙겠습니다. 자, 이와야 선생님은——."

어떤 책을 원하십니까──하고 조당 주인은 말했다.

"제 평생의 한 권은 이미 정해져 있습니다."

"호오."

"게다가 저는 그것을 이미 소유하고 있습니다. 다만 너무 많이 읽어서 상하고 말았지요."

"호오."

주인은 흥미롭다는 듯이 청년의 얼굴을 보았다.

"그럼 두 권째가 필요하시다는 겁니까."

"예. 처음으로 손에 넣었을 때와 똑같이, 깨끗한 상태로 보존해 두고 싶다──그런 생각이 들어서 찾고 있었습니다."

"보, 보존용이라고요?"

나도 모르게 소리 내어 말하고 말았다.

나에게는 그런 발상은 없었기 때문이다.

"읽기 위해서──가 아니라. 책을──보존해 둔다고요?"

"예. 그렇습니다. 영원히 보존해 두고 싶습니다. 서책에는 쓴 사람의 마음이 봉인되어 있습니다. 마찬가지로 읽은 사람의 시간도 봉인할 수 있지요. 아닙니까?"

그렇겠지요, 하고 주인은 대답했다.

"그럼 그 책의 제목은."

"네. 1875년에 독일에서 발행된 프란츠 오토의 저작, 'Der Jugend Lieblings-Märchenschatz'라는 책입니다."

"아아."

주인은 크게 고개를 끄덕였다.

"그런가요. 그것은 아름답고 좋은 책이지요."

"이 —— 있습니까?"

"있고말고요."

"저, 정말 있습니까? 어쨌거나 십오 년 이상 지난 책이고, 당시에는 양서가 그다지 유통되지 않았기 때문에 저도 좀처럼 찾지 못하고 있었는데요."

"특별히 아름다운 책이 한 권 있습니다."

주인은 그렇게 말하더니 계산대로 가서 계단을 올라갔다.

이와야 사자나미는 그 모습을 눈으로 좇으며 마른침을 삼키듯이 몸을 굳혔다. 마치 상을 기다리는 어린아이 같은 얼굴이 되었다.

곧 주인은 계단을 내려왔다.

튼튼하게 만들어진, 아름다운 가죽 장정 책을 손에 들고 있다.

"이것 —— 이 맞는지요?"

"이, 이겁니다. 아아, 정말 멋지군요."

사자나미는 정중히 받들듯이 받아들더니, 펼치지는 않고 그저 핥듯이 바라보았다.

"또, 똑같습니다. 십삼 년 전에 형에게 받았을 때와 똑같은 기분입니다."

"형님이 주신 선물이었습니까?"

"예. 그 무렵 저는 아직 열 살 남짓이었습니다. 형은 독일에서, 출판된 지 이 년 정도 되는 이 책을 신간으로 사서 지인에게 부탁해 보내 주었습니다."

"열 살짜리 어린아이에게 말입니까?"

그림책일까. 게다가 꽤 값이 비쌀 것 같은 책이다. 어린아이에게 주는 선물로 어울리는 것은 아닐 것이다.

"저는 그 무렵, 가정교사에게 독일어를 배우고 있었습니다. 형은 그 공부에 도움이 되었으면 하는 마음이었을 겁니다."

"당신은——열 살 때 독일어를 배우셨습니까?"

나는 약간 기가 막혀서 그 얼굴을 보았지만, 청년은 여전히 활짝 웃고 있었다.

"이것은 그, 어떤 책입니까?"

"글쎄요."

소년소녀를 위한 메르헨집——이라고나 번역하면 될까요, 하고 주인은 말했다.

"메르헨, 이라는 게 뭐요, 주인장?"

"음, 적당한 말이 없는데, 공상 이야기라고나 할까요. 그렇지, 동물과 마법 같은 게——아니."

잠시 생각하더니, 그렇지, '고가네마루' 같은 이야기를 말합니다, 하고 주인은 대답했다.

"흐음. 그럼 어린이용 이야기입니까?"

"어린이용이라고 하면 어린이용이지만, 꼭 그렇지만도 않은 것 같은데요. 어떻습니까, 이와야 선생님?"

"이것을 팔아 주시겠습니까."

하고 사자나미는 말했다.

옆에서 하는 이야기는 귀에 들어오지 않는 것 같았다.

"물론 팔겠습니다. 그게 장사니까요."

"좋아요. 이곳은 역시 멋진 곳입니다. 마법의 나라 같아요."

"그렇게 기뻐해 주시니 다행입니다. 그런데——이와야 선생님은 그 책을 이미 갖고 계시지요?"

"예. 선물 받고 나서부터 질릴 정도로 되풀이해서 읽었습니다."

"지금도——말입니까?"

"아아. 뭐, 그렇지요."

"이건 어림짐작이지만."

최근에 다시 읽어보신 것은 아니신지요, 하고 주인은 책을 감상하는 사자나미를 내려다보다시피 하며 말했다.

"아——마, 맞습니다."

"아주 좋아하는 책을 오랜만에 다시 읽으셨다가, 낡고 상해 버린 것이 마음 아파서 상태가 좋은 책을 찾게 되신 것은 아니십니까?"

"맞습니다. 그 말씀대로입니다만——대체 왜 그것을."

"아니, 주제넘은 짓이라고 생각하지만 다소 신경이 쓰여서요."

"신경 쓰였다니요?"

청년은 그제야 얼굴을 들고 주인을 보았다.

"예에. 실례가 되는 질문이지만, 선생님은 연세가 어떻게 됩니까?"

스물셋입니다, 하고 청년은 대답했다.

"젊으시군요. 하지만 선생님은 혹시 그 젊은 나이에 뒤를 돌아보고 있다고 생각하시는 것은 아닌지요?"

"뒤."

청년은 책을 무릎 위에 놓고, 불안한 듯이 잠시 생각하더니, 아아, 하고 납득한 듯한 목소리를 냈다.

"그럴——지도 모릅니다. 저는 뒤를 돌아보고 있습니다. 뒤라기보다 과거로 거슬러 올라가듯이 현실에서 도피하고 있습니다."

"무슨 뜻입니까."

하고 나는 물었다.

"예에. 마음이 옛날을 향하고 있습니다. 오늘보다 어제, 지난달, 작년——점점 시간을 거슬러 올라가다가, 맞닥뜨린 것이 이 책입니다. 지금의 일이나 내일의 일은 별로 생각하고 싶지 않은, 그런 매일입니다. 지나간 시간에만 정신이 팔려 있고 앞날에는 눈을 감고 있다는——그런 기분도 듭니다."

저는 도망치고 있는 거겠지요, 하고 사자나미는 말했다.

"실은."

그리고 입술을 깨문다.

"실은 제게는 좋아하는 사람이 있습니다."

주인은 아무 대답도 하지 않고 그저 청년을 내려다보고 있다.

"애타게 그리고 끌리고 정을 쏟는, 단 한 명의 여성이 있습니다. 하지만 그 마음은——이루어질 수 없습니다."

"그렇습니까."

주인은 조용히 말했다.

"그럼 선생님이 쓰신 '오월의 종이 잉어(五月鯉)'[214]——후에 개고(改稿)하고 제목을 고쳐서 '첫 단풍(初紅葉)'으로 출판하신 작품은 그—— 연심을 그리신 것이었습니까?"

"아아."

그것은 '가라쿠타 문고'에 게재되어 있던 작품이 아닌가.

그 감상적인, 소녀가 쓴 것 같은 작품 중 하나가 아닌가.

---

214) 일본에는 단오 때 종이로 만든 잉어(고이노보리)를 깃대에 매달아 장식하는 풍습이 있는데, 이 종이 잉어의 속이 비어 있는 데에서 '꿍한 데가 없이 속이 탁 트인 성질'을 비유하는 말이다.

저도 읽었습니다, 하고 나는 말했다.

부끄러울 따름입니다, 하고 청년은 대답했다.

"아무래도 어렸을 때의 작품이라는 감은 부정할 수 없습니다. 낭만주의자 같은 심정 묘사도 되어 있지 않을뿐더러 신문체도 구사하지 못하고 있어요. 그저 미숙한 진정(眞情)을 적었을 뿐인 글인 것 같습니다."

"쓰신 본인의 입장에서는 그럴지도 모르지만, 독자가 그렇게 생각할지 어떨지는 다른 문제입니다. 출판되었으니 이미 선생님의 손은 떠난 것이지요."

"예. 하지만——."

이 청년의 사랑은 끝나 버린 것일까.

"그래서 저는, 주인장이 말씀하시는 것처럼 뒤를 돌아보고 만 것입니다. 그런 작품은 쓸 수 없게 되고 말았습니다."

"그래서——'오니구루마(鬼車)' 같은 작품을 쓰신 것인지요? 그 작품은 아마 그, 오토의 'Der Jugend Lieblings-Märchenschatz' 중의 한 편을 번안한 것이었지요."

그렇습니다, 하고 사자나미는 대답했다.

그 작품도 '가라쿠타 문고'에서 읽은 듯한 기분이 든다. 필명이 달랐던 것인지, 기억은 애매하지만 '오월의 종이 잉어'의 작자의 작품이라고는 생각하지 않았다.

"아무래도 저는 오자키 선생님 같은 작품은 쓸 수 없어요. 감정의 미묘함이니, 속세의 모습이니 하는 것을 잘 모르겠습니다. 무의미하고 직접적인 것에 끌립니다. 그래요, 어린아이입니다."

눈이 과거만 향하고 있는 겁니다, 하고 사자나미는 말했다.

"애지중지 자랐다고까지는 하지 않겠지만, 제 과거는 전부 행복한 것이었습니다. 어느 시절, 어느 나이를 잘라내도 힘들고 괴로운 일은 없어요. 어머니는 제가 태어나자마자 돌아가시고 말았지만, 아버지도 새어머니도, 할머니도, 형도 누나도――가족은 모두 제게 다정하게 대해 주었지요. 가족의 사랑을 한몸에 받으며 자란 제게 불행은 없어요. 하지만 아버지와 형의 반대를 무릅쓰고 문학의 길을 선택한, 그 순간에 저는 괴롭다는 것이 무엇인지를 알았습니다. 그래서 저는 뒤를 돌아보고, 과거로 과거로 도망치고 있는 것이겠지요. 그, 괴로운 현실과 마주하고, 그것을 작품으로 승화할 만한 기량도 지혜도, 각오도, 제게는 없는 것 같습니다."

어느새 청년 문사는 고뇌의 표정을 짓고 있었다.

"의미 없는, 아무것도 나타내지 않는, 아무것도 숨어 있지 않은, 어린아이가 읽는 듯한 글을 쓰는 것이 더 편합니다. 그런 것은."

분명히 문학이 아니겠지요, 하고 이와야 사자나미는 말했다.

"그러니까――이곳 같은 장소가 제게는 편해요. 이곳에는 과거밖에 없지요. 아니."

청년은 목을 길게 빼고 위를 향해 가게 안을 한 바퀴 둘러보았다.

"과거의 모든 것이 있어요."

있지요, 하고 주인은 말했다.

"예. 멋집니다. 살아 있는 인간과 서로 통하고, 서로 상처를 입히거나 서로 힐책하거나 하는 것은 괴롭습니다. 애증이라는 것은 표리일체입니다. 깊이 관여하면 반드시 그런 강한 감정이 생겨나요. 그렇다면 얕은 편이 좋습니다. 관여하지 않는 게 좋아요."

이와야 선생님, 하고 주인은 슬픈 듯한 얼굴을 했다.

"선생님의 마음은 잘 압니다. 하지만 그 생각은 —— 착각이라는 것입니다."

"틀렸—— 습니까."

"틀렸습니다."

"제가 뭔가 잘못 생각하고 있다고 하신다면, 그것은 옳은 말씀입니다. 제 방식은 옳은 것은 아니겠지요. 저는 현세에서 눈을 돌리고 도망치고 있습니다."

도망치는 게 뭐가 나쁩니까, 하고 주인은 날카로운 말투로 말했다.

"아니, 그건."

"당해낼 수 없는 상대와 대치했을 때, 몸에 위험을 느꼈을 때, 짐승은 망설이지 않고 도망치지요. 왜 도망치느냐 하면, 그것은 살기 위해서일 것입니다. 도피라는 것은 살아남기 위해서 하는 행위입니다."

"살기 위해서 —— 라고요?"

"도망치지 않는 것을 미덕으로 삼는 것은, 살아 있는 모든 생물 중에서 사람 정도입니다. 노력하면 된다는 둥 하는 것은 어리석은 자의 헛소리. 해 볼 때까지는 알 수 없다는 것은 정신 나간 자의 헛소리. 불가능한 일은 아무리 노력해도 불가능할 테고, 가능한지 아닌지를 밝혀내는 것도 빨라서 나쁠 것은 없습니다. 설령 밝혀내지 못한다고 해도, 도망치다 보면 안전하기는 하겠지요. 승패라는 천한 가치판단으로밖에 사물을 파악하지 못하는 어리석고 열등한 자가, 도망치는 것을 경멸하는 것입니다. 사람에게는 맞는 것도 있고 맞지 않는 것도 있습니다. 안 된다고 생각하면."

도망치는 것이 좋다고 생각합니다, 하고 조당 주인은 엄한 말투로 말했다.

"하지만 그러면――제 무엇이 잘못되었다고."

"아시겠습니까. 사람은 존재하는 것만으로도 충분한 것입니다. 그것은 선생님도 말씀하셨던 대로입니다. 그래도 부족하다, 모자란다고 생각하는 것은 자신의 틀을 넓혀 버리기 때문입니다."

"그건――압니다."

"그 틀을, 어느 쪽으로 넓히느냐 하는 것뿐이지 않습니까."

"어느 쪽――이라는 것은."

"이제부터 갈 곳을 향하든 지금 온 곳을 향하든, 현실을 향하든 허구를 향하든――어디를 향하든 마찬가지입니다. 이쪽으로 향하는 것이 옳다고 생각한다면, 반대쪽으로 향하면 뒤를 향하는 것입니다. 옳다고 생각하지 않는다면 어느 쪽을 향하든 앞을 향하고 있는 것이 되겠지요."

"그건 그렇습니다만."

상상해 보십시오, 하고 주인은 말했다.

"모두가 오른쪽으로 나아가고 있다고 합시다. 그리고 당신은 오직 혼자, 왼쪽으로 나아가고 있어요. 오른쪽에 목적이 있다면 왼쪽으로 나아가는 것은 도망치는 것이 되겠지요. 하지만 당신은 왼쪽으로 나아가고 싶어서 나아가고 있는 것입니다. 목적은 왼쪽에 있어요. 그렇다면 그건 도피가 아니지요. 모두가 오른쪽을 향해 달리고 있다고 해서 당신의 목적도 오른쪽에 있다는 보장은 없습니다. 오른쪽을 보면서 왼쪽으로 나아가면 반대쪽으로 나아가고 있는 것이 되기도 하겠지요. 그러면 목적으로부터의 거리는 점점 멀어지게 되기도 하겠지요. 빈틈이 커질 것입니다. 그것이――."

궐여(闕如)로 느껴지는 것입니다, 하고 주인은 말했다.

"당신이 하는 일은 결코 역행이 아닙니다. 무의미해도 괜찮아요. 비유가 없어도 괜찮습니다. 소설이란 본래 그런 것이겠지요. 의미니, 사상이니, 그런 것은 그야말로 유령 같은 것. 소설을 읽고 거기에서 무엇을 찾아낼지, 어떤 유령을 볼지는 독자에게 달려 있습니다. 이건 사견이지만, '고가네마루'는 문학사에 남는 작품이 될 겁니다."

"아니 —— 그건."

그건 환골탈태 같은 것입니다, 하고 사자나미는 말했다.

"난센 쇼소 마히토[南仙笑楚滿人][215]의 원수 갚기 이야기에서 착상을 얻은 겁니다."

"그렇군요, 기뵤시입니까."

그 사람은 누구냐고 묻자, 시바에 살았던 에도의 게사쿠 작가입니다, 하고 주인은 대답했다.

"유행에 편승해 원수 갚기 이야기를 많이 쓰신 분입니다. '원수 갚은 의녀(義女) 하나부사'가 크게 인기를 얻었지요. 하지만 작품은 평범하고, 어느 것이나 비슷한 것뿐이라 후세의 평가는 그렇게 높지는 않습니다."

"그렇겠지요. 그래서 —— 그런 겁니다."

아뇨, 전혀 아닙니다, 하고 주인은 말했다.

"에도 후반에 유행했던 기뵤시는 어린아이가 읽는 것이 아닙니다. 어린아이가 읽는 그림책에 등장하는 짐승과 요물 등이 빈번하게 등장하기 때문에 착각되기 쉽지만, 그런 기호를 이용해서 새로 쓰인 어른의 읽을거리입니다. 줄거리는 어디까지나 어른용이지요."

---

215) 1749~1807. 에도 시대 중기의 게사쿠 작가. 1795년에 '원수 갚은 의녀(義女) 하나부사[英]'를 써서 평판을 얻기 시작하였다. 원수 소재의 기뵤시 작가로서 삼백여 편의 작품을 남겼는데, 본업은 서점 주인이라는 설도 있고 판목사(板木師)라는 설도 있다.

"그렇지만——."

"그럼 선생님은 어른용 이야기를 어린이용으로 새로 썼다는 뜻이 됩니다."

"아니, 하지만 어차피 게사쿠가 아닙니까. 에도의 게사쿠는——."

"수준이 한참 낮은 것——이라는 것이 당세풍입니까? 아니, 아니, 그거야말로 큰 오류라고 저는 생각합니다. 해외의 문학이야말로 문학의 본류(本流)라는 사고방식은, 뭐 시류이기는 하겠지만, 비뚤어진 어린 생각입니다. 러시아의 소설은 뛰어나니까 바킨도 교덴[216]의 작품은 볼 필요도 없다니, 그런 이치에 맞지 않는 이야기가 어디에 있단 말입니까?"

"그럴——까요."

"서로 좋은 점도 나쁜 점도 있지요. 다르다고 해도 그것은 우열이 아니라 차이입니다. 작금에 소설은 표현이라고 하지요. 뭐, 표현일 겁니다. 그렇기 때문에 문체에 공을 들이고요. 하지만 그 공들인 문체로 표현되는 것은 대체 무엇일까요."

"그건——."

"자기——입니까? 사상입니까? 주장입니까? 그럴지도 모르지만 그런 것은 아까도 말씀드렸다시피 있으나 없으나 마찬가지인 것. 그것을 봉인한 서책은 봉인한 시점에서 죽은 것입니다. 거기에서 솟아나오는 유령은, 읽는 사람에 따라 모습도 형태도 바뀌고 말겠지요. 변하지 않는 것은——이야기뿐입니다."

"이야기——라고요?"

---

216) 산토 교덴[山東京伝]. 1761~1816. 에도 시대 후기의 풍속화가, 게사쿠 작가. 본명은 이와세 사무루[岩瀬醒]이며 에도 후카가와 출신이다. 교덴의 합권(合卷)은 특히 삽화의 재미가 매력이라서 큰 인기를 자랑했으며, 니시키에와 풍속 에마키도 다수 남겼다.

"예. 이야기, 소설입니다. 그래요, 동서고금에는 그야말로 다 헤아릴 수도 없을 정도로 다양한 이야기가 전해져 오지 않습니까."

"이야기라는 것은——그, 옛날 옛날 아주 먼 옛날 같은, 그런 이야기 말입니까, 주인장? 그 원숭이와 게[猿蟹][217]라든가, 우라시마 다로[浦島太郎][218] 같은."

다카토 님의 말씀대로입니다, 라고 조당 주인은 대답했다.

"그런 전 세계의 이야기를 비교해 보면, 실은 그렇게 큰 차이가 없는 것을 알 수 있습니다."

"큰 차이가 없다니 무슨 뜻입니까? 서양이나 동양이나 똑같다는 뜻입니까?"

"예."

"그렇습니까. 아니 —— 그럴까요?"

사자나미는 눈썹을 찌푸렸다.

"중국과 일본은 확실히 비슷할 거라고 생각하지만, 유럽과 아시아는 상당히 다른 것 같은데요."

"물론 나라마다 특징이라는 것은 있습니다. 하지만 예를 들어, 원숭이와 게 이야기도 지방에 따라 다소는 다르지 않습니까. 벌이 소똥이 되기도 하고 절구가 돌이 되기도 하는 등 여러 가지입니다. 이

<hr>

217) 원숭이와 게의 싸움이라는 옛날이야기. 성립 시기는 무로마치 말기로 짐작한다. 원숭이의 감씨와 자신의 주먹밥을 교환한 게는 감씨를 땅에 뿌린다. 감나무에 열매가 맺히자 원숭이는 친절한 척 나무 위로 올라가 익은 감은 자신이 먹고 떫은 감을 던져 게를 죽인다. 그러자 게의 자식이 절구(臼)·공이(杵)·벌(蜂)·밤(栗)의 도움으로 원수를 갚는다는 줄거리.

218) 웅략기(雄略紀)나 만엽집(万葉集) 등에 보이는 전설적인 인물. 거북을 따라 용궁에 가서 삼 년 동안 영화 속에 살다가, 돌아올 때에 용궁의 공주에게서 보물 상자를 받아 돌아왔다는 어부. 고향으로 돌아온 우라시마 다로는 공주와의 약속을 깨고 상자를 열었고, 상자에서 피어오르는 하얀 연기와 함께 노인으로 변하고 말았다고 한다.

좁은 섬나라 안에서도 그렇게 다르니, 나라가 바뀌면 상당히 달라지지요. 하지만 달라지는 것은 요소나 색채 같은 것이고, 줄거리와 골격은 그리 다르지 않습니다. 다르지 않은 이야기라는 것은 말하자면 이야기의 원형이라는 뜻이겠지요."

"이야기의 원형 —— 이라고요?"

"예, 그렇습니다. 어느 시대에 어느 지역에서, 누구에 의해 누구를 향해서 이야기되었는가에 따라 크게 달라지고 말지만, 본래는 그리 다른 것이 아닙니다. 만담가가 들려주는 이야기도 희곡도, 전부 본래는 같은 것입니다. 그렇다면 당신이 무엇에서 착상을 얻든 그것은 별로 상관이 없는 일입니다."

"아니 ——."

이와야 사자나미는 가죽 장정의 책을 가슴에 안았다.

"하지만 어차피 어린이용입니다."

"그렇기 때문입니다."

"그렇기 —— 때문이라니."

"옛날에 아이들은 문자 같은 것은 읽을 수 없었습니다. 그래서 그림책이 만들어졌지요. 아니, 어린아이뿐만 아니라, 어려운 글씨를 술술 읽을 수 있는 사람은 그렇게 많지는 않았습니다. 언문을 읽을 수 있다고 해도 한자는 읽을 수 없었지요. 간판의 글자는 알아도 책은 읽지 못했어요. 사회의 구조가 바뀌고, 교육제도가 바뀌면서 문자를 읽을 수 있는 사람은 비약적으로 늘었습니다. 어린아이도 글씨를 읽을 수 있게 되었지요. 이와야 선생님이 쓰신 '고가네마루'는 이 메이지 시대이기 때문에 성립한 —— 새로운 문학의 맹아(萌芽)입니다. 적어도 저는 그렇게 생각합니다."

"문학 —— 일까요."

"부르는 이름이야 아무래도 상관없습니다. 저는 아무래도 문학이라는 호칭을 별로 좋아하지는 않지만 —— 문자로 표현된 전혀 새로운 작품임은 틀림이 없지요. 틀림없이 걸작입니다. 기뵤시를 밑바탕으로 에도 문예의 모든 요소를 요소요소에 집어넣었고, 그러면서도 독일의 메르헨의 향기를 띠고 있고, 신문체의 세례를 받았으면서도 알기 쉬운 문어체로 어린이용으로 쓰인 작품이라니, 과거에는 그런 형식의 작품은 단 한 작품도 없었을 겁니다."

듣고 보니 분명히 그렇다. 그런 맛을 가진 소설은 이제껏 없었다고 생각한다.

"이와야 선생님이 하신 일은 이 메이지라는 시대에 소년이라는 개념을 보다 명확하게 하신 것이었다고, 저는 생각합니다."

"개념 —— 이라고요?"

"예. 옛날에는 그런 개념은 없었습니다. 어린아이는 젊은이가 되지요. 젊은이라는 것은 이미 어른입니다. 그 중간은 없습니다. 문자를 술술 읽을 수 있는 어린아이가 평범하게 존재하는 세상은, 과거의 이 나라에는 없었습니다."

"그런 —— 가."

그렇구나, 하고 묘하게 감탄했다. 그야말로 생각도 해 보지 않았던 일이다. 물론 나로 치환해 보면 관례를 치르기 전에 글은 읽을 수 있는 정도가 되어 있었지만, 그것은 무가의 이야기다. 시정 백성의 경우는 어땠을까 하고 생각해 본다. 어린 나이에 고용살이를 하러 나가기도 했을 테고 습자도 배우겠지만, 모두가 다 그렇다는 것은 아니다.

"하지만 소년용 잡지는 벌써 몇 년이나 전부터 나오고 있었습니다. 아마 '소년원(少年園)'이 창간된 것은 1888년일 겁니다. 제가 글을 썼던 '소년문학'은 총서지만, 오히려 후발입니다. 그러니 소년이라는 개념은 이미 있었던 것이 아닐까요?"

"선행지에는 그런 작품은 게재되어 있지 않습니다."

주인은 입구 부근의 선반으로 시선을 보낸다.

거기에 그 소년잡지인지 뭔지가 꽂혀 있나 보다고, 잠시 후에 깨달았다.

"그야 뭐, 선행지는 종합잡지라서 기사가 중심입니다. 소설도 실려 있지만, 번안이 주류였던——."

것이 아닐까요——하고 주인은 말했다.

"지난 몇 년 사이에 창간된 소년용 잡지는 각자 공을 들이고 있고, 건투하고도 있을 테지요. 하지만 내용적으로는 아직 완숙하지 못한 것 같은 느낌입니다. 이와야 선생님의 작품만큼, 의도도 수법도 명확하지 않다——는 뜻입니다."

"제가 쓴 것은."

덜 떨어진 문학이 아닐까요, 하고 사자나미는 말하더니 고개를 숙였다.

"아까 말씀드린 대로, 저는 오른쪽에 종착점이 있다고 생각하면서도 왼쪽으로 나아가고 말았습니다. 어른이 읽을 만한 것을 쓸 수 없게 되었기에 어린이용으로 어물어물 넘긴 것은 아닐까요. 그렇다면 그저 소일거리가 아닙니까."

"그게——잘못된 생각이라고, 말씀드린 것입니다."

"그럴까요?"

"그렇습니다. '고가네마루'는 올바르게 소년을 위한 소설입니다. 그리고 '당세소년기질'과 '서중휴면'은 그 독자인 소년을 주인공으로 한 소설입니다. 이것은 소년이라는 존재가 독자(讀者)로 성립되었다——즉 표현의 분야로 개척되었다는 뜻, 경제로 파악하자면 시장이 형성되었다는 증거가 아닙니까."

"그랬다고 해도 그건 애초에 생겨야 했으므로 생겨난 것이 아니겠습니까?"

"아니오. 아닙니다."

조당 주인은 고개를 젓는다.

"이 메이지의 시대에 느릿느릿 만들어지고 있던 개념의 윤곽을 당신이 보다 명확하게 만들었다, 는 뜻입니다."

주인은 한층 더 엄한 말투로 그렇게 단언했다.

"그러니 '고가네마루' 같은 작품은 앞으로 하나의 형식이 되지 않을까 생각합니다. 바로 소년문학——아니, 조금 더 틀을 넓혀서, 그렇지, 아동문학이라고나 불리게 되지 않을까요."

"그——그런 대단한 것이 아닙니다."

하고 사자나미는 작은 목소리로 말했다.

아무래도 풀이 죽은 것 같다. 가게에 들어왔을 때의 활달함은 이미 사라지고, 책을 손에 들었을 때 만면에 띠고 있던 희색도 사라지고 없다.

침통한 표정이라고나 할까.

마치 본가를 빠져나온 후의 나 같다고 생각했다.

"길을 잃고 달리고 있을 뿐입니다. '고가네마루'는 나쁘지 않을지도 모르지만 그런 것을 쓰라고 해도."

"쓸 수 없다, 고요——?"

아니, 안됩니다, 라고 말하며 청년은 다시 고개를 숙였다.

"이미 비판도 받았습니다. 줄거리가 너무 간단하다, 원수를 갚는다는 봉건적인 방식을 아무런 비판도 없이 받아들이고 있다, 시대에 역행하는 것이다——라고요. 그런 것은 문학 축에도 들 수 없다고 하더군요. 소년만 다루기 때문에 문단의 소년가라는 말까지 듣고 있습니다."

독자는 좋아하고 있습니다, 하고 주인은 말했다.

"읽히고 있으니까요. 비평가가 뭐라고 말하든, 작자인 당신이 어떤 마음으로 쓰셨든——팔리고 있어요."

독자는 받아들이고 있는 겁니다, 하고 주인은 되풀이했다.

"사람들이 문학이 아니라고 말하면, 아니라고 하면 되지 않습니까. 호칭이야 아무래도 상관없는 것입니다."

"예. 그건 그렇게——생각하지만."

청년은 고뇌의 빛이 짙어진다.

조당 주인은 사정없이 말을 이었다.

"당신은 현실에 마음을 닫고 뒤쪽을 향해 나아갔고, 결과적으로 그, 오토의 메르헨에 다다랐다고 하셨습니다. 하지만 그 책을 당신께 팔면서 저는 이렇게 말씀드리고 싶습니다. 그 오토의 책은."

조당 주인은 사자나미의 손에 있는 책을 가리켰다.

"종착점이 아니라 출발점입니다——라고."

"출발점——이라고요?"

"당신은 애초에 거기에서 출발하신 것이 아닙니까? 그 젊은 나이에 과거를 거슬러 올라간들, 금세 도달하고 말겠지요. 이와야 사자나미의 인생은 아직 반환점을 돌 정도로 나아가지 않았습니다. 분명히 ── 좋아하는 사람과 헤어지는 것은 괴로운 일이겠지요. 하지만 당신은, 그래서 그쪽으로 나아가셨던 것은 아니지 않습니까?"

조당 주인은 오른손으로 사자나미의 가슴 언저리를 가리켰다.

"당신은 처음부터 그쪽을 향해서 걷고 계셨던 것이 아닐까요. 그렇지 않다고 생각해서, 착각해 버렸다고 생각해서 결함을 느끼는 것이 아닙니까?"

사자나미는 책을 꽉 껴안다시피 했다.

"그건 ──."

그럴지도 모릅니다, 하고 사자나미는 말했다.

"발표는 하지 않았지만 제일 처음으로 쓴 소설은 ── 이런 것이었습니다."

그러십니까, 하고 주인은 납득했다는 듯한 얼굴을 했다.

"그렇다면 이와야 사자나미는 처음부터 왼쪽을 향해 왼쪽으로 나아가고 있었는데도 불구하고 추세에 현혹되어 아주 잠깐 오른쪽을 향하고 말았을 뿐 ── 이었던 것이 아닌지요? 그렇다면 '고가네마루'는, 그리고 오토의 메르헨으로 회귀하는 것은 뒤를 돌아보는 일이 아니라 본래 나아가야 할 길로 돌아갔을 뿐 ── 인 것이 아닙니까?"

"그 길은 틀리지는 않았습니까?"

"길은 벗어나지만 않으면 되는 것입니다. 틀릴 일은 없습니다. 길은 전부 이어져 있는 것입니다. 갈 곳만 정해져 있다면 어느 길을 가든 마찬가지. 언젠가는 도착합니다. 갈 곳이 없어도 반드시 어딘가에는 도착하겠지요."

그런가.

좋아하는 길을——가면 된다는 뜻일까. 선택한 길에 따라 괴로움이나 걸리는 시간이 달라진다는 것뿐일까.

언젠가는——도착하는 것일까.

무리하실 필요는 없습니다, 하고 조당 주인은 조용히 말했다.

"무리——라고요?"

"오자키 고요 선생님도, 야마다 비묘 선생님도, 이시바시 시안石橋思案[219] 선생님도, 가와카미 비잔川上眉山[220] 선생님도, 모두 각자 다른 것입니다. 다른 것이 당연하지요. 어느 분이나 다 다르지 않습니까. 문체도 다르고 주제도 다르지요. 문학관도 소설 작법도, 물론 살아가는 방식도 다릅니다."

"예. 오자키 선생님도 제게 잘해 주시지만——창작상의 일은 어찌 되었든, 예를 들면 함께 유곽에 가자고 권해 주시고 놀아 주셔도, 솔직히 마음이 개운해지지는 않았습니다. 저는 인정(人情)이라는 것을 모르겠습니다. 신경을 써 주시는 것에 대해서는 기쁘기도 하고 고맙기도 하지만, 아무래도 마음에 통하지가 않아요. 그렇다기보다 그게 창작의 양식이 되지는 않습니다."

"양식은 거기에는 없을 겁니다."

"그렇게——생각하십니까?"

"당신의 양식은."

여기에 있습니다, 하며 주인은 양손을 벌렸다.

---

219) 1867~1927. 일본의 소설가. 요코하마 출신으로 도쿄 제국대학을 중퇴하고 오자키 고요 등과 함께 겐유샤를 창설하여 '가라쿠타 문고'를 발행했다. 후에 하쿠분칸에 입사해 문예잡지 '문예 클럽'을 편집하기도 했다.

220) 1869~1908. 겐유샤 소속, 오사카 출신의 소설가. 도쿄 제국대 문과대학 중퇴. 1890년 '스미조메자쿠라[墨染桜]'라는 작품으로 주목받기 시작하였으며 후에 대표작이 되는 장편소설 '서기관', 수필 '마음속 일기' 등을 발표하며 인기작가로서의 지위를 다졌으나 1908년, 40세의 나이에 면도칼로 목을 그어 자살했다.

"과거를 향하는 당신의 양식은, 허실(虛實)로 말하자면 허(虛)에 있겠지요. 현실에 그것이 없다면 그것은 여기에, 이 책 속에야말로."

"그런가요."

그래서 이 장소는—— 하고 말하며 이와야 사자나미는 일어섰다.

"이렇게 기분이 고양되는 것은 그 때문일까요, 그런 것일까요?"

"저는 그렇게 생각합니다만. 세상에 책 바보나 책에 미친 사람은 많이 있지만, 스스로 묘지기를 하고 싶다고 말씀하시는 분은 별로 없습니다."

조당 주인은 웃었다.

"다만 이와야 선생님. 허는 이곳뿐만 아니라 어디에나 무한하게 있습니다. 세상의 절반은—— 허입니다."

"세상의 절반은 허입니까."

"예. 현실이라는 것은 지금 이 한순간뿐. 과거도, 미래도, 지금 이곳에 없는 것이니 그것은 허구입니다. 과거 없이는 지금도 없고, 지금이 없이는 미래도 없어요. 그렇다면 허실은 반반이라고 생각합니다."

사자나미는 몇 번인가 눈을 깜박이며 주인을 올려다보았다.

"저는 이렇게—— 이런 어린아이 같은 인간이라도 괜찮은 것일까요. 소설을—— 계속 쓸 수 있을까요?"

"그야 물론입니다. 당신의 역할은 마치 도요토미 히데요시를 기쁘게 하기 위해 밤을 새워 이야기해 주었던 도기슈(伽衆)[221]처럼—— 이 나라의 아이들을 위해 계속 이야기를 들려주는 일이 아닐까요. 이야깃거리는 아마 끝이 없을 것입니다. 그 씨앗을 키우고, 아이들을 위해서 꽃피우는 것이 당신이 할 일이 아닐까요."

---

221) 무로마치 시대 이후, 주군을 가까이에서 모시며 이야기 상대를 맡았던 역할.

"이야기 ── 라고요? 옛날이야기라."

"옛날이야기라는 것은 좋은 이름이군요."

조당 주인은 미소를 지었다.

"그럼 저는 그 책에 부록을 붙여 드리기로 하지요."

잠시만 기다려 주십시오, 라고 말하더니 주인은 이번에는 계산대 뒤에 쪼그렸다가 이윽고 전통식 제본의 책 묶음을 사자나미 앞으로 가져왔다.

"이것은 교호[享保][222] 시대에 간행된 책입니다. 이 책을 쓴 사람은 시부카와 세이에몬[渋川清右衛門]. 제목은 '오토기조시[御伽草子]'[223]라고 합니다. 스물세 권이지요."

"오토기 ── 조시라고요. 이것을 ──."

"드리겠습니다. 아니, 부록으로 붙여 드리지요."

"정말입니까?"

사자나미는 손에 들고 있던 양서를 의자 위에 내려놓고, 주인에게서 일본 책을 받아들더니 조심스럽게 살펴보았다.

"우라시마 다로, 슈텐 동자[酒顚童子][224], 하치카즈키[鉢かづき][225] ──

---

222) 1716~1736년에 사용된 연호.

223) 무로마치 시대에서 에도 시대 초기에 걸쳐 만들어진, 아녀자와 노인을 위한 소박한 단편소설의 총칭. 그때까지 없었던 새로운 주제를 다룬 것으로, 그림이 들어가 있었다.

224) 현재의 일본 산인[山陰] 지방에 살았다고 전해지는 도깨비의 두목. 술을 좋아해서 부하들에게 이런 이름으로 불렸다. 용궁 같은 저택에 살면서 수많은 도깨비들을 부하로 거느리고 있었다고 한다.

225) 일본의 옛날이야기 중 하나. '하치'는 '밥그릇', '카즈키'는 '뒤집어쓰다'라는 뜻의 고어 '카즈쿠'에서 온 말이다. 옛날, 현재의 오사카 부근에 어느 부자가 살았는데, 하세관음(長谷観音)에게 기원한 끝에 바라던 대로 딸을 얻었다. 이 딸은 아름다운 아가씨로 성장했으나, 어머니가 죽기 직전에 하세관음이 이른 대로 딸의 머리에 커다란 밥그릇을 씌웠는데 이 밥그릇이 어떻게 해도 벗겨지지 않았다. 어머니가 죽은 후 이 하치카즈키 아가씨는 계모에게 괴롭힘을 당한 끝에 집에서 쫓겨났다. 세상을 비관하여 죽을 결심을 하고 물에 뛰어들었으나 머리의 밥그릇 덕분에 가라앉지 않고 떠올라 어느 귀족에게 구출된 하치카즈키 아가씨는 그 귀족의 집에서 목욕물 데우는 일을 하며 살게 되었다. 이 귀족의 넷째

이건 정말 옛날이야기군요."

"예. 꽤 인기가 있었던 모양입니다. '오토기조시'라는 명칭은 시부카와 세이에몬이 이름을 붙인 잡지의 이름 같은 것인 모양인데, 그 이전부터 줄곧 그런 종류의 것들은 그렇게 불리고 있었던 것 같고, 애초에 그 책 자체가 후인본(後印本)입니다. 다시 말해서 같은 책이 이미 찍혀 나와 있었다는 뜻이지요."

"재판——이라는 뜻입니까?"

"네. 유구한 옛날부터, 그런 이야기는 전해져 내려오고 있었습니다. 그리고 그런 것은 이 외에도 얼마든지 더 있지요."

"있——군요."

"전국에. 아니."

전 세계에 있습니다, 하고 조당의 주인은 말했다.

"그렇군요. 그렇군요. 저는."

사자나미는 가게 안을, 수많은 책을 한 바퀴 둘러보았다.

"모으시는 것을 좋아하시는 모양인데——."

하고 주인은 말을 잇는다.

"이 이야기는 모아도 모아도 다 모을 수 있는 이야기가 아닙니다. 끝이 없으니, 꿸여도 없지요. 그리고 모은 이야기는 전부 당신의."

양식이 될 것입니다, 라고 주인은 말했다.

"어떠십니까, 이와야 선생님."

아들은 재상이었는데, 그가 하치카즈키 아가씨에게 구혼하지만 재상의 어머니는 초라한 하녀와 아들이 결혼하는 것에 반대하여 재상의 사촌들과 기량을 겨루어 그중에서 신부를 뽑기로 한다. 그런데 기량을 겨루기 전날 밤, 하치카즈키 아가씨의 머리에서 밥그릇이 벗겨지고 아름다운 얼굴이 나타났으며, 노래를 읊는 데도 뛰어나고 학식도 풍부하여 흠 잡을 데가 없었다. 아가씨는 재상과 결혼하여 세 아이를 낳고, 하세관음에게 감사하며 행복하게 살았다고 한다.

"아니, 왠지 앞날이 보이는 듯한 기분이 듭니다. 사실을 말씀드리면 이제 글을 쓸 수 없을 것 같은 기분이었습니다. 붓을 꺾을 생각은 털끝만큼도 없고, 계속 써 나갈 결심만은 있었지만 이대로는 안 될 거라고, 왠지 완고하게 믿고 있었습니다. 좀 더 다른 것을 해야 한다, 다른 공을 들이지 않으면 뒤처지고 형편없어질 거라고 믿고 있었던 것 같습니다. 모든 것이——."

모든 것이 착각이었던 모양입니다, 하고 이와야 사자나미는 시원스럽게 말했다.

근심은 사라졌다. 처음 만났을 때보다도 믿음직스러워 보였다.

"사실을 말씀드리면 교토의 히노데 신문에서 연재를 의뢰받았는데, 저는 쓸 수 없을 거라고 생각했어요. 하지만 쓸 수 없다고 거절하기는 싫어서 미뤄 두었습니다."

"그럼 혹시 그 소개를."

"그렇습니다, 다카토 님. 제가 쓸 수 없어서 이즈미 군을 소개한 겁니다. 그라면 괜찮을 거라고 생각했거든요. 오자키 선생님도 찬성해 주셨고요."

"그렇습니까."

그렇다면 이와야 사자나미의 상태가 좋지 않았던 것도 꼭 나쁜 일만은 아니었던 셈이다. 하타케노 이모노스케가 세상에 나오는 계기가 된 것이다.

"아니, 하지만 이제 괜찮습니다. 이제 쓸 수 없다고는 생각하지 않아요. 현실의 인생은 그대로이니 괴로운 일은 여전히 괴로운 일 그대로겠지만, 허구 쪽은 꼭 그렇지만도 않군요. 아니, 오히려 두근거립니다. 저는 이."

청년은 관자놀이를 찔렀다.

"머릿속에, 이 조당에 뒤지지 않는 허구의 박물 가람을 짓겠습니다. 그런 멋진 몽상을 품을 수 있다면 앞으로도 해 나갈 수 있을 듯한 기분이 들기 시작했습니다. 그것을 양식으로 삼아, 그렇지, 옛날이야기를 쓰겠습니다."

"좋군요."

하고 주인은 말하더니 그제야 겨우 시호루를 불러 차를 가져오라고 분부했다.

그러고 나서, 싸 드리겠습니다, 라고 말하며 독일의 메르헨과 교호 시대의 옛날이야기를 계산대 쪽으로 가져갔다.

사자나미는 서가를 바라보며,

"실은 어린이 잡지를 새로 만들자는 이야기가 나오고 있습니다."

하고 주인을 향해 말했다.

"하쿠분칸에서 논의가 있었습니다. 하쿠분칸에서는 현재 '일본의 소년'과 '유년 잡지', '학생필전장(學生筆戰場)' 세 권, 총서인 '소년문학', '유년 다마테바코[玉手箱]'[226]를 출판하고 있습니다. 각각 취향은 다르지만 독자는 조금씩, 때로는 크게 겹칩니다. 이것은 출판하는 입장으로서는 경제적이지 못하고, 독자에게도 친절한 일은 아니겠지요. 그래서 이것들을 통합하고 다시 나누어, 보다 좋은 소년지를 만들 수는 없을까 하는 것입니다. 여기의 주필이 되어 달라고요."

"그 일은 적임이시지 않습니까. 이와야 선생님 외에 그런 큰 역할을 해낼 수 있는 분은 또 없습니다."

---

226) 우라시마 다로가 용궁에서 가져왔다는 조그마한 상자, 또는 함부로 남에게 보일 수 없는 귀중한 물건을 넣어 두는 상자.

건투를 빕니다, 라고 말하며 조당 주인은 예쁘게 포장된 메르헨 책을 이와야 사자나미에게 정중히 건넸다.

그 후, 차를 마시고 나는 청년과 함께 물러 나왔다.

바깥은 저녁노을로 붉게 물들어 있었다.

정말 고맙습니다, 하며 청년 문사는 머리를 숙인다.

다카토 님 덕분입니다, 라고 한다. 그렇지 않습니다, 라고 대답하자 얼굴을 든 이와야 사자나미는,

"일을 하실 마음은 없으십니까?"

하고 말했다.

그로부터 이 년 후, 하쿠분칸은 '소년세계'를 창간했다.

주필은 물론 이와야 사자나미였다.

이 잡지는 좋은 평판을 얻어, 창간한 지 오 년 후에는 '유년세계', 또 그로부터 육 년 후에 '소녀세계'를 창간하기에 이른다. 주필은 모두 사자나미였다. 또 사자나미는 이와 함께 '일본 옛날이야기', '세계 옛날이야기'와 같은 대작을 썼고, 국내외의 민담, 구전 등을 옛날이야기로 재생해 널리 세상에 알리게 된다.

이윽고 이와야 사자나미는 주연동화와 동화극 창작에도 손을 대어, 전국을 돌아다니며 아이들에게 동화를 들려주고 보여주었다. 그런 활동에 찬동하는 사람도 많았고, 사자나미는 또 그 분야에 있어서 많은 후진을 키우는 역할을 했다.

조당 주인의 예언대로 사자나미는 아동문학이라는 문을 연 것이었다. 그리고 훗날에는 이야기 아저씨라는 이름으로 많은 아이들에게 친숙해졌다.

그 근대아동문학의 개척자이자 대성자인 이와야 사자나미가 마지막으로 한 일이, 왜 여러 나라의 설화를 집대성한 방대한 사전, '대어원(大語園)'의 편찬이었는지는———.

아무도 모른다.

여섯 번째 탐서 · 미완

未完

書樓弔堂 破曉

미완 未完

고양이라는 것은 이상한 존재라고 생각한다.

하기야 짐승이라는 것을 키워본 적이 없으니 다른 짐승과 고양이가 어느 정도나 다른지는 알 수 없다. 혹시 짐승이라는 것은 모두 이상한 존재일지도 모른다.

짐승도 무언가 생각하고는 있을 것이다.

그러나 언어를 갖고 있지 않은 존재가 어떻게 생각을 하는지, 언어를 가진 자의 뇌로 생각해서는 알아맞히기가 어렵다. 생각해서 알아맞힌다고 해도 언어로 표현해 버리면 또 틀리고 말 것이다.

고양이는 대나무 바구니 안에서 자고 있다.

울짱은 열려 있으니 출입은 자유롭다.

그렇다기보다도 딱히 이런 허술한 바구니에 들어갈 필요는 없다. 끈으로 묶어둔 것도 아니고, 바구니에 들어가도록 훈련한 것도 아니니 어디로든 가면 되는 것이다.

저가 좋아서 들어가는 것이리라.

고양이에게도 좋고 싫은 것은 있는 것이다.

아니, 아닐지도 모른다. 습성이라고 할까, 똑같은 일을 되풀이하는 습성인지도 모른다. 그렇게 하고 있으면 우선 생명은 보장된다, 그런 것일까.

이름은 있는 것일까 하는 생각이 든다. 세상의 집고양이들에게는 나비니 야옹이니 하는 성의 없는 이름이 붙어 있는 법이고, 이것도 어딘가의 유곽 창기가 키우던 고양이니 이름 정도는 있을 것이다.

다른 집 고양이는 이름을 부르면 오는 모양이니 이름은 알아듣는 것이다.

자기라고 생각하는 건지, 아니면 그 소리의 조합이 들리면 먹이를 주거나 놀아주는 거라고 생각하는 건지, 그것은 모른다. 어쨌든 무언가 소통은 있는 것이리라.

"고양이야."

이름을 몰라서 그렇게 불러 보았다.

고양이는 꼼짝도 하지 않는다. 종의 이름은 모르는 것으로 보인다.

고양이야, 고양이야, 하고 몇 번인가 부르자 겨우 얼굴을 든다. 눈이 반쯤 감겨 있다. 그냥 귀찮다고 느낀 것이리라.

똑같구나, 하고 생각한다.

이 한적한 집에 틀어박혀 마음이 내키면 어슬렁어슬렁 돌아다니다가, 이곳으로 돌아온다. 돌아오면 밥이 나온다. 먹으면 눕고, 누우면 잠이 깰 때까지 잔다. 잠에서 깨어 밥을 먹고 마음이 내키면 또 나갔다가 다시 돌아온다.

이 허름한 집으로 돌아온다.

이곳으로 돌아와야 하는 이유는 하나도 없다. 딱히 좋아서 돌아오는 것은 아니다.

물론 그렇게 하고 싶어서 하고 있는 것이니, 좋아서 그러는 것이 아니냐고 한다면 뭐 그렇다고 대답할 수밖에는 없지만, 이 폐가 같은 백성의 집이 마음에 들었느냐고 묻는다면 대답은 아니오다.

본가가 더 좋은 것이 당연하다.

아내도, 아이도 있다. 어머니와 누이동생까지 있다. 고용인도 있다. 돈을 내지 않아도 아침점심저녁에 밥이 나온다. 집안일은 맡겨두면 된다. 침구도 질이 좋고, 세간도 훌륭하다.

무엇보다도 우선, 집은 그래 봬도 무가 저택이다.

먼지투성이 빈집과 비교하면서 어느 쪽이 편한가——그런 것은 생각할 것까지도 없는 일일 것이다.

그렇다면 나는 왜 이런 생활을 하고 있는 것일까 하고 생각한다.

그렇게 보니 스스로가 이상하다.

고양이와 다를 바가 없으니, 이상한 것이 맞을 것이다.

고양이는 좁은 바구니 속에서 한 번 몸을 쭉 펴고, 그러고 나서 자세를 바꾸어 다시 몸을 웅크렸다.

그다지 젊은 고양이는 아니다. 고양이를 보고 있는 이쪽도 그렇게 젊지는 않다.

안기는 고사하고 만진 적조차 없다 보니 수컷인지 암컷인지도 모른다. 암컷이라면 새끼를 낳은 적도 있는 것일까.

그건 그렇고 참 잘 잔다.

이렇게 맥이 빠지는 생물도 없을 것이다.

이렇게 자다간 얼굴이 녹아 버리는 것은 아닐까 싶을 정도다.

짐승이라기보다도 갓 쪄 나온 만주 같은 물건이다.

햇볕이 닿는 것도 문제다. 아니, 문제일 것은 없겠지만 마침 대바구니가 있는 곳에 볕이 들고 있다. 해님도 고양이를 재우기 위한 장치를 거들고 있다. 날씨도 좋아졌으니 저 안은 상당히 따뜻할 것이다.

편안한 것이다.

빠진 털이 덕지덕지 묻은 넝마이기는 하지만 방석도 깔려 있고, 덤불이나 처마 밑보다 상황은 좋을 것이 분명하다. 외적의 습격을 받을 일도 없다. 쫓겨날 일도 없다.

고양이조차 편안한 곳을 살 곳으로 고른다.

그것이 보통이라는 것이리라. 그렇다면 나도 본가로 돌아가야 하는 것일까 하는 생각이 스친다.

자신을 짐승에 견주어 앞으로 어떻게 살아야 할지를 결정하려는 생각은 애초에 잘못일 것이다.

문명개화가 들으면 기가 막힐 노릇이다. 부국강병이나 자유민권으로 떠들썩한 세상에 살면서 고양이 따위의 삶을 흉내 내려고 하는 것이니 한심하기 그지없다.

게다가 이 고양이도 그냥 잠만 자는 것은 아닐 것이다. 여기에서 자고 있으면 먹이가 나오니 자고 있는 것뿐이다. 이것은 형태를 바꾼 포식 행동에 지나지 않는다.

먹이가 나오지 않으면 이 고양이도 밖에서 먹이를 사냥할 것이 틀림없다. 굶어 죽을 때까지 여기에 누워 있을 리는 없는 것이다. 들고양이와 달리 집에서 기르는 고양이는 사람 옆에서 자는 것이 직업인 것이다. 무방비하게 자고 있으면 사람은 고양이가 자신을 따른다고 생각한다.

서루조당 파효

특별히 애교를 떨지 않아도 그렇게 하면 먹이를 얻어먹을 수 있는 구조로 되어 있는 것이다. 이래도 먹이가 나오지 않으면 다가가서 몸을 비비고 가르릉거리며 어리광을 부릴지도 모르고, 그래도 안 되면 나갈 것이다.

고양이도 먹지 않으면 죽는다. 나도 마찬가지다.

먹고살 수 있기 때문에 이러고 있는 것이다. 그것은 즉 경제적으로 여유가 있기 때문일 뿐이다.

일하지 않아도 먹고살 수 있으니 이렇게 세상을 버린 척하며 지낼 수 있는 것이다. 그것도 스스로 번 돈이 아니다. 그 재산을 모은 것은 부모이고 조상이다. 나는 매일같이 역사를 까먹고 있는 것이나 마찬가지다.

자유로운 것도 무엇도 아니다. 끈에 매여 있는 것은 고양이가 아니라 나 자신이다. 고양이보다도 못하다. 혹여 먹이가 나오지 않게 된다면 과연 나는 밖에 나가서 먹이를 사냥할 수 있을까.

불안해진다.

서점에서 일하지 않겠느냐는 권유를 받았다. 잡지 편집인지 뭔지를 한다고 하는데 무슨 일을 하는 것인지 짐작도 가지 않는다. 흥미가 없는 것은 아니지만, 담배를 파는 일과는 다를 것이다.

좀처럼 결심이 서지 않는다.

그래서 ──.

이렇게 대낮부터 누워 있는 것이다.

할 일이 없으면 없는 대로 책을 읽거나 어슬렁거리며 돌아다니는 등 제멋대로 행동하지만, 무언가 결정해야 할 때면 아무 일도 손에 잡히지 않게 된다.

언제까지 대답을 달라는 말을 들은 것도 아니고, 그렇게 하라고 강요를 받고 있는 것도 아닌데도 몹시 제약을 받고 있는 듯한 기분이 든다.

숨까지 막힌다.

냉큼 거절하면 가슴도 후련해지겠지만, 그것도 꺼려진다. 흥미는 있기 때문이다. 일하고 싶다는 생각도 든다. 게다가 권유해 준 상대는 이름난 문사(文士)이고, 게다가 그 사람은 호의로 말해 준 것이다.

마음이 차분해지지 않는다.

이럴 바에는 일하지 않으면 죽이겠다고 위협해 주는 편이 마음 편하다. 물론 죽고 싶지는 않고, 애초에 나도 일은 하고 싶으니 불만은 없다. 말하자면 그저 단순히 결정을 내릴 수가 없을 뿐이다.

무슨 일이나 다른 사람이 결정해 주지 않으면 세로로 놓여 있는 것을 가로로 놓지도 못하니 스스로도 한심하다고 생각한다.

바깥은 흐리고 분명하지 못한 날씨로, 성가실 정도로 무덥지도 않고 덥다고 투덜거릴 정도로 기온이 높지도 않다.

마른장마다.

처마 밑의 수국도 시들시들한 꽃을 달고 있을 뿐이고, 볼품없기 그지없다. 모사쿠는 작년에 싹둑싹둑 베어낸 탓이라고 하지만, 내 보기에는 비가 모자라서 그런 것 같다.

고양이가 크게 하품을 했다.

심심한가 보다.

아니, 심심한 것은 고양이가 아니라 나라고 생각하고 몸을 일으켜 보았지만 역시 아무것도 할 마음이 들지 않았다.

외출할 마음도 들지 않는다.

나갈 기운이 있다면 주선 받은 직장에 찾아가서 내일부터라도 일하겠다고 말할 수 있을 테고, 저택으로 돌아가 처자식에게 그 소식을 전할 수도 있을 것이다. 그렇게 되면 이런 허름한 방은 즉각 빼고 집으로 돌아가게 된다. 그런 자신을 상상한다. 할 수 없는 일은 아니다. 아니, 오히려 그래야 하고, 그렇게 하고 싶다고도 생각한다. 무리도 아니고, 못할 사정도 전혀 없다.

무엇을 망설이는 것인지, 전혀 알 수가 없다.

한숨을 한 번 쉬자 다카토 님, 다카토 나리, 하고 부르는 목소리가 들렸다.

어린아이의 목소리다. 어린아이의 목소리인데 귀에 익다. 거참 희한하구나 하며 문을 여니, 거기에는 조당의 사환인 시호루가 태연한 얼굴로 서 있었다.

가게 이외의 장소에서 이 아이의 모습을 본 적은 없었기 때문에 나는 조금 놀랐다.

"대체 무슨 일이냐."

"무슨 일이냐고 물으셔도 뭐라고 해야 할지."

조숙한 말씨를 쓰지만, 아직 열 살 남짓일 거라고 생각한다. 약아빠진 느낌이 들지 않는 것은 어딘지 모르게 속세와 동떨어진, 기품을 갖춘 얼굴 생김새를 하고 있기 때문이고, 그렇지 않다면 얄미운 아이라고 생각할 수도 있을 것이다.

"물으시고 자시고, 왜 이런 곳에 있느냐고 묻는 게 아니냐."

"왜냐니요, 용무가 있으니 찾아뵌 것이지요."

"용무라니 누구에게?"

말하고 나서 나 이외에는 사람이 없다는 것을 깨달았다.

"내게 용무가 있단 말이냐?"

"나리에게 용무가 있는 것이 아니라면 왜 여기에 왔겠습니까. 나리의 존함을 부르지 않았습니까."

"그렇다만."

시호루는 쓴웃음을 지었다. 그리고,

"나리, 그렇게 없는 척하시는 것도 이제 그만 하시지요."

그렇게 말했다.

"없는 척이라니 무슨 소리냐? 집에 있으면서 없는 척한 기억은 없는데."

"그렇지 않습니다. 버드나무가 바람에 나부끼듯 이라는 말이 있는데, 버드나무 가지도 바람이 불면 흔들리지 않습니까. 모든 것이 자신을 그저 스쳐 지나갈 거라고 생각하시는 것은 잘못된 생각이라는 말씀입니다."

"아아."

그런 뜻인가.

분명히 요전에 이와야 사자나미가 이곳을 찾아왔을 때도 비슷한 마음이 들었다. 처음부터 나를 찾아올 사람은 아무도 없다고 믿고 있었다.

"아아가 아닙니다. 좀 비켜 주십시오."

시호루는 몸을 들이밀고 허름한 집 안을 들여다보았다.

그리고 아, 이게 고양이로군요, 라고 말했다.

"고양이지. 고양이를 모르는 게냐?"

"아닙니다. 저것이 그, 길러줄 사람을 찾고 있다는 고양이로군요, 라는 뜻입니다."

참으로 종잡을 수 없는 분이군요, 하고 미동(美童)은 더욱 얄미운 말을 한다. 한 마디 대꾸해 주고 싶은 참이지만, 그것이 진실이니 무슨 말을 해도 억지를 부리는 것처럼 되어 버린다. 어린아이 상대로 어른스럽지 못하다고 생각되자 잠자코 있었다.

"그래서 용무는 뭐냐? 책이라도 팔러 온 게냐?"

"나리도 심한 말씀을 하시는군요. 책은 스스로 고르는 것입니다. 억지로 팔다니 당치도 않은 일이지 않습니까."

"그렇기는 하지만 너희 가게 주인장은 쓸데없는 책은 없다고도 하지 않느냐. 무엇을 읽든 헛수고가 되지 않는다면 억지로 팔아도 될 것 같은데."

전혀 다르지요, 라고 말하며 시호루는 볼멘 얼굴을 했다.

"세상에 쓸데없는 책은 없지만, 책을 쓸데없게 만드는 사람은 있다는 것이 주인의 말씀입니다."

"쓸데없게 만들지는 않지. 뭐, 읽고 어떻게 생각할지는 읽어볼 때까지 알 수 없다만."

다 읽을 때까지라고 말씀해 주셨으면 좋겠습니다, 라고 시호루는 말했다.

"마찬가지 아니냐."

"아닙니다. 읽기 시작한 초반에 재미가 없다는 둥 글이 엉망이라는 둥, 독선적인 판단으로 폄하하거나 읽는 것을 그만두거나 삐딱하게 읽거나 대강 뛰어넘고 읽어서는 안 된다, 책을 제대로 읽지 않는 것은 큰 잘못이다, 손해라는 뜻이니까요."

"그건 이해가 간다만. 그렇다고 해도 권해 주면 될 것 같은데. 너희 가게 주인이 권해주는 책은 틀림이 없지."

그것은 다카토 님이 제대로 읽으시기 때문입니다, 라고 사환은 말했다.

"그런가?"

"주인께서는 다른 사람이 권해주는 것을 고마워해서는 안 된다고 하십니다. 애초에 저희 주인은 탐서(探書)를 도와주기는 하지만 좋은 책이라고 해서 다른 분께 강요하는 일은 결코 하지 않으십니다. 좋고 나쁜 것은 사람에 따라 모두 다른 법. 책이라는 것은 스스로 원하고, 스스로 찾아서 발견하는 것이 도리. 그리고 제대로 읽는다면, 이것은 절대로 쓸데없는 것이 되지 않는다고——주인은 그렇게 말씀하시는 것입니다."

알았다, 알았어, 잘못했다, 하고 말했다.

그런 부분에 관한 것만은 빈틈없이 교육되어 있는지, 농담은 할 수 없다.

"슬슬 용건을 말해도 될 것 같다만. 네가 있는 곳은 서점이고, 나는 손님이 아니냐. 책을 파는 것 외에 용무가 생각나지 않아서 그랬다."

"용무는 두 가지입니다."

시호루는 작은 얼굴을 든다.

"하나는, 고양이입니다."

"고양이라고?"

"길러줄 사람을 찾으신다고 하셨지요. 그래서요."

내가 그런 사람을 찾은 것이냐고 묻자 미동은 눈치가 없으시군요, 하며 어이없어했다.

"한 마리 길렀으면 한다고 합니다. 새끼 때부터 기르는 것은 어려운 일이지만, 그렇지 않다면 기를 수 있다고요."

"그래? 거참 좋은 분도 다 있구나. 하지만 저 고양이는, 소위 말하는 사연 있는 고양이 말이다. 그 부분은 괜찮은 게냐?"

고양이에게 유령이 붙어 있다——고, 살림해 주는 모사쿠의 아내는 믿고 있다. 그런 것이 붙어 있을 리도 없고, 그냥 잠만 자는 얌전한 짐승이지만 어쨌거나 아낙이 무서워해서는 안 된다.

괜찮습니다, 하고 시호루는 자신 있게 대답했다.

"괜찮으냐? 하기야, 메이지 시대에 그런 미신을 진심으로 믿는 사람도 적으려나."

"많은지 적은지는 모르겠습니다만, 그 점은 괜찮습니다. 뭐라고 해도 신사니까요."

"신사——신사라면, 그 도리이[鳥居]²²⁷가 있고 신주가 있는 신사 말이냐?"

"뭐, 그렇지 않은 신사도 있을지도 모르지만, 그곳에는 도리이도 있고 신직에 종사하는 분도 계십니다."

"그런 곳에서 고양이를 키우나?"

"신전에서 키우지는 않겠지만, 신직에 계시는 분이 키우실 겁니다. 그러니 만일 귀신이 따라온다고 해도 안심이지요. 제령이나 기도는 전문이니까요."

"뭐, 그런가."

고양이를 보니 아직 자고 있다. 하루 종일 자는 것이 아닌가 싶다.

"쥐는 잡지 않는 것 같은데. 나이는 모르겠다만 늙은 고양이니 언제까지 살지도 알 수 없어. 그래도 괜찮을까?"

---

227) 신사 입구에 세운 두 기둥의 문. 이 문 바깥쪽은 사람의 세계, 안쪽은 신의 세계라고 한다.

"보내고 싶지 않으신 겁니까?"

"왜 내가 그런 것을 고집해야 한단 말이냐? 애초에 나도 잠시 맡아 데리고 있는 것이니 보내고 말고 할 것도 없다."

그렇게 말하며 다시 한 번 보니, 고양이도 이쪽을 보고 있었다.

"그럼 데려가 다오."

모사쿠에게 이의는 없을 것이다. 이미 달리 길러줄 사람이 정해진 것이 아니라면, 아무 문제도 없을 것이다.

"예에. 그리고 다카토 님, 부탁드릴 것이 하나 더 있습니다. 그, 고양이를 키워주실 분이 말이지요, 책을 팔고 싶다고 하시는 모양이어서요."

"팔다니?"

"판다――는 거지요."

"무엇을 말이냐?"

"그러니까 책을."

"그건――묘한 이야기로구나. 책을 파는 것은 책방이 아니냐. 너희 가게 말이다. 파는 것도 찍는 것도 책방일 텐데, 그 사람은 신주라면서."

"아니, 나리, 책은 책이니까요."

그것은 알고 있다고 말하자, 더 이상 찍지 않는 책은 그렇게 구할 수밖에 없습니다, 하고 시호루는 대답했다.

"찍지 않는다니――아아, 증쇄할 수 없는 책이냐? 그게 뭐지?"

"예. 발행소에 재고가 없어지면 구할 수 없고, 판(版)도 없어져 버리면 더 이상 찍을 수 없습니다. 그러면 팔 수가 없지요. 하지만 가지고 있는 책을 팔고 싶다는 분이 있으면 그쪽에서 책을 구합니다."

"그런 뜻이냐. 그건 뭐더라, 골동품 같은 게냐?"

고서적, 이라는 것일까.

"예에, 그런 겁니다. 메이지 유신 전의 책을 갖고 싶어 하시는 분도 계십니다. 설령 판본이 남아 있더라도 한두 부를 찍을 수는 없습니다. 작금에는 찍는 것도 묶는 것도 전문 업자가 하니까요."

"그래? 하기야 옛날처럼 발행소 뒤뜰에서 목판인쇄 장인이 판을 찍는 것은 아니겠지."

그런 가게도 있습니다, 하고 사환은 아는 척 말한다.

"니시키에 같은 것은 여전히 그렇게 찍을지도 모르지만, 찍는 방식도 바뀌었겠지요. 그 왜, 도쿄 아사히 신문이었나요? 그, 엄청난 장치를."

"장치라고? 엄청나다니."

"빙글빙글 돌아간다고 하던데요."

라고 말하며 시호루는 손을 돌렸다. 그런 모습만 보면 어린아이의 몸짓이다.

"무엇이 돌아가지?"

"모릅니다. 하지만 윤전인지 뭔지 해서 한 번에 수백 장, 수천 장을 찍을 수 있다고 합니다. 그런 것은 작은 서점에서는 할 수 없지요."

"뭐 그렇지. 그 이전에 그렇게 많이, 수백 수천 권이나 책이 팔린다는 것도 생각해 보면 알 수 없는 이야기야."

옛날에는 다들 빌려서 보곤 했다.

책을 사는 사람은, 시정(市井)에는 거의 없지 않았을까. 상가(商家)가 어땠는지는 자세히 모르지만, 무가(武家)도 사정은 그리 다르지 않았을 거라고 생각한다.

"옛날에는 책이 있는 곳은 에도나 오사카뿐이었지요. 지금은 이제 60여 주(州), 전국에서 책을 읽습니다. 그리고 옛날에는 높은 분들이나 똑똑한 분들이나, 정해진 분들만이 읽으셨지만 지금은 고양이도 밥주걱도 책을 읽습니다."

나는 고양이는 책을 읽지 않는다고 말했다.

이 농담은 통한 모양이다. 시호루는 깔깔 웃으며, 고양이도 책을 읽는다면 몇 배나 더 찍어야겠지요, 라고 말했다.

"고양이의 몫은 찍지 않더라도, 이제부터 나올 책은 많이 찍을 것 같지만, 지금까지 나온 책은 그럴 수도 없으니까요. 새로 찍어내거나 활자를 짤 만큼 팔릴 것 같지도 않고요."

그래서 고서적인가.

고서점, 이라는 것이 되는 것일까.

그러니 팔아 주신다고 하면 사들이는 겁니다, 하고 사환은 말했다.

"지금까지도 그렇게 해 왔습니다. 조당은 어떤 분에게서든, 어떤 책이든 사들입니다."

책에 귀천은 없다는 말이다. 뭐, 그럴 것이다.

"그래서 ——그, 신사에서 책을 판다는 게냐. 아니, 설마 그 책을 내게 사라는 것은 아니겠지. 그게 고양이를 맡아주는 조건이라도 된다는 말이냐?"

사환은 일변하여 또 입을 삐죽였다.

"너무 심하지 않으십니까? 다카토 나리는 우리 조당이 그렇게 욕심 사나운 장사를 하고 있다고 생각하시는 겁니까? 저희 주인도 슬퍼하시겠네요. 주인은 다카토 님을 단골손님이라고 생각하며 소중히 여기고 있는데요."

"그러냐."

왠지 묘한 상황이 되고 말았다.

"그렇고말고요. 제가, 그분은 책이라곤 사 주지 않으시니 정중하게 대할 필요는 없다고 말씀드려도, 주인은 아랑곳하지 않으신단 말입니다."

"아니, 듣기 거북하구나. 내가 잘못했다. 이제 혜살 놓지 않고 듣도록 하마."

엄청난 양입니다, 하고 시호루는 말했다.

"양이라니. 권수가 많다는 뜻이냐?"

"예. 수레를 마련해서 말로 끌어와야 합니다. 그래서 다카토 님께 책을 싣고 내리는 일을 도와달라고 부탁드릴 수 없을까 하고——주인은 실례가 되니 그런 부탁은 하지 말라고 하시지만, 아무리 그래도 일손이 없으니 어쩔 수 없습니다."

어차피 네가 그 사람은 한가하니 상관없을 거라고 진언한 것이 아니냐고 말하자, 그렇습니다, 하고 사환은 뻔뻔스럽게 지껄였다.

정말 얄미운 사환이다.

"그래서, 그 신사라는 곳은 어디냐?"

"으음, 암기했지요. 아아——도쿄 부(府) 히가시타마 군(郡) 나카노무라——의 변두리라고 합니다."

"그게——어디지."

메이지 정부가 전국의 봉토를 폐지하고 현을 설치한 후, 지명이나 번지가 어지럽게 바뀌어서 잘 모르겠다. 도쿄 부라는 것은 에도를 말하는 것이니, 그렇게 먼 곳은 아닐 것이다. 그러나 새로운 지역 구분에는 에도 바깥도 편입되어서, 쉽게는 갈 수 없는 곳도 있다.

"나카노무라라는 곳은 혼고 신덴[本郷新田] 쪽의, 그 나카노무라를 말하는 것일까."

"저는 그야말로 잘 모르지만, 그 육지증기선[228]이 서는 곳입니다."

"아아, 고부[甲武] 철도[229] 말이냐. 그렇다면 아마 그게 맞겠지. 그렇다면야 어떻게든 되겠다만, 짐수레라면 싣고 내리는 시간도 있으니 하루 종일 걸릴 텐데."

내일 오전부터 시작할 겁니다, 라고 시호루는 말하며, 맡아 주실 수 있다면 마중 오겠습니다, 라고 했다.

"고양이도 그때 데려가면 일석이조겠지요."

확실히 그렇다. 나는 좋다고 대답했다.

시호루는 생글생글 웃는 얼굴로 기뻐하며 뛸 듯이 돌아갔다. 뒷모습만 보면 그냥 어린아이다.

그 모습이 보이지 않게 될 때까지 지켜본 후, 처마를 바라보니 수국이 시야에 들어왔다. 어제보다는 더 피었다. 피는 것이 다소 늦었다는 기분도 들지만 원래 이런 것인지도 모른다.

그 길로 모사쿠의 집으로 가서 고양이를 길러줄 사람이 생겼다고 말하자, 아낙은 매우 기뻐하며 오늘 밤에는 맛있는 요리를 내겠다고 말했다. 내가 이 아낙에게 살림을 부탁한 지 일 년 이상이 지났지만 맛있는 요리라곤 먹어본 적이 없다. 과연 어떤 저녁이 나올 것인지, 그래도 얼마쯤 기대 같은 것을 갖고 기다리고 있었지만, 아낙이 가져온 밥상은 평소와 똑같고 다른 데라고는 조금도 없었다.

---

228) 메이지 초기에 기차를 가리킬 때 쓰던 말.
229) 메이지 시대 일본에 있었던 철도회사. 도쿄 시내의 오차노미즈를 기점으로 이다마치, 신주쿠를 경유하여 하치오지까지 가는 철도를 보유·운영했다. 1906년에 철도국유법에 따라 국유화되어 주오본선[中央本線]의 일부가 되었다.

자세히 보니 고양이의 밥 한쪽에 구운 잔물고기가 딸려 있었다.

꼬리와 머리를 잘라내지 않고 통으로 구운 것을 보니 경사라는 뜻인가 보다.[230] 말하자면 고양이에게 주는 작별선물인 것이다.

무서워서 함부로 대한 탓에 고양이에게는 가엾은 짓을 하고 말았다고, 사과의 뜻이라고 아낙은 말하지만, 말은 그렇게 하면서도 여전히 무서워하고 있다.

고양이한테는 죄가 없지만요, 라고 말하면서도 가까이 다가가려고는 하지 않는다.

고양이 쪽은 아무 생각도 없을 것 같다.

짐승이니 아무것도 생각하지 않을 것이다. 머리와 꼬리가 붙어 있는 생선을 보고도 그렇게 좋아하는 것 같지는 않았다. 모든 것은 아낙의 기분 문제일 뿐이다. 고양이의 입장에서 보자면 안채에서 살든 빈집에서 살든 밥만 주면 대우에는 다를 것이 없는 셈이고, 아낙이 가까이 다가오지 않았다고 해서 딱히 곤란할 것은 없다. 괴롭힘을 당한 것도 아니다.

그런 것이다.

나는 밥을 먹고 있는 고양이에게 슬슬 손을 뻗어 등을 만져 보았다.

도망치지 않을까 했는데 도망치지도 않고, 꼼짝도 하지 않는다.

이런 짐승은 겁이 많고 경계심이 강하다고 들었다. 희미한 변화도 알아챈다. 내가 손을 대면 곧 겁을 먹고 도망칠 거라고 생각하고 있었는데, 그렇지도 않다.

익숙해진 것일까.

길들었다고 해야 할까.

---

230) 경사가 있을 때 쓰는 생선구이. 주로 도미를 쓴다.

짐승을 만져본 것은 아마 이번이 처음이 아닐까. 폭신폭신하고 흐물흐물하다.

어찌 된 셈인지 딸이 생각나고 말아서, 순간 맥이 빠졌다.

손끝에 털끝이 닿았을 뿐이었지만 그 작은, 희미한 자극이 너무나도 덧없고, 그러면서도 평소에는 얻을 수 없는 감촉이기도 했다. 그래서 그런 부분이 어린아이에 대한 마음과 겹쳐지고 만 것일까.

나는 만지는 것을 그만두었다.

함부로 만지면 안 될 것 같았다. 고양이도 귀찮을 것이다.

고양이는 실컷 먹고 나서 다시 잠들어 버렸다.

배만 부르면 그것으로 족한 것이다.

나는 한동안 그대로 대바구니 앞에 앉아 있었지만 그러다가 갑자기 무서워지고 말았다. 무섭다기보다 공허라고 하는 편이 좋을지도 모른다.

이 낡은 집 안에는 아무것도 없다. 아니, 공허가 가득 차 있다. 고양이에게는 나 또한 공허의 일부이고, 공허에 있어서는 나는 분명히 여분이다.

그런 기분이 들었다.

이 폐가를 빌린 후로 지금까지 한 번도 이런 기분이 든 적은 없었으니, 이것은 역시 고양이 때문이다.

나는 이불을 뒤집어쓰고 잤다.

무언가의 끝에 서 있는 듯한 꿈을 꾼 것 같았다. 장대 끝인지, 절벽 가장자리인지, 탈것의 맨 뒤인지, 잘은 모르겠지만 어쨌든 뒤가 없는 곳에 서서 되돌아갈지 나아갈지 고민하고 있는 듯한, 그런 차분하지 못한 꿈이었다.

다소 무더웠던 탓도 있을지도 모른다.

신경인지 뭔지가 상한 것일까. 그렇다면 유령도 보일까. 다이소 요시토시가 그런 말을 했었던가.

어땠을까.

이튿날 아침 시호루가 마중을 왔다. 걸어서 갈 거라고 생각하고 있었는데 인력거가 마련되어 있었다.

"호사스럽군."

하고 말하자 다카토 나리 덕분입니다, 라고 한다.

"주인께서 황송하게 여기고 있어서요. 게다가 고양이도 옮기려면 무거울 거라고 하셨습니다."

확실히 고양이를 넣은 대바구니는 꽤 무거웠다. 고양이가 안에서 날뛰기라도 한다면 들고 있기 힘들지도 모르고, 떨어뜨리기라도 하면 바구니가 부서지고 고양이도 도망칠 것이다.

그렇게 되면 붙잡는 것은 무리다.

길 한복판에서 고양이가 도망치면 끝장이다.

아니, 길 한복판이 아니더라도, 둔중한 사람이 이렇게 민첩한 짐승을 붙잡을 수 있을 리 없다. 개는 사람을 따르지만, 고양이는 장소를 따른다고 한다. 이 고양이는 본래는 요시와라에 있었으니 도망쳐도 어디로 향할지, 어디에 숨어들지 알 수 없다.

인력거가 있으면 고마운 일이다.

만약 저 혼자였다면 이런 사치는 허락되지 않았을 겁니다, 하고 사환은 말했다.

"그래? 하지만 이래서는 돈이 나가지 않느냐. 그쪽도 장사일 테고, 이문이 날아가 버린다면 미안한 일인데."

"물론 목적지까지 인력거로 가는 것은 아닙니다. 게다가 그랬다간 인력꾼도 지쳐 버릴 테고요. 적당한 데까지만 가고, 거기서부터는 다른 방법으로 갈 겁니다. 그리고 이번에는 책을 사들이는 것이니 돈은 나가기만 할 뿐이지요."

그야 그럴 것이다.

"신주쿠에서부터는 육지증기선을 탈 겁니다. 나카노 역사에서 주인이 기다리고 있습니다."

"그래?"

조당 주인이야말로 가게 밖에서 만난 적이 없다. 시호루는 가게 앞을 청소하기도 하지만 주인은 건물에서 나오지도 않는다. 햇빛 아래로 나온 적 따위는 없지 않을까.

나는 인력거에 올라탔다.

시호루는 몸집이 작기에 나란히 탔다. 무릎 위에는 커다란 보자기로 싼 대바구니를 올려놓았다. 고양이가 들어 있어서 제법 묵직하다. 좁지는 않았지만 압박당하는 듯한 갑갑함이 있었다.

고양이는 얌전했다. 가끔 중심을 바꾸는지 무게가 이동한다. 울퉁불퉁한 길에서 흔들려도 울음소리 한 번 내지 않았다.

풍경이 이리저리 바뀐다.

장난감가게도 눈 깜짝할 사이에 지나간다. 빠르다.

가마는 이제 옛날 건가, 하고 누구에게랄 것도 없이 그런 말을 하자 인력꾼이 귀밝게 알아듣고, 저는 원래 가마꾼이었습니다, 하고 큰 소리로 말했다.

가마꾼은 모두 폐업한 모양이다.

손님의 목소리는 의외로 잘 들리는 법이다.

그 후에는 증기철도도 탔다. 보자기 속에 싸여 있기는 하지만 고양이가 육지증기선을 탈 수 있으니 대단한 일이다.

가스등이니 증기철도니, 분명히 시대는 변하고 있다. 나아가고 있는지 어떤지는 알 수 없지만 변하고 있는 것은 확실하다. 하지만 고양이는 에도 시대부터 고양이였고, 아마 앞으로도 줄곧 고양이일 것이다. 이것은 변하지 않을 것이다.

사람은 어떨까 하고 생각한다.

똑똑한 사람이 어리석은 사람보다 옳고 대단하고 앞으로 나아가고 있는 것일까. 강한 사람이 약한 사람보다 옳고 대단하고 앞으로 나아가고 있는 것일까.

모두가 그렇게 말하니 그럴 것이다.

증기철도는 힘이 세다. 이런 쇳덩어리가 연기를 뿜어 올리며 달리니, 생물이 당해낼 수 있을 리도 없다.

이 튼튼함은 예지(叡智)가 만들어낸 것이다.

가령 점점 영리해지고, 점점 강해지면 어떻게 된다는 것일까. 어리석은 사람이나 약한 사람을 퇴치할 수 있을까. 그런 방식이 옳은 것일까. 더 영리한 사람이나 더 강한 사람에게는, 뒤떨어지는 사람이나 약한 사람으로서 따르는 것이 도리일까. 아니면 나야말로 옳다고 맞서는 것이 좋을까. 나야말로 옳다고 믿는다는 것은, 자신은 뛰어나다고 믿는다는 뜻일까.

그것은 교만이 아닐까.

근대화란 그런 것일까.

자유라든가 권리라든가 하는 것은 그렇게 싸워서 얻어내지 않으면 얻을 수 없는 것일까. 그렇다면 자유민권이란——.

어떤 것일까 하고 흐릿한 머리로 생각했다.

세상이 아무리 변해도 고양이는 전혀 변하지 않으리라는 것을.

다카토 님은 멍한 분이시네요, 하고 사환이 어이없어하며 말했다.

그냥 증기철도가 신기해서 그런다, 하고 지나쳐 가는 잡목림을 보며 대답했다.

이렇게 빠르게 풍경이 바뀌는 모습은, 철도가 없었던 시대의 인간은 볼 수 없었던 광경이다.

이것이 문명이라는 것이리라.

문명의 수레바퀴가 내는 덜컹덜컹 시끄러운 소리를 진지하게 유심히 듣고 있는 사이에 나카노에 도착했다.

내려 보니 별것도 없는 그냥 시골이다. 목조단층의 길쭉한 역 건물을 나서도 거리 같은 것은 없다. 숲뿐이다. 내가 지금 사는 낡은 집이 있는 황무지의 경관과 큰 차이는 없다.

맥이 빠져 있자니 등 뒤에서 조당 주인이 말을 걸었다. 평소와 다름없는 하얀색 기모노 차림으로, 짐을 싣고 부리려는 옷차림은 아니다.

햇빛 아래에서 보아도 여전히 나이를 알 수 없는 남자였다.

소마 가의 소동 이야기[231] 같은 것을 하면서 삼십 분 정도 걸었다.

---

231) 메이지 시대에 일어난 다이묘 집안의 분쟁 사건 중 하나. 나카무라 번주였던 소마 도모타네[相馬誠胤]의 정신병 증상이 악화되자 1879년, 가족들은 궁내성에 자택 감금을 신청하였고, 이후 자택에 감금했다가 나중에 전광원(현재의 정신병원)에 입원시킨다. 1883년에 소마 도모타네의 가신이었던 니시고리 다케키요[錦織剛淸]가 주군의 병상에 의심을 품고, 가족들에 의한 부당감금이라고 관계자를 고발하면서 사건이 표면화되는데, 당시에는 정신병에 대한 이해도 충분하지 않았기 때문에 의사에 따라 정상이라고 판단하는 사람이 있는가 하면 정상이 아니라고 판단하는 사람도 있어서 더욱 혼란스러워졌다. 1887년, 니시고리는 소마 도모타네가 입원해 있던 도쿄 부 전광원에 침입해 일단 그의 신병을 탈취하는 데 성공하지만, 일주일 만에 체포되어 가택침입죄로 금고 처분을 받게 된다. 1892년, 소마 도모타네가 병사하자 니시고리는 이를 독살이라고 주장하며 1893년에 다시 소마 가의 관계자를 고소, 유체를 발굴해 독살설을 증명하려고 하지만 최종적으로 사인이 독살이라고 판정할 수는 없었다. 1895년, 소마 가에서는 니시고리를 무고죄로 고소하고, 이에

세상은 시끄러운 모양이지만 옛 막부 시대라면 이것은 단순한 다이묘 가의 집안 소동으로 끝나 버릴 이야기다. 미쳤다는 이유로 감옥방에 유폐된 당주를 충신이 구해냈다느니, 상속자를 등에 업은 친족이 병든 영주를 독살했다느니 하는, 강담 같은 데 흔히 나오는 이야기이고 각색을 좀 하면 요괴 이야기가 되기도 한다.

나는 나베시마의 요괴 고양이 소동[232]도 비슷한 것이라고 말했다. 주인은 웃으며 요괴를 내보낼 수 있었다면 더 원만하게 수습되었겠지요, 하고 말한다.

확실히 다이묘가 아니라 화족(華族), 감옥방이 아니라 정신병원, 가문을 가로챈다기보다 재산을 약취한다는 이야기이니, 고양이가 기어들어갈 틈은 없다. 상차림이 완전히 달라지고 만 것이다. 복수 대신 재판이 있다. 그것이 당세풍이라는 것이리라. 그것을 구폐(舊弊)로 재려고 하는 놈들이 있기 때문에 묘한 소동이 일어나고 마는 것인지도 모른다.

전망은 좋지만, 오르막 내리막이 심한 동네라고 생각했다. 풍경이 치솟아 오르거나 반대로 완만한 언덕 때문에 앞이 보이지 않게 되기도 한다.

거리나 탈것 안에서는 전혀 움직이지 않던 고양이가 꼬물꼬물 움직이고, 야옹야옹하고 두 번쯤 울었다.

대해 유죄가 확정되면서 사건은 수습되었다. 이 사건은 정신병 환자에 대한 처우나 신흥 신문에 의한 센세이셔널한 보도의 시비 문제로 당시의 사회에 큰 영향을 미쳤다.

232) 사가 번의 2대 번주인 나베시마 미쓰시게(1632~1700) 시대에 미쓰시게의 바둑 상대를 맡고 있던 신하 류조지 마타시치로[龍造寺又七郎]가 미쓰시게의 기분을 상하게 하여 참살되고, 마타시치로의 어머니도 기르던 고양이에게 슬픈 심중을 이야기한 후 자살하는 사건이 일어난다. 이에 어머니의 피를 핥은 고양이가 요괴 고양이가 되어, 성내에 들어가 매일 밤마다 미쓰시게를 괴롭히자 미쓰시게의 충신 고바야시 한자에몬이 고양이를 퇴치하고 나베시마 가를 구한다는 전설.

절이 나오고, 커다란 묘지가 나오고, 묘지 사이를 누비듯이 나 있는 좁은 언덕길을 올라갔다.

이런 언덕을 짐수레가 오를 수 있는 거냐고 묻자 조당 주인은 오를 수 없다고 한다.

짐을 짊어지고 언덕길을 오르내리려면 힘들겠다고 생각하고 있었더니, 걱정하지 않아도 짐수레는 언덕 위에 도착해 있으니 괜찮다는 말을 들었다. 마차는 철도역에서 오는 것과는 다른 길로 왔다는 뜻이리라.

언덕 위는 울창한 대나무 숲이었다.

내가 대나무와 조릿대 말고는 아무것도 없다고 말하자, 주인은 앞쪽을 손가락으로 가리키며,

"저기가 신사입니다."

라고 말했다.

덤불 사이로 빈약한 계단이 있고 그 계단을 지나 나아가자 도리이 같은 것이 보였다. 신사 자체는 보이지 않지만, 도리이가 있는 이상 그 안쪽에 있을 것이 틀림없다. 내가 걸음을 옮기려고 하자 조당 주인은 그쪽이 아니라고 말했다.

"신주께서 사시는 곳은 이쪽입니다."

그렇게 말하더니 조당 주인은 신사와 반대쪽에 있는 대나무 숲 안으로 들어가 버렸다. 시호루가 뒤를 쫓는다. 나도 뒤처지지 않으려고 몸을 돌리자, 아무런 특징도 없는 덤불 사이로 오솔길이 있고 그 너머로 민가가 보였다.

대나무 사이로 보이는 하얀 옷의 남자는 마치 대낮의 유령 같다고 생각했다.

집 앞에는 말이 매여 있고 담뱃대를 문 마부인 듯한 남자가 담배를 피우고 있다.

그 옆에 짐수레가 세워져 있었다.

돌아왔습니다, 하고 주인이 말을 걸자 문에서 역시 흰색 옷을 입은 남자가 나왔다. 다만 하카마를 입고 있어서 조당 주인과는 상당히 분위기가 다르다.

키가 크고 다부진 체격의 인물이다. 이목구비도 뚜렷해서 신직이라기보다는 무관 같은 인상을 주었다.

"이분이 무사시 세이메이 신사의 궁사(宮司)인 추젠지 다스쿠 님입니다."

조당 주인은 그렇게 말했다.

궁사는 깊이 허리를 숙여 절을 하고, 수고를 끼쳐 드려 죄송합니다, 하고 정중하게 말했다. 얼굴을 들자마자 눈썰미 좋게 보자기를 알아본 궁사는 그것이 고양이입니까, 하고 물었다. 내가 그렇다고 대답하자, 그럼 이리 주십시오, 하며 손을 내민다. 무겁습니다, 라고 말하며 건네자 매듭 사이로 안을 들여다보며, 아아, 고양이로군요, 하고 말한다. 그러고 나서 실례했습니다, 안으로 드시지요, 하고 안내했다.

연상인가 했는데 아무래도 아닌가 보다. 아직 30대라는 말을 듣는 나이일 것이다.

안은 지극히 평범한 민가였다.

방에는 쓰가루 칠기[233]로 만든 새 좌탁이 놓여 있고, 방석이 네 장 깔려 있었다.

---

233) 아오모리 현의 히로사키 시 부근에서 나는 칠기. 여러 가지 칠을 거듭하여 복잡하고 아름다운 얼룩무늬를 나타낸다.

궁사는 다다미 위에 보자기 꾸러미를 내려놓고 보자기를 풀어 대바구니를 꺼내더니 곧 울짱을 열었다.

"그 안에 깔린 털투성이 뭉치가 전 주인의 방석인 모양입니다."

"그렇군요."

"그, 전 주인이라는 사람은 ──."

"예. 자세한 이야기는 료텐 씨에게 들었습니다."

"예에."

료텐 씨란 누구를 말하는 것일까.

확실하게 전해 드렸습니다, 하고 조당 주인은 말했다.

궁사가 말한 이름이 조당 주인의 이름일 것이다. 과연 이 남자에게도 이름은 있구나, 하고 나는 묘한 데서 감탄했다.

궁사는 앉은 자세를 바로 했다.

"실은 ── 저는 이 집에 살게 된 지 아직 일 년도 되지 않았습니다. 가정을 꾸릴 때 분가해서 이 집을 나갔지요. 그 후 스기나미무라 쪽으로 이사해서 진조 소학교의 교사를 하고 있었습니다."

"예에, 그러십니까."

교사가 신주가 될 수 있는 것일까.

"오 년쯤 전에 아버지가 쓰러지셔서 몸을 뜻대로 움직일 수 없게 되고 말아서요. 저는 신직을 물려받을 마음이 없었기 때문에 꽤 고민했지만 ── 결국은 돌아오기로 했습니다."

"돌아오다니 ── 이곳으로 말입니까?"

"예."

궁사는 얼굴을 옆으로 돌렸다.

장지문은 활짝 열려 있고, 손질이 잘 된 정원이 보인다.

"대가 끊기게 할 수는―― 없을 것 같아서요."

오랫동안 이어져 내려왔으니까요, 하고 궁사는 말했다.

"이곳은 유서 깊은 신사라, 지역 주민들 외에도 신자가 많이 계실 것입니다."

조당 주인이 그렇게 말하자, 유서라는 것은 글쎄요, 하며 궁사는 곤란한 듯한 얼굴을 했다.

"권위가 있는 것은 아닙니다."

"신앙은 받고 있지 않습니까."

"신앙―― 이라고요. 그건 어떨까요."

궁사는 한층 더 눈썹을 찌푸린다.

"지역 신자들은 어떨지 몰라도, 다른 분들은 현세의 이익을 쫓아서 오는 사람이 대부분이니까요. 집을 지으려 하니 좋은 방위를 정해 달라, 자식에게 좋은 이름을 붙여 달라, 혼례를 하려 하니 좋은 날짜를 가르쳐달라―― 그런 상담뿐입니다. 점쟁이와 다를 것이 없습니다. 그것은 진정한 의미로의 신앙은 아닐 겁니다. 분명히 우리 신사는 대대로 그런 일을 해 왔기 때문에 사람들도 감사하고 있지만――."

"그, 이곳은 세습이고, 대대로 신직을 맡고 계신다는 뜻입니까?"

나는 그런 것에 대해서는 잘 모른다.

애초에 신직에 있는 사람과 대화를 나누는 것 자체가 처음이다.

"조상 대대로 해 오기는 했지만, 지금 말씀드렸다시피 신직은 아닙니다. 아버지는 궁사라기보다 지금 말씀드린 것 같은 점쟁이―― 아니, 음양사였습니다."

"음양사―― 라고요?"

들어본 적은 있지만 어떤 사람인지는 모른다.

내가 어지간히도 의아한 얼굴을 했는지 조당 주인이 설명을 덧붙이려고 입을 열려고 했지만, 그것을 제지하듯이 궁사가 직접 말했다.

"주술사 같은 겁니다. 지금 말씀드린 것과 같은 여러 가지 점을 치거나, 그렇지, 요물을 퇴치하거나 썬 것을 떼어내거나—— 그런 미신 같은 일만 하는 겁니다. 무엇보다 저희 신사는——."

그 음양사를 모시고 있으니까요, 하고 궁사는 말했다.

이곳은 아베노 세이메이 공을 모시고 있는 곳입니다, 하고 조당 주인이 설명을 덧붙였다.

"다카토 님은 모르십니까? 음양료의 수장, 쓰치미카도 가의 선조이자 종사위하[從四位下], 아베노 하리마노카미 하루아키라[234] 님 말입니다."

"예에."

몰랐다.

"언제의—— 하리마노카미입니까?"

"헤이안 시대입니다."

그렇게까지 옛날이면 아무래도 알 길이 없다.

"고대의 분이군요."

신으로 모셔지고 있으니 당연한 일이기는 할 것이다. 다이라노 마사카도[平将門][235]나 스가와라노 미치자네[菅原道眞][236] 같은 사람이다.

---

234) 아베노 세이메이[安倍晴明](921~1005)는 가마쿠라 시대부터 메이지 시대 초까지 음양료를 총괄했던 아베 씨(쓰치미카도 가)의 선조이다. 晴明은 '하루아키라'라고도 읽히고 '세이메이'라고도 읽힌다. 하리마노카미는 하리마 지방의 수령이라는 뜻으로, 하리마는 현재의 효고 현 남부를 가리키는 옛 지명.

235) 헤이안 시대 중기 간토[関東] 지방의 호족. 당시의 천황이었던 스자쿠 천황에 대항하여 스스로를 '신황(新皇)'이라 칭하며 간토 지방의 독립을 표방하여 조정의 적이 되었으나, 즉위한 지 겨우 두 달 남짓 만에 후지와라노 히데사토, 다이라노 사다모리 등에 의해 토벌되었다. 죽은 후에는 전국에 있는 여러 신사에 신으로 모셔졌다.

어차피 옛날 일일 것이다.

그렇게 말하자 조당 주인은 고개를 저었다.

"아뇨, 아뇨, 세이메이 공 본인은 먼 옛날의 분이지만, 음양료 쪽은 메이지 시대가 될 때까지 있었습니다."

"그 음양료라는 것을 모르겠군요."

"율령제에서 말하는 나카쓰카사성(中務省)[237], 아스카 시대에 설치된 공적인 기관입니다. 아까 다스쿠 님은 음양사는 주술사 같은 것이라고 말씀하셨지만, 본래는 다릅니다. 음양도는 지금 말하는 과학으로, 결코 비합리적인 것이 아닙니다. 음양료의 음양사는 종칠위상(從七位上)이라는 높은 지위에 있습니다. 음양두(陰陽頭) 같은 경우는 종오위하(從五位下)입니다."

"하지만 그렇게 옛날에 생긴 기관이 지금 세상까지 남아 있었다니, 어떻게 된 겁니까?"

메이지 유신 정도가 아니라 도쿠가와 막부가 생기기도 훨씬 전이 아닌가.

"황송한 말씀이지만——."

하며 조당 주인은 약간 자세를 바로 했다.

"조정은 더 오래되었지 않습니까."

"뭐——그렇습니다만."

---

236) 845~903. 헤이안 시대의 귀족, 학자, 정치가. 관위는 종이위(從二位) 우대신(右大臣). 충신으로 이름이 높으며, 우다 천황에게 중용되어 태평성대를 이루는 데 일익을 담당했다. 다이고 천황 때는 우대신까지 올랐으나 좌대신 후지와라노 도키히라의 모함으로 규슈 지방으로 좌천되어 그곳에서 죽었다. 그의 사후 천재지변이 다발(多發)한 것 때문에 그가 조정을 저주하고 있다고 하여, 덴만덴진(天滿天神)으로서 신앙의 대상이 되었다. 현재는 학문의 신으로 사람들에게 친숙하다.
237) 태정관 밑에서 국무를 분담하였던 8성(省) 중 하나. 천황을 보좌하고 조정에 관한 직무 전반을 담당하고 있었기 때문에 8성 중에서도 가장 중요하게 여겨졌다.

"음양료를 관장하는 쓰치미카도 가는 공가(公家)[238]입니다. 그리고 음양료는 도쿠가와 가문에서도 중용되었습니다. 어쨌거나 음양료에는 음양도를 연찬하는 음양박사 외에 천문박사, 역(曆)박사, 누각(漏刻) 박사가 있었어요. 건곤(乾坤)의 모습을 관찰하고 천체의 움직임을 읽어, 달력을 만들고 시간을 재는 전문직입니다. 이것은 정권이 바뀌든 시대가 지나든, 생활에 필요불가결한 것일 테니——."

그럴까요, 하고 궁사가 말을 막는다.

"시부카와 하루미[渋川春海][239]의 야마토력[大和曆][240]이 채용되고 천문방(天文方)이 설치된 이후로는, 오히려 거슬리는 것이었지 않습니까. 그 당시에도."

이미 음양도는 시대에 뒤처진 기술이었습니다, 하고 궁사는 말했다. 그 궁사의 말을 듣고 조당 주인은 약간 쓸쓸한 듯한 얼굴을 했다.

내가 지금까지 본 적이 없는 표정이었다.

"정권이 천황에게 반환되고, 천문방이 폐지되었을 때에도 음양료는 다시 편력(編曆)의 지위에 앉게 됩니다만——그레고리오 태양력의 도입이 검토되었을 때, 음양두인 쓰치미카도 하레타케 님이 아무리 주장하셔도 태음태양력의 개력(改曆)은 계속되지 못했고요."

"신정부는 부국강병에만 정신이 팔려 있었습니다. 무역을 하든 전쟁을 하든, 달력은 맞춰 두는 편이 편리하니까요. 게다가 하레타케 님은 막부가 와해된 후 곧 돌아가시고 말았지 않습니까."

"그런 모양이더군요."

238) 조정에 출사하는 사람. 궁정 귀족.
239) 1639~1715. 에도 시대 전기의 천문역학자, 바둑 기사, 신도가(神道家). 조쿄력(貞享曆)의 작성자이기도 하다.
240) 조쿄력(貞享曆)이라고도 하며, 옛날에 일본에서 사용되었던 태양태음력의 역법이다. 시부카와 하루미의 손에 의해 완성된 것으로, 1684년에 채용이 결정되었다.

하고 궁사는 말했다.

"어쨌거나 음양도는 이제 통용되지 않는 것이지요. 게다가 료텐 씨가 말씀하시는 것은 관직으로서의 음양사가 아닙니까. 우리는 다릅니다. 민간의 음양사는 길흉을 점치는 점쟁이나 가마바라이[釜祓 い][241]보다 조금 나은 정도의 존재지요."

"하지만 다스쿠 님. 그런 항간의 음양사와는 달리, 이곳의 제신은 세이메이 공이지요. 그런 의미로는 정통이 아닙니까."

"정통이라면 교토에 있는 세이메이 신사가 정통입니다. 쓰치미카 도 쪽에도 세이메이 공의 자손은 건재하시지요. 하레타케 님이 돌아 가시고 음양료도 폐지되었지만, 그분의 아드님인 하루나가 님은 작위를 받으셔서 지금은 쓰치미카도 자작가입니다. 우리는 분가도 아니고, 방계조차 못 되니까요. 분사권청(分祠勸請)[242]한 것도 아니에요. 그렇게 ── 전해지고 있을 뿐입니다."

"사전(社傳)이 있는 것이로군요."

"예."

"그렇다면 믿어야 하지 않습니까."

하고 조당 주인은 말했다.

"예. 하지만 대대로 해 온 일이 수상쩍은 주술이라는 것만은 틀림없 는 사실이니까요. 지금 세상이라면 오라를 받을 법한 일입니다."

선대 궁사께서는 훌륭한 분이셨습니다, 하고 조당 주인이 말한다.

"아직까지 고마워하는 분도, 그리워하는 분도 많습니다."

인격자이기는 했으니까요, 하고 궁사는 대답했다.

---

241) 매달 그믐날에 부뚜막을 정화하는 행사. 무녀나 승려 등이 돈을 받고 해 주었다.
242) 나누어 모심. 본사(本社)와 같은 제신을 다른 새로운 신사에 모시는 것.

"하지만 아버지는 그런 의미로는 훌륭한 사람이기는 했겠지만, 적어도 종교인은 아니었습니다. 우리 신사는 역사야 오래되었고, 사전(社傳)이 사실이라면 무사시[武蔵][243]에서도 몇 안 되는 고사(古社)라는 것이 되겠지만——아니, 신용할 만한지 어떤지는 모르겠지만, 액면 그대로 받아들인다면 그렇다는 이야기입니다. 하지만 사격(社格)은 낮아요. 그래도 연면히 오늘까지 이어져 온 것을 보면 그런 것, 주술류의 수요라는 것은 줄곧 있었다는 뜻이겠지요."

그래도 그것은 막부가 와해되기 전의 일입니다, 하고 궁사는 말을 이었다.

"지금은 더 이상 통용되지 않는 미신이지요. 아니, 미신이라면 통용시켜서는 안 되는 것입니다."

주술.

미신.

이노우에 엔료가 부정하는 것이다.

"제 아버지 주사이는, 아니, 저희 선조들은 그런 수요에 응하고 있었던 것에 지나지 않습니다. 뭔가 뜻이 있었던 것도, 대의명분이 있었던 것도 아닙니다. 지금까지 줄곧 그렇게 해 왔다는 이유만으로, 그냥 똑같이 되풀이하고 있었던 것뿐입니다. 저는 그것을 견딜 수가 없었어요."

"주술을——말입니까."

"예."

궁사는 고개를 끄덕였다.

그리고 점도 굿도 속임수입니다, 하고 말했다.

---

243) 지금의 도쿄 도 대부분과 사이타마 현 및 가나가와 현의 일부를 가리키던 옛 지명.

"그래서 결코 가업을 잇지는 않겠다고 생각하고 있었습니다. 아버지도 그것은 알고 있었고요. 메이지 유신을 맞이하고, 이런 방식은 곧 통용되지 않게 될 거라는 것을 알고 있었겠지요. 그래서 저는 아버지에게서는 아무것도 배우지 않았고, 아버지도 아무것도 가르쳐주지 않았습니다. 주술사로서의 명맥은 끊긴 것입니다."

어쨌거나 저는 집을 나가 버렸으니까요, 하고 궁사는 말한다.

똑같이 집을 나간 것이라도 나와는 크게 다르다──고 생각했다.

"하지만 손자가 태어나고 나서 곧, 아버지는 쓰러지고 말았어요."

자녀가 있으십니까, 하고 묻자, 다섯 살이 되는 아들이 있습니다, 하고 궁사는 대답했다.

"처음에는 아버지를 집으로 모셔다가 보살펴 드리려고 했지만, 그럴 수도 없었습니다. 료텐 씨의 말씀대로, 신사에는 신자들이 많이 있었어요. 행사도 있고요. 처음에는 다른 사람한테 부탁해서 어떻게든 꾸려갔지만──."

"마음을 바꾸신 겁니까?"

"아뇨, 그."

소위 말하는 발원(發願)을 받은 것이지요, 하고 조당 주인이 대답했다.

"발원──이라는 게 무엇인지는 모르겠군요. 가업을 물려받는 것이 싫었는데 물려받을 마음이 들었다는 뜻이 아닙니까?"

"예. 하지만 이 다스쿠 님은 음양사인 아버님의 뒤를 이어받을 마음이 드신 것은 아닌 모양입니다. 이분은 제대로 된 신직(神職)이 되기 위해 발원하고, 배우신 것입니다."

"공부를 하셨다고요?"

지금도 배우고 있습니다, 하고 궁사는 온순한 얼굴로 말한다.

"미신은 배척되어야 하는 것이지만, 신앙은 소중한 것입니다. 외국으로 눈을 돌려 보아도 신심을 업신여기는 문화는 없어요. 아무리 학문이나 기술이 진보해도 신앙은 있습니다. 예수교도도 회교도도 불교도도, 각자가 믿는 것을 기초로 문화를 쌓고 있지요. 그런데 우리나라는 어떨까요."

"그야."

나는, 빌려온 것들뿐이지요, 라고 대답했다.

불사(佛事)도 중국적이라고 해서 배척되고 있다.

"아니 ──."

빌려온 것이라도 전혀 상관없습니다, 하고 궁사는 말했다.

"상관없습니까?"

"러시아에서도 예수교의 한 교파를 믿고 있지만, 그것은 러시아의 신앙입니다. 원래가 무엇이었든 상관은 없고, 다른 신앙과 양립하지 못해서 알력이 생기는 것도 어쩔 수 없어요. 문제는 그것이 생활에 뿌리를 내린 진짜 신심이 되었느냐 아니냐, 라는 점이 아닐까요."

"그건 그 말씀이 옳은 것 같습니다."

하고 조당 주인은 말했다.

"이 나라에는 불교, 유교, 도교, 여러 가지 외래 신앙이 들어와 있고, 각자가 뿌리를 내리고 있습니다. 그것은 이미 완전히 이 나라의 것이 되었겠지요. 하지만 가령 그런 것과 무관하게, 폐불훼석과 같은 흐름이 일어나면 마치 불자(佛者)가 악인이었던 것처럼 굴고, 부처의 가르침을 업신여기는 무리가 아무렇지도 않게 나타납니다."

그것은 엔료에게도 들었다.

전국의 사원이 이유 없는 박해를 받은 것이나 마찬가지라고 말했었다.

"그래도 그런 짓을 하는 사람들이 그 전후로 크게 바뀌어 버린 것은 아니에요. 즉 대상이 불교든 유교든 상관없는 것입니다. 안 된다고 하면 간판을 새로 걸면 된다는 태도예요. 이건 간판에 무엇을 내걸든 결국은 마찬가지라는 뜻이겠지요. 다시 말해서 어떤 간판을 걸어도 바뀌지 않는 무언가를, 이 나라 사람들은 신앙하고 있어요."

"그렇군요."

"신도는 이 나라의 것이니까요."

"거기에 마음이 있다는 말씀이신지요."

모릅니다, 하고 궁사는 말했다.

"최근에는 화혼양재(和魂洋才)라고 하는 모양인데, 그 화혼이라는 것이 무엇인지 알고 싶습니다."

그것을 모르면 신직을 맡을 수는 없다고 믿고 있습니다——라고 궁사는 말한다.

"하지만 천자를 받드는 세상이 되었으니, 신도도 크게 변모한 것은 아닙니까."

"예. 막부 시대의 문헌 같은 것을 조당 주인께서 모아 주셔서 읽어 보고, 또 식자(識者)에게 배워 보기도 했습니다. 그 결과 지식만은 풍부해졌지만, 아무래도 부족하지요."

"시류를 따르는 것이 아니다——라는 말씀이시군요."

"아뇨. 사고방식이나 절차 같은 것은 아마 불변일 거라고 생각합니다. 그건 알겠지만, 그럼 이 메이지 시대에 그것을 어떻게 전하고 어떻게 곁들여 가면 좋은 것인지를 아직 모르겠습니다."

이 궁사는 성실한 사람일 것이다.

"이 다스쿠 님은 그렇게 학식을 기르셨을 뿐만 아니라 실제로 몇몇 신사를 찾아가 신직에 계시는 분들 밑에서 수행 같은 것을 하셨습니다."

"예에 ——."

신주에게도 수행이 있는 것일까. 그야 무엇이든 있겠지만 ——.

"아니, 가업을 물려받는 이상, 어떻게 해서라도 제대로 하고 싶었습니다. 그래서 —— 정진결재(精進潔齋)하여 처자와 인연을 끊고."

"아, 잠깐만요."

나는 나도 모르게 끼어들고 말았다.

"그, 아내를 두어서는 안 된다는 법이라도 있는 겁니까."

"그런 것은 없습니다. 이것은 어디까지나 제 결심입니다. 결의 표명 같은 것일까요."

"이혼하셨습니까?"

호적은 정리하지 않았지만 만나지는 않고 있습니다, 하고 궁사는 말했다.

"하지만 아드님은 태어난 지 얼마 되지 않았던 것 같은데요."

"예. 그렇습니다."

"그건 —— 쓸쓸하지는 않으십니까?"

"다카토 님은 어떠십니까."

조당 주인의 물음에, 나는 대답할 수가 없었다.

그 부분만은 나도 같은 처지였다. 이유에는 하늘과 땅만큼이나 차이가 있지만, 상황은 다를 것이 없다. 태어난 지 얼마 되지 않은 어린아이를 두고 집을 나와 버렸다는 점에 관해서는 마찬가지인 것이다.

"저는——그냥 본가에서 생활하지 않는 것뿐이니까요. 요전에도 집에 돌아갔었고, 돌아가서 며칠 있었습니다. 이분과는 다르지요."

"다카토 님은 쓸쓸해져서 돌아가신 겁니까?"

"글쎄요."

어떨까.

수행이 끝나면——하고 궁사는 말했다.

"하기야 끝났는지 끝나지 않았는지도 직접 정하는 것이지만, 그러면 다시 같이 살자고 생각하고 있지만, 이게 1, 2년으로 끝나는 것이 아니어서요. 아직 멀었다고 생각하고 있었는데, 그러던 중에 아버지는 돌아가시고 말았지요. 그런 이유로 신사 쪽은 제가 맡았지만—— 아직 제 몫을 해내고 있지는 못합니다. 궁사라는 것은 이름뿐이고, 곤네기[権禰宜][244]가 고작입니다."

"아니, 그럼 이 집에도 혼자서——."

하며 방을 둘러보니 도코노마 앞에 고양이가 있었다.

어느 사이엔가 대바구니에서 나와 있었나 보다. 고양이는 값이라도 매기듯이 여기저기 킁킁거리며 냄새를 맡고 다니는 것 같았다.

"아아, 차도 대접하지 않고 말도 안 되는 신상 이야기를 장황하게 늘어놓고 말았군요. 이런 연유로 갑자기 혼자 살게 되어서 미흡한 점이 많습니다. 참으로 죄송하게 되었습니다."

궁사는 머리를 숙이더니 고양이의 몸짓을 깨닫고는 고양이에게, 아아, 이곳이 마음에 드십니까, 하고 말했다.

고양이는 대답이라도 하듯이 귀를 뒤로 젖히며 야옹 하고 울었다.

---

244) 신직의 직위 중 하나로 네기[禰宜]의 하위에 해당하는 가장 일반적인 직위. 궁사 및 네기가 일반적으로 한 신사에 한 명씩이라고 정해져 있는 것에 비해 곤네기에는 인원수 제한은 특별히 없다.

"그렇게 되어서 말이지요. 뭐, 앞으로 이 집에 처자식을 불러들일 때가 오더라도 이대로는 같이 살 수가 없습니다. 오래된 서책이며 두루마리가 산더미처럼 쌓여 있거든요. 방 하나를 다 차지하고 있습니다."

보여 주시지요, 하고 조당 주인은 말했다.

"목을 축이지 않아도 괜찮으시겠습니까?"

"마차도 대기시켜 두었으니 우선 책을 보지요. 옆방——입니까?"

"예. 정리해 두었습니다."

그렇게 말하더니 궁사는 슥 일어나 장지문을 열었다.

옆방은 어둑어둑해서 당장은 무엇이 놓여 있는지 알 수 없었지만, 이윽고 그것은 방 가득 펼쳐져 있는 서책의 산이라는 것을 깨달았다. 재래식 장정본 외에 끈으로 묶인 종이 다발, 두루마리나 서질(書帙), 고리짝, 나무상자, 그런 것이 곳곳에 높다랗게 쌓여 있다.

"이건——."

엄청난 양이다.

"예. 뭐, 대대로 전해지는 것과 아버지의 장서도 있지만, 대부분은 지인에게 받은 것입니다. 제가 집을 나가기 전이니까 그렇지, 십오 년도 더 전인데, 아버지가 친하게 지내던 노인이 돌아가시면서 그 댁 가족들이 처분하려고 해도 버릴 수밖에 없으니 만일 필요하시다면 받아가 달라며——."

"개인의 장서란 말입니까?"

실례합니다, 라고 말하자마자 조당 주인은 옆방에 발을 들여놓더니 종이의 산을 둘러보며 감탄한 듯이 몇 번인가 고개를 끄덕였다. 값을 매기고 있는 것일까.

"이건 대단하군요. 원래의 주인은 어지간한 풍류객이거나 —— 유복한 유학자이거나 —— 아니, 그게 아니군요."

조당 주인은 관자놀이를 검지로 긁적였다.

"예, 료텐 씨는 스게오카 모(某)라는 글쟁이를 아십니까?"

게사쿠 작가 말씀이로군요, 하고 조당 주인은 즉시 대답했다.

"오사카의 발행소를 중심으로 요미혼이나 인정본(人情本)[245]을 출판했고, 한때는 꽤 인기가 있었던 사람이지만 수년 만에 갑자기 붓을 꺾고 말았다고 기억하고 있습니다."

그 사람입니다, 하고 궁사는 말했다.

"스게오카 ——."

"리잔입니다. 물론 필명이겠지만 본명은 고사하고 출생도 전혀 알려져 있지 않습니다. 일설에 따르면 다이묘의 가명이라느니, 공경(公卿)[246]이라느니, 여러 가지 말이 있었습니다만."

"그렇습니까. 저는 뵌 적이 없지만, 아버지는 젊은 시절에 사람 됨됨이를 인정받아 그분과 친하게 지내신 것 같습니다. 그분이 수십 년에 걸쳐 모으신 것입니다."

이것이 말이지요, 하며 조당 주인은 몸을 구부려 집어 들어 보고는 끊임없이 감탄했다.

보니 어느새 고양이가 들어와 산처럼 쌓인 종이 냄새를 맡고 있다.

"이런, 발톱을 갈기라도 하면 곤란해지겠군요. 하지만 여기에서 값을 매길 수는 없으니 우선 실어가고, 가게 쪽에서 살펴보아도 괜찮으시겠습니까?"

---

245) 에도 시대 말기에 유행한, 서민의 인정·애정을 주제로 한 풍속소설.
246) 옛날 일본 조정에서 공(公)인 대신(大臣)과 경(卿)인 대납언, 중납언, 참의 및 3위 이상의 조관을 아울러 일컫던 말. 고관대작.

돈이 무슨 필요가 있단 말입니까, 하며 궁사는 손을 저었다.

"저도 받은 책인데요. 뭐, 이대로 두면 그야말로 사장(死藏)이라는 것이 될 테고, 그렇다면 차라리 믿을 수 있는 서점에 넘겨드리고 싶다고 유족분들과 상의했더니 쾌히 승낙해 주셔서 연락을 드렸을 뿐입니다. 팔다니, 당치도 않아요."

"그럴 수는 없습니다. 제 쪽에서는 이것을 가게에 늘어놓고 파는 것이니까요. 아무리 제가 전직 승려라고 해도 공짜로 무언가를 받을 수는 없습니다. 가치가 있다고 생각하기 때문에 인수하는 것이고, 그렇다면 상응하는 값은 치러야 합니다. 무슨 일이 있어도 돈은 받고 싶지 않다고 생각하신다면, 그 —— 유족분들께 건네주십시오."

"아니, 그렇습니까."

궁사는 무료한 듯이 장지 옆에 서 있었다.

조당 주인은 눈을 가늘게 뜨고 서책을 둘러보더니 큰 한숨을 쉬었다. 셀 수 없이 많은 서책에 둘러싸여 있는데도, 아직도 그렇게 서책이 사랑스러운 것일까.

"이것을 전부 내놓으시는 겁니까."

조당 주인은 그렇게 말했다.

궁사는 곧 네, 하고 대답했다.

"제게는 필요 없는 것입니다."

"그렇습니까."

조당 주인은 고리짝의 뚜껑을 연다.

재래식 장정의 책을 집어 든다.

펼친다. 넘긴다. 덮는다.

"좋은 —— 책입니다."

"네. 벌레는 먹지 않도록 조심하고 있었던 것 같으니, 상하지는 않았을 겁니다."

"그런 뜻이 아닙니다."

조당 주인은 책을 도로 넣었다.

"이 중에——당신의 한 권은 없는 것이로군요, 다스쿠 님."

궁사는 한 번 산더미처럼 쌓여 있는 책으로 얼굴을 향하더니, 한 박자 쉬고 나서 없습니다, 하고 말했다.

"전부 다 본 것은 아니고, 읽지도 않았지만——제게는 소용없는 것이라고 생각합니다."

"알겠습니다."

조당 주인은 뜻을 정했다는 듯한 얼굴을 하고 시호루를 불렀다.

좌탁 앞에 장식품처럼 앙증맞게 앉아 있던 미동(美童)은 튕기듯이 일어서더니 궁사 옆에 섰다.

"다카토 님과 내가 실어 나를 테니, 내가 가게에서 지시했던 대로 짐수레에 실어라. 무거운 것은 마부가 도와줄 게다."

"알겠습니다."

하고 말하더니 아이는 현관 쪽으로 달려갔다.

궁사는, 저도 나르겠습니다, 하고 말했다.

"료텐 씨는 여기서 어느 것부터 실어낼지 지시를 해 주십시오."

"알겠습니다. 그럼 이 차 상자부터 옮겨 주십시오. 이게 가장 무거운 것 같으니, 두 분이 함께 옮겨 주시기 바랍니다. 다카토 님도—— 괜찮으시겠습니까."

나는 약간 넋을 놓고 있다가 허둥지둥 옆방으로 들어가 차 상자를 들었다. 확실히 묵직하니 무겁다.

천천히 이동한다.

"죄송합니다. 듣자 하니 본래는 무사님이시라면서요. 사족(士族)께 이런 잡일을 시키다니 ──."

"아니, 상관없습니다. 저는."

뭘까.

분명히 본래는 무사였다는 것 외에는 설명할 길이 없다.

나는 아무것도 아니다. 아무도 아니다.

문득 바라보니 고양이가 조당 주인 옆에 앉아 있다.

그뿐만 아니라 짐승은 코끝을 그 남자의 소매로 향하고 있다. 냄새를 맡는 것인가 하고 생각했는데, 팔락거리는 그것을 향해 오른쪽 앞발을 쳐들고 불쑥 할퀴는 시늉을 한다. 말로만 들었던 장난친다는 것이 저런 것을 말하는 것인가 하고 생각한다.

나는 아무 대답도 하지 않은 채 현관에 도착해, 일단 차 상자를 마루 끝에 내려놓고 나서 셋타[247]를 신었다.

"저는 아무런 목적도 없고, 쓸데없이 도망만 치고 있는 형편없는 놈입니다. 무엇으로부터 도망치고 있는 것인지도 확실치 않소. 당신처럼 처자식과 헤어져 혼자 살고 있지만 ── 왜 그러고 있는지도 모릅니다."

"모르십니까."

"네."

모른다.

시호루가 왔습니다, 왔습니다, 하고 말한다.

---

247) 죽순 껍질로 엮은 바닥 밑에 가죽을 댄 신발. 나중에는 굽에 납작한 쇳조각을 박는 것이 유행했다.

마부를 향해, 저것은 무거워서 제가 들 수 없으니 짐수레 안쪽에 실어 주십시오, 하고 시원시원하게 지시를 한다. 짐수레 앞까지 가져가 위에서 기다리고 있던 마부에게 차 상자를 건넨다. 혼자서는 무거워서 들 수 없을 겁니다, 라고 말하자 네모난 얼굴의 마부는 나는 소 한 마리도 짊어질 수 있다고 든든한 말을 했다.

돌아가 보니 방은 다소 분위기가 바뀌어 있었다.

고양이도 사라지고 없었다.

"그, 차 상자는 네 개 정도 더 있는데, 그 후에는 그, 문지방 가까이에서부터 순서대로 옮겨주시면 좋겠습니다."

조당 주인은 그렇게 말한 후에 얼굴을 이쪽으로 향하며, 두 분 모두께 죄송합니다, 하고 말했다.

또 차 상자를 둘이서 들었다.

"실은."

궁사가 말한다.

"저도 모릅니다, 다카토 님."

"모르다니 —— 무엇을요?"

알고 있지 않은가.

이 사람은 이 메이지 시대에 신사라는 옛 시대의 장치를 충분히 기능하게 하려면 어떻게 해야 할지를 모색하며, 매일 노력하고 있을 것이다.

그것은 어떤 의미로 이노우에 엔료가 하려고 하는 일과 같은 것일지도 모른다. 엔료는 종교 너머에서 보편적인 철리(哲理)를 찾아내고, 이 사람은 미신 너머에서 순수한 신심을 찾아낸 것이 아닐까.

그런 생각을 했다.

엉뚱한 생각일지도 모르지만.

나는, 당신에게는 높은 뜻이 있지 않습니까, 하고 말했다.

"사모님이나 자제분과 헤어져 있는 것도 그 뜻 때문이 아닙니까. 제게는 그것이 없습니다."

"예. 뜻은 있습니다. 하지만."

자 또 왔습니다, 이번에도 무거울 것 같으니 부탁드립니다, 하는 시호루의 목소리가 들렸다. 좋아, 왔구먼, 줄곧 기다리느라 힘이 남아 돌고 있던 참이야, 하고 믿음직스러운 마부가 대답했다.

차 상자를 건네고 나서 궁사는 땀을 닦았다.

"뜻을 가진 이유를 모르겠어요. 어째서 이 신사를 물려받을 마음이 든 것인지를 우선 모르겠습니다. 그것이 모든 일의 근본에 있습니다. 물려받는 이상은 제대로 해야 한다, 그러려면 처자식과도 헤어져야 한다, 그런 일의 연속으로 이렇게 되고 말았어요."

"물려받는 이유, 라고요——?"

싫어했습니다, 하고 복도를 건너가면서 궁사가 말한다.

"신이니 부처니 하는 것을 공경하지 않는 것은 아니지만, 불가사의한 힘으로 사물이 어떻게 된다는 것은 속임수입니다. 신앙과는 상관이 없어요. 우연히 그렇게 되는 일은 있을지 몰라도, 그것은 그뿐. 그렇지 않으면 사기입니다."

"사기라고요?"

"예. 그것만은 아버지께 배웠습니다."

"아버님이 하시는 일을 보고 그런 생각을 했다는 뜻입니까?"

"아니오. 글자 그대로 배운 것입니다. 이 세상 것이 아닌 것은 없다 ——고. 신령이나 요물은 이 세상의 존재가 아니다, 그렇다면——."

없다.

"없는——것입니까?"

"예. 그것을 아는 자만이 그것을 다룰 수 있다면서."

"요물은 어떨지 몰라도 신불(神佛)을 다루다니——이것은 또 불경한 말로 들리오만."

저도 같은 말을 했습니다, 하고 궁사는 말했다.

"제가 그렇게 말했더니 다루는 것은 즉 사역되는 것이라고 아버지는 대답했습니다."

뜻을——알 수가 없었다.

"없다는 것을 아는 것과 경외하는 것은 또 다른 이야기, 없다는 것을 모르면 제대로 모실 수도 없다고 아버지는 말했습니다. 없는 것을 어떻게 모신다는 것인가. 저는 알 수가 없었어요. 알 수 없을 뿐만 아니라 왠지 싫어졌지요. 그것이 옳은 것이라고 해도, 아버지가 하는 일은 요사스런 술법에 불과하다고 생각했습니다."

우리는 차 상자를 든다.

조당 주인은 그저 쌓여 있기만 하던 종이 다발들을 정확하게 분류해 묶거나 엮거나 싸고 있었다.

"허리가 아프다, 머리가 아프다, 운이 나쁘다, 인연이 없다며 상담하는 사람은 많이 찾아옵니다. 하지만 점술사가 무엇을 할 수 있겠습니까. 뭔가 영묘(靈妙)한 존재가 있다면 또 모르겠습니다. 없다면 일시적인 위안이 아닙니까. 아니, 없다고 해도 있다고 믿는 것이라면 이해가 가요. 하지만 없다는 것을 알고 하는 것이라면, 그것은 요사스런 술법에 불과하겠지요."

"저는——."

대답할 수가 없다.

엔료의 말처럼 미신은 물리쳐야 하는 것일 것이다. 하지만 신불은 미신일까. 그렇지 않다면.

어떻다는 것일까.

"결국, 저는 주(呪)니 저주니 그런 것을 몹시 싫어했고, 같은 감각으로 신심에서도 멀어지고 말았어요. 신심을 갖지 못하니 설령 민간의 수상쩍은 신사라고 해도 신직은 맡을 수 없지요. 그래서 아버지에게 그렇게 말했어요. 아버지는 이해해 주셨습니다. 전혀——다투지 않았어요."

네, 네, 이쪽입니다, 하며 현관 입구에 마부가 대기하고 있다. 어지간히 힘이 남아도나 보다.

"그런데 말이지요."

궁사는 복도에서 걸음을 멈춘다.

"왜 신사를 물려받을 마음이 든 것인지, 지금도 모르겠습니다. 결정한 이상은 제대로 해야 한다, 그건 제 성격이 그런 것일 테니 이해할 수 있지만."

"그렇군요."

복도에서도 정원은 보인다.

"자신에 대해서 모른다는 것은 이상한 것일까요."

"자신에 대한 것이니 모르는 것일지도 모르지요. 하기야 저는 당신의 처지도 이해하지는 못하겠습니다만."

이래서는 안 되는 것일까요, 하고 아무래도 소극적인 말을 했다.

우리는 차 상자를 다 옮기고 나서 고리짝을 세 개쯤 날랐다. 이제는 무거운 것은 더 이상 없다. 조당 주인도 정리를 마쳤는지 함께 날랐다.

"짐이 무너지기라도 하면 돌이킬 수 없는 일이 일어날 테니까요. 가능한 잘 쌓아야 합니다. 아아——."

이건 참 잘 쌓으셨군요, 하고 짐수레의 상태를 보며 조당 주인은 말한다.

"뭐, 제가 운반하면 만에 하나라도 짐이 무너지는 일은 없습니다. 울퉁불퉁한 길을 두부를 싣고 간다고 해도 멀쩡할 겁니다."

그렇게 말하며 마부는 크게 웃었다.

힘자랑만이 아니라 꼼꼼한 일솜씨도 자랑인 모양이다.

셋서 몇 번인가 왕복했다.

짐을 다 실은 후, 마부는 위에 거적 같은 것을 덮고 다시 굵은 밧줄로 고정했다.

"뭐, 오늘은 비는 오지 않을 것 같은데, 이슬비 정도라면 이걸로 괜찮을 거요. 다만 이 짐은 종이가 아닙니까. 그러니 소나기를 만나면 좀 곤란하긴 하겠지만, 아니, 아직 소나기가 올 계절은 아니고요. 그리고 뭐요, 이 아이를 싣고 가면 되는 겁니까?"

실어 주십시오, 하고 시호루는 말했다.

"죄송합니다. 우리는 철도와 인력거를 타고 가겠습니다. 아마—— 이쪽이 먼저 도착할 테니, 가게 쪽에서 기다리고 있겠습니다."

마부는 아이를 안아 올려 말 등에 태웠다. 마부가 무서우냐고 묻자 무섭지는 않지만 높네요, 하고 시호루는 대답했다.

마부는 또 웃었다. 그리고 맹랑한 아이로구나, 하고 말했다.

"뭐, 짐칸보다는 편안할 게다. 떨어질 만큼 빨리 가지는 않을 테니 뛰어내리거나 까불지 않으면 떨어지지 않을 게야. 안심해라. 무서우면 내려줄 테니 말하고."

시호루는 약간 긴장하고 있었지만 고개를 끄덕였고, 마부는 말을 끌고 대나무가 우거진 좁은 길을 빠져나갔다. 궁사는 그것을 지켜보듯이 서 있다가, 아아, 꼬마 도령에게 차 한 잔 대접하지 않았군요, 하고 말했다.

"뭐, 차 같은 걸 마시면 볼일을 자주 보아야 하니 마침 잘 되었습니다. 물과 주먹밥도 들려 보냈고요. 게다가 결국 저 아이는 아무것도 하지 않았으니까요. 그에 비해 다카토 님께는 크게 신세를 졌습니다."

조당 주인은 머리를 숙였다.

아무래도 이 남자에게는 야외가 어울리지 않는다.

애초에 직접 햇볕을 쬐어도 되는 것인가 하는 생각이 들고 만다. 천장까지 뚫려 있는 높은 창에서 비쳐드는 약한 햇빛과 어딘가의 고급스러운 촛불의 붉은 불빛을 받아야만 조당 주인이 아닌가.

아직 해는 높다.

확실히 큰 작업이기는 했지만, 일각도 걸리지 않았다.

"다스쿠 님, 저는 그렇다고 치더라도 다카토 님께는 무리한 부탁을 드린 참이니, 조금 쉬어 가실 수 있게 해 드려야겠습니다. 번거로우시겠지만 방을 잠시 빌려주시겠습니까."

뭐라고 해도 중요한 단골이시니까요, 하고 조당 주인은 쓸데없는 말을 했다.

그럼 차를 준비할 테니 들어오십시오, 하고 궁사는 말했다.

방으로 돌아가 옆방을 보니 실로 휑뎅그렁하다.

이렇게 보니 의외로 이 집은 넓다. 혼자 살기에는 조금 지나치게 넓다. 가족이 있는 편이 좋을 것이다.

나는 주인이 없는 틈을 타 실내를 한 바퀴 둘러보았다.

툇마루 쪽에는 고양이가 앉아서 자신의 몸을 핥고 있었다. 벌써 완전히 익숙해졌다.

아니, 그 황량한 집보다 이 집이 더 마음에 들었다는 것을 보여주는 듯한 몸짓 같았다.

선 채로 집을 품평하는 짓은 지나치게 천박한 행동이다. 나는 아무래도 안 되겠다 싶어서 앉았다. 앉으니 좌탁 위에 책 묶음이 남아 있었다.

"이런, 이것을 깜박 잊고 싣지 않았나 보군. 뭐 이 정도라면 수레에 싣지 않아도 직접 나를 수 있겠지만——."

아닙니다, 다카토 님, 하고 조당 주인은 말하더니, 그러고 나서 말석에 앉았다. 찻잔을 쟁반에 받쳐 들고 복도를 건너온 궁사는 눈썰미 좋게 그것을 발견하고, 아 그건, 하고 말했다. 예, 빼 두었습니다, 하고 조당 주인은 대답했다.

"뭔가 골라두어야 할 이유라도 있습니까?"

"네."

조당 주인은 거기에서 등을 곧게 폈다.

순간 해가 구름 뒤로 숨었는지, 방이 스윽 어두워진 듯한 기분이 들었다.

그리고 책방 주인은 방금 나온 차를 한 모금 마시고 나서,

"이 서책은 인수할 수 없습니다."

라고 말했다.

"그것은——팔 만한 물건이 못 된다는 뜻입니까? 상했다거나, 서적으로서의 가치가 없다거나, 읽을 수 없다거나, 그런 것인지요?"

"아니오, 아닙니다."

좌탁 위를 다시 보니 판형이 다른 재래식 장정의 책이 네다섯 권, 그 밑에는 단정하게 말린 두루마리가 네 권 쌓여 있었다. 그 옆에는 책이라기보다 장부 같은 것이 십여 권, 단정하게 정돈되어 쌓여 있다.

"그럼——무슨 말씀이신지요. 뭐 수도 얼마 되지 않으니, 인수를 부탁드릴 수 없다면 처분이든 뭐든 하겠습니다만."

"그건 안 됩니다."

하고 조당 주인은 약간 강한 말투로 말했다.

"안 되다니요?"

"다스쿠 님. 저는 조당의 주인입니다. 읽히지 않는 책을 애도하고, 읽어줄 사람의 곁으로 보내 성불시키는 것이 제 오래 묵은 인연이지요. 오늘은 여기에서."

많은 시체를 맡아가게 되었습니다, 하고 조당 주인은 말했다.

"맡은 이상은 제대로 공양을 해야겠습니다. 읽히지 않는 책은 휴지 조각이지만 읽으면 책은 보물이 되지요. 보물이 되느냐 쓰레기가 되느냐는 사람에게 달려 있어요. 저는 수천 권 수만 권이라도, 반드시 저희 조당에 들어온 모든 서책을 보물로 바꿀 요량입니다."

하지만, 하고 말하더니 조당 주인은 입을 다물었다.

"하지만——무엇입니까."

"아직 살아 있는 것은——애도할 수 없습니다, 다스쿠 님."

"살아 있다——니."

궁사는 당황하며 좌탁 위의 서책을 확인했다.

"이, 이것은——."

"읽으셨습니까."

하고 조당 주인은 물었고, 당치도 않다고 궁사는 대답했다.

"이것은——."

"예. 우선 이곳 신사의 유래가 적혀 있는 '무사시 세이메이 사연기(社緣起)', 그리고 아베노 세이메이 공이 썼다고 전해지는 '삼국상전음양관할보궤내전 금오옥토집(三國相傳陰陽輨轄蘆簋內傳金烏玉兎集)' 전 5권, 마찬가지로 아베노 세이메이 공이 썼다는 '점사략결(占事略決)', 그리고 음양, 천문, 역법, 누각 각각에 관한 비전서, 두루마리 등—— 입니다."

궁사의 표정이 흐려졌다.

"그런 것은 신사에는 필요 없는 책입니다. 주술의 지도서가 아닙니까. 무엇보다——."

"네."

조당 주인은 한층 더 큰 목소리로 궁사의 말을 가로막았다.

"신사의 유래를 제외하고는 모두 위서(僞書)입니다."

"위, 위서——."

"뭐, 자세히 본 것은 아니고 보았다고 해도 기억하고 있는 것은 아니므로 확실한 것은 아무것도 말씀드릴 수 없지만——'금오옥토집'은 진짜라는 것이 애초에 후세에 의해 쓰인 것이고, 수많은 사본도 차이가 많아 어느 것이 진짜라고 결정할 수 있을 만한 것이 아닙니다. '점사략결'은 가마쿠라 시대의 사본이 있을 뿐이라 쓰치미카도 가에 전해지는 것이 과연 어떤 내용인지, 확인할 길은 없습니다. 그러니 진실은 알 수 없습니다. 알 수 없지만——."

아마 위서겠지요, 하고 조당 주인은 말했다.

"그렇다면 더욱 가치가 없지 않습니까."

"아닙니다. 진짜든 가짜든 상관은 없습니다. 누가 썼는지, 언제 쓰였는지, 그런 것은 아무래도 상관없는 것이겠지요. 그런 것에 신경을 써야 하는 사람은 역사학자 정도일 겁니다. 그 외에는—— 책에 쓸데없는 가치를 매기려고 하는, 그래요, 다도 도구를 파는 장사치 같은 사람들이겠지요. 고보 대사가 썼든 어느 산사(山寺)의 동자승이 썼든——."

오래되었든 새것이든 책은 책입니다, 하고 조당 주인은 말했다.

"하지만 가짜라면."

"책에는 가짜도 진짜도 없습니다. 서책에 적혀 있는 것이 전부 진짜는 아닙니다. 사실을 그대로 옮겨 적는 것은 불가능한 일이니까요. 거기에서 현세는 한 번 죽는 것입니다. 그 묘비를 읽고, 무언가를 읽어낸 사람이 있어야만 비로소 허구는 현세로 돌아올 수 있을 것입니다."

"하지만 료텐 씨. 이것은 주술 입문서 같은 것이 아닙니까. 제가 읽는다고 해도 아무 소용도 없습니다. 애초에 그, 아직 살아 있다는 것이."

"예. 맨 위에 있는 책을 보십시오. 그것은——."

궁사는 책을 집어 들어 펼쳤다.

"이것은—— 첫머리를 읽어보면 아무래도 우리 신사의 유래가 담긴 책 같은데, 거기 있는 점술 지도서와는 다르군요."

"예. 다릅니다. 그 책은."

주사이 님이 쓰신 책입니다, 하고 조당 주인은 말했다.

"아버지가——요? 이건 아버지가 쓰신 겁니까? 아아, 그러고 보니 확실히 아버지의 글씨 같긴 한데—— 필사하신 것일까요."

"고쳐 쓰신 거겠지요."

"고치다니요. 바꾸어 썼다는 말씀이십니까? 그건——아니, 뜻을 모르겠습니다. 고쳐 쓸 필요가 없는데요. 유래서는 유래서 아닙니까."

"이곳 신사의 역사를 편찬하고 계셨던 거겠지요. 이 장부에는 대대로 쌓은 공적 같은 것이 자세히 적혀 있습니다."

궁사는 다음으로 장부를 넘기며 군데군데 읽어 보는 것 같더니 다시 덮었다.

"공적이 아니라 사기입니다. 용신을 부려 비를 내리게 했다느니, 병을 고치기 위한 기도를 했다느니, 식신(式神)을 부려 요물을 떼어냈다느니, 그런 것을 기록으로 남겨서 무슨 소용이 있다는 겁니까? 이것도 저것도 도저히 믿을 수 없어요. 지금 같은 세상에 이런 것을 믿는 사람은 없습니다. 거짓뿐입니다. 진실일 리가 없어요."

"그러니까 글로 적혀 있는 것은 대개 진실이 아닙니다. 거기에서 진실을 찾아내는 것은 읽는 사람입니다."

"말씀은 그렇게 하시지만——."

당신은 거기에서 당신의 진실을 찾아내야 합니다, 하고 조당 주인은 단정하듯이 말했다.

"진실이라니——."

"아시겠습니까, 다스쿠 님. 마음은."

조당 주인은 가슴을 두드렸다.

"여기에 있어요. 있지만 없지요. 마음을 꺼내어 보여줄 수는 없습니다. 그래서 마음을 전하기 위해."

다음으로 조당 주인은 머리를 가리켰다.

"우리는 말을 하지요. 말은 마음이 아닙니다. 제가 배운 종파에서는 불립문자(不立文字), 이심전심이라고 하는데, 말은 속임수일 뿐이고 마음은 마음으로 전할 수밖에 없다고 합니다. 그건 그렇지요. 하지만 저는 지금 말로 설명하고 있습니다. 같은 말에서, 사람들은 각각 다른 것을 헤아릴 수 있어요. 헤아릴 힘을 갖고 있습니다. 따라서."

조당 주인은 천천히 손을 들어, 궁사가 시선을 떨어뜨리고 있는 장부를 가리켰다.

"그래요, 거기에 적혀 있는 것들은 전부, 대개 거짓이겠지요. 하지만 거짓이라고 해서——."

사실을 헤아릴 수 없는 것만은 아닙니다, 하고 조당 주인은 조용히 말했다.

"아까도 말씀드렸지만, 마음은 현세에는 없어요. 없다고 해서, 마음이 없는 것은 아니지요. 마음은 있습니다. 없지만 있는 것입니다."

궁사는 퍼뜩 얼굴을 들었다.

"없는 것을 있다고 하지 않으면, 우리는 살아갈 수 없습니다. 설령 있다고 굳게 믿고 있다고 해도, 마음은 보여줄 수도 들을 수도 냄새를 맡을 수도 만질 수도 없습니다. 어딘가에 있을 거라며 찾아다녀도 찾을 수 없지요. 여기에 있다고 보여준다고 해도 보이지 않아요. 말이라는 주술로 치환하지 않으면, 없는 것은 보여줄 수가 없는 것입니다."

"그것은——."

"없다는 것을 모르면 있다는 것 또한 보여줄 수 없는 것입니다, 다스쿠 님."

그것은 아버지의 말입니다, 하고——궁사는 말했다.

"아, 아버지는 제게 그렇게 말씀하셨습니다. 저는 그 뜻을 알 수가 없어서——."

어려운 것이 아닙니다, 하고 조당 주인은 말한다.

"없는 것을 있는 것처럼 보이게 하는 것이 말이겠지요."

"보이게 하는—— 것이라고요."

"그렇습니다. 그러니 모든 말은 주문. 모든 문자는 부적. 모든 서책은 경전이고 노리토[祝詞][248]입니다. 작법(作法)이라는 것은 대개 행동으로 표현하는 말일 테고, 식(式)이라는 것은 원리원칙을 언어화한 것입니다. 결코, 불가사의한 것이 아닙니다. 속임수가 뭐가 나쁘다는 겁니까? 높은 뜻을 갖는 것과 방편을 사용한다는 것은 양립할 수 없는 것이 아닙니다."

궁사는 험악한 얼굴이 되어 꿀꺽하고 마른침을 삼켰다.

"전통이라는 것은 지키는 것이 아니라 계속하는 것입니다. 계속하기 위해서는 바꾸어야 합니다. 그리고 역사는 항상 새로 쓰여야 하지요. 아니오, 옳은 역사가 되는 것은 항상 정사(正史)뿐입니다. 당시의 위정자가 인정하지 않는 한, 모든 역사는 위사(僞史)에 지나지 않는 것입니다. 그러니 유래도 새로 쓰이는 것이 당연하지요. 작법도 새로 만들어지는 것이 당연하고요. 거기에 적혀 있는 태고의 작법들은, 그렇게 하지 않으면 죽습니다. 하지만 아버님은 거기에서 무언가를 퍼내려고 하셨어요. 지금 통하는 작법을, 새로운 유래를, 전통을, 신앙을——."

만들려고 하셨던 것이 아닐까요, 하고 조당 주인은 억누른 목소리로 조용히 말했다.

---

248) 신관이 신을 제사 지내거나 신에게 빌 때 올리는 고문체의 문장. 축문(祝文).

"만든다 —— 고요."

"만드는 것입니다. 불경한 이야기이기는 하지만 신도 부처도 누군가가 만든 것입니다. 신앙하기 위해, 살아가기 위해 만든 것이지요. 왜냐하면 신도 부처도, 말이나 도상(圖像)으로밖에 표현할 수 없거든요. 없는 것이기 때문입니다. 없는 것을 있다고 하는 —— 있는 것으로 만드는, 그런 약속이 있어야만 비로소 신불은 이."

마음속에 나타나는 것이겠지요, 하고 전직 승려는 말했다.

"미신은 믿어지는 동안에는 미신이 아닙니다. 믿을 수 없게 되어야만 비로소, 그것은 미신이 되는 것입니다. 근대의 학리(學理)나 철리(哲理)로 부정되고 만 것을 고집스럽게 믿는다면, 그것은 미신이라고 불러도 상관없겠지요. 그것은 어리석은 일입니다. 하지만 그렇지 않은 것이라면 —— 그것은 미신이 아닙니다."

"그렇지만 ——."

"따지고 보면 신불도 미신이라는 뜻이 되지요. 신앙하는 것이 우선 근대적이지 않다는 뜻이 돼요. 그러면 일본의 꼭대기에 앉아 계시는 분[249]의 내력도 ——."

그것은 ——.

"믿을 수 없다는 뜻이 되고 말겠지요. 만세일계(萬世一系)의 정통성이 흔들리고 만다면 비단 깃발은 효력을 잃고 맙니다. 그러면 메이지 유신 자체의 대의명분도 서지 않게 되지요. 의도 충도 효도 성립하지 않게 되고 말 겁니다. 아시겠습니까, 다스쿠 님. 이 세상의 절반은 거짓입니다."

"거짓 —— 이라고요."

---

249) 천황을 말한다. 대개의 국가에서 그렇듯, 일본에서도 천황은 신의 자손이라고 한다.

"예. 허실은 항상 반반입니다. 그리고 그 절반——거짓 부분은 말로 표현됩니다. 다시 말해서."

"다시 말해서——."

새로 만들 수 있는 것입니다, 하고 조당은 말했다.

"다만 거짓을 거짓인 줄 모른다면, 만들 수는 없습니다. 애초에 이 넓은 세계는 있는 대로 있을 뿐. 선한 것도 악한 것도 아닙니다. 하지만 이름을 붙이고, 말함으로써 선도 되고 악도 되는 것이지요. 축복하느냐 저주하느냐, 그것은 말에 달려 있어요. 때로는 축복하고 때로는 저주하면서 세계의 균형을 유지하는 것이——당신의 역할이 아닐까요."

그런가, 하고 궁사는 말했다.

그러고 나서 내 쪽으로 시선을 향했다.

"제가 이 신사를 물려받기로 결심한 것은 아버지가 저를 향해서 했던 말의 진의를 알고 싶었기 때문입니다, 다카토 님. 그리고 지금 그것을——조금, 조금이지만 알 것 같은 기분이 듭니다."

"아셨——다고요?"

"료텐 씨——."

하고 궁사는 조당 주인을 불렀다.

"그럼——이 서책은."

"예. 그렇습니다. 아버님께서는 유래서도 포함해서, 이 메이지 시대에 어울리는 이 신사의 작법을 새로 짜려고 하고 계셨던 거겠지요. 그리고 그것은——아직 도중입니다. 그 서책은 쓰다 만 것입니다. 다스쿠 님."

"죽지 않은 것이로군요."

"예. 아직 제게 와서는 안 되는 것입니다. 그 서책의 다음 내용은, 뒤를 물려받은 당신이 쓰셔야 하지 않을까 싶습니다. 당신이 믿는 대로, 지금 세상에 어울리는 형태로——."

미완——인 것이다.

궁사는 깊이 고개를 숙였다.

"제 나름대로—— 써도 될까요."

"그것이 전통이 되겠지요. 당신의 작법으로, 백성들에게 행복을 주십시오."

궁사는 생생한 눈으로, 예 하고 대답했다.

"덕분에 방도 넓어졌으니 내일이라도 처자식을 불러올까 합니다. 저는 무사시 세이메이 신사 17대 궁사로서 정진해 나갈 생각입니다."

더없이 좋은 일입니다, 하고 조당 주인은 말하더니 식은 차를 단숨에 들이켰다.

방 한구석에서 고양이가 몸을 웅크리고 자고 있었다. 대바구니에 들어가지 않고 자고 있는 것을 보면, 이곳을 집으로 인정했다는 뜻일 것이다.

아수라장이었던 유곽에서 민가로 옮겨지고, 유령이 붙어 있다며 두려움의 대상이 되어 황량한 집으로 쫓겨나고, 이제는 궁사의 집에 사는 고양이다.

생각건대, 고양이도 그 폐가가 임시로 살게 된 곳이라는 것을 알고 있었을 것이다. 머잖아 어디론가 옮겨질 거라고, 그런 예감을 품고 있었을 것이다. 짐승이 생각하는 것이니 정확하게 추측하는 것은 불가능하지만, 그런 것일 거라고 생각한다. 앞일은 알 수 없지만, 고양이도 이곳이라면 편안하겠다고 생각한 것일까.

"그럼 슬슬 실례하겠습니다, 시호루가 먼저 도착해 버리면 일이 어려워지니까요. 그 마부는 느긋하게 갈 것처럼 말했지만, 그 사람은 말을 꽤 빨리 몹니다."

쓸데없는 잡담을 늘어놓았군요, 하고 말하며 조당 주인은 일어서서, 대금은 값을 매기고 나서 훗날 보내 드리겠습니다, 라고 말했다.

추젠지 다스쿠는 환한 얼굴로 배웅해 주었다.

대나무 숲을 빠져나갈 때 돌아보니, 궁사는 아직도 집 앞에 서 있었다.

저 남자는 ──.

아마 미완의 책을 완성시킬 것이다.

나는 그런 생각을 했다.

유토(油土)담 사이로 난 언덕길을 내려간다.

왠지 모르게 하늘을 올려다보며 걷고 있자니 조당 주인이, 다카토 님은 고양이와 헤어지게 되어 쓸쓸하십니까, 하고 갑자기 물어 왔다.

"쓸쓸할 리가 없지요. 뭐, 하지만 잘 모르겠습니다. 이걸 쓸쓸하다고 하는 거라면, 그럴지도 모르겠지만."

왠지 깜박 잊고 물건이라도 두고 온 듯한 기분이기는 했다.

"아주 잠시나마 같은 지붕 아래에 있었을 뿐인 존재와 헤어졌다고 해서 쓸쓸할 것은 없지요. 게다가 상대는 짐승입니다. 그것 때문에 쓸쓸해 한다면, 나는 훨씬 전부터 쓸쓸했어야 합니다. 처자식과 떨어져 있으니 말이지요."

왜 떨어져 있는 것일까.

"저 사람은 미완의 무언가를 완성시키겠지요."

라고 나는 말했다.

화제를 바꾼 것이 아니라 줄곧 그런 생각을 하고 있었기 때문이다.

"그분은 제가 아는 한 세 손가락 안에 드는 성실한 분입니다. 근면하고 노력가인 데다 엄격하지요. 다소 지나치게 엄격한 경향은 있습니다만. 그러니 어떤 결론은 내시겠지요."

"결론——이라고요."

"예."

그런 것을 낼 수 있을까.

나는 자신에 대해서 모른다. 무엇을 하고 싶은지 어떻게 되고 싶은지, 그것을 모르겠다. 무엇을 하고 있는지도, 왜 살고 있는지도 모르겠다.

결론을 낼 수 있는 것이 아니다.

나는 그런 것을 더듬더듬 전했다.

"요전에 집에 갔을 때, 가족들에게 크게 꾸중을 들었습니다. 일도 하지 않고, 집에도 돌아가지 않고, 무엇 하나 책무를 다하지 않고 있으니 꾸중을 듣는 게 당연합니다. 아내는 원망의 말을 늘어놓고, 어머니는 호통을 치더군요. 지당합니다. 지당하겠지요."

"지당합니다."

하고 조당 주인은 대답한다.

"변명할 말도 없습니다. 하지만 그럼 이제부터 어떻게 할 거냐, 어떻게 하고 싶으냐고 물어도——그쪽도 대꾸할 말이 없습니다. 여자는 어려서는 아버지를 따르고, 출가해서는 남편을 따르며, 늙어서는 자식을 따르기에 안주할 집이 없다고 하는데, 그것은 저를 말하는 것입니다."

"어떻게도 하고 싶지 않으신 겁니까, 다카토 님은."

"아니, 그런 건 아닙니다. 예를 들면 딸은 귀엽소. 귀여워해주고 싶습니다. 목마든 뭐든 태워주고 싶고, 이것저것 가르쳐주고 싶소. 뭐, 피를 나눈 자식이라기 이전에 그렇게 귀여운 것은 없을 거라고 생각합니다. 제대로 키워야겠다, 키워주고 싶다고, 정말 강하게 생각합니다."

당연하겠지요, 하고 조당 주인은 억양 없이 대답했다.

"저는 반려자도, 아이도 없어서 그런 정(情)에 대해서는 참으로 애매하지만, 사람으로서 자식을 사랑해 주고 싶다고 생각하는 마음은 지극히 정당한 일이라고 생각하는데요."

"하지만 그것과 이것은 다릅니다. 아내에 대해서도 그렇소. 어머니에게도 그렇고요. 각각에 대한 마음은 지극히 정당한 것이라고 생각합니다. 하지만."

돌아가고 싶지는 않다.

응석을 부리고 있는 것일까요, 하고 물었다.

"응석은 부리고 계시겠지요."

인정머리 없다.

"안 되는 겁니까? 나 같은, 이런 삶은. 모두 뭔가 하고 있습니다. 나라를 위해서 훌륭하게 봉공하거나, 다른 사람에게 도움이 되고 싶어서 분투하거나, 돈을 벌기 위해 분주하거나, 뭔가 하고 있소. 아무것도 하지 않는 사람은 없습니다. 나는, 이것은 내가 금전적으로 여유가 있기 때문일까 하고, 문득 그렇게 생각했소. 먹고살기 힘든 지경이 되면 뭔가 하겠지요. 일할 거요. 일하지 않으면 먹고살 수 없습니다."

"네. 유감스럽게도 식사는 허와 실 중 실 쪽이니까요, 드시지 않으면 확실하게 죽겠지요."

죽겠지요, 하고 과장되게 대답했다.

"일하지 않으면 확실하게 죽는 겁니다. 아니, 돈이 없으면, 이라고 해야 하겠지요. 옛날에 무사들은 신분이 생업이었소. 신분이 없어지고, 일도 없어지고 만 셈입니다. 그래서 모두들 더더욱 곤란해졌고, 그래서 일을 하게 되었지요. 무사는 냉수를 마시고도 이를 쑤신다는 말이나 하고 있을 수는 없습니다. 이제 무사가 아니니 말이오. 하지만 나는 공교롭게도 먹고살 수 있지요."

좋지 않습니까, 하고 조당 주인은 즐거운 듯이 말했다.

"서민의 꿈입니다. 일하지 않고도 먹고살 수 있다니 그 얼마나 멋진 일입니까."

"무슨 말씀이십니까, 주인장."

꺼림칙할 뿐이다.

주어졌을 뿐인 행복한 처지를 고분고분 향수하기에는, 이 시대는 지나치게 곤궁하다.

미간에 주름을 짓거나 이마에 땀을 흘리거나 얼굴이 흙투성이가 되거나, 어쨌든 그런 점잔 빼는 삶을 살지 않으면 쾌활하게 웃어서는 안 되는 것이다. 웃음은 항상 고통의 대가로 존재하는 법이다. 그렇지 않으면 가슴이며 목에 무거운 훈장이라도 매달고 있어야 한다. 그것은 무훈의 부록이나 공로의 대가로 존재하는 것이다.

그런 세상인 것이다.

아니, 그것은 그렇다.

그렇게 생각한다면, 그렇게 하면 될 뿐이다. 근로 의욕이 없는 것은 아니다. 학습 의욕도 있다. 결코 일하고 싶지 않다, 배우고 싶지 않다고 생각하고 있는 것은 아니다.

"이와야 선생님 추천을 받아, 서점에서 일해 보지 않겠느냐는 이야기를 들었습니다."

"그거 잘되었군요."

"뭐 그렇습니다. 흥미는 있고, 할 수 없는 일도 아닐 거라고 생각합니다. 소매(小賣)도 중개업도 아니고, 출판회사라고 하니 잡지를 찍거나 하는 일이겠지요. 그런 직업이 있다는 것 자체를——뭐, 당연하게 생각하면 누군가가 만들고 있는 것이 틀림없지만—— 지금까지는 생각한 적도 없었습니다. 하지만 내게 맞을 것 같은 기분도 듭니다."

하지만.

"엔료 선생님의 학원에도 다니고 싶다고 생각합니다. 책을 읽는 것은——좋아하니 말이오. 지식을 흡수하고, 식견을 넓히고, 때로는."

거짓 세계에서 논다.

주인은, 이 세상은 절반은 거짓이라고 한다.

나머지 절반이 사실이라고 치면, 그 사실의 세계가 불편한 것이다. 그런 것이 틀림없다. 그렇지 않다면——.

"결심이 서지 않습니다."

"망설이고 계십니까?"

"망설이는 것이 아닙니다. 한편으로는 매우 긍정적입니다. 다만 다른 한편으로는 그런 미래는 전혀 생각하지 않고 있어요. 있을 수 없는 일이라고 생각하고 있지요. 이도 저도 아닌 것이 아니라 분열하고 있습니다."

직업을 갖게 되면 나는 아마 집으로 돌아갈 것이다. 처자식과도 어머니와도, 평범하게 지낼 수 있다. 그것은 어려운 일이 아니다. 그리고 그것을 바라지 않는 것도 아니다.

그런데.

"역시 무리라고 생각합니다. 아내에게도 딸에게도 어머니에게도, 면목이 없소. 정말 미안하게 생각합니다. 생각은 하는데."

안 되는 겁니까, 하고 되풀이했다.

철도를 타고, 걷고, 인력거에 탔다.

살풍경한 황무지가 나타나고, 이윽고 장난감가게가 보이고, 곧 보이지 않게 되고, 빈약한 밭이 보이는 길로 꺾고, 그리고.

서루조당에 도착했다.

왠지 안심이 되었다.

올려다보니 기이한 정경이다. 몇 번이나 다녔는데도 이 기묘한 건축물의 외관만은 전혀 눈에 익지를 않는다.

조(弔)라는 한 글자를 쓴 반지(半紙)는 걸려 있지 않았다.

아무래도 가게를 비울 때는 발을 치지 않는 모양이었다.

아직 도착하지 않았군요, 하고 주인은 말했다.

짐마차를 말하는 것이리라.

"자, 안으로 드시지요. 오늘은 정말 감사했습니다."

문을 열자 안은 캄캄해 보였다.

초가 켜져 있지 않은 것이다.

짙은 안개 속의 아침노을처럼, 위쪽만 흐릿하게 밝다. 어질어질한 것이, 엷은 어둠 속에서 내가 녹을 것만 같다.

조당 주인은 초를 하나하나 켜 나간다.

"다카토 님, 오늘은 한껏 노동을 하셨으니 웃으셔도 되지 않습니까?"

그런 말을 한다.

"우습지도 않은데 그냥 웃지는 않소."

"우스울 때는 웃으십니까?"

"그야 웃지요."

그럼 좋지 않습니까, 하고 주인은 얼굴을 들며 말했다. 등잔불 때문에 뺨이 주황색으로 물들어 있다.

"좋다니 ——좋을 리가 없소. 이대로도 좋을 리는 없소. 이런 쓸모없는 인간 같은 삶이 허락될 리도 없고."

"누가 ——허락하는 겁니까?"

"아니, 그건 그러니까."

나는 세상이라고 말했다.

"그렇지는 않을 겁니다. 다카토 님은 재력이 있으십니다. 아무것도 하지 않아도 법률만 어기지 않으면 혼나지 않아요."

"아니 ——."

그렇긴 하지만.

"아내와 어머니가."

"그거야 가끔 잔소리를 듣는 정도가 아닙니까. 그게 싫으시면 본가에 돌아가시지 않으면 되지요."

그건 ——그렇지만.

"그러면, 그렇지. 참말이오. 누가 허락해도 천륜(天倫)이 용서하지 않을 거요."

하늘의 길은 사람의 길이 아닙니다, 하고 주인은 말했다.

"그럼 ——."

"앞일을 서둘러서는 안 됩니다, 다카토 님. 왜 그렇게 결판을 짓고 싶어 하시는 겁니까?"

"결판——이라니."

"승부, 정부(正否), 우열, 진위, 선악, 호오(好惡) 등 모두가 흑백을 가르고 싶어 하지 않습니까. 다카토 님도 그렇습니다. 지금의 삶이 좋은지 나쁜지, 좋아서 하고 있는 것인지 그렇지 않은 것인지, 그런 건 아무래도 상관없지 않습니까."

"아무래도 상관없——으려나."

"그렇게 다를 것도 없습니다. 태어나서 죽을 때까지, 생에는 결판이나 결말은 없어요. 그것은 계속 줄줄이 이어지는 법."

선하고 악한 것을 누가 판단할 수 있다는 겁니까, 하고 조당 주인은 말했다.

"인간은 아까 그 쓰다만 서책과 같습니다. 미완인 것입니다, 다카토 님. 미완이라도 괜찮아요. 책은 다 쓰고 나면, 또는 다 읽고 나면 완(完)입니다. 하지만 살아 있다는 것은 줄곧 미완이라는 것."

"미완이라."

그렇다면 내일 일은 알 수 없습니다, 하고 조당 주인은 말했다.

"고양이는 내일에 대한 걱정 같은 것은 하지 않습니다."

"그렇긴 하지만."

그럼 어쩌라는 건가.

아니, 그 어떻게 하라든가 하는 사고방식이 틀린 것이리라. 그것은 타인이 결정하는 것이 아니다. 자신이——.

"결정할 수 없다면 결정하지 않으면 됩니다."

"그럴까요?"

"뭐 어떻게도 되지 않으면 무언가는 하시겠지요. 무슨 일이라도 당하면 그때는 어떻게든 될 거예요."

"그런——무성의한. 그래서는 역시."

안 된다.

"주인장. 분명히 내일 일은 알 수 없습니다. 그렇다면 나는 이대로 생을 끝내 버릴지도 모릅니다. 그러면——."

미완인 채로.

"다카토 님."

오늘 하루만, 제가 책을 추천해 드리겠습니다, 하고 조당 주인은 말했다.

"추천해——주시는 겁니까."

"예. 강매입니다. 제가 아는 사람 중에서 얼마 전, 올해 여름부터 제국대학의 대학원에 진학하기로 결정된 수재가 있습니다. 그 축하 선물로 주려고 일부러 영국에서 들여온 책이 있는데요."

"양서——입니까."

"예. 로렌스 스턴이라는 영국의 승려가 쓴 것으로 'The Life and Opinions of Tristram Shandy, Gentleman'이라고 합니다. 번역하자면——'트리스트람 샨디전(傳) 및 그 의견'일까요."

"예에."

종교 책이냐고 물으니 아닙니다, 라는 대답이 돌아왔다.

"우습고 황당무계한 소설입니다."

"소설이오?"

허구입니다, 라고 말하며 주인은 웃었다.

"해학과 장난으로 가득 찬 허구입니다. 전부 아홉 권이 있지요."

그렇게 말하며 초를 다 켠 주인은 계산대로 가서 양서를 안고 돌아왔다.

"나는—— 영어는 못 읽습니다. 또 언젠가처럼 읽지 못해도 좋다고 말씀하시는 것은 아니겠지요."

"읽고 싶어지면 그때는 배우시겠지요."

라고 주인은 웃으며 대답했다.

"영어를—— 말입니까?"

"예. 말할 수 있게는 되지 못하더라도 읽는 정도라면 독학으로도 가능하겠지요. 우리 가게에는 사전도 있습니다."

"하지만—— 독학으로는 거북이걸음일 겁니다. 그런 많은 양의 소설을 읽다니 도저히 무리에요. 그야말로 도중에 인생이 끝나고 말 겁니다."

"이 책은 다 읽을 필요는 없어요. 읽을 수 있는 데까지만 읽으시면 됩니다."

"아니, 소설이라면 그야말로 결말이——."

미완입니다, 라고 조당 주인은 말했다.

"어——."

"어차피 끝나지 않았으니 어디에서 멈추셔도 괜찮습니다."

"그런, 그건 쓰다 말았다는 뜻입니까? 쓰는 것을 도중에 멈춘—— 아니, 다 쓰지 못했던 건가. 혹시 절필한 겁니까?"

"아닙니다. 왜 중단되었는지는 모르지만, 질렸거나, 소재가 떨어졌거나, 작가에게 쓸 의미가 없어진 것인지도 모릅니다."

그런 무책임한 일이 어디 있단 말인가. 내가 그렇게 말하자 아니, 그렇지도 않습니다, 하고 조당 주인은 말했다.

I AM now beginning to get fairly into my work ; and by the help of a vegetable diet, with a few of the cold feeds, I make no doubt but I fhall be able to go on with my uncle *Toby*'s ftory, and my own, in a tolerable ftraight line. Now,

Inv. T. S.   *Scul. T. S.*

Thefe were the four lines I moved in through my firft, fecond, third, and

"도중에 내팽개친 것까지 포함해서 완성되어 있는 듯한 기분도 드는 책입니다. 서툰 결말을 내면 오히려 장점이 깎이고 말지요. 이것은 오히려 미완이어야만 하는, 그런 기분이 들게 만드는 소설입니다."

이해할 수 없다.

솔직하게 그렇게 말했다.

"이것은, 일단 줄거리는 있지만 관련된 소설이나 일화가 줄줄이 엮여 전혀 본론으로 돌아가지 않거나, 작중 인물이 독자에게 말을 걸기 시작하거나, 페이지가 새까맣게 칠해져 있거나 한, 그런 소설입니다."

"무——뭡니까, 그건."

더 이해할 수 없다.

"장난을 치는 것입니다. 결코, 보통 방법으로는 읽을 수 없는, 기묘한 소설입니다. 하지만 전혀 딱딱하지는 않아요. 품위도 없고, 시시한 익살이나 교카[狂歌] 같은 유희로 가득 차 있습니다. 실컷 놀고, 다른 길로 빠지는 일을 되풀이하다가, 결국."

끝나지 않는 것이지요, 라고 주인은 말했다.

"끝나지 않는다고요?"

"예. 끝나지 않습니다. 끝나는 게 의미가 없어져 버렸다고 해야 할까요."

멋지지요, 라고 말하며 주인은 양손을 펼쳤다.

"미완이라는 것은 끝나지 않는다는 것. 다시 말해서 영원하다는 뜻입니다."

"영원——이라."

"네. 다카토 님, 어림짐작으로 말씀드리자면 당신은 아마 손에 넣은 행복을 놓고 싶지 않다는 마음이 강한 것이 아닐까요. 불행해지는 게 무섭다. 그러니까 행복해지고 싶지 않은 겁니다. 행복은 언젠가 끝나지요. 그게 싫은 것이 아닙니까? 하지만 그렇다면 그걸로 좋지 않을까요."

미완이어도, 미완인 채 죽어도 전혀 상관없습니다, 하고 조당의 주인은 말했다.

그 책을——.

샀다.

그날을 마지막으로, 나는 조당에는 발길을 향하지 않았다. 빌려 살던 집은 여름이 오기 전에 방을 뺐다.

하지만 집에도 돌아가지 않았다.

무사시 세이메이 신사의 궁사 추젠지 다스쿠의 외아들은 그로부터 이십 년 후에 아버지와 인연을 끊고 세례를 받아 예수교의 신부가 되었다고 풍문으로 전해 들었다. 스스로 변경에 가서 열의를 갖고 포교 활동을 계속하고 있다고 한다. 아버지인 추젠지 다스쿠의 심중은 알 수 없다.

정말로 앞일은 알 수 없는 법이다.

또 조당 주인이 그 양서를 선물하려고 했던 인물은, 내 생각에 나쓰메 긴노스케, 훗날의 소세키였을 거라고 생각한다.

나쓰메 소세키가 제국대학의 대학원에 진학한 것은 내가 무사시 세이메이 신사를 찾아간 날로부터 보름쯤 후, 1893년 6월 7일의 일이었다.

게다가 일본에서 처음으로 '트리스트람 샨디'의 소개문을 쓴 사람도 소세키였다. 또 소세키의 처녀소설인 '나는 고양이로소이다'는 이 책의 영향을 강하게 받았다고도 한다.

소세키가 그것을 조당 주인을 통해 입수했는지 어떤지는 모른다. 어쩌면 조당 주인이 한 질을 더 구해서 선물했을지도 모르고, 소세키 자신이 직접 구했을지도 모른다. 제국대학의 장서였을지도 모르고, 누군가에게서 빌린 것이었을지도 모른다. 모든 것은 추측일 뿐이고, 조당과의 관련도 알 길이 없는 것이다. 알아봐야 별수 없는 일이고, 또 아무래도 상관없는 일이기도 하다. 문자로 쓰여 버리면 모두 거짓이니까.

그리고 나, 다카토 아키라가 그 후 어떻게 되었는지도 ——.

아무도 모른다.

서루조당 파효 · 끝

도판목록

※ 본서는 소설이므로, 실재의 개인 · 단체 등과는 무관함을 알려드립니다.

[개정판]
우부메의 여름

교고쿠 나쓰히코 지음
김소연 옮김

1950년대 도쿄.
유서 깊은 산부인과 가문의 한 남자가 밀실에서
연기처럼 사라져 버린다.
임신 중이던 그의 부인은 그 후로 20개월째 출산하지 못하는
기이한 상태가 이어지고, 우연히 이 일에 말려든 삼류 소설가와
고서점 주인의 손에 의해 사건은 예상치 못한 충격적인 결말로 치닫는데——.

※　※　※

"원래 이 세상에는 있어야 할 것만 존재하고, 일어나야 할 일만 일어나는 거야. 우리들이 알고 있는 아주 작은 상식이니 경험이니 하는 것의 범주에서 우주의 모든 것을 이해했다고 착각하고 있기 때문에, 조금만 상식에 벗어난 일이나 경험한 적이 없는 사건을 만나면 모두 입을 모아 저것은 참 이상하다는 둥, 그것참 기이하다는 둥 하면서 법석을 떨게 되는 것이지. 자신들의 내력도 성립과정도 생각한 적 없는 사람들이, 세상을 이해할 수 있을 것 같나?"

※　※　※

1994년에 간행된 교고쿠 나쓰히코의 데뷔작 '우부메의 여름'은 일본의 정통 미스터리계에 찬반양론의 대선풍을 불러일으켰다. 이 작가는 '우부메의 여름'에 이어서 '망량의 상자', '광골의 꿈', '철서의 우리'등 추젠지 아키히코가 탐정으로 등장하는 대장편소설을 발표했다. 일명 '요괴 시리즈'로도 불리는 백귀야행 시리즈는 현재 수많은 독자의 사랑을 받고 있으며, 미스터리의 시야를 넓히는 데에 크게 공헌했다.
현대의 본격 미스터리는 '있는 것은 보인다'는 일상적 세계의 지평을 내부에서부터 파괴하기 시작하고 있다. 탐정소설의 전제 조건을 철저하게 회의함으로써, 가까스로 현대적인 탐정소설은 가능하다는 역설. 이 역설을 정면에서 들이대는 '우부메의 여름'은 야마구치 마사야의 '살아 있는 시체의 죽음'이나 마야 유타카의 '여름과 겨울의 소나타'와 어깨를 나란히 하는, 현대 본격 미스터리의 기념비적 걸작이다.

무당
거미의
이치 [전3권]

교고쿠 나쓰히코 지음
김소연 옮김

허름한 여관에서 매춘부가 눈을 찔려 사망하는 사건이 발생한다. 일명'눈알 살인'이라는 연쇄살인사건으로 보이고, 이러던 중 기독교계 여학교에서 살인사건이 일어난다. 서로 다른 살인사건이지만, 수사를 진행하면 할수록 점점 밝혀지는 어둠의 연결 고리. 무당거미가 펼쳐놓은 무대 위에 작자를 지탄할 수 없는 막은 오르고, 교고쿠도와 친구들은 이번 사건에도 휘말리게 되는데—.

"당신이—거미였군요."

"팔방'으로 둘러쳐진 거미줄의, 그 중심에 진을 치고 있었던 거미는 바로 당신이었어요. 붙잡힌 나비의 그 터지고 상한 날개 밑에, 실은 독살스럽고도 선명한 여덟 개의 기다란 다리를 숨기고 있었던 것이었군요—."

이것은 우연이고, 그리고 그 우연은 필연이라고, 웅변적이고 기분이 언짢은 남자는 말하고 있는 것이다. 오싹오싹한 오한을 느낀다. 자신이 사실은 자신의 의지를 갖고 행동하는 것이 아니라면—. 그리고 모든 우연을 늘어놓고 그것을 조종하는 초월자가 존재한다면—. 그렇다면 끈이 달린 마리오네트 같은 것이 아닌가. 자아는 없는 것이나 마찬가지다. 우연을 조종할 수 있는 사람은, 그것은—신이다. 거미줄처럼 이치의 중심에서 실을 끌어당기는 사람은, —그것은 거미일까.

백귀야행 음, 양

교고쿠 나쓰히코 지음 | 김소연 옮김

〈우부메의 여름〉, 〈망량의 상자〉, 〈광골의 꿈〉, 〈철서의 우리〉, 〈무당거미의 이치〉 등
교고쿠 나쓰히코의 대표작 '백귀야행'시리즈(일명'교고쿠도'시리즈)에 조연으로 등장한
캐릭터 10명을 주인공으로 시리즈 본편에서는 말해지지 않은 에피소드를 환상적인 필치로
그린 '백귀야행'시리즈의 사이드 스토리

교고쿠 나쓰히코가 직접 그린 〈백귀도〉 10편 수록

옮긴이 | 김소연

한국외국어대학교에서 프랑스어를 전공하고, 일본어를 부전공하였다. 현재 출판기획자 겸 번역자로 활동하고 있으며 옮긴 책으로 다카무라 가오루의 〈리오우〉, 교고쿠 나쓰히코의 〈백귀야행 음, 양〉, 〈우부메의 여름〉, 〈망량의 상자〉, 〈광골의 꿈〉, 〈철서의 우리〉 등 백귀야행 시리즈와 〈웃는 이에몬〉, 〈싫은 소설〉, 유메마쿠라 바쿠의 〈음양사〉 시리즈와 하타케나카 메구미의 〈샤바케〉 시리즈, 미야베 미유키의 〈마술은 속삭인다〉, 〈드림버스터〉, 〈외딴집〉, 〈혼조 후카가와의 기이한 이야기〉, 〈괴이〉, 〈흔들리는 바위〉, 덴도 아라타의 〈영원의 아이〉 등이 있으며, 독특한 색깔의 일본 문학을 꾸준히 소개, 번역할 계획이다

서루조당 파효

1판 1쇄 발행 2015년 4월 20일

지은이 교고쿠 나쓰히코
옮긴이 김소연

발행인 박광운
편집인 박재은

발행처 도서출판 손안의책
출판등록 2002년 10월 7일 (제25100-2011-000040호)
주소 서울 강북구 도봉로 101길 33-11, 303호 (수유동, 현대쉐르빌)
전화 02-325-2375 팩스 02-6499-2375
카페 http://cafe.naver.com/bookinhand
이메일 bookinhand@hanmail.net

ISBN 978-89-90028-97-6 03830

* 이 도서의 국립중앙도서관 출판예정도서목록(CIP)은 서지정보유통지원시스템 홈페이지
(http://seoji.nl.go.kr)와 국가자료공동목록시스템(http://www.nl.go.kr/kolisnet)에서 이용하실 수
있습니다.(CIP제어번호: CIP2015009538)